Sleutel 17

Marc Raabe

Sleutel 17

De eerste zaak voor Tom Babylon

A.W. Bruna Uitgevers

Oorspronkelijke titel
Schlüssel 17
© by Ullstein Buchverlage GmbH, Berlin. Published in 2018 by
Ullstein Paperback Verlag
Vertaling
Marcel Misset
Omslagbeeld
Getty Images
Foto auteur
© Gerald von Foris
Omslagontwerp
zero-media.net, München & FinePic®, München
Bewerking Nederlandse omslag
Henk Koop/Select Interface
© 2021 A.W. Bruna Uitgevers, Amsterdam

De hel, dat zijn de anderen.
Jean-Paul Sartre

Proloog

De Berliner Dom
Zondag 3 september 2017
6.28 uur

Winkler duwt de deur naar de stilte en de duisternis open.

Op dit tijdstip is alles hier zo anders. Zo intens, doordringend, zo naakt. Die stilte, die weidse ruimte, de duisternis, waarin het eerste daglicht de imposante Dom om hem heen laat ontstaan als uit het niets – als uit Gods hand.

Met haar was het precies zo gegaan, voor het altaar. Ze was uit het niets gekomen en had hem overrompeld. Of God daar de hand in had gehad? Eerder de duivel. Maar ook die, denkt Winkler, is naar Gods evenbeeld geschapen.

Het was op een vroege zondagochtend, net zo een als nu. Haar aanwezigheid hing in de lucht als een lage toon die niemand hoort, maar die in je maag vibreert. Haar gestalte had zich uit het halfduister losgemaakt, haar wijsvinger eerst, bezwerend op haar lippen. Woordeloos had ze hem aangeraakt, hem geleid, de trappen op... Hij roept zichzelf tot de orde, wil de herinnering wegduwen, maar het lukt niet. Die herinneringen zijn er, kruipen als door een sleutelgat bij hem naar binnen en betreden daar een kamer waarvan hij het bestaan niet kende.

Hij weet dat er op internet zulke plekken bestaan. Films. Weerzinwekkende voorstellen. Je hoeft maar te googelen. Maar je kunt het ook niet doen. Hij heeft het nooit gedaan, maar dan komt uitgerekend zij, ze bespringt zijn gezicht, trekt hem aan zijn haren bij zich naar binnen. Hij had 'Nee!' moeten schreeuwen, zich moeten verzetten. Maar hij wílde het, smeekte om meer – en om minder. Om meer pijn, om minder lucht om adem te halen.

En zij bleef maar fluisteren en kreunen. Vooral dat ene woord met vier letters dat in duizendvoud door de Dom weergalmde. Winkler hield niet van dat lelijke woord, maar nu zit het in zijn hoofd vastgehaakt. Het hangt daar als een besmeurd pak dat nog aldoor smeekt: *Trek mij aan!* Zes weken geleden is het nu, en elke nacht, liggend naast zijn vrouw, denkt hij eraan.

Komende herfst is hun zilveren bruiloft, ineens is hij er bang voor. Hij schaamt zich, wil dat die zondag er nooit was geweest – maar tegelijkertijd droomt hij ervan. Een hardnekkige infectie, daar doet het hem het meest aan denken.

Winkler schudt de herinnering van zich af. Voorzichtig sluit hij de zware houten deur achter zich en stapt de Dom binnen. Zijn voetstappen ruisen fluisterend langs de vloer, kruipen langs de monumentale zuilen omhoog tot aan het schedeldak van de koepel.

God, wat houdt hij van de akoestiek hier!

Dit is zijn moment, zijn magische ritueel, elke zondagochtend voor hij tijdens de dienst het orgel bespeelt om het zenuwslopende gezwets, gehoest en gerochel van de bezoekers te overstemmen.

Grijsblauw ochtendlicht kruipt door de vensters naar binnen. Niet één kaars brandt, ook de lichtjes voor de doden zijn gedoofd. Het goud van de overdadige versieringen rond het altaar zijn maar nauwelijks te onderscheiden van de zandkleurige zuilen en de stenen muren. De muurschilderingen lijken zich bleekjes in de schaduw te verschuilen. Weer moet hij aan haar denken. Het lijkt alsof haar gekreun terugkaatst van het plafond, haar gefluister, hij sluit zich ervoor af, wil niet kijken – niet naar de koepel, niet naar het altaar, waar het allemaal plaatsvond. Het is net als zes weken geleden: haar aanwezigheid hangt in de lucht.

Met gebogen hoofd en stijve passen loopt Winkler tussen de kerkbanken tot hij precies in het midden van de Dom staat. Nog een paar stappen tot waar de gangen kruisen, dan zal hij zich tot zijn persoonlijke heiligdom wenden – het machtige Sauer-orgel met zijn 7.269 pijpen. Winkler is met hart en ziel Domorganist en zal het tot zijn laatste ademtocht blijven. Plotseling blijft hij stokstijf staan en staart naar de vloer.

Voor zijn voeten ligt een glimmende plas. De zure geur van urine prikkelt zijn neusgaten. Al zijn fantasieën zijn op slag vervlogen. Verdomme! Alsof het niet genoeg is dat de pastoors steeds weer de urine moeten opruimen van dronkaards en andere smeerlappen die tegen de gevels van de Dom zeiken. Hier heeft iemand gewoon midden in de kerk gepist.

Vol weerzin doet hij een stap naar achteren. Nu pas ziet hij dat de plas niet licht en waterig is, maar dat hij naar het midden toe donkerder wordt, alsof de urine met iets is vermengd. Plotseling huivert de plas.

Een druppel, denkt Winkler, maar waar vandaan?

Hij legt zijn hoofd in zijn nek en kijkt op naar de vierenzeventig meter hoge koepel.

Wat hij ziet doet zijn adem stokken.

Recht boven zijn hoofd, op ongeveer tien meter hoogte, zweeft een menselijke gestalte, rechtop, een vrouw in een zwart gewaad, haar armen gespreid als vleugels, aan touwen, als een opstijgende engel. Haar hoofd hangt voorover. Haar ogen en mond zijn met zwarte repen stof afgebonden, haar neus steekt er als een bleek wit puntje tussenuit. Van de zoom van haar kleed vallen druppels omlaag.

Winkler hijgt. Ineens wordt hij misselijk. Met zijn linkerhand zoekt hij steun bij de kerkbanken. Het liefst zou hij wegkijken, maar dat lukt niet, hij moet kijken. Boven de vrouw hangt een ring van vaal licht – de schemering die door de vensters valt, omhult haar als een aura.

Ze hangt scheef, denkt Winkler. En op hetzelfde moment: jezus, wat ben ik voor een onmens. Waarom valt me juist dat als eerste op? Het klopt niet. De touwen waar ze aan hangt zijn kennelijk niet even lang, het ziet er onafgemaakt uit, alsof...

Vanuit het oosten valt het eerste zonlicht de Dom binnen. Het doet iets oplichten wat aan een touw om de nek van de engel bungelt. Dichtbij ziet Winkler niet meer zo goed, maar in de verte ziet hij nog altijd helder en scherp. Het voorwerp dat hij ziet is een sleutel. Niet *een* sleutel. Het lijkt wel... o, god, zo te zien zou hij passen... maar dat kan niet... dat zou betekenen...

Plotseling gaat er een schok door de vrouw. Ze hangt nu nog schever, ze schommelt heen en weer. Een druppel valt omlaag, precies op zijn wang. Hij deinst ontzet terug, veegt de nattigheid van zijn gezicht, staart naar zijn hand en dan weer omhoog. Links en rechts van de bleke neuspunt lopen donkere stroompjes onder de blinddoek vandaan.

Gal golft naar zijn keel. Het voelt alsof hij moet overgeven. De koepel boven hem is als een lege urn waarin dunne vingers van licht door de ramen naar de zwarte engel graaien.

De sleutel om haar nek. Dat donkere sleutelkapje. Plotseling schiet de biecht van die jongen hem weer te binnen, de doodse stilte die daarna over hem kwam.

Dit kan geen toeval zijn, denkt Winkler. Ze is terug. Na bijna twintig jaar is ze weer terug.

Deel 1

1

Berlijn-Kreuzberg
Zondag 3 september 2017
8.04 uur

Tom weet dat hij de envelop uit zijn hoofd moet zetten – die krabbel, en de inhoud al helemaal, de komende uren althans. Hij doet het portier aan de bestuurderskant open en gooit zijn SIG Sauer P6 op de bijrijdersstoel. De zwarte riemen van de schouderholster kletsen op het versleten beige leer.

Kop intrekken, buigen en erin. Met een lengte van een meter zesennegentig verschrompelen de meeste auto's tot het formaat van een skelter. Toms meer dan dertig jaar oude Mercedes-Benz S-klasse vormt een van de weinige uitzonderingen.

Opgefokt trekt hij het portier dicht. De knal maakt het er niet beter op, de stilte in zijn auto ook niet. In zijn hoofd buitelt de ene gedachte over de andere. Hoe kan zoiets kleins alles in één klap totaal veranderen?

Het is ongeveer twintig minuten geleden dat zijn telefoon op het nachtkastje rinkelde.

'O, nee, in godsnaam niet,' mompelde Anne naast hem en ze was op haar andere zij gedraaid, met haar rug naar hem toe. De kingsize matras golfde na. Ze hadden dat onding gekocht in hun romantische fase, nu was het vooral voor Anne lastig om met hem mee te deinen in zijn slaap, als hij onrustig woelde of veel later bij haar in bed stapte. Driftig vouwde ze haar tweede kussen over haar vrije oor. Luiken dicht.

Tom pakte zijn mobieltje. Het nummer op het scherm was er een dat al tijdens het overgaan het halve gesprek verried. De andere helft waren het tijdstip en de plek. Hij nam op, maar bracht niet meer uit dan een raspend geluid.

'Tom Babylon?' De stem was die van een jonge vrouw.

'Hm, hm,' bromde Tom. Waarschijnlijk was het dat nieuwe grietje op het kantoor van Hubertus Rainer. De leider van de Dienst Regionale Recherche had een voorkeur voor vrouwen die zijn dochter konden zijn.

Ze sprak gehaast met een veel te hoge stem en probeerde efficiënt te klinken. Tom mompelde 'Ja', verbrak het gesprek, trok voorzichtig het kussen onder Annes arm vandaan en boog zich over haar heen.

'Sorry. Ik moet. Het is dringend.'

Waarom zei hij dat in godsnaam? Waarschijnlijk was de hele procedure voor haar even voorspelbaar als voor hem dat telefoongesprek zodra hij het nummer zag oplichten. Een slecht geweten? Omdat het zo hoorde? Het puntje van zijn neus raakte haar wang, haar huid was nog warm van het kussen. Haar blonde haar krulde wild en rook anders dan anders, minder naar shampoo.

'En Coldplay dan, vanavond?' mompelde ze.

'Het concert? Weet ik niet.' Hij drukte een kus op haar wang. 'Moet ik even bekijken.'

'Bekijken? Nou, dan weet ik het wel.' Annes stem klonk ijzig. Op dit soort momenten voelde hun vijfjarige verhouding aan als een huwelijk van vijftien jaar.

'Hoe lang was jij gisteren ook alweer weg?' vroeg Tom.

Het kussen ritselde toen Anne het als een barricade tussen hen in schoof. 'Stap jij nou maar in die Beierse pooierbak van je en doe wat je niet laten kunt.'

Tom knorde – of bromde. Wat het ook was, het geluid klonk

in zijn oren altijd weer onrustbarend als de ontevredenheid van zijn vader. Na de vroege dood van zijn moeder had Tom hem voor het eerst precies datzelfde geluid horen maken. Zelfs de betoverende kinderlach van Viola, zijn jongere zus had het niet meer kunnen verjagen. 'De nieuwe', zoals Tom de vriendin van zijn vader al meer dan vijfentwintig jaar hardnekkig bleef noemen, was het ook niet gelukt. Stiefmoeder was ook geen passende benaming, want daar zat het woord 'moeder' nog in.

Tom keek naar het hoofdkussen tussen Anne en hem en gaf het op. Het had geen zin, nu zeker niet.

Halfnaakt liep hij de koude stalen trap af naar de open keuken in het souterrain, deed een capsule in het apparaat en staarde naar de grijze voegen in de bakstenen muur. Weer niet sporten vandaag. Wanneer had hij voor het laatst getraind? Drie weken geleden, vier? Anne begon al te mopperen dat hij dik werd. Hij was nog maar begin dertig!

Hij goot de espresso zonder suiker in één keer naar binnen en nam er nog een.

In de badkamer werd hij in de spiegel boven de gebarsten wasbak begroet door zijn vermoeide evenbeeld. Hij had zich tien dagen niet geschoren, zijn baard jeukte. Zijn haar was kortgeknipt zodat het niet krulde: met zijn blonde lokken en blauwe ogen zou hij er anders bij lopen als een uit zijn krachten gegroeide engel. Niet handig met zijn beroep.

Met twee handen petste hij koud water in zijn gezicht.

Vroeg opstaan verstoorde zijn bioritme. Ondanks de espresso's tastte hij nog steeds in het duister, ook wat betreft de plek waar hij zijn autosleutels had laten slingeren. Hij voelde in alle zakken van jacks en jassen aan de kapstok, ook in die van Anne. Hadden ze kinderen gehad, dan had hij ook hun jassen doorzocht.

Annes jaszak bolde op toen hij zijn grote hand eruit wilde trekken. Een klein wit papiertje kwam tevoorschijn en dwarrelde omlaag. Hij keek naar het vierkante mini-envelopje op de houten vloer. Iemand had er met zwarte balpen een hart op getekend, doorboord met een pijl.

Wat een banaal cliché, was zijn eerste gedachte. Zijn vermoeidheid was op slag verdwenen. In zijn hoofd viel een rijtje dominostenen om, elke steen deed hem pijn. Wat had hij dan gedacht? Dat Anne tegen zijn voortdurende afwezigheid bestand was? Dat hem bespaard zou blijven wat om hem heen onder vrienden en collega's schering en inslag was?

Het briefje leek in zijn hand nauwelijks groter dan een nachtvlinder. Zijn vingers trilden toen hij het envelopje openmaakte. Hij verwachtte een boodschap, een liefdesbetuiging, een telefoonnummer in het beste geval; dan was er misschien nog niets gebeurd.

In plaats daarvan vond hij een klein plastic zakje met wit poeder.

Onwillekeurig hield hij zijn adem in. Hij rook de bittere nasmaak van de espresso in zijn mondholte.

Was het waar het op leek?

Onzin. Dat zou hem opgevallen zijn.

Hij rende naar de keuken, scheurde het bovenste vel van het notitieblok, schudde er wat van het poeder op, vouwde het vel dicht en stak het in zijn broekzak. Het envelopje met het hart en de pijl stopte hij terug in Annes jas, daarna vluchtte hij het huis uit.

Nu zit Tom roerloos in zijn auto en staart naar de ster op zijn zwarte stuur. Hij had al lang onderweg moeten zijn. Doorgaan. Politieagentje spelen.

Hoe lang ging het al zo? Die vraag liet hem niet meer los. Hij kan het niet geloven dat Anne hem bedriegt, maar hij denkt aan de geur van haar haren en slaat woedend op zijn stuur.

Waarom?

Bij anderen vindt hij die vraag altijd lachwekkend. Er is altijd een reden. Maar niemand wil die geloven. Nu is dat waarom ook in zijn hoofd gekropen, al weet hij het antwoord. Maar dat helpt hem geen flikker.

'Doe wat je niet laten kunt.'

De woorden rolden zo soepel over haar lippen, maar in dat zinnetje school haar hele ontgoocheling. Ze is editor, en tijdens de productiefase, als een van haar tv-documentaireprojecten in de montagefase zit, komt ze zelf vaak laat thuis, leeg, met ogen die branden van vermoeidheid, en toch nerveus. Het zijn juist die nachten dat ze hem meer nodig heeft dan in andere als ze vroeg thuiskomt. Ze worstelt met haar werk, omdat bij de televisie alles naar de kloten gaat, zoals ze zegt en ze er wordt omgeven door een stelletje ADHD'ers. Niets gaat er meer vanzelf. Om kwaliteit maalt niemand meer. Zo goedkoop mogelijk produceren is het enige wat nog telt.

Maar ook in de nachten dat ze laat thuiskomt is hij er vaak niet, en ze voelt dat er in zijn leven iets is waar hij niet buiten kan. Ze denkt dat het zijn werk is, zijn eerzucht, zijn verantwoordelijkheidsgevoel, omdat hij een van de goeieriken is, zoals zij dat noemt. Dat is precies waar ze hem om bewondert en waarom ze van hem houdt.

Tom laat haar in die waan. Het klopt ook voor een deel, maar als ze wist dat het hem nog steeds om Vi te doen is, zou ze nog dieper gekwetst zijn. Uiteindelijk zou ze in haar wanhoop Vi zelfs de schuld geven van het feit dat het haar maar niet lukt om zwanger te worden. Alsof hij geblokkeerd is en alleen maar aan zijn zusje kan denken. Mensen zoeken altijd uitvluchten, in relaties, tijdens verhoren, tegenover zichzelf. Om zichzelf onschuldig te voelen en anderen de schuld van hun problemen te kunnen geven.

Maar voor hem zijn er geen uitvluchten. Het is zijn schuld dat Vi er niet meer is. Daarom kan hij niet ophouden met naar haar te zoeken. Haar verdwijning voelt na jaren nog steeds alsof er een stuk uit zijn lijf is gesneden.

Concentreer je, verdomme. Aan je werk.

Tom draait de autosleutel om. De donkerblauwe Benz gromt gretig. Tom rijdt weg en dwingt zijn gedachten voorwaarts, naar de weg. Ochtendmist boven het Landwehrkanal. Een blad dat neerdwarrelt en onder de wielen komt. Het opgevouwen vel papier met het witte poeder drukt tegen de dunne stof van zijn broekzak.

Vanaf de Heckmannufer slaat Tom links af de Schlesische Straße in. Hij moet aan de andere kant van de Spree zijn, waar vroeger het Oosten lag. Oost-Berlijn. Het lijkt alsof hij er nooit heeft gewoond. Vi zou het zich helemaal niet meer kunnen herinneren. Ze werd een jaar voor het openen van de grens geboren. Er bestaat een foto van hun tweeën, waarop hij vier is, hij mocht van hun moeder de kleine alleen vasthouden, hij straalt van geluk. De foto is scheef genomen, vanaf de rechterkant lijkt een wachttoren het beeld in te vallen.

Soms denkt Tom dat zijn zusje naast hem zit, haar witte neuspunt met de zomersproeten naar voren gestoken, zoals ze altijd deed als ze ouder wilde lijken dan de tien jaar die ze was. Dan ziet hij ook weer de verzilverde sleutel aan een dun koord om haar nek, waar haar vingers nerveus mee spelen.

Je had dat verdomde ding nooit mogen krijgen, Vi.

Ze fronst haar voorhoofd. *Je hebt hem toch zelf aan mij gegeven.*

Nee Vi, je hebt hem gepikt.

Vi laat de sleutel onder haar pyjamajasje verdwijnen, de pyjama die ze droeg toen ze verdween en die er, als zij 'm droeg, altijd uitzag als een gekrompen oudemannenpyjama.

De Benz bonkt de brug op en suist over de rivier. Rechts glijden de gemetselde zuilen van de gerestaureerde Oberbaumbrücke voorbij. In de tijd van de Muur verdronken hier, langs de sectorgrens, regelmatig kinderen uit Kreuzberg. De

DDR-grenswachten staken geen vinger naar ze uit en die uit het Westen durfden het niet vanwege het schietbevel. Tom werd vijf jaar voor de val van de Muur in het Oosten geboren. Hij is nu drieëndertig en de DDR is niet meer dan het decor van zijn vroegste herinneringen. De oude grens, die als een litteken door de stad loopt, is weliswaar niet zijn litteken, maar hij voelt hem onder zijn huid.

Zijn gedachten dwalen af naar het telefoontje van het bureau. Hij vraagt zich af wat hem in de Berliner Dom te wachten staat. Als Vi nu naast hem had gezeten, zou ze van nieuwsgierigheid geen seconde stil kunnen zitten.

Waar gaan we heen?

Naar een plaats delict.

Alweer?

Ik dacht dat je dat spannend vond.

Ik vind ze stom.

Ze doet het weer. Viola's oude ontkenningstruc. Plotseling had ze bedacht dat ze zo ongeïnteresseerd mogelijk moest doen, dat ze dan misschien een keer mee mocht. Er niet bij mogen zijn, dat vond ze het ergste van het ergste.

Moet ik echt mee?

De leeftijdskeuring is boven de achttien, Vi. Er is vast veel bloed.

Tsss. Alsof ik nog nooit bloed heb gezien.

Nu klink je alsof je toch graag mee wil.

Nee hoor. Maar nu ik toch in de auto zit.

Als er iets was waar hij zijn zusje graag van had genezen, was het haar fascinatie voor de misdaad. Maar daar is het nu te laat voor. Negentien jaar te laat.

Door de dunne mistslierten boven het water rijst het Museumsinsel op. Tom slaat rechts af. In de straat langs de Lustgarten flikkeren blauwe zwaailichten voor de Dom. Waarschuwingstape fladdert in de opkomende wind. Voor de ingang staat een voor een zondagochtend flinke menigte. Tom zet zijn auto achter twee surveillancewagens voor de geïmproviseerde versperring. Verderop staan nog drie auto's: een van de noodarts, een wit busje van de technische recherche en een muisgrijze Audi. De Berliner Dom rijst op als een duistere, zwijgende godin.

Tom pakt een pil uit zijn handschoenenvakje en slikt die zonder water door. Twintig milligram Concerta. Een kleine dosis, maar het houdt hem gaande. Het doosje met honderd pillen is bijna leeg, hij heeft dringend een nieuw recept nodig. Plotseling schiet het witte poeder in zijn broekzak hem weer te binnen. Over zijn medicijngebruik heeft Anne nooit opmerkingen gemaakt, maar misschien is het haar gewoon nooit opgevallen.

Hij stapt uit en gespt zijn holster om. Hij huivert in de ochtendkou. Zijn adrenalinespiegel stijgt langzaam – de spanning vóór het betreden van een plaats delict. Al je poriën openzetten om alles te zien en toch koeltjes afstand te bewaren; een duivels dilemma voor iedere rechercheur. Kies je ervoor je open op te stellen, dan loop je vroeger of later rond als een gapende wond. Kies je voor afstand dan ontbreekt de identificatie met slachtoffer en dader, los je niets op en verkommer en verkil je.

Tom trekt zijn schouders op. Een lijk in de Dom, zei ze, ontdekt door de koster. Meer weet hij nog niet. Het gouden kruis op de koepel steekt glanzend af tegen de ochtendhemel.

De pers ijsbeert rusteloos langs de afzetting, journalisten van persbureaus, Reuters, de *Berliner Zeitung*. Ondanks de nieuwe zogenaamd waterdichte digitale politiezender zijn ze er altijd als eerste bij. Een persfotograaf met een telelens zo lang als de loop van een karabijn wordt door een agent met een geel-oranje hesje waarop PERS ONDERSTEUNING staat, op afstand gedirigeerd. Ze kennen elkaar. Op de meeste misdaadplekken wordt er door agenten amicaal gezwaaid, geknipoogd, gegrapt – soms ook met de pers. Maar nu niet. Iedereen kijkt ernstig. De dode in de Dom werpt nu al een lange schaduw vooruit.

Twee agenten, die niet verder dan tot aan zijn neuspunt reiken, versperren hem de weg. Tom zwaait met zijn badge: 'Babylon, Landelijke Eenheid.' Twee knikjes, twee stappen naar achteren. Voor de hoofdingang loopt een magere man in een witte overall van het Forensisch Onderzoek. Hij heeft een warrige haardos en een spleet in zijn bovenlip, of zoals hij zelf zegt, een hazenlip. 'Goeiemorgen, Tom.'

'Goeiemorgen, Peer. Is iedereen er al?'

'Mijn mannen sinds tien minuten, de patholoog is nog onderweg – net als jullie mensen.' Peer Grauwein blijft staan, krabt aan zijn baardloze kin en laat een Fisherman's Friend van links naar rechts door zijn mond rollen. Met die snoepjes houdt hij zich de dood van het lijf, of in elk geval de geur van de dood. 'Het lijkt erop dat de officier van justitie en iemand van de leiding ook wel snel zullen opduiken.'

'Wie is de dode dan?'

'Dat weten we nog niet. Het is lastig om er boven bij te komen.'

'Boven?'

'Kijk zelf maar. Ik moet verder.' Hij brengt een ironische militaire groet en loopt met zijn ritselende overall naar de auto om meer apparatuur te halen.

Tom trekt schoenhoesjes aan, strekt opnieuw zijn schouders en loopt het voorportaal in. Zijn mobiel gaat af, hij vist hem uit zijn jack. Het is doctor Walter Bruckmann, het hoofd van de Landelijke Eenheid Misdrijven tegen Mensen. Toms directe chef is eigenlijk Hubertus Rainer, hoofd van de afdeling Moordzaken. Peer had gelijk – de eerste hoge ome.

'Tom, waar bent u?' Zijn voornaam en dan toch dat 'u' – een eigenaardigheid van Bruckmann, alsof behalve hijzelf iedereen nog in opleiding is.

'Ik ben er al,' zegt Tom.
'Waar, daar?'
'Bij de Dom.'
Bruckmann laat een stilte vallen en haalt diep adem. Hij is eind vijftig en energieker dan de diepe rimpels in zijn gezicht doen vermoeden. Tom ziet hem voor zich met zijn vierkante kale kop, zijn waterige, lichtgrijze ogen achter de getinte glazen van zijn pilotenbril en de opgerolde hemdsmouwen boven zijn korte, gespierde onderarmen.

'Tom, ik moet u vragen om te keren. Kom naar kantoor. Morten handelt de zaak in de Dom af.'

Tom fronst zijn wenkbrauwen. Wat is dit nou weer? Jo Morten van team 4? Weet Bruckmann dat zijn chef niet team 4, maar team 7 heeft opgeroepen? 'Morten is er nog niet, van team 4 ook nog niemand. Hubertus Rainer heeft ons bij team 7 ingedeeld en hoofdcommissaris Behring is ziek, dus neem ik voorlopig de leiding. Het lijkt om iets groots te gaan. Ik loop even naar binnen om de zaak te bekijken. Ik ben er nu toch.'

'Tom? Wacht, met alle respect voor je betrokkenheid, maar...' Zijn stem kraakt, hij wordt onverstaanbaar. Tom heeft de zware deur opengeduwd, is door het portaal gelopen en betreedt net de imposante Dom. De bizarre aanblik snijdt zijn adem af. Bruckmann zegt nog iets, maar Tom heeft zijn telefoon laten zakken en staart even verbijsterd als ongelovig naar het groteske tafereel dat zich voor hem ontvouwt. De eerste schijnwerpers zijn geplaatst. In het felle licht dat de koepel beschijnt, zweeft in perfectie symmetrie op ongeveer vijftien meter hoogte een eenzame gestalte, gehuld in een zwart priesterkleed. Haar armen zijn gespreid als op een kruisiging, de stof eronder hangt neer als een paar vleugels.

Als een terechtgestelde zwarte engel, denkt hij. Zijn blik glijdt langs de gestalte omlaag, op haar borst glinstert iets zilverachtigs.

'Hallo Tom, krijg ik nog antwoord?' klinkt Bruckmanns stem krakend door zijn telefoon.

'Sorry, ik kon u niet goed horen. De verbinding.'

'Nog even kort en duidelijk,' zegt Bruckmann scherp. 'Dit-is-niet-uw-zaak!'

Toms mond valt open, zijn hart begint sneller te slaan. Hij staart naar het kleine zilveren voorwerp om de nek van de dode en gelooft zijn eigen ogen niet.

'Verdomme, Babylon! Luister je wel?'

Zonder iets te zeggen verbreekt Tom de verbinding.

Zijn ogen zijn goed, volgens de laatste test honderdtwintig procent gezichtsvermogen. Ondanks de afstand herkent hij dat glimmend getande iets op die borst als een sleutel. Hij stelt zijn telefoon in, fotografeert het lijk en zoomt dan in en maakt een screenshot van de sleutel. Het is een speciale sleutel, met een donker kapje over de greep. Heel scherp is de foto niet, maar scherp genoeg om de groeven in het plastic te zien. En het getal.

Bruckmanns stem galmt nog na in zijn oren. *Dit is niet uw zaak!* Zijn handen trillen, zijn hart krimpt ineen.

Bruckmann heeft het mis. Wat hij ook zegt, wat de gevolgen ook mogen zijn: dit is wel degelijk zíjn zaak.

1998

2

Stahnsdorf, Berlijn
Zaterdag 11 juli 1998
16.03 uur

Tom staarde door het half doorzichtige raam naar de regen. Zijn rechterhand omklemde het tot een prop geknepen velletje papier met het slordige kinderhandschrift.

Sorry. Vi.

Was zijn vader al thuis? Tom kon de gedachte hem onder ogen te moeten komen nauwelijks verdragen. Wat moest hij zeggen?

Het water liep in stralen van het dak van de schuur waarin hij zich had verscholen en liep onder de deur door alsof God hem wilde verzuipen.

Gisteren aan het einde van de middag was de lucht nog stralend blauw.

De dag was omgevlogen in schelle kleuren, glanzende wolkenranden, het water op het Teltowkanaal glinsterde als het zweet op hun gezichten.

De spoorbrug, al tientallen jaren niet meer in gebruik, lag stoïcijns over het kanaal, veertien meter vijfenzeventig boven het wateroppervlak, ze hadden het die zomer met een spijker aan een nylondraad gemeten. De brug was hun terrein, ondanks, of juist vanwege de borden VERBODEN TOEGANG – IN-

STORTINGSGEVAAR. Een bord met HARTELIJK WELKOM – GENIET U VAN HET UITZICHT, had hen er eerder weggehouden.

Tot in de jaren vijftig waren hier met de Friedhofsbahn lijken uit Berlijn heen gebracht, via Dreilinden naar het Waldfriedhof in Stahnsdorf. Een paar honderd meter verderop zou later de grens het spoor kruisen. Hier het Oosten, daar het Westen. Sindsdien lagen de brug en de rails weg te roesten. Ook de hereniging had daar niets aan veranderd.

Tom was veertien, de middag saai. Hoe mooi het ook kon zijn op de brug, het gevoel dat je iets illegaals deed, sleet. Voor Viola zou het ongetwijfeld een groot avontuur zijn, maar ze was nog te klein, dus die mocht niet mee. Bene was daarentegen al vijftien. Hij blies altijd zijn springerige, roodblonde krullen uit zijn pukkelige gezicht en schoot met de luchtbuks op blikjes, die wegsprongen als hij ze raakte. Karin zette ze weer overeind, steeds bang omkijkend naar de loop van het geweer, al zou een voltreffer hooguit een krasje veroorzaken, tenzij je in je oog werd geraakt. Josh hing weer eens de superheld uit, hij had zijn T-shirt uitgetrokken en zei dat hij van de brug zou springen. Naddi zei tegen hem dat als hij heelhuids in het kanaal belandde, dat ze, zodra hij bovenkwam, hem haar borsten zou laten zien. Ze kende Josh en wist dat ze haar belofte toch niet hoefde in te lossen. Tom had graag met Josh geruild en zou wel springen, maar liever voor een kus dan voor het zien van haar borsten, al zou hij daar ook genoegen mee nemen.

Maar hem werd niets gevraagd.

Tom was veel te groot, had veel te lange armen en benen. Hij vervloekte zijn lichaam erom; het groeide alleen in de lengte, niet in de breedte. Sportief was hij wel, maar hij bewoog slungelig, alsof zijn lichaam niet van hem was. Dat zijn vader zei dat het later wel goed zou komen, hielp ook niet erg. Hij voelde zich misplaatst – wie kon later iets schelen? Zelfs Bene, met zijn opgeschoren haar en die pukkels leek zich beter in zijn lijf thuis te voelen dan hij. Misschien omdat hij sowieso kansloos was bij meiden, maar misschien wist hij zijn frustraties gewoon beter te verbergen.

Tom keek naar Josh, die op zijn beurt stiekem Naddi bespiedde. Al sinds het begin van de zomer spande haar T-shirt zichtbaar. Twee kleine heuveltjes tekenden zich af onder het katoen. Nadja, zoals ze eigenlijk heette, veegde haar haren van links naar rechts en gaf Josh even vrij uitzicht. Jezus! Deed ze dat expres?

'Oké. Afgesproken,' zei Josh. Zijn stem klonk rauw, naar droge mond.

Naddi fronste haar wenkbrauwen. 'Tsss. Ik geloof het pas als ik de plons hoor.'

'Hou je oren dan maar goed open,' zei Josh. Zijn kaakspieren werden zichtbaar toen hij een been over het hek zwaaide.

'Jezus, man, ben je gek geworden,' zei Bene. Hij liet zijn luchtdrukgeweer zakken. Met zijn open mond maakte hij niet bepaald een intelligente indruk, hoewel hij heel slim was. 'Je weet toch hoe hoog het is?'

Naddi trok koket haar wenkbrauwen op. 'Vergeleken met die klifduiker in de Davidoff-reclame is het niets. Die zou er nog een dubbele salto bij maken, en dan zijn armen zo...' Ze spreidde haar armen als vlindervleugels. Haar T-shirt trok op, even was haar buik te zien. Josh' adamsappel wipte op en neer.

Naddi lachte en speelde de vermoorde onschuld. Josh was kansloos.

Karin wierp Naddi een spinnijdige blik toe. 'Stop daarmee. Bene heeft gelijk. Het is veel te hoog.'

Josh zwaaide zijn tweede been over de reling en stond nu aan de buitenkant van de brug, met zijn rug tegen de spijlen, die hij met zijn handen achter zich omklemde. Al wilde Tom het niet graag toegeven, in het tegenlicht, zijn haar wapperend in de wind, zijn gespierde rug en schouders die breder waren dan de zijne, had hij wel iets van een superheld of zo'n klifduiker.

'Kom hier bij de reling staan,' zei Josh. 'Straks is het showtime.'
Naddi ging achter hem staan en legde haar hand op zijn schouder. Tom dacht dat ze hem iets in zijn oor fluisterde. Op hetzelfde moment liet Josh los en stortte hij in de diepte.
Met een schelle kreet deinsde Naddi terug. Tom, Bene en Karin bogen zich tegelijkertijd over de reling. Beneden schalde een korte schreeuw, die afbrak toen Josh hard op het water knalde. Het water spoot alle kanten op.
'Wow!' brulde Bene. 'Coolio!'
Tom keek gefascineerd omlaag. Hij had tegen Josh gewed en verloren. Dit was echt cool.
Karin keek alleen maar afkeurend. Ze was de jongste van hun groepje, maar leek de oudste als ze met haar ogen rolde met een onuitgesproken 'Jezus, jongens!'. Dat haar moeder de pastoor van de gemeente was, maakte het er niet beter op. Maar deze keer leek haar afkeuring ingegeven door zelfzuchtige motieven, dacht Tom. Als Josh voor haar was gesprongen, had ze vast niet geprotesteerd.
Het wateroppervlak bolde zich, trok weer omlaag en verspreidde cirkelvormige golfjes in de zachte stroming. Maar waar bleef Josh?
'Daar,' brulde Bene.
Het hoofd van Josh naderde het oppervlak.
'Ha!' zei Bene grijnzend tegen Naddi. 'Nou moet je!'
Tom zag hoe Naddi vuurrood werd.
'Tieten eruit, baby!' joelde Bene.
'Niet voor jou, watje,' snauwde Naddi. 'Draai je om.'
Bene grijnsde, maar hij gehoorzaamde.
Opnieuw kruiste Naddi's blik die van Tom. Haar pupillen lichtten groen op in de zon. Het was maar een oogwenk. Straks zou ze ook tegen hem zeggen dat hij zich moest omdraaien, en ook hij zou zonder te protesteren gehoorzamen. Het was zo al pijnlijk genoeg voor haar.
Nadja keek hem nog steeds aan, tilde haar T-shirt op en even

leek het alsof ze haar voorstelling exclusief voor hem gaf. Hij kon niet anders dan blijven kijken. Ze draaide zich om naar het kanaal en boog haar bovenlichaam over de reling. 'Josh – joehoe!' Ze schreeuwde haar schaamte uit, ze klonk bijna woedend. Tom vond haar mooier dan ooit, met haar volmaakte, witte borsten boven de afgrond hangend.

Met moeite scheurde hij zich los van haar aanblik. Hij keek omlaag naar Josh, verwachtte een triomfantelijke grijns en ogen op steeltjes, maar Josh' hoofd was nog steeds onder water. 'Verdomme, wat is daar gaande?'

Karin en Nadja zwegen en keken als gehypnotiseerd naar beneden.

Het wateroppervlak bewoog. Josh leek met zijn armen te zwaaien.

'O, mijn god! Is er iets gebeurd?' zei Karin hijgend.

Bene had zich weer omgedraaid en keek nu ook over de reling. Nadja leek verstijfd, haar T-shirt was nog steeds half omhooggeschoven. Tom kuchte en wees naar haar buik. Toen pas trok ze het shirt omlaag. 'Kut,' fluisterde ze. 'Kom nou, Josh, kom nou.'

Tom trok snel zijn hemd uit, maakte zijn riem los.

Plotseling stootte Josh' hoofd door het wateroppervlak. Hij hapte naar adem en begon te schreeuwen. Niet triomfantelijk, niet als winnaar. Hij schreeuwde van angst – of van pijn.

'Jóóósh,' riep Nadja, 'wat is er?'

Josh gaf geen antwoord. Hij bleef schreeuwen en dreef langzaam weg met de stroom.

'Fuck,' mompelde Bene, 'wat doen we nu?'

Tom keek omlaag. Veertien meter vijfenzeventig. De hoogste duikplank waar hij ooit vanaf was gesprongen, was drie meter. Zijn keel werd dichtgeknepen.

'Shit, er is iets, daar. Daarbeneden,' zei Karin. De tranen stonden in haar ogen.

'We moeten hem eruit halen,' zei Tom.

'Hoe dan? Dat is levensgevaarlijk.'

Josh schreeuwde nog steeds.

'Hij heeft een shock of zo. We moeten hem helpen.'

'Ik spring er niet in. No way.' Bene deed instinctief een stap naar achteren.

Tom trok zijn broek uit. Klom over de roestige leuning. Zijn hart bonkte alsof het zijn borstkas uit wilde. Zijn gedachten sloegen op hol.

Een fractie van een seconde is hij vijf, zit hij op de achterbank van de DS, met Vi naast zich.

Zijn moeder rijdt, de motor jankt.

Er komt een boomstam aangevlogen, dwars over de weg!

Het dak scheurt af, alles boven het stuur. Alleen hij en Vi niet, omdat ze nog zo klein zijn.

Een hagelstorm van glas.

Oorverdovend gekraak, waarbij de lange neus van de auto in een fractie van een seconde in elkaar wordt geperst.

Dan vaders troostende hand bij mama's begrafenis. Een afschuwelijk ogenblik wenst hij dat het andersom was: mama's hand op papa's begrafenis.

'Josh! Hou vol!'

Karins stem haalde Tom terug uit zijn herinneringen. Hij keek omlaag naar het stromende water.

'Doe voorzichtig,' fluisterde Nadja.

Jezus, wat hoog. Tom voelde het trekken in zijn liezen. Bedacht ineens dat hij de uncoolste onderbroek ever aanhad. Schiesser, wit met een gulp. Voelde Nadja's blik. Hoorde Josh weer schreeuwen.

En sprong.

De wind sneed in zijn kruis. Gelul dat moed iets met grote ballen te maken had. Die van hem verschrompelden tot de grootte van pinda's.

Hij kwam een paar meter bij Josh vandaan in het water terecht, zijn voeten eerst.

Zijn voetzolen brandden, nee, zijn hele lichaam brandde. Water spoot zijn neusgaten in. Van schrik sperde hij zijn ogen wijd open. Hij zweefde in een wolk luchtbellen. Het raasde in zijn oren, hij zonk dieper. Plotseling zag hij iets vaags op de bodem. Was dat Josh? Zijn longen deden pijn. Hij blies luchtbellen uit en roeide met zijn armen en benen tot hij bovenkwam. De zon brandde in zijn gezicht, hij hoestte en schudde het water uit zijn haar en ogen. Een stukje verder stroomafwaarts dreef Josh, lijkbleek, verwoed peddelend met zijn armen. 'Kut! Zag je dat?' riep hij met overslaande stem.

Tom hapte naar adem. 'Wat dan?'

'Dat daarbeneden!'

'Rustig effe nou,' proestte Tom.

'Rustig? Hoe dan verdomme, hoe?'

'Hé, alles in orde daar?' Het was Nadja, vanaf de brug.

'Ja, alles in orde,' schreeuwde Tom. Het water liep uit zijn haar in zijn ogen. 'Kom, Josh. Laten we eerst naar de kant zwemmen.'

Josh' onderlip trilde. Hij sloeg nog altijd wild om zich heen in het water, de stroom voerde hem mee, trok hem steeds tot aan zijn mond onder water, hij proestte.

'Josh! Doe even rustig. Alles is oké, ja? Kom, we zwemmen naar de kant.' Tom zwom voorzichtig naar hem toe. 'Ik zwem naar je toe, ja?'

Hij greep naar Josh' bovenarm, probeerde hem mee te trekken richting de wal, maar Josh trok zich los en sloeg naar hem.

'Tom. Pak hem van achteren,' riep Bene vanaf de brug. 'Op z'n rug.'

Tom snoof. Makkelijker gezegd dan gedaan. 'Hoor je me, Josh. Ik kom naar je toe, we zwemmen samen op onze rug naar de kant, oké?'

Hij wachtte Josh' antwoord niet af, sloeg een arm om zijn borst, draaide zelf op zijn rug en probeerde met zijn benen slaand vooruit te komen. Het volgende moment lag Josh zo zwaar op hem dat hij onder water verdween. Tom sloeg nog twee keer zo hard met zijn benen en probeerde zijn mond en neus boven water te houden. Jezus, waar bleef de wal?

Josh verzette zich niet meer. Hij bewoog zijn benen tegelijk met die van Tom. De ijzeren spoorbrug boven hen golfde en danste. Het water liep in Toms oren, hij verslikte zich steeds. Plotseling voelde hij een hevige pijn in zijn onderrug. Vlak boven zijn onderbroek stootte hij zich aan een steen.

Hij hield meteen zijn benen stil, voelde met zijn tenen naar de bodem. Eindelijk grond onder zijn voeten. Struikelend trok hij Josh het talud op. De schaafwond op zijn rug brandde als vuur.

'Jaja, al goed. Je kunt me loslaten,' mompelde Josh. 'Ik ben geen baby meer.'

Met trillende benen lieten ze zich in het door de zon opgewarmde hoge gras vallen.

Tom zag dat de anderen niet meer op de brug stonden. Ze kwamen er vast aan, langs dat slingerende paadje dat hier omlaagliep. 'Wat was er in godsnaam met je aan de hand?'

'Het hield me vast. Ik zweer je dat het me vasthield,' fluisterde Josh.

'Wat hield je vast?'

'Heb jij hem niet gezien?'

'Zeg je nou dat er iemand was?'

'Heb je niets gezien?'

'Ja, wel iets. Maar niet goed. Ik dacht eerst dat jij het was.'

'Nee, dat was hij.'

'Ja, wat nou? Hij? Het?'

'Het lijk,' fluisterde Josh.

'Wil je zeggen dat daar een...' Tom slikte, hij voelde zijn nekhaar overeind komen. '... een lijk?' Ondanks de warmte kreeg hij kippenvel.

Josh knikte. 'Ik raakte het aan toen ik erin sprong. Getver, man, wat smerig.' Hij veegde zijn handen aan het gras af. 'Ik raakte in paniek, wilde naar boven, maar hij hield me vast.'

'Hield je vast? Hoe moet ik me dat voorstellen?' vroeg Tom voorzichtig.

Achter hen klonk geritsel. Van schrik sprongen ze overeind.

'Alles oké?' Bene dook op uit het struikgewas. Nadja en Karin kwamen achter hem aan.

'Jaja, alles oké,' zei Tom meteen. Nadja's blik gleed langs Josh en toen langs hem, hij voelde zich plotseling ontstellend naakt. Zijn Schiesser hing bijna tussen zijn knieën en was zo flodderig dat hij er vast als een idioot uitzag. Een grijnslachje flitste over Nadja's gezicht. 'Volgens Josh ligt er een lijk in het water,' zei Tom snel.

Het grijnsje vervloog. 'Een wat?'

Josh deed zijn verhaal opnieuw, de drie anderen wisselden ongeruste blikken uit.

'Wat nu?' zei Nadja.

'Het beste lijkt het me om de politie erbij te roepen,' zei Karin.

Bene schudde afkeurend zijn hoofd. 'Niet voor we zelf een kijkje hebben genomen.'

'Ben jij wel helemaal lekker?' Karin tikte tegen haar voorhoofd. 'Ik ga daar van z'n levensdagen niet in. Je hebt het toch gehoord? Hij heeft Josh vastgehouden.'

'Onzin,' zei Bene. 'Als het een lijk is, kan het niets vasthouden.'

'En als het nou eens wel zo is?'

'Ik wil het eerst wel even zien.'

'Jongens, eerlijk,' zei Josh, 'mij krijgen ze met geen tien paarden meer het water in. Ik ben voor de politie erbij halen.'

'Kom nou, jongens,' zei Bene verontwaardigd. 'We hangen hier de hele zomer rond, hopend dat er iets gebeurt. Nu vinden we een lijk en doet iedereen het in zijn broek?'

'Jij kan lekker lullen,' gromde Josh. 'Jij bent daar niet geweest.'

Bene haalde zijn schouders op. 'Tom wel, en die is maar half zo bleek als jij.'

'Misschien is het water wel vergiftigd,' protesteerde Karin. 'Wie weet hoe lang dat lijk daar al ligt.'

Iedereen zweeg.

'Ach,' dacht Tom hardop. 'Het is geen vijver hier. De stroming zal het wel wegspoelen.' Iedereen keek nu naar hem. 'Hebben jullie m'n kleren eigenlijk meegenomen?'

'Sorry, die liggen nog boven,' mompelde Nadja. 'Het ging een beetje snel, allemaal.'

'Is toch sexy, die luier van je,' zei Bene grijnzend.

Tom was het liefst door de grond gezakt. 'Oké. We gaan kijken,' stelde hij voor. 'Wie gaat er mee?'

Even viel zelfs Bene stil, alsof hij op zijn vingers werd getikt. Toen trok hij zijn T-shirt uit, stapte het water in en waadde stroomopwaarts richting de brug.

'Jij ziet er wel lekker uit?' vroeg Tom, wijzend op Benes lange broek.

'En jij dan?' kaatste Bene terug, met een arm zwaaiend.

Tom hoefde zijn hand niet te volgen om te weten waar Bene naar wees.

'Ik kom ook mee,' zei Nadja met een onzeker trillende stem.

'Coolio.' Bene stak zijn duimen op. Sinds de rapper Coolio drie jaar eerder een megahit scoorde met 'Gangsta's Paradise', was cool niet cool genoeg meer voor hem.

'Jullie zijn gestoord,' zei Karin. Ze stond nu verdacht dicht bij Josh, en Tom kon zich niet aan de indruk onttrekken dat ze heel blij was om even een moment met hem alleen te hebben.

Met z'n drieën waadden ze langs de oever door het water, tegen de stroming in. Tom in zijn katoenen onderbroek, Bene met zijn knokige schouders en zijn spijkerbroek die zich al met water had volgezogen en nu om zijn benen plakte en Nadja, die haar korte broek had uitgetrokken en er een bikinibroekje onder droeg. Haar T-shirt hield ze aan. Aan strippen had ze geen behoefte meer.

Toen ze dicht genoeg bij de brug waren, zwommen ze naar het midden van het kanaal en lieten zich daar op hun rug drijven. Het koele water deed Toms schrijnende rug goed.

'Hier moet het ongeveer zijn, toch?' vroeg Bene.

Tom knikte met een onbehaaglijk gevoel. Ook Bene leek plotseling in het water dieper onder de indruk dan daarvoor op de oever. Maar nu konden ze niet meer terug.

Tom haalde diep adem en dook onder. Kleine modderdeeltjes en stukjes van planten zweefden langs. Het kanaal was hier ongeveer vier meter diep. Links en rechts van hem doken Bene en Nadja.

Ze kwamen tegelijk beneden aan en zagen alle drie tegelijk hetzelfde. Bene hield een moment op met zwemmen, Nadja stootte een wolk luchtbellen uit. Haar ogen waren onwaarschijnlijk ver opengesperd. Toen zette ze zich af van de bodem en zwom hectisch in een werveling van omgewoelde modder terug naar boven.

Tom staarde naar het lichaam op de bodem van het kanaal. Het was in ijzerdraad gewikkeld, het vlechtwerk leek op honingraten, of schubben. Aan het postuur te zien leek het om een man te gaan, maar hoe oud was niet te zien. Het gezicht was beschadigd, het vlees stulpte door het ijzerdraad naar buiten. Een wit hemd bolde op onder het vlechtwerk. Het lijk was met een paar flinke stenen in het ijzerdraad verzwaard, die hielden het op de bodem. Bij de buik was een stuk draad losgeraakt, het stak omhoog alsof het zich in iets onzichtbaars had verstrikt. Het haar van de dode golfde zachtjes mee op het ritme van Toms zwembewegingen. Boven hem glansde het wateroppervlak als kwik. In het gezeefde licht glom iets op de bodem, vlak bij de rechterhand van het lijk.

Tom vermande zich, zwom er zo dichtbij dat het leek alsof de opgezwollen arm hem elk moment zou kunnen grijpen en griste het blinkende ding mee, zette zich af en zwom toen haastig omhoog, weg van het lijk in elk geval.

Proestend kwam hij boven. Nadja zag bleek, ook Bene had het niet lang volgehouden beneden.

'Jezus,' zei hij hortend, 'die is zo dood als een pier, man.'

Nadja zei niets.

Tom hield het glanzende voorwerp omhoog. 'Dit lag naast hem.' Aan een rafelig touw hing een verzilverde sleutel met een donker kapje om de greep. Met een mes was er het getal 17 in gekerfd.

3

Berliner Dom
Zondag 3 september 2017
8.39 uur

‘Tom!’ roept Peer Grauwein. Hij is met zijn zilveren koffer met apparatuur de Dom in gelopen en ziet Tom onder het orgel staan, waar hij bezig is met de touwen die het lichaam van de dode in de lucht houden. Zijn onderzoeksoverall ritselt woedend als hij op de rechercheur afstormt. ‘Waar ben je in godsnaam mee bezig? Ben je gek geworden? Ik heb nog niet eens foto’s gemaakt!’

Tom negeert hem. Hij kan niet anders. Geduld is nooit zijn sterkste punt geweest, maar hier en nu al helemaal niet. Hij stort zich snel op het tweede touw en knoopt ook dat los. De dode slingert als een scheef opgehangen marionet door de lucht en glijdt schokkerig omlaag richting de vloer.

Met een rooie kop probeert Peer Grauwein Tom het touw uit zijn handen te rukken. ‘We zijn nog niet eens begonnen en jij wil al de plaats delict verpesten?’

Tom duwt de aanzienlijk kleinere Grauwein ruw opzij.

‘Ben je gek geworden?’ vloekt de technicus.

Tom laat het laatste stuk van het touw door zijn handen glijden. Hij heeft dunne latexhandschoenen aangetrokken en onder de koepel een plastic zeil uitgespreid om de plas bloed en andere uitscheidingen af te dekken. Als de benen van de dode doorknikken en het levenloze lichaam met een plof op de stenen landt, voelt hij een steek in zijn hart. Hij wil zekerheid. Nu.

'Verdomme,' fluistert Grauwein.

Heel even is het doodstil. Ze zijn met zijn vieren in de meestal verlaten kerk. Tom, Grauwein en twee van diens assistenten, die als verstard van een afstandje toekijken.

Tom snelt door de rijen banken naar het midden van de Dom.

De vrouw ligt daar met vreemd geknikte benen en gespreide armen, die aan een, achter haar schouderbladen door haar priestergewaad heen geschoven houten lat zijn gebonden. Aan de uiteinden daarvan heeft iemand de touwen bevestigd waarmee ze is opgehesen.

Tom staart naar de sleutel, naar het verweerde donkere kapje over de greep, waar het getal 17 in is gekerfd. Zijn hart bonkt. Het gezicht van de vrouw, haar neus, haar mond. Is het Vi?

Ontelbare keren heeft hij zich voorgesteld hoe haar gezicht er nu uit zou zien, of hij haar zou herkennen. Misschien aan haar lach, aan het kuiltje in haar kin, aan het glanzen van haar ogen, de kleur van haar irissen. Maar de ogen van de dode zijn met met een reep zwarte stof afgebonden.

'Tom, alsjeblieft...' Grauwein staat hulpeloos naast hem, wipt van zijn tenen op zijn hielen. 'Wat doe je?'

'Hou je bek,' zegt Tom hees.

Het voelt alsof Viola zich samen met hem over de dode vrouw buigt. De pyjama fladdert om haar meisjesheupen, haar springerige haren zitten in de war. De dode heeft ook blond haar, met wat grijs erdoor. Vi kijkt hem aan en wijst op de sleutel.

Dat is de mijne. Waarom heeft die vrouw mijn sleutel om?

Omdat jij het bent?

Met trillende handen raakt Tom de blinddoek aan en probeert die omhoog te schuiven. De stof is vochtig en kleeft aan haar huid. Geagiteerd trekt hij de blinddoek van haar hoofd en kijkt in het bleke, lege gezicht – of wat daarvan over is. Tom kucht. Valt naast het lijk op zijn knieën. Van onder het zeil klinkt een smakkend geluid.

Grauwein ademt piepend uit. Zijn adem ruikt naar Fisherman's, menthol, drop, eucalyptus.

Op de plek van de ogen gapen twee lege gaten in het gezicht van de vrouw. Donkere sporen van tranen lopen links en rechts van haar neus over haar wangen. Zonder ogen biedt het gezicht een gruwelijke en zielloze aanblik. Een vinger zonder vingerafdruk. Maar één ding weet Tom nu zeker: de dode is niet Viola. Ze is rond de vijftig, haar neus is te smal, haar ogen staan te ver uit elkaar. Nee, dit gezicht lijkt totaal niet op dat van zijn zus.

De opluchting duurt maar even. Binnen een paar seconden volgt de teleurstelling. De teleurstelling die hij zo haat, die zijn achilleshiel is, die hem zwak maakt, zodat hij wil opgeven, niet meer verder wil zoeken. Een deel van hem verlangt ernaar dat het allemaal eindelijk eens voorbij is.

'Godsamme,' hijgt Grauwein. 'Dat wordt me wat.'

'Hoe bedoel je?' vraagt Tom, nog steeds in zijn eigen gedachten verzonken, ver verwijderd van de rechercheur die hij nu zou moeten zijn.

'Herken je haar niet?'

'Moet dat?'

'Kijk je geen nieuws? Dat is toch Riss, de ex-bisschop en Dompredikante.'

'Brigitte Riss?' Tom trekt wit weg. 'Weet je het zeker?' Hij kijkt in het gezicht met die twee gaten.

'Even zeker als ik weet dat jij je baan op het spel zet.' Grauwein laat de keelpastille in zijn mond klikken.

Pas nu hij niet meer naar gelijkenis met Viola zoekt, herkent Tom Brigitte Riss. Uitgerekend Karins moeder. Hij heeft haar al bijna twintig jaar niet meer gezien, af en toe op een boekomslag of op een krantenfoto toen ze zich terugtrok als bisschop. Hoe lang is dat geleden? Drie jaar? Hij moet aan Karin denken, die zich vroeger altijd over haar moeder beklaagde. 'Kerk hier, kerk daar, zonder al dat protestantgedoe zou papa vast bij ons zijn gebleven.' De woorden waren haar ooit ontglipt, op een stille middag, toen, aan het Teltowkanaal.

Hij ziet Karin haarscherp voor zich op de dag dat ze die sleutel hadden gevonden. Haar argumenten, haar twijfels – ze had volkomen gelijk – maar zij hadden niet naar haar geluisterd.

'Bruckmann maakt je af als hij hiervan hoort.' Grauwein wijst naar de dode op de vloer.

'Ja, dat zal wel,' verzucht Tom. Hij probeert zijn gedachten op een rijtje te krijgen. 'Hebben jullie verder nog iets gevonden?'

'Hoe dan?' snuift Grauwein. 'We hadden net het licht neergezet. En dan kom jij even ons lijk losmaken.'

'Jaja,' zegt Tom. 'Sorry.' Hij is gesteld op die Grauwein met dat scheve lachje, dat vanwege zijn hazenlip altijd een beetje verontschuldigend lijkt. Hij is een vakman, en zijn terloopse cynisme wordt alleen overtroffen door zijn eenzaamheid en de bezetenheid waarmee hij zijn vak uitoefent. Ondanks zijn lengte voelt Tom zich ineens klein en het spijt hem dat hij zijn collega's voor de voeten heeft gelopen. Een verstoorde plaats delict is de nachtmerrie van iedere forensisch onderzoeker, vooral als het erop lijkt dat de officier van justitie snel resultaten zal willen zien. De zaak is niet voor niets meteen bij de nationale recherche terechtgekomen, de druk zal immens zijn. Maar Tom heeft geen seconde spijt van wat hij heeft gedaan. Als het Vi was geweest, had hij haar daar geen seconde langer kunnen laten hangen.

Toms blik valt op de sleutel, die zilverig glanst op het gewaad van de Dompredikante.

Zijn mobiel gaat af en galmt door de koepel. Het is Bruckmann. Tom zet de ringtone zachter. Hij hoort nu alleen nog maar woedend gekraak. Tom laat zijn blik ronddwalen en probeert alles in zich op te nemen wat hij ziet. Brigitte Riss, de touwen die in V-vorm van de omgang van de koepel naar haar toe lopen, de katrollen die zijn gebruikt om haar op te hijsen, het zwarte, ijzeren hek en de galerij rond het orgel waar de touwen aan waren vastgeknoopt. De sfeer in de Dom, het ochtendlicht, de stilte. Hij probeert de rechercheur met wijd open poriën te zijn, die alles in zich opneemt.

Weer gaat zijn mobiel over. Nu is het Anne. Hij neemt niet op. Hij wil Anne omhelzen als dit allemaal achter de rug is. Dan schiet hem de envelop met het witte poeder weer te binnen. Nog een reden om nu niet met haar te praten.

4

Stahnsdorf bij Berlijn
Vrijdag 10 juli 1998
16.53 uur

Tom zat in zijn kletsnatte onderbroek op een warme steen aan het kanaal, de sleutel in zijn gebalde vuist. Vanbinnen voelde hij zich ijskoud. Water droop uit zijn haren, het liep over zijn rug, zijn schaafwond brandde.

Ze zaten in een halve cirkel, als om een kampvuur. Bene, Karin en Nadja waren lijkbleek. Josh leek ietsje rustiger, de ontzetting van de anderen relativeerde de zijne. Hij kwam weer een beetje op verhaal.

'Hij is vermoord, toch?' sprak Nadja uit wat onmiskenbaar was. Ze staarde in de verte.

'Niet zomaar vermoord,' zei Bene. 'Hebben jullie zijn gezicht gezien? En dat konijnengaas?'

'Gaas?' vroeg Josh.

'Ze hebben hem verzopen, man.'

'Je bedoelt dat ze hem in ijzerdraad hebben gewikkeld en toen...?'

'Ja, met die grote stenen.' Bene duidde het formaat met zijn handen aan.

Nadja had haar schouders opgetrokken alsof ze zich wilde verstoppen. 'Denken jullie dat hij nog leefde toen hij in het water werd gegooid?

Stilte.

'En dat gezicht dan?' vroeg Karin zachtjes.

Tom schraapte zijn keel. Hij kreeg de brok in zijn keel maar niet weg. 'Het leken steekwonden.'

'Ze wilden dat hij niet herkend werd,' veronderstelde Bene.

'Maar misschien wilden ze hem ook wel pijn doen,' zei Tom zachtjes. 'Hem voor iets straffen.'

Karin sloeg haar handen voor haar mond.

'Maar aan die sneeën is hij niet doodgegaan,' vervolgde Tom. 'Waarom zouden ze anders de moeite hebben gedaan met dat konijnengaas?'

'Dat hij niet meteen aanspoelde, of boven kwam drijven?' dacht Bene hardop.

'Als ze niet wilden dat hij ontdekt werd, hadden ze hem toch ook ergens kunnen begraven. Ik denk eerder dat ze hem, nou ja, wilden bestraffen dus.' Tom keek om zich heen.

'Waarom eigenlijk "ze"? Denk je dat het er meer waren?' vroeg Karin.

'Ik weet het niet. Zo'n lijk is zwaar, hè? Vooral met die stenen.'

Stilte.

Karin krabde nerveus langs haar hals. 'We... we moeten naar de politie.'

'Wat denken jullie, hoe lang ligt hij daar al?' vroeg Bene.

Tom haalde zijn schouders op. 'Ik heb geen idee. Een week misschien? Anders zou hij er toch niet meer zo uitzien?'

'Meer aangevreten zijn,' hielp Bene hem een handje.

Ze zwegen opnieuw. Dat het lijk kennelijk nog maar zo kort in het kanaal lag, maakte alles nog bedreigender. Tom keek omhoog naar de brug, naar de plek waar hij en Josh waren gesprongen. Ze moesten die man vanaf dezelfde plek in het water hebben gegooid. Het kwam allemaal zo verdomd... dichtbij! Alsof er elk moment mannen uit de bosjes konden stormen om ook hen te verzuipen.

'We moeten naar de politie,' herhaalde Karin nog een keer.

'Wat doen we met de sleutel?' Josh wees naar Toms vuist,

waar het rafelige touwtje uit hing. Instinctief opende Tom zijn hand. De sleutel lag onschuldig op zijn handpalm.

'Inleveren, lijkt me toch logisch?' zei Karin.

Bene rolde met zijn ogen. 'Jij bent ook echt een domineesdochter, hè?'

'Domina's dochter,' antwoordde Karin stijfjes. 'Mijn vader heeft niets met het geloof.'

'Klopt, daarom is-ie ook vertrokken,' sarde Bene haar.

'Hé, jongens, laat dat. We hebben wel iets anders aan ons hoofd,' onderbrak Tom ze.

'Dat moet je tegen hem zeggen, niet tegen mij.' Ze kneep haar lippen op elkaar van ergernis. Ze had veel gevoeligheden, maar haar vader was absoluut haar gevoeligste punt.

'En als ze hem vanwege die sleutel hebben vermoord?' vroeg Josh. 'Misschien is hij heel waardevol. Is-ie van een kluis of zo.'

Tom fronste zijn voorhoofd. 'Waarom had hij hem dan nog?'

'Ze wisten niet dat hij hem had?' stelde Josh voor.

'Als hij zo waardevol was, zouden ze ernaar hebben gezocht.'

Ze keken allemaal naar de kleine zilveren sleutel in Toms hand.

'Wat is dat voor getal op dat donkere plastic ding?' vroeg Nadja.

Tom streek erlangs met zijn wijsvinger. De cijfers waren er een paar keer opnieuw in gekerfd, alsof iemand ze beter leesbaar wilde maken. De lijnen doorkruisten elkaar. 'Zeventien,' fluisterde hij, 'iemand heeft er "zeventien" in gekrast.'

'Zei ik toch. Een kluisje,' beweerde Josh.

'En wat denk je dat er in dat kluisje van jou zit?' vroeg Karin.

'Geld of zo,' spuwde Bene eruit alsof hij een pistool afvuurde. De anderen staarden hem aan. 'Ja, wat nou? Alles wijst op de maffia, toch? Dat konijnengaas, die stenen, net zoiets als betonnen schoenen. Zo doen ze het in Italië, zeggen ze.' Zijn wangen gloeiden. 'Misschien drugs, maar ik denk geld, veel geld.'

De wit weggetrokken gezichten werden roder en roder. Tom

schoof onrustig op zijn steen heen en weer. Deze uitbarsting van opwinding beviel hem niet. Maar de schok van die gruwelijke vondst was weggeëbd, vervlogen als een rookpluim. Hij keek naar de sleutel en moest toegeven dat als hij mocht kiezen tussen de sleutel afgeven of hem stiekem houden – dan leek die laatste optie hem toch wel het verleidelijkst. Helemaal goed voelde het niet, maar het rook wel naar avontuur. Het soort avonturen in boeken, in films. Aan deze sleutel kleefde een geheim, en aan een geheim kon je niet zomaar schouderophalend voorbijgaan. Dat liet je niet zomaar rusten.

'Echt, jongens. We moeten die sleutel houden,' zei Josh.

'Ben je nou helemaal krankzinnig geworden?' zei Karin. 'Aan dat ding kleeft bloed, waarom zou je dat ding willen houden?'

'Jezus, je bent nog erger dan mijn moeder,' steunde Nadja. 'We zijn gewoon nieuwsgierig, verder niks.'

'Jij ook al?' Karin keek Nadja met open mond aan. 'Nou ja, ik had het kunnen weten van miss-laat-je-tieten-zien. 't Past wel bij je.'

'Trut,' grauwde Nadja, maar ze werd vuurrood.

'Tom, zeg jij eens wat,' smeekte Karin bijna.

Iedereen keek nu naar hem.

'Jij hebt 'm gevonden.'

'Precies. Beslis jij maar.'

Tom voelde zich niet op zijn gemak in deze situatie. Hij keek van de een naar de ander. Josh had toch altijd de grootste bek? En Bene ook. Maar nu keek zelfs Nadja hem verwachtingsvol aan. Moest hij nu ineens de knoop doorhakken?

Hij schraapte zijn keel. 'Ik, eh... wat vinden jullie ervan om er een nachtje mee te wachten, er een nachtje over te slapen en morgen te besluiten wat we willen?'

Karins blik sprak boekdelen.

'Goed plan,' bromde Bene, die stoer probeerde te kijken.

'Ja, heel goed.' Josh knikte veelbetekenend. Hij kreeg langzaam weer praatjes. 'Dus wat mij betreft: ik ben voor houden!'

Nadja glimlachte alleen maar.

'En de dode?' protesteerde Karin. 'Moet die ook tot morgen wachten? Hoe stellen jullie je dat voor? Willen jullie daar echt morgen mee naar de politie gaan en zeggen: "O ja, sorry, die waren we nog vergeten...?"'

'Klopt,' zei Tom. 'Dat lijkt me niet handig...'

'Dan zeggen we nog even helemaal niets,' dacht Josh hardop verder, al was het in een andere richting dan Tom had gehoopt.

'Jullie bedoelen dat we helemaal niets zeggen?' vroeg Nadja. Ook zij twijfelde plotseling.

'Wie weet hoe lang hij daar al ligt,' zei Bene. 'Dood is dood, toch? Wat maakt het uit?'

Tom slikte. Waarom reageerde Bene zo gevoelloos? Hij vond dat het wel degelijk iets uitmaakte, maar hij wilde de sleutel graag houden en kreeg een weerwoord niet over zijn lippen. Karin had gelijk. Als ze naar de politie gingen, was de zaak beslecht. Dan was het het één of het ander, dan moesten ze meteen beslissen, maar dat kon hij niet. Niet nu. Niet hier. Beslissingen nemen was niet zijn sterkste punt, met anderen erbij al helemaal niet. Om helder te kunnen denken moest hij alleen zijn.

'Oké,' zei Tom hees. 'We doen het zo: we gaan nu allemaal naar huis, niemand zegt een woord, morgen zien we elkaar weer op de brug. Zelfde tijd. Als we de sleutel willen houden, doen we het. Willen we het niet, dan gooien we hem terug in het water, waar het lijk ligt.'

Even bleef het stil. Zonnestralen dansten op het kanaal.

'Goed voorstel,' vond Nadja.

'Coolio.' Bene stak zijn duimen op.

'Wat mij betreft is de zaak duidelijk,' zei Josh. 'We houden hem.'

Karin perste haar lippen op elkaar.

'Je bent weggestemd,' zei Bene grijnzend.

'Niemand zegt iets?' vroeg Tom nog een keer.

Iedereen knikte.

'Als het moet,' mompelde Karin.

Ze stonden op, pakten hun spullen en gingen huiswaarts, ieder zijn eigen kant op. Tom liep langs het slingerpaadje omhoog naar de brug, waar zijn kleren nog steeds lagen. Zijn spijkerbroek en overhemd waren warm en droog, alleen die stomme onderbroek was natuurlijk nog steeds nat. Hij trok alleen zijn overhemd aan, liet de knoopjes los zodat de stof niet over de schaafwond schuurde en besloot de omweg door het bos naar huis te nemen.

In de beschutting van de bomen bleef hij staan, hij stopte de sleutel in een van de zakken van zijn broek en legde die naast een boomstronk. Hij trok zijn natte onderbroek omlaag, stapte er net met een been uit toen hij geritsel achter zich hoorde.

'Tom? Wacht...'

Hij verstijfde. Het was Nadja. Snel probeerde hij die sneue onderbroek weer aan te trekken, maar hij bleef met zijn grote teen achter het elastiek hangen en moest huppelen om zijn evenwicht te bewaren. Bijna was hij gevallen. Rood aanlopend hees hij zijn onderbroek weer op en draaide hij zich om. Had ze het gezien? Had ze hem opgewacht?

'Hé,' zei hij onzeker van zijn ene voet op zijn andere wippend. Ze liep op hem af. Gelukkig grijnsde ze nu niet. Waarom was ze nu niet nerveus? Waar haalde ze dat zelfvertrouwen toch vandaan? Toch weer dat lachje, net als eerst. Licht als een veertje, moeilijk in te schatten. Nu stond ze voor hem, en al was ze een jaar ouder dan hij, ze kwam maar tot zijn schouders.

'Is je rug oké?'

'Mijn rug?'

'Die schram.' Ze streek met een vinger speels langs zijn rug en tikte zachtjes op de huid naast de wond. Hij kromp ineen. 'Zal ik erop blazen?'

'Blazen?' vroeg Tom. Jezus! Kon hij niets beters bedenken dan elk woord van haar te herhalen? Nadja tuitte haar lippen en

blies door zijn openhangende overhemd tegen zijn blote borst. Hij kreeg het warm en koud tegelijk. 'Nee joh, laat maar.'

'Net was je zo dapper.'

'Hoezo?'

'Jij sprong vanwege Josh.'

'Josh sprong toch ook?'

'Ja, maar vanwege mij. Dat is iets anders.'

Tom knikte en verzweeg dat hij waarschijnlijk ook voor haar was gesprongen als ze het hem had gevraagd.

'Jij bent gesprongen omdat je hem wilde helpen.'

Tom kon weer niets anders verzinnen dan bevestigend knikken.

'Dat is de lelijkste onderbroek die ik ooit heb gezien,' fluisterde ze.

Op het moment dat hij van schaamte door de grond wilde zakken, gleed haar hand tussen zijn buik en het elastiek omlaag en pakte ze hem vast. Tom wist niet wat hem overkwam, al het bloed trok weg uit zijn hersenen. Hij wist niet wat harder klopte, zijn hart of dat ding in haar hand. 'Maar... dat... dat is niet mijn rug...' stamelde hij.

Nadja giechelde.

Haar linkerhand schoof onder zijn hemd, onder zijn oksel door naar zijn rug. 'Die is hier, toch?' Haar vingers trippelden als spinnenpootjes over zijn rug naar de wond. Een gloeiende pijn trok door zijn lichaam. Nadja's tong gleed plotseling in zijn oor, vochtig en luid. Een golf overspoelde hem.

'Wil je ze nog een keer zien?'

'Wat?' vroeg hij hees en hij voelde zich meteen de grootste sukkel op aarde. Zou Josh zich ook zo hebben aangesteld?

'Hou me vast,' hijgde Nadja in zijn oor.

Tom voelde zich volkomen weerloos. Vlinders fladderden door zijn onderlijf. De pijn in zijn rug voelde hij niet meer.

5

Berlijn-Prenzlauer Berg
Zondag 3 september 2017
8.48 uur

Doctor Sita Johanns staat naakt voor haar manshoge spiegel en probeert de krabsporen op haar rug te zien.

Om haar heen heerst 'studentikoze chaos' zoals haar moeder het altijd noemt. Als kind had Sita al een gloeiende hekel aan opruimen. Sommige dingen moeten hun vaste plek hebben: de elektrische tandenborstel, haar sleutelbos, het earlgreyblik, condooms, de kroonluchter en de *lounge chair*, haar droomstoel, zelfs tweedehands een rib uit haar lijf. Bijna vierduizend euro, even gerieflijk als onbetaalbaar – al zit ze er maar zelden in. De rest mag rondzwerven. Ze heeft niet veel spullen, haar vooroorlogse woning meet honderdtwintig vierkante meter, een beetje wanorde, wat maakt het uit, vindt Sita. Nou ja, haar moeder ziet het anders, maar haar moeder snapt ook niet waarom ze haar doctorstitel niet op haar naambordje laat graveren. *Omdat het iets is waar ik in glip als in een tweede huid, als ik moet werken.*

Voorzichtig betast ze de beschadigde huid op haar rug. Achter haar snort haar smartphone, hij trilt op de vloer naast haar futon.

Sita danst tussen rondslingerende kledingstukken door naar haar telefoon. Op het scherm licht de naam Bruckmann op.

'Johanns,' meldt ze zich afwijzender dan ze wil. Sita 1 heeft nog de overhand. Het is zondagochtend, de vermoeidheid en de behoefte om met rust te worden gelaten, klinken mee.

'Sita? Ik heb u en uw gezonde verstand nodig. Nu.' Dat Bruckmann iedereen bij de voornaam noemt is een machtsspelletje, net als zijn gewoonte om nooit eerst zijn naam te zeggen.

'Wat is er?' vraagt Sita beheerst. Ze is al onderweg naar Sita 2.

'Die toestand in de Dom. Al gehoord?'

'Nee.' Ze werpt een blik in de spiegel. Het voelt vreemd zo met haar oude werkgever te bellen, en dan nog wel met Bruckmann. Naakt, nog zonder pruik. 'Waarom vraagt u niet iemand van de afdeling Informatie?'

'Sinds u hier weg bent ontbreekt het ons aan psychologisch inzicht. De evaluatie-eenheid is al overbelast. Wat moet ik met een rapport dat een of andere analyticus opstelt na een week door de dossiers bladeren?'

Aha, zo zit het dus. *Onderzoeksbegeleidend.* Vaak wordt de onderzoeksafdeling bij de recherche pas ingeschakeld als een onderzoek vastloopt. En veel van de researchers – of profilers, zijn kantoortypes, die een geval aan de hand van de dossiers napluizen, zoals de bureaucratische naam van de afdeling al verraadt: evaluatie-eenheid. Als ze destijds niet was gedwongen er te vertrekken, had Sita er zelf de brui aan gegeven. Te veel theorie, te weinig actie. Maar Bruckmanns vraag is retorisch. Ze zal ja zeggen, ja móéten zeggen, omdat het Bruckmann is die belt.

'Wat schuift het?'

'Het dagtarief voor een extern psychologisch advies, plus onkostenvergoeding. Tevreden?'

Sita juicht in stilte. Het geld komt meer dan gelegen, en het kriebelt in haar buik. Inzet, adrenaline. 'Ja, is goed,' zegt ze beheerst.

'Mooi,' gromt Bruckmann. 'Bent u thuis?' Het klinkt meer als een aankondiging dan als een vraag. 'Morten haalt u af, over een paar minuten. Hij brengt u verder op de hoogte.'

Uitgerekend Morten! Onder zijn blik had ze zich altijd het kleine meisje in de DDR gevoeld, de verschoppeling, de getinte dochter van een gastarbeider uit de communistische broederstaat Cuba, het kind dat nooit geboren had mogen worden als het aan de hamer-en-sikkel-regering had gelegen. Morten heeft zelf twee kinderen en tussen zijn status als getrouwde man en zijn werk als hoofdcommissaris ligt een weids land van onvervulde wensdromen. Als hij naar haar keek, zag ze in zijn ogen altijd een verholen afschuw – vermengd met het verlangen haar 's nachts een donkere steeg in te sleuren en haar bruut te nemen tussen de vuilniszakken.

'Goed. Ik zal haast maken.'

'Heel graag. En Sita, nog iets?'

'Ja?'

'Tom Babylon van team 7 loopt er ook rond, maar dit is niet zijn zaak. Maak hem dat duidelijk. Hij schijnt het niet te willen begrijpen?'

'Waarom niet?'

'Waarom hij dat niet begrijpt? Hoe moet ik dat weten?' vraagt Bruckmann geërgerd.

'Nee, waarom *ík* hem dat duidelijk moet maken?'

'Ga nou niet meteen dwarsliggen, Sita.'

'Ik ben psycholoog, geen babysitter.'

'Dat komt op hetzelfde neer.' Hij drukt zich vaak simpeler uit dan hij denkt, maar het loopt niet altijd uit op een grofheid, of een regelrechte belediging, zoals nu.

'Zorg ervoor dat hij niet over de schreef gaat.' Ze hoort een klik, de leider van de Landelijke Eenheid heeft opgehangen. Sita gooit haar telefoon op haar matras en werpt nog een laatste blik in de spiegel, alsof ze naar een vreemde kijkt, die elk moment in rook op kan gaan. Een vertrouwd beeld, lichtgetint, bruine ogen, gemillimeterd haar, het littekenweefsel langs haar kaak en het brandmerk onder haar rechterborst.

Niet over de schreef gaan, zei Bruckmann. Daar gaat het altijd om. Wie over de schreef gaat, moet lijden. Degenen die het niet doen, lijden ook. Het kriebelen wordt heviger.

6

Berliner Dom
Zondag 3 september 2017
9.13 uur

'Als je maar niet denkt dat ik je dek als het uitkomt,' gromt Grauwein. Hij drukt weer op de knop van zijn Nikon. De digitale camera simuleert het geluid van een analoge spiegelreflexcamera, Grauwein klakt met zijn tong. Tom en hij staan met hun rug naar het altaar, op een rood tapijt. De lens van de camera is op de koepel gericht.

'Dank je,' zegt Tom.

'Zeg dat niet! Straks denkt iemand hier nog dat ik het voor jou heb gedaan.' Grauwein gebaart naar waar de Dompredikante Brigitte Riss hangt alsof er niets is gebeurd. 'Ik had haar toch op een of ander moment weer moeten ophijsen. Als ik daar geen foto's van lever, trekken ze niet alleen jouw kop eraf.'

'Maar toch,' zegt Tom.

'Beier, Börne, kom eens hier,' roept Grauwein.

De beide forensische assistenten onderbreken hun werk. Hun beschermende overalls ritselen in de stilte als ze aan komen lopen. De ene heeft een baardje en kijkt arrogant, wat hem de bijnaam Börne heeft opgeleverd, al lijkt hij verder totaal niet op de gelijknamige, bekende forensische specialist op tv. Beier is gladgeschoren, heeft vlasblond haar en lijkt wel verdord, alsof zijn werk hem van zijn eetlust berooft.

'Chef,' zegt Beier als ze voor hem staan.

Börne zwijgt. Hij houdt niet van dat woord.

Grauweins blik dwaalt af naar de hoofdingang, er stijgt daar geroezemoes op, hij mompelt: 'Niemand hoeft te weten dat mevrouw al even op de grond heeft gelegen. Laat ons er allemaal goed uitzien.'

Börne fronst zijn wenkbrauwen. 'En als...'

'Vragen worden door mij beantwoord. Alleen door mij.' Grauwein werpt Börne een vernietigende blik toe.

De deur zwaait open. Inspecteur Jo Morten komt met driftige stappen de kerk binnen. Hij wordt geëscorteerd door twee agenten in uniform en een slanke vrouw met lang zwart haar en een gezicht dat Zuid-Amerikaans aandoet. In tegenstelling tot Morten kijkt zij naar de vloer, misschien om zichzelf de aanblik van de dode te besparen. Voor zover Tom zich kan herinneren, werkte ze als psychologe voor de Dienst Regionale Recherche, haar naam herinnert hij zich niet.

Met het gezelschap glipt kort een gedruis mee de Dom in. Het geluid van de menigte die voor de Dom staat. Om tien uur begint normaal gesproken de dienst. Toeristen en gelovigen verdringen zich inmiddels vast al met een zwerm journalisten voor de afzetting. Tom ziet de krantenkoppen al voor zich.

'Hebben jullie me gehoord?' sist Grauwein nog snel.

'Duidelijk,' bromt Beier. Börne kijkt zuur, Tom hoopt dat hij zich weet in te houden.

'Is dat alles wat jullie gedaan hebben?' roept Morten al van twintig meter afstand. Zijn nasale stem snijdt door de Dom.

'Hoezo alles, opgeblazen kikker,' mompelt Grauwein.

'Dat hoorde ik, Grauwein,' roept Morten. 'Het galmt.' Hij forceert een glimlachje en laat zijn wijsvinger rond zijn rechteroor draaien. Zijn pink staat scheef, de hand ziet eruit als een gehoornd duiveltje. Voor iemand van halverwege de vijftig heeft hij een verbazingwekkende kop met haar; donker, met een paar grijze strepen erin en met een scherp getrokken scheiding. 'Als je van misdaad evenveel weet als van akoestiek, weten we tenminste waarom je zo traag werkt.'

Grauwein loopt rood aan van ergernis, maar reageert niet.

Beier en Börne vluchten weer naar hun werk.

'Hé, Joseph,' zegt Tom. Hij stopt zijn handen in de zakken van zijn jack.

Morten staat voor hem, tanig, anderhalve kop kleiner dan hij en lacht verbeten. Tom weet dat hij liever Jo wordt genoemd, en Morten weet dat Tom dat weet.

'Iemand heeft hier lopen kloten,' stelt Morten vast.

'O, ja?' Tom weerstaat zijn uitdagende blik. Verdomme, hij had de dode moeten laten hangen. Als Morten het weet, wordt het lastig. Het zou al de derde keer zijn dat hij Interne Zaken op zijn dak kreeg. 'Wie dan, volgens jou?'

'Rainers nieuwe bunny bij hem op kantoor. Die met die piepstem,' zegt Morten.

Tom denkt aan het telefoontje van die ochtend, die hoge, nerveuze stem. *Bunny*. Het is de psychologe aan te zien dat ze niet van Mortens taalgebruik gediend is. Haar jukbeenderen tekenen zich scherp af onder haar gebronsde huid. Onder haar rechteroor, bijna afgedekt door haar lange haar, lijkt littekenweefsel te zitten.

'Je vraagt niet eens wát ze verkloot heeft,' zegt Morten.

'Ik neem aan dat ze mij heeft gebeld en niet jou?'

'Tjongejonge. De grote Babylon.' Morten grijnst zijn tanden bloot. Ze zijn geel van de thee en de nicotine. 'Het lijkt wel of je bij de districtsrecherche zit.'

'Dit is geen *districtszaak*.'

'Whatever,' reageert Morten droog. Achter hem zweeft de dode in het licht van de schijnwerpers.

'Ik doe mee,' zegt de psychologe zachtjes.

Morten draait zich naar haar om. 'Vroeg ik daarnaar?'

'Nee,' antwoordt ze kalm. 'Maar als het om competentie gaat, belt u dan even met degene die mij hierheen heeft gestuurd.'

Morten kijkt haar doordringend aan. Zijn blik dwaalt geringschattend langs haar lichaam. Niet omdat ze onaantrekkelijk is, integendeel, maar alsof het feit dat hij een man is en zij een vrouw toch in zijn voordeel zou moeten werken. 'Doe wat u niet laten kunt.'

Tom onderdrukt een opkomend grijnslachje.

'Dr. Sita Johanns.' De psychologe steekt haar hand naar hem uit. Hij schat haar lengte op ongeveer een meter tachtig. Haar ogen zijn donkerbruin en verraden niets.

'Tom Babylon.'

'Een grote man,' zegt ze glimlachend.

'Dat komt door mijn naam,' zegt hij, ook glimlachend.

Morten draait zich om en brult. 'Godverdomme, wordt er hier nog gewerkt?'

Op verschillende plekken in de Dom klinkt geknisper en geritsel.

'En doe een paar van die lampen uit. Je ziet geen reet met die kutdingen! Of zijn jullie nu nóg niet klaar met fotograferen?'

'Mag ik Tom zeggen?' vraagt ze.

'Vindt Bruckmann het nu al nodig om een psycholoog op me af te sturen om me op te vangen?'

'Moet je worden opgevangen?'

'Hou daarmee op,' zegt Tom.

'Ophouden? Waarmee?'

'Met die tactische woordspelletjes.'

'Wat bedoelt u met tactische woordspelletjes?'

'Die vragen. Zonder iets prijs te geven het initiatief houden.'

'Tjonge,' zegt ze. 'U bent slim.'

'Is dat ironisch bedoeld?'

'Het was in elk geval geen vraag.'

Een van de lampen gaat uit. Sita's gezicht is plotseling nog maar aan één kant belicht. In haar ogen glanzen gouden spikkeltjes, de reflectie van het bladgoud rond het altaar.

'Laten we het kort houden,' zegt Tom. 'Bruckmann heeft u gestuurd om mij duidelijk te maken dat ik eruit lig, toch?'

Sita Johanns ogen verkoelen. 'Vooralsnog heeft hij me gevraagd om bij het onderzoek te zijn.'

'De koe bij de horens vatten, maar hem meteen ook aan de kant te schuiven.'

'Als u zichzelf als koe beschouwt – ja.'

'Als Bruckmann mij van de zaak wil halen, moet hij het me zelf komen vertellen.'

'Heeft hij dat niet al gedaan?'

'In hoogsteigen persoon, bedoel ik. Tot dan neem ik deel aan het onderzoek.'

Achter hen klinkt kabaal. Börne is tegen een kerkbank aan gelopen.

'Pas op, man, straks laat je haar vallen,' roept Beier.

Sita Johanns draait zich om en werpt een vluchtige blik op de dode. Er trekt een huivering door de zwarte engel. Het lijk slingert wild heen en weer. Beier en Börne laten het langzaam zakken. Sita Johanns draait zich weer om naar Tom. Heel even lijken er barsten in haar professionele masker te ontstaan. 'Waarom wilt u deze zaak per se? Uit ijdelheid?' Ze gebaart in de richting van Morten. 'Of uit rivaliteit?'

'Dat is meer zijn stijl.'

'Waarom dan?'

Tom zwijgt. Hij houdt niet van ondervragingen. Meestal zit hij daarbij aan de andere kant van de tafel. Sita Johanns heeft iets verontrustends. Ze is afstandelijk, maar ook lijkt het alsof ze hem wil vastpakken om hem nooit meer los te laten. 'Is het omdat u de dode kent?'

Het duurt net even te lang voor Tom zijn antwoord klaar heeft.

'Hoezo, waarom zou dat?'

'Nu stelt u de vragen. Wilt u graag verder met de zaak?' Gouden spikkels in haar ogen.

‘Ik ken haar niet.’
‘Dat weet u nu al? Ze hangt toch nog in de touwen, met een blinddoek voor?’
Toms mond zakt open, hij doet hem weer dicht. Zoekt naar woorden. Sita Johanns kijkt naar hem alsof ze met een zaklamp langs de binnenkant van zijn hoofd schijnt.
‘Weer woordspelletjes,’ zegt Tom schouderophalend. Maar het is al te laat. Ze weet dat er iets niet klopt. Dat ze hem heeft betrapt, al weet ze misschien nog niet precies waarbij.
‘Wat is jullie connectie?’ vraagt de psychologe.
‘Vergeet het. Ik speel niet mee.’
‘U bemoeit zich verder niet meer met de zaak, of ik zorg dat u eruit vliegt. U én uw collega’s.’
‘Pardon?’
‘Geloof me,’ zegt ze onderkoeld. ‘Ik weet nog niet precies wat hier is gebeurd voordat wij binnenkwamen, maar wat het ook was, alleen al de manier waarop Peer Grauwein net naar ons keek, zegt mij genoeg. Hij is erbij betrokken.’
Tom kijkt over haar schouder naar Grauwein. Hij staat een eindje verderop en doet iets te opvallend alsof hij er niet is.
‘Wilt u dat echt?’ vraagt Tom.
Sita Johanns glimlacht. ‘Stap in uw auto, rij naar huis en het komt allemaal goed.’
‘U wilt echt onder Morten werken? Dat is een…’
‘Ik weet wat hij is, maar dat doet hier…’
‘Jezus, wat is dít?’ roept iemand.
Onder het orgel, twintig meter van hen vandaan, zwaait een jonge sporenonderzoeker heftig naar hen. Tom weet niet hoe hij heet. Hij staat voor het manshoge hek waar de touwen aan waren vastgeknoopt. Tussen de spijlen met de gedraaide spitsen glanst iets goudkleurigs. ‘We hebben een sleutel nodig. Hier ligt nog een lijk.’

7

Psychiatrische privékliniek Höbecke, Berlijn-Kladow
Zondag 3 september 2017
9.21 uur

'Daar is hij weer,' fluistert Klaartje eerbiedig.

De patiënte van kamer 128 zit op de rand van haar bed, in zichzelf gekeerd, alsof ze op de vensterbank van een venster naar een andere wereld zit, als Friderike Meisen de schemerige ruimte binnenkomt. De stagiaire aarzelt en laat haar hand met het medicijnendoosje zakken. De pillen tikken in hun kleine blauwe vakjes. Friderike komt voor het eerst in kamer 128.

Daar is hij weer. Friderike schiet spontaan de bioscoopfilm naar het boek van Timur Vermes te binnen. Het boek heeft ze niet gelezen, maar de film heeft ze wel gezien, illegaal op haar telefoon, via een van die streamingplatforms.

Maar deze patiënte kijkt vast niet naar films. Zou ze boeken lezen? Voor het raam, dat met een laken is afgedekt, ziet Friderike Klaartjes profiel; een uitgeteerde vrouw. Met haar hangende schouders zou ze zo net zo goed dertig als veertig kunnen zijn. Het bed waar ze op zit is afgehaald, haar voeten staan netjes naast elkaar op de beige vloerbedekking.

'Ik weet het zeker. Hij is terug.'

Heeft ze het tegen mij? Friderike weet niet zeker of ze in zichzelf praat. Ze is tenslotte nieuw hier, een 'groentje' zoals het hoofd van de verpleging haar twee weken geleden aan de rest van het personeel voorstelde. Net negentien, vlasblond, doorsneelengte, een smalle neus, een kleine mond. Dat haar vader neuroloog is verzwijgt ze, bang dat mensen denken dat ze zichzelf beter vindt dan de rest. Ook haar vader vindt haar niet beter dan de rest, hij heeft meer aandacht voor Volker, haar stiefbroer, die sinds twee jaar medicijnen studeert in Heidelberg, nog altijd thuis woont en van dag tot dag vervelender wordt. Wat had ze anders kunnen doen dan opkrassen? Pas achteraf hoorde ze dat juist haar vader na haar sollicitatie in Berlijn professor doctor Wittenberg had gebeld om bij hem een goed woordje voor haar te doen.

Ze is hier inmiddels drie weken en mag voor het eerst iets anders doen dan lakens vouwen en koffiezetten. 'Klaartje is ongevaarlijk,' zeiden haar collega's. Ze hoeft haar alleen maar haar pillen te brengen. En nu voelt ze zich onbehaaglijk, een indringster in een vreemde, intieme wereld.

Beheers je, denkt ze. Als je dit werk wil doen, kun je niet al meteen bij je eerste patiënt de zenuwen krijgen. Zoek contact, wees vriendelijk!

Friderike schraapt haar keel. 'Pardon... wie is er weer, mevrouw eh...' ze kijkt naar het medicijnendoosje, naar de sticker op het deksel, *Klara Winter*, staat er, '... mevrouw Winter.'

De patiënte kijkt op en staart naar het donkere patroon van het behang op de muur tegenover haar bed. 'Hij,' zegt ze met opgetrokken, kaalgeplukte wenkbrauwen, terwijl ze vergeefs naar een rustpunt in het patroon lijkt te zoeken.

'Ah, ik snap het,' zegt Friderike verward. Ze volgt Klara's blik. Nu pas ziet ze dat Klara niet naar een behangpatroon kijkt. De muur tegenover haar is kaal, maar helemaal volgekrabbeld met balpen, rijen cijfers, tot aan het plafond, opgedeeld in vierkanten van elk vijf of zes rijen cijfers. Ook de muur ertegenover is ermee bezaaid, en de muur rond het verduisterde raam. Alleen in de hoeken plakken nog kleine stukjes grasgroen behang.

'Ik kom u uw pillen brengen,' zegt Friderike, die haar best doet niets van haar verbazing te laten merken. 'Mag ik Klara tegen u zeggen?'

Klara Winter knikt.

Friderike geeft haar het medicijnendoosje met de vakjes. Gedwee pakt de patiënte de pillen voor de ochtend. Friderike doet nieuwsgierig een stap in de richting van de volgeschreven muur. De blokken met cijfers zijn kennelijk kalenders, een blok voor elke maand, twaalf blokken voor een jaar. Friderikes blik glijdt langs de eindeloze reeksen cijfers en ruimten ertussen. Hoeveel jaren zijn het eigenlijk? Recht voor haar neus staat in minuscule bloklettertjes 'december' boven een van de maanden. Het laatste cijfer in het blok trekt haar aandacht, ze denkt even dat ze zich vergist: er staat tweeëndertig. Nu ziet ze dat er nog meer niet klopt.

Vreemd, denkt Friderike.

Uit haar ooghoeken ziet ze hoe Klara Winter haar pillen voor de ochtend op de grond laat vallen en met haar blote voeten onder haar bed schuift.

'Ja, maar dat gaat zomaar niet!' zegt ze streng, ze vindt zichzelf meteen bits en belerend klinken, alsof ze tegen een idioot of een klein kind praat. Terwijl ze zich nog zo had voorgenomen nooit die badinerende toon aan te slaan waarop oudere verpleegsters en verzorgers patiënten aanspreken. Dit zijn mensen, net als iedereen, hooguit wat anders. Ze wil ze helpen, niet stigmatiseren. 'Waarom doet u dat?' vraagt ze nu veel vriendelijker.

'Ik weet het niet,' mompelt Klara terwijl ze ook de rest van de pillen over de vloer uitstrooit. Kleine witte dragees stuiteren over de grond. 'Misschien wil hij niet dat ik ze neem.'

'Mevrouw Winter,' zegt Friderike, oprecht geïnteresseerd. 'Wie is die "hij"? Misschien kunt u mij aan hem voorstellen?'

'O, hij stelt zich niet aan iedereen voor. Hij kiest je uit.'

'Heeft hij een naam?'

'Een naam? Ja.'
'Verklapt u die aan mij?'
Klara kijkt Friderike nu recht in de ogen. De hare staan vermoeid, haar irissen zijn grijsblauw en weerspiegelen de kleurloze kamer. Haar lippen bewegen geluidloos.
'Mevrouw Winter, kunt u iets harder praten?'
'Jezus,' zegt ze zachtjes.
'Jezus? U bedoelt dé Jezus?'
'Hij is het. Hij ziet er net zo uit.'
'Aha,' zegt Friderike. Ze dwingt zichzelf de patiënte serieus te nemen. Dat heeft ze zich voorgenomen, hoe bizar ze soms ook zijn. 'En u hebt hem hier gezien?'
'Hoe weet u dat?' vraagt de patiënte. Ze kijkt om zich heen alsof ze in de gaten wordt gehouden.
'Nou ja,' Friderike probeert het met een samenzweerderig knipoogje. 'Zo vaak komt u niet buiten, toch?'
Klara schudt nerveus van nee, ze glimlacht zwakjes.
'Jezus moet inmiddels aardig op leeftijd zijn,' zegt Friderike.
'Hij is net zo oud als altijd.'
'U hebt vast gelijk. Hij is tenslotte Gods zoon. Dan zal die leeftijd geen probleem zijn.' Ze glimlacht om haar eigen grapje, plotseling lijkt en voelt het even alsof ze haar werk goed doet.
'Wat deed hij dan hier, mevrouw Winter?'
'Hij komt me redden.'
Friderike knikt en zwijgt even. 'Maar dat met die pillen, mevrouw Winter, ik denk niet dat hij het daarmee eens zou zijn.'
'Hij zou niet willen dat ik ze nam, toch?'
'Integendeel, ik weet zeker dat hij erop zou staan dat u ze zou nemen.'
Klara's ogen vernauwen zich.
'Weet u wat?' Friderike bukt zich en raapt de pillen van de vloer. Die stomme pillen zien er allemaal hetzelfde uit. 'We

doen het zo. Ik haal nieuwe pillen. Onderweg loop ik even langs de kapel, vraag ik Jezus of het zo goed is en als hij ja zegt, kom ik meteen naar u en neemt u uw pillen.'

Klara Winter fronst bozig haar voorhoofd, maar zegt niets. Friderike voelt zich plotseling onwel, alsof ze een onzichtbare grens is overgestoken. 'Kijkt u me niet zo boos aan. Ik ben zo weer bij u.'

Ze draait zich om naar de deur, wil gaan, maar haar blik blijft hangen aan de met cijfers bezaaide muur, ze blijft staan. 'Bij uw kalender viel me een klein foutje op, dat wilde ik u nog vragen. Waarom hebt u de zeventien...'

'Dat is geen fout!' schreeuwt Klara Winter haar na. Friderike komt er niet meer toe om zich om te draaien. Ze voelt een stoot in haar rug, valt met haar gezicht op een commode, klapt met haar neus op het hout. Ze verliest haar evenwicht en komt op de vloer terecht, het tapijt is veel minder zacht dan ze dacht. Friderike kreunt en draait zich alsnog, aangeslagen om. *Sta op*, denkt ze, *het is niet goed als je hier zo ligt.* Ze ziet het gezicht van Klara Winter, bang, van streek.

Friderike krabbelt overeind en houdt haar hand onder haar neus. Er vallen warme, helderrode druppels uit en het doet pijn, verschrikkelijk veel pijn.

8

Berliner Dom
Zondag 3 september 2017
9.37 uur

Het ijzeen hek is nog steeds niet open. De tijd sijpelt weg als hars langs een boom. Als er goede en slechte stilte bestaat, dan is dit de slechte, denkt Tom. Niemand zegt iets, iedereen schuifelt wat rond, in afwachting van nog meer doden.

Peer Grauwein stopt een pastille in zijn mond. Jo Morten ijsbeert een stukje verderop en Tom voelt door de stof van zijn broek een rechthoekig pakje. Hij was toch gestopt met roken?

En waar blijft verdomme de koster met de sleutel? Er zijn al tien minuten verstreken sinds hij met Sita Johanns naar zijn kantoortje liep, naar de sleutelkast.

Achter de ijzeren staven schemert een enorm pronkgraf, goud met hier en daar flintertjes zwart, alsof iemand er roet overheen heeft gestrooid. Daarachter ligt een hoofd op de tegelvloer. Grauwein beschijnt het met een van zijn lampen. In de kille gloed van het ledlicht glinstert bloed tussen verwarde, grijze haren.

Het lijkt alsof het gesprek met Sita Johanns niet heeft plaatsgevonden. Het tweede lijk heeft het tot nader order uitgewist. Tom weet niet hoe hij de gedachten die door zijn hoofd tuimelen, op orde krijgt. De Dompredikante, Vi, die sleutel met 17 erop, en in zijn broekzak de wikkel met cocaine erin – of wat het dan ook is.

'Eh, Peer?'
'Hm?'
'Wil je mij een plezier doen?'
'Nog een?'
Tom geeft hem het opgevouwen papiertje. 'Ik heb dit in beslag genomen bij een getuige. Het moet geanalyseerd worden. De dame in kwestie weigert te praten. Maar met een beetje hulp...'
Met zijn tong duwt Grauwein de pastille van de ene in de andere wang. 'En hoe administreer ik dat?'
'Op Schiffner.' Schiffner was een van de grote jongens in de stad. Een paar clubs, prostitutie, verdacht van drugshandel. Vier maanden geleden was hij in het kantoor van zijn premiumclub Odessa doodgeschoten.
'Vingerafdrukken, dat wordt wel lastig.' Grauwein kijkt bestraffend naar het pakje tussen Toms vingers.
'Die zijn niet belangrijk. Vertel me wat erin zit.'
Peer Grauwein laat het kleine pakje met de souplesse van een zakkenroller in een plastic zakje verdwijnen. 'Prioriteit?'
'Hoog.'
'Hoog? Jij hebt lef. Dít heeft prioriteit.' Grauwein zwaait met een priemende wijsvinger in het rond.
Galmende voetstappen komen naderbij. 'Ik heb hem!' De koster hijgt alsof hij stenen heeft lopen sjouwen. De sleutel in zijn hand lijkt nieuw, alsof hij nog nooit is gebruikt: er hangt een paars labeltje aan waarop *FW 1* staat. 'Friedrich Wilhelm de Eerste,' verklaart hij als hij Morten passeert en Tom de sleutel overhandigt. Het gezicht van de hoofdcommissaris spreekt boekdelen. 'Waarom duurde dat zo lang?'
De lijvige koster trekt zijn schouders op alsof hij ertussen probeert te verdwijnen. 'Mijn sleutelbos is, eh... ik kan hem nergens vinden.'
Waarmee waarschijnlijk meteen de vraag is opgelost hoe de

dader of daders het hek open hebben gekregen. Tom steekt de sleutel in het slot van het hek.

'Hoe bent u dan vanochtend binnengekomen?' vraagt Grauwein.

'De sleutel van de hoofdingang heb ik altijd bij me, mijn sleutelbos niet,' verklaart de koster. 'Weet u hoeveel deuren hier zijn? Het zijn er meer dan vijfhonderd en...' Hij ziet het hoofd van de dode en verstomt onmiddellijk.

'Het is goed, dat bespreken we later,' zegt Tom rustig. Hij geeft Sita een seintje. Ze slaat haar arm om de koster heen en loodst hem naar de kerkbank die het dichtst bij staat.

Een metalige klik, een licht schokje en het hek zwaait geluidloos open. Heel even staan Morten, Grauwein en Tom voor het geopende hek als voor een onzichtbare kast. Het labeltje rinkelt aan de sleutel. Een schijnwerper wordt omgedraaid, het praalgraf gloeit op. Gouden leeuwenpoten rusten zwaar op een massieve, zwarte sokkel, op de vloer erachter ligt een plas bloed.

'Niet langs de normale route,' stelt Morten voor. 'We schuifelen langs het hek.'

'Het zou beter zijn als je mij eerst mijn gang laat gaan,' oppert Grauwein mismoedig. Hij pakt zijn Nikon, die aan een dun koord om zijn nek hangt. Niemand reageert. Ze horen elkaar ademhalen. Grauwein maakt daar altijd piepende geluiden bij, misschien doordat zijn neus scheef staat.

De dode is een ongeveer vijftigjarige man. Hij ligt ingeklemd tussen het praalgraf en de achterwand. Zijn muisgrijze jack en lichte bandplooibroek hebben een deel van het donkere vocht op de vloer opgezogen. Aan zijn linkervinger prijkt een trouwring die zo strak zit dat hij in het vlees snijdt.

'Smerige zooi,' bromt Morten.

Grauwein fotografeert methodisch, dan draait hij het lijk voorzichtig op zijn rug. De bloedplas maakt een smakkend geluid. Toms maag meldt zich en herinnert hem eraan dat in de rechercheur Tom Babylon ook nog de mens Tom Babylon verstopt zit.

De verwarde haren van de dode steken alle kanten op. De ogen onder de borstelige wenkbrauwen zijn er met grof geweld uitgestoken, in zijn hals, waar de slagader loopt, gaapt een diepe wond. Het flitslicht verblindt Tom en tovert een nabeeld op zijn netvlies. Grauweins in latex gehulde vingers tasten naar de kaak van de dode. Stijf. De armen zijn nog flexibel. 'Drie uur,' mompelt hij, 'misschien vier. Hij is in elk geval hier overleden. Anders hadden we sporen gevonden, met die hoeveelheid bloed hier.'

Tom kijkt over zijn schouder naar de koepel, waar Brigitte Riss nog altijd hangt. Beier en Börne hebben hun werkzaamheden onderbroken. Wat er hier verder ook nog gebeurt, hij moet die sleutel om haar nek te pakken zien te krijgen.

Morten volgt zijn blik en wijst met zijn kin naar de dode achter het praalgraf. 'Bijkomende schade?'

Bijkomende schade. Tom vraagt zich af of hij zelf binnen twintig jaar ook elk gevoel van empathie zal kwijtraken. Soms lijkt hem dat uitgesloten, soms onvermijdelijk. 'Het lijkt er in elk geval niet op dat die arme man deel uitmaakt van de enscenering,' zegt hij. 'Integendeel, hij is in de coulissen neergelegd.' Hij wisselt een blik van verstandhouding met Grauwein: ze denken allebei aan de uitgestoken ogen van Brigitte Riss. Dezelfde dader – zou je zeggen.

'Goed,' bromt Morten. 'Laten we ons eerst op de vrouw concentreren.'

'Peer,' zegt Tom, 'wil je proberen een foto van zijn gezicht te maken die er niet al te gruwelijk uitziet?'

'Het is wat het is,' bromt Grauwein.

'Probeer het in zwart-wit en vraag onze psychologe of ze de foto aan de koster laat zien. Misschien herkent hij hem.'

'Tom, mag ik je eraan herinneren dat je hier niet bevoegd bent om instructies te geven?' blaft Morten. 'En Beier, haal die vrouw eindelijk eens naar beneden. Ik wil godverdomme weleens weten wie het is. De rest komt later. Hoe heet de koster ook alweer?'

'Becher, geloof ik.'

'Heeft die Becher niet een kalmeringstablet gekregen van de arts van het Mobiel Medisch Team?'

'Ja, meteen.'

'Dan zal hij ook wel in staat zijn om je foto's te bekijken zonder dat je er eerst kunst van maakt.'

Grauwein steekt zijn middelvinger op naar Mortens rug, maakt nog snel een zwart-witfoto en loopt terug naar het midden van de Dom, als plotseling zijn mobiel overgaat. De eerste tonen van 'Sex Machine' galmen door de Dom. Sita Johanns wendt zich af en houdt een lachbui in, naast haar zit Becher, als verstijfd, lijkbleek.

Ik kan haar niet uitstaan, fluistert Vi vlak naast Toms oor.

Ze doet gewoon wat er van haar gevraagd wordt, fluistert hij terug.

Laat ze dat dan lekker ergens anders gaan doen.

Het is Bruckmann. Hij wil mij er niet bij hebben.

Die Bruckmann van vroeger?

Ja, die.

Maar kunnen we wel mijn sleutel halen?

Het is jouw sleutel niet, Vi, maar ik zal kijken wat we kunnen doen.

Even plotseling als Vi opdook, is ze weer verdwenen. Tom heeft geleerd met haar verschijningen te leven, hij weet dat ze alleen maar komt omdat hij het zelf wil.

Hij loopt naar de plek waar het lijk van Brigitte Riss inmiddels is neergelegd. Grauweins flitslicht zoemt als de flitser oplaadt. Morten wenkt naar Becher en Sita om erbij te komen staan, maar ze reageren niet.

Voorzichtig maken de technici de blinddoek los.

'Kut,' mompelt Morten.

'Dat is toch de ex-bisschop, Brigitte Riss,' zegt Grauwein, aangedaan alsof hij haar echt voor het eerst ziet.

'Kut,' zegt Morten nog een keer.

Tom verstart. Hij staart naar de lege plek tussen haar borsten op het gewaad van de Dompredikante. 'Verdomme, waar is die sleutel?' fluistert hij.

'Welke sleutel?' vraagt Morten.

Het is doodstil in de Dom.

'Nou, de sleutel. Ze had een koord met een sleutel om haar nek.'

Morten kijkt van de een naar de ander. 'Weet je dat zeker?'

Grauwein kijkt als eerste weg.

'Grauwein? Hebt u een sleutel gezien?' vraagt Morten. 'Iemand anders?'

Iedereen zwijgt. Grauwein knikt. 'Door de telelens. Toen ik de details vastlegde.'

Morten kijkt eerst hem en dan Tom verstoord aan. 'Kan iemand me vertellen wat hier aan de hand is? En hoe kan dat ding godverdomme weg zijn? Het is hier een plaats delict. Hier raakt niets weg!'

'Eh, sorry?' Sita Johanns komt bij het groepje staan.

'Wat?' snauwt Morten.

'De dode bij het praalgraf. De heer Becher denkt hem te hebben herkend.'

'Zonder foto? Vanaf de andere kant?' Morten zwaait naar de kerkbank waar de koster als een hoopje ellende in elkaar gedoken zit.

'Hij herkende hem aan zijn achterhoofd. Aan zijn haar, de boord van zijn overhemd. Zegt hij althans.'

'Aha. Dan moet hij hem goed kennen, die heer Becher.'

'Dat ligt voor de hand. De dode is kerkorganist Bernhard Winkler.'

Bernhard Winkler. Toms hart krimpt ineen. Hij kan zich de man nog goed herinneren, hoewel hij hem maar één keer heeft ontmoet, die keer in Stahnsdorf, in de kleine Noorse kerk in Stahnsdorf, waar ook de uitvaart voor zijn moeder plaatsvond. Winkler had met hem meegevoeld en naar hem geluisterd zoals nog nooit iemand had gedaan. Het was de voorlaatste keer geweest dat Tom een voet in een kerk had gezet – vandaag niet meegerekend. Aan de laatste keer durfde hij niet meer te denken. Dat was een farce en een nachtmerrie ineen geweest. Een begrafenis die geen begrafenis was.

'De Dompredikante, de Domorganist. Wat een kutzooi,' mompelt Morten. 'Ik wil een informatiestop. Heeft iedereen me gehoord? Informatiestop. Geen woord. Tegen níémand!'

Grauwein is gestopt met fotograferen en begint voorzichtig de soutane van Brigitte Riss van opzij los te snijden. Tom wendt zich af. Het ontkleden van een slachtoffer op een plaats delict heeft iets onwaardigs, bijna nog erger dan de Y-vormige snede die de patholoog-anatoom later aanbrengt.

Grauwein legt zijn schaar opzij. Met spitse vingers tilt hij de stof voorzichtig op. Even heerst er weer stilte. Dan een langgerekt, zacht: 'O mijn god.'

Grauweins overall ritselt als hij opstaat en terugdeinst. Tom draait zich om, het moet wel om iets heel ergs gaan. Grauwein heeft al zoveel gezien en is allesbehalve kleinzerig.

Brigitte Riss ligt naakt op de vloer. Ze draagt geen ondergoed. De zwarte gaten van haar lege oogkassen staren omhoog naar de koepel. Maar dat is niet wat Grauwein deed terugdeinzen.

9

Stahnsdorf bij Berlijn
Vrijdag 10 juli 1998
21.19 uur

Viola stond in de badkamer te spelen met de lange veer die ze had gekregen en keek met grote ogen naar Tom die zich in bochten wrong om zijn wond in de spiegel te bekijken. Hij zag er akelig uit.

'Kan ik... Kan ik je helpen?'

Tom kromp ineen.

Viola was beledigd dat hij haar nu pas zag. Was ze soms lucht voor hem?

'O, nee, dank je, het gaat wel.'

'Het gaat helemaal niet,' zei Viola. 'Je kunt er niet eens bij.'

'Het lukt wel.'

'Ik weet waar papa de jodium heeft neergezet.' Ze keek hem aan en wachtte op een reactie, een compliment misschien zelfs wel. Het was geen stom idee. Jodium was het eerste dat bij de behandeling van een wond kwam kijken. Jodium, stilhouden, pleisters, maar haar broer stond nog steeds besluiteloos voor de wasbak. Hij was spierwit, alsof hij een spook had gezien.

'Ik ga 't halen.' Ze stak de veer achter haar oor alsof ze een indiaan was, een medicijnvrouw, en holde weg.

In de keuken, in de lade links naast de spoelbak stond het groene flesje. Betadine *stond erop. Ernaast lagen pleisters.*

Terug in de badkamer zag ze zichzelf in de spiegel. Verwarde blonde krullen, opgewonden, vuurrood. Ze probeerde als een dokter te kijken.

'Je moet op je buik gaan liggen, anders loopt het allemaal weg.'

Tom keek naar het groene flesje in haar handen en glimlachte. Anders dan anders, zwakjes deze keer. Wat voor spook hij ook had gezien, hij moest er flink van zijn geschrokken.

'Goed, mevrouw de dokter, dan lopen we maar even naar mijn bed, vindt u niet?'

'Haha,' pruilde Viola. 'Praat niet tegen me alsof ik een baby ben.'

Tom stak zijn handen in de lucht. 'Doe ik echt niet, mevrouw de dokter.'

'Slijmbal. Kom je mee?'

Tom knikte. Weer dat lachje waar ze zo van hield – zelfs al wekte hij er soms de indruk mee dat hij alles beter wist. Maar nu leek hij ernstig. Hij liep naar zijn kamer, ging op zijn bed liggen en keek haar aan.

'Wat is dat eigenlijk voor een veer?'

'Wat voor een veer?' vroeg Viola schijnheilig.

'Die achter je oor. Wat een mooie.'

'O, die heb ik gekregen. Van papa,' loog ze. Dat was beter, voor hij nog meer stomme vragen zou stellen.

'Hm,' bromde Tom. Waarom wist hij altijd precies wanneer ze loog? Maar in plaats van verder te vragen zei hij: 'Ga je gang.'

Opgelucht schroefde Viola de dop van het flesje los. 'Het kan een beetje pijn doen,' zei ze met een ernstige stem. Ze liet voorzichtig druppel na druppel op de wond op haar broers rug vallen. Tom bewoog niet één keer. Hoe deed hij dat? 'Zo, nu alleen nog een pleister erop. Ze fronste geconcentreerd haar voorhoofd en vervolgde de behandeling.

'Hé, hoeveel pleister wou je gebruiken?' vroeg Tom na een poosje.

'Klaar,' zei Viola. Tevreden bekeek ze haar werk. Goed, het zag er een beetje uit als een lappendeken, maar het grootste deel van de wond was bedekt.

'Oké, dank je,' zei Tom. Hij stond weer op, er viel iets rinkelend uit zijn broekzak op de grond.

'Wat is dat?' vroeg Viola. Ze tilde het zilveren ding op. Was dat niet... maar natuurlijk! Dat was toch de verrassingssleutel?

'O, niets bijzonders. Gewoon een sleutel,' zei Tom luchtig.

'Haha, ja dat zie ik ook wel. Maar waar heb je 'm vandaan?'

Tom keek haar lang aan.

'Heb je die gevonden waar je ook je rug zeer hebt gedaan?'

Tom knikte.

'Wat is er dan gebeurd?' fluisterde Viola. Fluisteren leek haar gepast. Het ging hier duidelijk om een geheim, en zij had moeten beloven dat ze niemand iets zou vertellen. Anders was het geen verrassing meer.

Tom trok een onschuldig gezicht. 'Ik heb hem tussen twee stenen gevonden. Toen ik hem probeerde te pakken heb ik m'n rug opengehaald.'

'Klopt niets van.' Ze trok een zuur gezicht. Meestal werkte dat.

'Echt wel.'

'Ik ben geen baby meer.'

Tom rolde met zijn ogen. 'Maar kleine meisjes...'

Viola grimaste. Dat hij dat nu zei, was echt gemeen.

'... en sommige dingen zijn niet voor kleine meisjes geschikt.'

Wat gemeen! Woedend trapte ze hem tegen zijn scheenbeen.

'Au, godsamme!'

Ze smeet het groene flesje op de grond. De veer achter haar oor gleed weg. 'Ik hoop dat het vreselijk veel pijn doet!' Ze voelde tranen in haar ogen opwellen.

'Viola, wees nou niet verdrietig.'

'Ik ben niet verdrietig!'

'Alsjeblieft, Viola. Ik kan het niet zeggen.'

'Waarom niet?'

'Ik wil niet dat je nachtmerries krijgt.'

Haar ogen werden groot. 'Zo erg?'

Tom knikte ernstig.

'O, alsjeblieft, alsjeblieft, zeg het,' smeekte ze.

'Dat gaat echt niet. Weet je niet meer dat ik je een jaar geleden een hoofdstuk voorlas uit dat rode boek? Met Pippi-Flipflop?

Natuurlijk wist ze dat nog. Die naam had ze zelf verzonnen, omdat ze Dracula zo eng vond dat ze hem een belachelijke naam had gegeven.

'Je huilde tranen met tuiten,' bracht Tom haar in herinnering. 'En papa was ontzettend boos op mij.'

'Ja, maar nu ben ik al veel groter,' protesteerde Viola. 'Vorige week, toen papa en die nieuwe weg waren en jij naar die film zat te kijken waarin een man z'n kop werd afgehakt, vond ik dat ook helemaal niet eng,' loog ze.

Tom keek haar sceptisch aan. 'Heb jij dat gezien?'

Viola knikte driftig. 'Vertel nou!'

'Nog maar kortgeleden was Heidi *je lievelingsserie. Toen moest je ook huilen, toen dat meisje in die rolstoel weer kon lopen. Hoe heette ze ook alweer?'*

'Klara,' zei Viola zonder aarzelen. 'Maar ik kijk geen Heidi *meer. Al heel lang niet meer.' Dat was weer gelogen, maar als Tom wist dat ze daar nog steeds naar keek, zou hij helemaal niets zeggen. 'Trouwens, ik mocht ook al een keer met papa naar die politieserie op zondag kijken, na het nieuws.'*

'Bedoel je Tatort*?'*

'Ja, die.' Ze liep op haar tenen naar hem toe en zette haar geheime-wapen-gezicht op, dat zelfs papa altijd wist te vermurwen. 'Zeg nou.'

Tom keek naar links en naar rechts alsof hij bang was dat ze werden afgeluisterd. 'We hebben een lijk gevonden,' fluisterde hij. 'In het kanaal.'

Viola keek hem met wijd opengesperde ogen en openhangende mond aan. 'Echt? Als in een misdaadserie?'

'Ja.'

'Heb je het al aan papa verteld?'

'Wat denk jij nou? Die vertelt het meteen aan die nieuwe en dan barst de hel los. "Jongen, gaat het wel goed met je?"' imiteerde hij haar met een overdreven hoge stem. '"Ach, wat een schok voor dat arme kind! Werner, we moeten een dokter laten komen!"'

Viola grinnikte, maar werd meteen weer serieus. 'En de sleutel?'

'Die lag naast het lijk in het water.'

'Echt?'

Tom knikte zwijgend.

Viola likte nerveus met haar tong langs haar lippen.

'Mag ik hem hebben?'

'Hè?'

Ze staarde demonstratief naar de sleutel met het donkere kapje op de greep waar dat nummer in was gekerfd. Haar lippen vormden zonder geluid de lettergrepen ze-ven-tien. Zo geheimzinnig. Het liefst had ze Tom alles verteld, maar ze had beloofd te zwijgen. Het belangrijkste was nu dat ze die sleutel kreeg.

Tom dacht even na en glimlachte toen. 'Nee.'

Viola's ogen spuwden vuur.

'Máár,' kwam hij haar tegemoet, 'je mag hem in de verstopplek leggen die ik ervoor heb bedacht, goed? Omdat je me zo goed hebt geholpen.'

Viola trappelde van vreugde en vloog haar broer om zijn nek. 'Dank je,' fluisterde ze gelukkig. 'Dank je, dank je.'

'Luister goed, zustertjelief.'

Zachtjes fluisterde Tom de verstopplek in haar oor. Hoe lang ze had moeten wachten om de sleutel eindelijk vast te houden! Zo dicht bij het geheim was ze nog nooit geweest. Wel jammer dat ze het niet met Tom kon delen. Maar hij deelde ook nooit iets met haar. Nou ja, bijna nooit. Als het zover was, zou ze hem alles vertellen, dan had ze ook geen slecht geweten meer.

Haar hart bonkte in haar keel. Deze keer stond zij vooraan. Nu was zij degene die iets te vertellen zou hebben.

'Slaap lekker,' zei ze zachtjes, toen vloog ze ervandoor, met die wapperende veer achter haar oor.

Het was de laatste keer dat Tom haar zag.

Deel 2

1

Hoofdbureau, Berlijn-Tiergarten
Zondag 3 september 2017
10.49 uur

'Verduistering van bewijsmiddelen is een ernstige zaak, Tom.' Bruckmanns stem klinkt ongewoon zacht. Hij zit onderuit in zijn bureaustoel, met zijn armen over elkaar.

Tom zwijgt – en hoopt dat ook zijn collega's na hun terugkeer van de plaats delict hun mond hebben gehouden. Bruckmanns instinct is feilloos. Nu zit hij er weer zo dichtbij. Natuurlijk klopt het niet dat Tom iets met de verdwijning van de sleutel te maken zou hebben, maar er zijn andere dingen die Tom verzwijgt. De stilte in de werkkamer van zijn baas is drukkend.

Het hoofdbureau is gevestigd in de Keithstraße. Het gebouw telt vier verdiepingen en kan bogen op een fraaie, historische gevel, maar binnen ruikt het naar vochtige muren, versleten vloeren en meermaals overgeschilderde houten deuren uit de jaren twintig, sommige wit, andere lindegroen, een erfenis uit de vroege jaren tachtig. De brede deurposten zijn met zo weinig liefde geschilderd dat de sporen van eerdere verflagen als puisten door de deklaag barsten.

Bruckmann zit als een rotsblok op zijn bureaustoel. De hoofdofficier van justitie, de minister en de hoofdcommissaris van politie hebben hem onder druk gezet om alles op alles te zetten en zo snel mogelijk met resultaten te komen. Hij heeft het toegezegd. Om 18.00 uur wordt een persconferentie gegeven. De zaal op de eerste verdieping zal uit zijn voegen barsten, Tom is blij dat hij niet voor de leeuwen wordt geworpen. Politici en journalisten, hij heeft er geen hoge pet van op.

'Tom?' vraagt Bruckmann weer.

'Was dat een vraag?'

'Nee, maar ik wil wel graag een antwoord.' Bruckmanns kale schedel glanst in het late ochtendlicht dat door de kruisvensters valt. Zijn bureau is een praktisch ding op chromen poten, het werkvlak is leeggeruimd: *Kijk maar, doctor Walter Bruckmann laat niets slingeren!* Zijn werkkamer lijkt meer op een verhoorkamer dan op het kantoor van een chef.

'Tom, ik wil vanavond niet in m'n blote kont in het lamplicht staan.'

'Kan ik me iets bij voorstellen.'

'Als u dus al op de plaats delict was, hoewel ik u daar uitdrukkelijk niet wilde hebben...'

'Sorry,' onderbreekt Tom hem. 'Mag ik weten waarom u mij daar niet wilde hebben?'

'Twijfelt u soms aan mijn beslissingen?'

'Ik probeer het alleen maar te begrijpen.'

'Begrijpen,' snuift Bruckmann. 'U probeert het te veranderen.'

Tom haalt zijn schouders op.

'De zaak is heel simpel, Tom. Ik heb Morten de leiding over het team gegeven. En ik wist: u en Morten in één team, daar komt heibel van.'

'Zei Morten dat?'

Bruckmanns ogen vernauwen zich. 'Het maakt me geen donder uit wie wat zegt. Ik beslis. En ik kan bij God geen gedonder gebruiken bij deze zaak. Dat was de reden. Tevreden?'

'Met mij had u geen gedonder gekregen,' protesteert Tom. 'Ik...'

Bruckmann wimpelt hem geërgerd af. 'Dat kalf ligt al onder in de put. Terug naar de kwestie. Omdat u er toch was, is het minste wat u kunt doen zich nuttig maken. Dus: wat is er met die sleutel aan de hand, en waar is-ie?'

'Dat zou ik zelf ook heel graag willen weten,' verklaart Tom.

Bruckmann steekt zijn kin naar voren en kijkt hem van onder zijn wimpers aan. Dan zucht hij, zet zijn pilotenbril af en wrijft met zijn vingers in zijn ogen.

'Tom, jongen!' verzucht Bruckmann opnieuw. 'De op één na beste van de politieacademie, de jongste surveillant bij de Landelijke Eenheid, de jongste hoofdagent, brigadier... en...' Bruckmann zet zijn bril weer op. 'De brigadier met de meeste berispingen, wat de sprong naar inspecteur, helaas, helaas nogal vertraagt, of bevordering tot hoofdinspecteur zelfs uitsluit. Wilt u eindigen zoals Schüssler?'

Tom haalt zijn schouders op.

'Kan u niet veel schelen?'

'Op het ogenblik heb ik mijzelf niets...'

'Op het ogenblik hebt u een order van mij genegeerd, namelijk om weg te blijven bij de plaats delict. Waarom was dat?'

Tom overweegt een vlucht naar voren. 'Valse eerzucht,' zegt hij berouwvol.

Bruckmann kijkt hem wantrouwig aan. 'U weet dat ik op eerzucht gesteld ben. Waar ik niet op gesteld ben is als ik in de maling word genomen.'

'Waarom zou ik dat doen? Die twee moorden in de Dom zijn anders dan alles wat we tot nog toe hebben gedaan. De methode van de daders – of de dader – is wreed en gewetenloos, en duidelijk bedoeld als publiek spektakel. Zo iemand moet worden gestopt. Om zulke types op te sporen ben ik bij de politie gegaan.'

'Zulke types, aha,' mompelt Bruckmann. 'Soms ben ik er niet zo zeker van dat dat de reden is waarom je rechercheur bent geworden, Tom.'

Heel even is Tom sprakeloos vanwege Bruckmanns plotselinge overgang op 'jij'. Ergernis welt in hem op.

'Kijk me niet zo aan. Ik ken je sinds je als klein jongetje je kauwgum achter de balken van de luifel van Stahnsdorfer Friedhofskirche plakte. Ik ken je vader, ik weet wat jullie hebben moeten doorstaan. Eerst het auto-ongeluk dat je moeder het leven kostte, toen die zaak met je zus... Denk je dat ik niet weet hoeveel één plus één is? Die kleine verdrinkt in het Teltowkanaal en nog jaren later wroet je als je maar even de kans krijgt in oude vermissingsdossiers, val je mensen lastig en rijt je oude wonden open. Je vader was er niet voor niets zo fel op tegen dat je bij de politie ging.'

Het klamme zweet breekt Tom uit. Het is net alsof hij ineens van glas is geworden. Alsof Vi plotseling op zijn schoot zit, met doorweekt, bemodderd haar, alsof ze haar hoofd schudt en er modderspetters in het rond vliegen. *Geloof hem niet! Het is niet waar, Tom. Ik ben niet verdronken. Als je dat maar niet denkt!*

'Luister, Tom. Ik heb je altijd de hand boven het hoofd gehouden, maar alles wat ik over je gedrag vandaag heb gehoord, wekt mijn bevreemding. Het wekt bij mij de indruk van een rechercheur die zijn hoofd niet bij zijn werk heeft, maar bij een dood meisje.'

Die laatste woorden galmen na in Toms hoofd. Vi zit nog steeds op zijn schoot. Ze schudt niet meer met haar hoofd, maar balt haar vuisten.

'Dat was allemaal in mijn vrije tijd. Wat ik in mijn vrije tijd doe, gaat niemand iets aan.'

'Je hebt je politiepenning gebruikt, had je dienstwapen op zak, en hebt het lab onderzoek laten doen op onze kosten. Ik noem dat machtsmisbruik.'

Tom denkt aan het papiertje dat hij vanochtend aan Peer Grauwein heeft gegeven, met het verzoek om het in het lab te testen. Heeft Bruckmann met Peer gesproken? Heeft hij hem verteld wat Tom met het lijk had uitgespookt? Of iemand anders?

Dan had Bruckmann het wel gezegd, toch?

'Zelfs als het waar was...' begint Tom.

'Het ís waar,' onderbreekt Bruckmann hem.

'... dan weet ik nog niet wat het allemaal te maken heeft met wat er vanochtend is gebeurd.'

'Dat vraag ik jou.'

'Jijen en jouen we nu ineens?'

Bruckmann maakt een wegwerpgebaar.

'Hoe kom je erbij,' zegt Tom, 'dat het een met het ander te maken heeft?'

'De meeste mensen zijn helemaal niet zo moeilijk uit te vogelen, Tom. Dat geldt ook voor jou. Als iemand zich min of meer normaal gedraagt, maar er gebeurt iets wat maakt dat hij plotseling volstrekt irrationeel wordt, kun je er zeker van zijn, dat als diegene zich opnieuw irrationeel gedraagt, er hetzelfde aan de hand is, nietwaar? Bij jou draait alles om je zusje. Dus wat was er loos? Waar slaat dat verhaal over die sleutel op?'

Tom staart Bruckmann aan, die met zijn handen op de rand van het tafelblad over zijn bureau heen leunt. Bruckmann is te slim om te vertellen wat hij precíés weet. Een oude ondervragerstruc: verraad nooit hoeveel je wérkelijk weet en vooral niet hóé je het weet. Het waarschijnlijkst is wel dat Sita Johanns hem heeft bijgepraat. Dat is oké, want zij had alleen maar een vage verdenking dat er iets niet klopte. Hoewel het haar scherpe blik niet was ontgaan dat ook Grauwein zich nogal vreemd gedroeg in de Dom. Als Bruckmann Peer bij zich riep, zou die waarschijnlijk snel doorslaan.

'Ik wacht,' dringt Bruckmann aan.

Vi staat achter hem als een geestverschijning. *Zeg niks, anders vlieg je eruit.*

Als je eens wist. Ik kán helemaal niks zeggen. Niet na wat er gebeurd is nadat je verdween.

Toen ik verdween? Wat is er toen gebeurd?

Tom negeert Vi en kijkt Bruckmann aan.

Tom, wat hou je voor me achter?

'Er valt niets te zeggen. Ik heb geen flauw idee waar die sleutel gebleven is. Ik weet alleen dat hij er was en dat iemand die in de kerk aanwezig was hem moet hebben gepakt. God mag weten waarom, maar ik weet zeker dat het iets met de zaak te maken heeft.'

Bruckmann kijkt hem onderzoekend aan. 'Noem mij één reden waarom ik je op de zaak zou moeten zetten.'

'We hebben hier iedere beschikbare kracht bij nodig – ik was ter plaatse. Ik ben op de hoogte.'

Bruckmann zwijgt en krabt zich met twee vingers in zijn nek. 'Sita Johanns heeft een goed woordje voor je gedaan.'

'Ze heeft wat?' vraagt Tom verrast.

'Verbaasd?'

'Wat heeft ze gezegd?'

'Dat ga ik hier niet herhalen. Dat heeft ze me ook gevraagd. Dus geen woord hierover tegen haar.'

'Aha. En wat betekent dat nu?'

Bruckmann zucht. 'Dat betekent dat ik waarschijnlijk een aanval van ouderdomsmildheid heb. Ga naar je onderzoeksgroep. Morten neemt de leiding over, jij werkt onder hem. Als je daar problemen mee hebt, zeg het dan liever meteen.'

'Zoals gezegd, ik heb daar geen problemen mee.'

Bruckmann knikt. 'Goed. En pas op je tellen.'

Tom is even opgelucht als verward. Waarom heeft uitgerekend Sita Johanns zich voor hem ingezet?

'O, Tom?'

'Hm?'

'Dat tutoyeren is niet officieel.'

Wat mij betreft niet eens inofficieel, denkt Tom. Zwijgend verlaat hij Bruckmanns kantoor. Het lijkt alsof Vi naast hem loopt. Een schaduw, die aan zijn mouw trekt.

Wat verzwijg je voor me, Tom? Voor de draad ermee!

Tom graait in zijn linkerbroekzak, drukt een pilletje uit de strip, slikt het door. Met gebogen hoofd loopt hij langs de deuren van zijn collega's. Hij wil eigenlijk niets liever dan bij een van hen naar binnen lopen en iemand in vertrouwen nemen. Alles vertellen, omdat het al zo lang op zijn hart drukt.

Op de trap tussen de tweede en de derde verdieping rinkelt zijn telefoon. Hij hoopt dat het Anne is, al is hij niet bepaald in de stemming om met haar te spreken. Maar op het scherm verschijnt een B. Dat verzin je niet.

'Wat moet je?' vraagt Tom verstoord.

'Hé, heb ik dat goed gehoord van die gekke Riss?'

Tom blijft als door de bliksem getroffen staan. 'Wat heb je gehoord?'

'Nou ja, die toestand in de Dom. Dat ze dood is. Het was net op de radio.'

Verdomme. Tot zover de informatiestop. 'Bene, wat moet je?'

'Waarom zo onvriendelijk? Ik vraag het gewoon vanwege Karin.'

'Ach, ben je ineens met haar begaan?'

'Jezus, man. We waren vrienden,' zegt Bene. Hij klinkt echt een beetje gekwetst. 'Ik heb gewoon met haar te doen.'

Tom blijft op de onderste trede staan. Hij wil dit gesprek niet op de gang voeren, voor de deuren van zijn collega's. 'Ja,' verzucht hij, 'ik heb ook met haar te doen.' Een vluchtige herinnering aan de Bene van toen op de brug flitst voorbij. Heel even overweegt hij hem over de sleutel om de nek van de dode te vertellen. Ten minste één iemand in vertrouwen te nemen. Maar met de Bene van tegenwoordig wil hij niets meer delen.

'Ga jij het aan Karin vertellen?'

'Als ze het niet al weet.'

'En als je dit varkentje gewassen hebt, denk je dan nog een keer na over mijn aanbod?'

‘Vergeet het maar,’ bromt Tom. ‘In geen honderd jaar.’

Bene lacht. ‘Die vliegen soms om voor je er erg in hebt. Vooral als je minder dan drieduizend bruto verdient.’

‘Voor mij is dat genoeg,’ liegt Tom. ‘Als dat niet voor jou geldt, is dat jouw probleem.’

‘Wat geld betreft heb ik geen problemen.’

‘Bel me niet meer!’

‘Denk je echt dat dat jou helpt te vergeten wat je hebt gedaan? Wat wíj gedaan hebben?’

‘Ik ben niet zoals jij.’

Bene lacht en hangt op.

2

Berlijn, Gendarmenmarkt
Zondag 3 september 2017
12.08 uur

Een mozaïekvloer in het trappenhuis, tegelmozaïeken tot schouderhoogte langs de muren en een moderne lift. Een van de huizen waarvan tijdens de restauratie alleen de voorgevel is blijven staan, denkt Tom. Nu biedt het de flair van vooroorlogse panden op een van de prijzigste locaties van de stad, op de hoek van de Französische Straße en de Markgrafenstraße, volgens sommigen het mooiste punt van Berlijn. Brigitte Riss was in elk geval niet een van die heel zuinig levende protestanten. Dat haar woning in voormalig Oost-Berlijn ligt, past wel weer bij de herkomst van de vroegere bisschop.

Ondanks de aanwezigheid van de lift, neemt Tom de trap. Op de derde verdieping, naast de ingang van het appartement van Brigitte Riss heeft iemand in vuurrode letters LINKSE RAT op de muur gespoten. De stok van de L loopt dwars over het messing naambord met het opschrift DR. RISS. Grauwein komt net met gloeiende wangen naar buiten.

'Net de haas en de schildpad, vind je niet?'

'Daar heb je mazzel mee,' zegt Grauwein. 'Na die toestand in de Dom had ik je anders moeten vragen of jij die chaos hier hebt aangericht.'

'Welke chaos?'

'Ga maar kijken,' bromt de forensisch specialist. 'Ik moet ervandoor, de teamvergadering voorbereiden. Om halfdrie! Wat een waanzin.'

'Heeft Morten dat geregeld?'

'Nee, Bruckmann. Binnenlandse Zaken zit hem op de nek. En dan die persconferentie. Alles moet snel, snel, snel.'

'Hm,' bromt Tom.

'Ik had er geen idee van dat ze jou weer zouden sturen. Is Sita Johanns er ook?'

'Hoe kom je daarbij?'

'Het leek alsof ze aan jou was toegewezen.'

'In godsnaam niet, zeg.'

'Berger, Wolters en Schreier zijn binnen.' Ten afscheid tikt Grauwein met twee vingers tegen zijn slaap.

'Ken ik geen van allen.'

'Geeft niks.' Grauwein grijnst vals. 'Je hebt tenslotte een penning.' Hij snelt Tom voorbij en al halverwege de trap roept hij nog: 'Ik ben benieuwd wat je ervan vindt.'

Benieuwd? Tom stapt de gang in en loopt meteen door naar de royale woonkamer. Een jugendstilkroonluchter siert het cassetteplafond. Zware eikenhouten schuifdeuren leiden naar een bijna even grote werkkamer, bijna een kleine bibliotheek, met twee fauteuils, een salontafel vol kranten en tijdschriften en een stapel vakliteratuur, plus een groot bureau, waar overduidelijk hard aan werd gewerkt. Twee mannen in witte overalls fotograferen alles. De derde is kennelijk bezig in een andere kamer. Tom stelt zich voor en kijkt om zich heen. Het ziet eruit zoals het er altijd uitziet als de forensische dienst zich op een leven stort. Leeggehaalde boekenkasten, de inhoud in stapeltjes op de vloer, overal boeken waaruit post-its steken, boven op een boek over radiojournalistiek.

'Jullie zijn al een heel eind op streek,' zegt Tom

'We beginnen net,' zegt Schreier. Hij is kaal en heeft een lange, spitse neus. 'We zijn net twintig minuten geleden tegelijk met Peer hier aangekomen.'

'Wacht even, dat betekent...'

'Wij hebben dit niet gedaan.'

'Jullie hebben het precies zo aangetroffen?'

'Ja, zo,' knikt Schreier.

'Precies zo? Jullie hebben niets aangeraakt?'

'Alleen foto's gemaakt. We zijn de sporen aan het veiligstellen.'

'Is er ingebroken?'

'Niets van te zien. Maar het slot is goedkope rommel. Zo'n duur huis, en dan beknibbelen op je veiligheid,' zegt Schreier hoofdschuddend.

Tom kijkt opnieuw om zich heen, nu met heel andere ogen. Wie hier ook is geweest, diegene is heel grondig te werk gegaan. De woning is uiterst efficiënt doorzocht, boekenplank na boekenplank, zonder een spoor van woede of overdreven haast, en kennelijk vond de dader het niet nodig alles weer op zijn plek terug te zetten. Tom inspecteert de werktafel, een oude eettafel, bijna drie meter lang, helemaal volgestapeld. Naast een glas met pennen en potloden staat een fotolijstje met twee foto's erin. Toms hart krimpt ineen. Karin op haar elfde, twaalfde, uit de tijd dat ze elkaar kenden. Ze probeert een glimlach te forceren voor de camera, maar het lukt niet goed. Op de andere foto staat ze als volwassene, onverwachts van opzij gefotografeerd. Stil, gespannen, gesloten. Als ze niet zo mager was, zou ze een mooie vrouw zijn. Op de parketvloer tussen een lege prullenbak en een briefopener ligt de plug van een netwerkkabel voor de allernieuwste generatie MacBooks. 'Hebben jullie een computer gevonden?'

'Nee, nergens,' zegt Schreier.

'Een mobieltje?'

'Ook nog niet.'

'Verder nog iets wat op het eerste gezicht ontbreekt?'
'Moeilijk te zeggen.'
'En hebben jullie sporen van een worsteling gevonden, iets wat wijst op een fysieke confrontatie?'
'Niks, nada.'
Tom pakt zijn telefoon, belt kantoor en vraagt om versterking van nog twee agenten voor buurtonderzoek.
Ook de keuken is methodisch doorzocht. Verder lijkt het er niet op dat Brigitte Riss graag kookte. De keuken lijkt eerder een soort pantry voor het ontbijt, met meer dan tien soorten thee in een van de keukenkastjes. Bij de deur staat een telefoontoestel op een standaard. Een vaste aansluiting. Zes oproepen op de telefoonbeantwoorder. Een postorderbedrijf, een bezorgdienst, de elektriciteitsleverancier met een verzoek voor een afspraak om de meter af te lezen en drie oproepen van ene Marga, kennelijk de huishoudelijke hulp. In de contactenlijst vindt Tom haar mobiele nummer. Hij vraagt haar dringend meteen te komen en zegt dat ze een taxi mag nemen.

Marga Jaruzelski is een blozende vrouw van een jaar of veertig, een Poolse. Haar ogen zijn betraand, haar kleine hand verdwijnt in die van Tom. Moedig strekt ze haar rug, maar ze loopt het huis binnen alsof ze verwacht dat de moordenaar haar achter elke deur kan staan opwachten. Tom hoeft haar niet te vertellen wat Brigitte is overkomen. De media hebben het breed uitgemeten. Marga's ogen schieten door de woonkamer en ze slaat haar handen voor haar ogen. 'Alles overhoop. Zoveel werk.'
Tom laat haar plaatsnemen in de woonkamer en incasseert een verwijtende blik van Schreier. Hij pakt zijn gele opschrijfboekje uit zijn binnenzak. Het dreigt allemaal onoverzichtelijk te worden, en als dat weer eens het geval is, helpt het hem te focussen wanneer hij een paar aantekeningen maakt – alsof je routepaaltjes in een bos neerzet. Ook legt hij

zijn mobieltje op de stapel boeken op de salontafel. 'Mag ik ons gesprek opnemen?'

Marga knikt met grote ogen.

'Sinds wanneer werkt u voor mevrouw Riss?'

'O, wacht even.' Ze kijkt omhoog naar een hoek van het plafond en rekent. Haar lippen bewegen. 'Acht. Acht jaar al.'

'Dus ook al toen ze nog bisschop was?'

'Jaja, ach, ach. Dat was me wat,' verzucht ze.

'En hoe vaak in de week kwam u langs?'

'Elke dag. Niet op zaterdag en zondag, maar verder altijd van acht tot twee.'

'Dus u kent het hier goed,' zegt Tom.

Marga Jaruzelski knikt. 'Mevrouw Riss vroeg altijd: Marga, waar is dit, waar is dat? Ik wist het altijd.' Haar ogen dwalen af naar de boekenkasten. 'Behalve bij de boeken.'

'Als u rondkijkt, valt u dan meteen iets op wat ontbreekt?'

'Ja. De computer. De laptop.' Ze kijkt weer om zich heen. 'Ach, wacht even.' Ze staat op, loopt naar de boekenkast en onderzoekt de stapels boeken op de vloer. 'De schatkisten.'

'Schatkisten?'

'Ja, zo noemde mevrouw Riss ze altijd.' Ze wijst naar de bovenste plank. Die is leeg. 'Ik mocht overal aankomen, behalve aan de computer en aan de schatkisten. Drie. Zo groot ongeveer.' Ze wijst met haar handen het formaat van een schoenendoos aan. 'Donkergrijs.'

Tom wisselt een blik met Schreier, die ontkennend zijn hoofd schudt.

'Mevrouw Riss heeft vast een kelderbox. Hebben jullie daar al gekeken?'

'Alles op z'n tijd,' protesteert Schreier.

'De sleutel ligt in de keuken, in de la onder de telefoon,' zegt Marga Jaruzelski. 'Maar mevrouw Riss bracht nooit iets naar de kelder. Trap op, trap af, ze gooide liever iets meteen weg. Ze zei altijd tegen mij: "Marga, alles wat hier niet past"' – ze tikte met een wijsvinger tegen haar slaap – '"of hier"' – ze wees om zich heen, '"dat moet meteen worden weggegooid."'

'Kunt u even voor me kijken?' vraagt Tom aan Schreier.

'Natuurlijk.' Hij loopt naar de keuken om de sleutel te pakken.

'Hebt u een idee wat er in die dozen zat?' vraagt Tom.

'"De rest, Marga, de rest," heeft ze een keer tegen me gezegd.'

'De rest van wat?'

Marga haalt haar schouders op. 'Foto's, dingen. Privézaken, denk ik.'

'In de acht jaren dat u voor haar werkte heeft ze nooit een van die dozen tevoorschijn gehaald en opengemaakt?'

'Nee, nooit. Tenminste, niet als ik hier was. Soms stofte ik daar af. Er zat altijd stof op, alsof ze nooit werden aangeraakt.'

'Vertelde mevrouw Riss weleens iets over haar privéleven?'

'Vroeger wel, daarna niet meer, na die affaire.'

'U bedoelt de affaire rond haar aftreden.'

'Ik heb altijd gezegd, waarom doet u dat? Blijf toch aan. Maar zij zei dat je soms beter kon vluchten, het liefst naar voren. Ik zei dat het toch geen vlucht naar voren was als je je terugtrok. Dat lijkt alleen maar zo, zei ze toen.' Marga knijpt in haar vingers. 'Het was vreselijk. Mannen doen allemaal maar. Katholieke priesters met vrouwen, met mannen...' even leek het alsof ze op de grond wilde spugen, 'soms met kinderen. Niemand zegt er iets van als mannen met jonge vrouwen... Maar als een nette vrouw een keer iets heeft met een jongere man, wijst iedereen naar haar.'

Tom herinnert zich de krantenkoppen nog. LIEFDESBISSCHOP. BISSCHOP GAAT VREEMD. Brigitte Riss was daarvoor ook al bekend, maar een beroemdheid werd ze pas toen haar korte affaire met een jongere, getrouwde man aan het licht kwam. Ze verontschuldigde zich, gaf in het openbaar toe dat het fout was geweest en had al haar openbare functies neergelegd. Later stelde ze haar mening bij, waarmee ze een scherp moreel debat losmaakte. Het was geen fout om verliefd te raken, het was fout om iemand anders ermee te kwetsen. Maar dat had ze niet tijdig ingezien, want ze wist niet dat die man getrouwd was. Als ze zich toen niet snel en overtuigd had teruggetrokken, wie weet hoeveel modder ze dan nog over zich heen had gekregen. Zo behield ze haar geloofwaardigheid. Nog geen jaar later verscheen ze weer in het openbaar, met een eigen radioprogramma over alle mogelijke maatschappelijke thema's. Sinds ze ongeveer een jaar geleden was teruggekeerd als Dompredikante, stegen volgens de kranten de bezoekersaantallen tijdens haar diensten onwaarschijnlijk snel.

'Geen grijze dozen.' Schreier is terug uit de kelder. 'Alleen een verstofte fiets, een emmer en een paar losse parketdelen. Kennelijk kwam ze er niet vaak.'

'Bedankt,' zegt Tom.

Laptop, drie dozen, de rest, schrijft hij in zijn notitieboekje. Het eerste routepaaltje.

Marga kijkt met zichtbaar onbehagen naar Schreiers witte overall. Kennelijk herinnert die haar aan wat er is gebeurd, de tranen schieten haar in de ogen. 'Wat voor monster doet zoiets? Het is toch krankzinnig?'

'Had mevrouw Riss ruzie met iemand?' vraagt Tom.

'Ruzie?' Ze veegt met de rug van haar hand de tranen uit haar ogen. 'Vaak, ja. Over politiek. En die toestand met die vluchtelingen.'

'Had ze ruzie met vluchtelingen?'

'Nee, nee. Ze hield toespraken. In de kerk, soms tijdens demonstraties. Dat er iets moest worden gedaan aan de vluchtelingen. Maar er waren ook veel nazi's.'

'Rechts-radicalen.'

'Nazi's,' zegt Marga en ze steekt haar kin naar voren.

'Hebben die ook die troep op de overloop gemaakt?'

'Jaja. Ik wilde het schoonmaken, maar dat wilde ze niet.

Dan kan iedereen zien wat voor leeghoofden het zijn, zei ze. Er ontstonden zelfs problemen over, hier in huis.'

'Wanneer is die leus hierop gespoten?'

'Maandag twee weken geleden. Ze hebben toen het raam met stenen stukgeschoten.'

'Hebben ze een raam ingegooid? Op de derde verdieping?'

'Niet ingegooid.' Marga spant een onzichtbaar elastiek tussen haar vingers. 'Katapulten, zei de glaszetter.'

'Heeft ze aangifte gedaan?'

'Jaja, natuurlijk.'

Aangifte Riss checken, noteert Tom. 'Kreeg ze ook dreigbrieven of haatmails?'

Marga haalt haar schouders op.

'Wanneer hebt u Brigitte Riss voor het laatst gezien?'

'Vrijdag om twee uur. Ik ben keurig op tijd vertrokken. Ze was hier. Zat te schrijven.'

'Is u iets bijzonders opgevallen? Hoe ging het met haar?'

'Ik weet het niet. Zoals altijd. Een beetje... hoe zeg je dat, een beetje warrig.'

'Weet u ook waarom?'

Marga schudt haar hoofd. 'Ze was altijd een beetje warrig. Soms wat meer, soms wat minder.'

'En de dozen, waren die er vrijdag nog?'

'Vrijdag? Ik denk... ja.'

'Weet u het zeker?'

'Ja, ik geloof van wel.'

Tom knikt en kijkt op de klok. De teambijeenkomst begint bijna. 'Dank u, mevrouw Jaruzelski. U hebt me heel goed geholpen. Zou u hier kunnen blijven? Misschien schiet u nog iets te binnen. Er komen straks nog een paar collega's van mij, die hebben ook nog vragen aan u. Vrienden, telefoonnummers, afspraken, alles wat u weet. O, trouwens, weet u waar de dochter van mevrouw Riss is, Karin Riss? We krijgen haar niet te pakken.'

Mevrouw Jaruzelski schudt haar hoofd. 'Ze kwam hier niet vaak. Ze hadden niet veel contact.'

'Bedoelt u dat ze geen goede verstandhouding hadden?'

'Er was vaak onenigheid, over het bedrijf van haar dochter.'

'Waar ging dat precies over?'

'Dat durf ik niet te zeggen. Het liep stroef tussen die twee,' verzucht Marga.

Geen goede verstandhouding met Karin. Vanwege bedrijf? Het tweede routepaaltje.

'Nog een laatste vraag. Hebt u weleens een sleutel bij haar gezien, met een donker kapje en een nummer erin gekrast?'

Marga denkt even na, alsof ze in gedachten alle laden in huis opentrekt.

'Nee.'

'Heeft ze ooit de naam Viola genoemd?'

Nadenken. Hoofdschudden.

Wat had hij dan gedacht? Een spoor dat rechtstreeks naar Vi zou leiden?

Tom zet het gevoel van teleurstelling van zich af, krabbelt nog iets in zijn gele notitieboekje, slaat het gesprek in zijn telefoon op onder 'Marga Jaruzelski 1' en neemt met een vriendelijk 'Dank u zeer' afscheid van haar.

Een oud schandaal, een moeizame verstandhouding met haar dochter, een paar gewelddadige rechts-radicalen, een verdwenen laptop en drie donkere dozen met 'de rest'. Een hoop routepaaltjes om mee te beginnen. Wat 'de rest' ook verder inhoudt, denkt Tom, misschien zit in een van die dozen een aanwijzing die naar Vi leidt.

3

Hoofdbureau, Berlijn-Tiergarten
Zondag 3 september 2017
14.24 uur

Sita Johanns zit voor Bruckmanns bureau en dwingt zichzelf niet aan hem te vragen waarom hij van mening is veranderd over Tom Babylon. Wat er zich ook afspeelt achter zijn waterige ogen, Mr. Moordzaken heeft zo zijn redenen en die onthult hij nooit, gewoon, uit principe.

'Maar,' zegt Bruckmann. 'U houdt hem een beetje in de gaten. Dat bent u mij verschuldigd.'

Nergens voor nodig het er nog eens extra in te wrijven. Sita weerstaat zijn blik stoïcijns, Bruckmann lijkt er lol in te hebben, in dat staarduel. Zijn gespierde, behaarde armen over elkaar: zijn klassieke gesprekspose.

'Dus hij blijft in het team,' stelt Sita vast.

'We hebben iedereen nodig. De minister van Binnenlandse Zaken zet de druk er vol op, hij wil deze zaak zo snel mogelijk van tafel.'

'Dat begrijp ik volkomen, maar, zoals gezegd, babysitten ligt me niet zo.'

'Uw tegenspraak bevalt me niet.'

'Ik spreek u niet tegen. Maar Babylon is nu niet bepaald iemand die zich vrijwillig laat aanlijnen.'

'Wat dat betreft zijn jullie in zeker opzicht zielsverwanten,' zegt Bruckmann glimlachend, 'wat u een ideale kandidaat maakt voor deze job.' Hij werpt een blik op zijn polshorloge. 'En nu moet u ervandoor, zie ik, als u tenminste niet te laat op de teamvergadering wilt komen.'

Zielsverwanten.

Op weg naar de vergadering laat Bruckmanns opmerking haar niet los.

De vergaderruimte is zo nieuw dat stoelen zelfs nog ontbreken. Die worden uit kantoortjes eromheen binnengerold. Samen met haar ex-collega's neemt Sita plaats aan tafel. De vloerbedekking ruikt nog naar lijm. In de hoek ligt veertig vierkante meter afdekfolie die inderhaast opzij is gegooid.

Bruckmann is er zelf niet, maar zit er toch bij, al was het maar omdat hij zijn stempel op het team Dom heeft gedrukt, eigenlijk op iedereen hier, al was het maar door zijn eigenzinnige samenstelling ervan. De teams 4 en 7, de freaks Grauwein en Börne van de forensische dienst, de onvermijdelijke Lutz Frohloff van de afdeling Informatie met zijn gebeitelde glimlach en dan Joseph Chagrijn Morten als leider, die kennelijk verlaat is, en niet te vergeten zijzelf als – ja, als wat eigenlijk? Analyticus? Psychologe? Babysitter?

Ze weet dat het hard tegen hard kan gaan hier, met die gruwelijke details van allebei de moorden, en met haar ex-collega's.

Eén blik om zich heen was al voldoende om dat vast te stellen. Zij is de vreemde eend in de bijt, en iedereen laat het haar voelen. *Beeld je maar niets in omdat je hier toevallig hebt gewerkt,* staat in hun ogen te lezen. *Je bent ontslagen!* Had ze ooit echt deel uitgemaakt van de groep? Bij psychologen houdt iedereen voorzichtig afstand. *Laat je niet kennen. Wie weet wat ze van mijn voorhoofd afleest.*

Achteraf vraagt ze zich af welke collega's het zo voor de hand liggende van háár voorhoofd hadden kunnen aflezen, voor Bruckmann haar dat lichte duwtje richting uitgang had gegeven. Sindsdien staat ze droog. Maar met de reset en de voortzetting van haar carrière was er ook een zekere monotonie in haar werk geslopen; adviezen, coaching, altijd hetzelfde kantoor, dezelfde setting, dezelfde stoel, alsof ze erin was vastgelijmd.

Inspecteur Joseph Morten gooit met een wilde zwaai de glazen deur open. Zijn mond is een dunne streep in zijn tanige gezicht, de ergernis spat er demonstratief van af, misschien omdat de informatiestop is mislukt. Hangt er plotseling een zweem van nicotine in de lucht? Was hij niet een tijdje geleden vanwege ziekte gestopt met dat gepaf?

Zwijgend zet Morten zich aan het hoofd van de nog maagdelijke conferentietafel. De nieuwe, prestigieuze conferentieruimte op de derde verdieping van het bureau aan de Keithstraße doet zijn naam nog steeds eer aan: 'De bouwput'. Na twee jaar verbouwen, eindeloze vertragingen vanwege de beschermde status van het pand en vanwege brandveiligheidsvoorschriften is het nog steeds niet helemaal af. Glazen wanden die met een druk op de knop ondoorzichtig worden, hightech presentatieapparatuur, rolgordijnen; een bijna komische poging om het verwaarloosde oude gebouw aan de Keithstraße de allure van Tempelhof te geven. Tempelhof is de Tempelhofer Damm nummer 12, het hypermoderne hoofdkantoor van LKA-Berlijn. Daar zijn ook de forensische laboratoria ondergebracht. Vijfentwintigduizend vierkante meter met sprekende liften, een waterval en roterende lichtprojecties. Naar het schijnt een van de duurste politiebureaus ter wereld.

Peer Grauwein, Tempelhofer in hart en nieren, propt een stekker in zijn laptop en projecteert zijn scherm op de wand. 'Ik ben zover,' mompelt hij nerveus. Sita denkt aan de vreemde blikken die hij in de Dom met Tom Babylon uitwisselde.

'We wachten nog even,' bromt Morten. Zijn rechterhand ligt op het tafelblad, zijn trouwring tikt rusteloos op het hout.

Sita zou zijn hand wel willen vastspijkeren. Dat getik maakt haar razend.

De glazen deur zwaait nog een keer open, Tom Babylon komt binnen, het getik stopt abrupt. Als hij zijn haar laat groeien en zijn baard laat staan, denkt Sita, kan hij zo meedoen in een Vikingfilm. Tom knikt naar haar en gaat naast haar zitten. Zijn ogen staan alert, maar in tegenstelling tot dat grote, Scandinavische gezicht van hem, dat rust uitstraalt, schieten zijn ogen rusteloos heen en weer, net als in de Dom. Ze herinnert zich dat ze hem in haar tijd bij de politie een of twee keer heeft gezien. Toen maakte hij eerder een gesloten indruk, hij had een afwezige, in zichzelf gekeerde blik en wreef zijn duim over zijn vingertoppen alsof hij tijdens het denken ook iets moest voelen.

Details.

Haar zegen en haar vloek. Zulke kleinigheden vallen haar altijd op aan mensen, het kost haar geen enkele moeite. Die details waaien vanzelf bij haar naar binnen, alsof ze alles ongefilterd ziet. Soms zijn het dingen die ze ziet, zoals een lichte streep om iemands ringvinger waar een trouwring moet hebben gezeten, soms is het eerder een gevoel voor iemands uitstraling of de manier waarop hij of zij loopt, staat, het hoofd draait, de schouders.

'Goed,' begint Morten met een zure blik in het rond. 'Ik zeg het één keer. Als ik erachter kom dat iemand hier in deze ruimte met de pers heeft gepraat, zorg ik er hoogstpersoonlijk voor dat diegene een intern onderzoek aan zijn broek krijgt – en wat ik verder nog kan verzinnen. Is dat duidelijk?'

Beteuterde en woedende gezichten. Iedereen weet hoe moeilijk het wordt als iemand al meteen bij het begin lekt. Morten werpt Sita als eerste een lange, waarschuwende blik toe, die niemand ontgaat. De smeerlap.

'Ten tweede,' vervolgt Morten. 'Van de plaats delict is een bewijsstuk verdwenen. Een sleutel die om de nek van het eerste slachtoffer hing. Dát alleen is nu al een zaak voor intern onderzoek. Iedereen die op de plaats delict aanwezig was, maar ook echt iedereen,' hij kijkt nu de hele tafel rond, 'zal worden ondervraagd. Heeft iemand hier daar iets op aan te merken? Dan moet hij of zij dat nu doen!'

Doodse stilte.

De berg folie in de hoek zwelt knisperend op.

'En dan nu het echte werk.' Morten slaat met zijn hand op tafel. Eerste punt afgehandeld. Volgende punt. Hij knikt naar Grauwein. 'De stand van zaken, alstublieft.'

Peer Grauwein schraapt zijn keel en schakelt zijn laptop in. Het interieur van de Dom verschijnt in beeld, bleek, zonder contrast. 'Kan iemand het licht...'

Börne probeert de schakelaar naast de deur. Het licht dooft, voor de ramen en de glazen wand zakken rolgordijnen naar beneden, het beeld van de beamer wint aan kracht, de Dom wordt het middelpunt van de vergaderruimte. De dode hangt schijnbaar gewichtloos onder de koepel, de touwen lijken op de foto's dun als garen.

'Slachtoffer nummer één: dr. Brigitte Riss, Dompredikante,' zegt Grauwein. Hij wijst met een rode laserpen naar de dode. 'Of de vindplaats en de plek van de moord overeenstemmen, kunnen we nog niet zeggen. Als de Dom de plek is waar de moord ook heeft plaatsgevonden, dan moet de dader of moeten de daders de plaats delict hebben schoongemaakt. De collega's zoeken met luminol, maar met een dergelijke oppervlakte duurt dat wel eventjes.'

Grauwein klikt naar een foto van Brigitte Riss' naakte bovenlichaam. 'Haar armen werden aan een standaard daklat, vier bij zes centimeter, vastgemaakt. De lengte van de lat correspondeert curieus genoeg exact met de lengte van het slachtoffer, namelijk een meter tweeënzeventig. Ze werd vastgebonden met tiewraps om haar polsen en armen. De toga die ze draagt,' Grauwein klikt naar een afbeelding waarop ze nog gekleed is, 'is vermoedelijk van haarzelf. Aan het eind van de daklat – volgende foto – bevinden zich boorgaten, waardoor zes millimeter polypropeen touw is getrokken en vastgeknoopt. In elke bouwmarkt verkrijgbaar, ook via internet te bestellen, vermoedelijk niet te achterhalen. Ze werd opgetrokken met behulp van twee katrollen met touwrem van het merk Schoerken, draagkracht elk honderd kilo. Dat wordt interessant, want die dingen vind je niet op elke straathoek. Collega's zijn er al mee bezig. De katrollen waren bevestigd aan de balustrade van de omgang rond de koepel, met hetzelfde soort touw.'

'Wat betekent dat de dader niet per se een krachtpatser hoeft te zijn,' stelt Morten vast.

'Met twee van die dingen krijgt een tiener zelfs een koe omhoog,' bevestigt Grauwein.

Sita krimpt onwillekeurig ineen. In de tijd die is verstreken sinds ze bij de politie vertrok, is ze vergeten dat smakeloze grappen een vanzelfsprekend onderdeel van de zelfbescherming van haar collega's uitmaken.

Tom neemt het woord. 'Ik vraag me af hoe de dader het allemaal heeft getransporteerd. Twee katrollen, bevestigingsmateriaal, meer dan honderd meter touw, een manshoge daklat – en de dode, als ze niet in de Dom is vermoord. Hoe het ook is gegaan, iemand heeft hier alles van tevoren heel zorgvuldig gepland en alle tijd genomen.'

'Een dader en een hulpje, misschien,' oppert Sita.

'Of het slachtoffer moest helpen met dragen,' zegt Grauwein. 'Als de moord- en de vindplaats tenminste overeenstemmen.'

'En hoe zit het met die knopen?' Tom wijst naar de laatste foto, die laat zien hoe de katrollen zijn bevestigd. 'Het ziet er zo... zo netjes en efficiënt uit, dit heeft de dader niet voor het eerst gedaan, die knopen leggen. Misschien een bergbeklimmer, iemand die bij de marine heeft gezeten of tenminste een vaarbewijs heeft?'

‘We laten er een specialist naar kijken,’ valt Grauwein hem bij. ‘Komen we bij de doodsoorzaak. Een definitieve vaststelling is er natuurlijk nog niet, maar hoogstwaarschijnlijk,’ hij schraapt zijn keel en gaat naar de volgende foto, waarop Brigitte Riss in haar volle lengte naakt te zien is, ‘was het deze paal.’ De forensisch specialist beschrijft met de laserpen cirkels rond haar onderlichaam. Haar benen zijn iets gespreid, onder het angstwekkend precies geschoren en al een beetje grijze schaamhaar steekt iets naar voren, wat iedereen doet steunen. ‘Rond, hout, grenen, ongeveer negentig centimeter lang, doorsnede vier centimeter, van voren tot een punt geslepen. Kennelijk is het in het rectum van het slachtoffer gestoken.’

Sita’s adem stokt, ze voelt zelf een steek in haar buik.

Het is doodstil. Alleen de ventilator van de beamer zoemt.

‘Gestoken?’ vraagt Morten hees.

‘Aan het botte einde van de paal,’ Grauweins laserpen dwarrelt tussen haar benen, waar donkere bloedsporen langs lopen – ‘hebben we sporen van klappen met een zwaar voorwerp gevonden.’

‘O, god,’ stamelt Sita.

Grauwein vist een Fisherman’s uit een zakje en stopt hem in zijn mond. ‘Waarschijnlijk van een smids- of drijfhamer.’ Hij projecteert het beeld van een rechthoekige, plompe hamer. ‘Weegt twee tot drie kilo, ook in elke bouwmarkt te vinden, al is het niet bepaald een hamer die je gebruikt om er een spijker mee in de muur te slaan.’ Grauwein klikt terug naar een foto van het slachtoffer.

Kleding ritselt, een gewricht knakt, Börne hoest droog, een paar aanwezigen schuiven op hun stoel heen en weer. In het duister van de projectieruimte is hun ontzetting voelbaar. De projectie van het geschonden lijk van Brigitte Riss met die paal in haar onderlijf is de enige lichtbron in de vergaderzaal.

Sita staart naar het tafelblad. Peer Grauwein, in zijn element, projecteert de volgende foto. Het wordt er niet beter op. ‘De ogen,' vervolgt hij, 'werden naar het schijnt post mortem verwijderd. Geschatte tijdstip van overlijden tussen zes en zeven uur hedenochtend. Morgen meer daarover van de patholoog-anatoom. In dezelfde tijdsruimte valt de dood van slachtoffer nummer twee: Bernhard Winkler, Domorganist. Bij hem zijn de plek van de moord en de vindplaats hetzelfde. Doodsoorzaak: doorgesneden halsslagader. Zijn ogen werden overigens ante mortem verwijderd.'

De laserpen glijdt langs de wonden in het gezicht van Bernhard Winkler.

'Voor zijn dood?' vraagt Bert Pfeiffer. 'Echt?'

Pfeiffer, die door iedereen Berti wordt genoemd, kijkt naar Morten en wacht op diens reactie. Net als Tom staat hij op de nominatie om hoofdcommissaris te worden, alleen loopt hij al veel langer mee. In de tijd dat Sita bij de politie werkte, heeft hij geprobeerd haar te versieren, maar Sita was niet geïnteresseerd in gladgeschoren types met kleine, gemanicuurde handen. Verder is hij een hardwerkende rechercheur.

'Voor of tijdens het intreden van de dood, zou ik zeggen,' corrigeert Grauwein zichzelf.

'Het ziet eruit alsof zijn ogen... ik weet het niet, eruit gehákt zijn,' zegt Berti. 'In een aanval van blinde haat. En Winkler moet zich toch verweerd hebben?'

'Misschien verkeerde hij in shock of was hij al bewusteloos.'

'Morgen hebben we het rapport van de patholoog,' zegt Grauwein.

'Maar eerlijk, ik wed erom dat het om iets persoonlijks ging,' zegt Berti, 'met al die haat.'

'Die hoeft niet per se op Winkler gericht te zijn geweest,' veronderstelt Sita.

Berti fronst sceptisch zijn wenkbrauwen. Ze zien eruit alsof hij ze epileert, denkt Sita, maar ze verdringt die gedachte meteen weer.

'Maar dat daar,' zegt Berti wijzend op de foto van de vermoorde organist, 'daar druipen de persoonlijke motieven toch van af?'

'Ik geloof niet dat onze dader in Bernhard Winkler geïnteresseerd was,' werpt Tom tegen.

'Daar sluit ik me bij aan,' zegt Sita. 'In vergelijking met die geënsceneerde dood van Brigitte Riss, lijkt de moord op Bernhard Winkler eerder op een ongeval. Misschien was hij gewoon op het verkeerde moment op de verkeerde plek. Misschien juist vandaar die woede – omdat hij werd gestoord bij iets wat hij echt belangrijk vond. Die nauwgezette voorbereiding, de adrenaline, en dan gaat er plotseling iets mis...'

'Laten we alsjeblieft de gebruikelijke volgorde aanhouden,' onderbreekt Morten haar ijzig. 'Eerst de feiten, dan de veronderstellingen.'

Berti slaat zijn armen over elkaar en werpt Tom en Sita een spottende blik toe.

'Dat geldt ook voor jou, Berti,' voegt Morten eraan toe. Berti's lachje verdwijnt sneller dan het op kwam zetten.

'O ja,' neuzelt Grauwein. Hij duwt de pastille met zijn tong opzij. 'De toestand van de sporen is in beide gevallen niet erg best. Nog los van die verdwenen sleutel.'

'Dat is ook niet best, toch?' gniffelt Börne.

Niemand lacht. Peer Grauwein laat een totaalbeeld van Brigittes lijk, hangend onder de koepel, zien en zoomt in op het zilveren voorwerp om haar nek. Dankzij de resolutie van het beeld is zowel de baard van de sleutel als het ingekraste cijfer goed zichtbaar.

'Zeventien,' fluistert Sita.

'Wat betekent dat?'

'Weet iemand wat voor sleutel dat is?' Morten kijkt de tafel rond. 'Een kluisje? Een brandkast? Een speciaal slot? Hoe zit dat met die baard? Die ziet er anders uit dan normaal.'

'Geen idee. Dat zijn we nog aan het uitzoeken,' reageert Grauwein afgemeten. Hij kan er niet tegen als hij zaken moet benoemen waar hij geen flauwe notie van heeft. Typisch Grauwein. Er moet onder de zesduizend medewerkers van de Berlijnse LKA toch wel een sleutelspecialist te vinden zijn? Ze bewondert en haat dat gigantische politieapparaat tegelijkertijd. Specialisten zijn wonderbaarlijke figuren, maar met een heel leger van specialisten versnippert het onderzoek soms tussen vragen, informatie, rapporten, toelichtingen op rapporten enzovoorts. Uiteindelijk leest niemand meer alles en heeft niemand meer overzicht.

'Goed, verder,' zegt Tom en hij incasseert meteen een dreigende blik van Jo Morten. *Er is er hier maar één die 'verder' zegt.*

'Goed, eh... moordwapen,' vervolgt Grauwein. 'Geen spoor. Geen hamer, geen mes, niets. Vingerafdrukken op voorwerpen zoals katrollen: tot op heden ook niets. Handschoenen natuurlijk. De dader of daders waren voorzichtig. Wat de verdere situatie aangaat is de Dom voor het sporenonderzoek een totale ramp. Overal vingerafdrukken, haren, vezelsporen. Er lopen dagelijks duizenden bezoekers door dat godshuis. Het zou een wonder zijn als we daar wijzer van werden. Het zal tijd kosten, veel tijd.'

'Die we niet hebben,' gromt Morten.

'Dus, mensen...' Grauwein houdt de laserpen voor zijn getuite lippen en blaast hem uit als een rokende revolver. 'Tot zover mijn bijdrage.'

'Het zal weer eens niet eenvoudig zijn,' sputtert Börne. 'Een overzichtelijke moord in een eenpersoonshuishouden of zo.'

'Nou ja, God is toch single?' zegt Frohloff.

'Klopt,' reageert Grauwein droog, 'maar hij heeft wel een erg groot huis voor iemand die alleen woont.'

Iemand lacht, een paar grinniken. Even bijkomen – even ontspannen.

Lutz Frohloff van Informatie grijnst het breedst van iedereen. Al gaat hij soms over de schreef; niemand neemt het hem kwalijk. Zijn wangen zwellen op tot halvemanen die zijn donkere Ray-Ban een stukje van zijn neusbrug tillen in de richting van zijn kale kop, waarop alleen nog een weerbarstige kuif wappert.

'Mag ik?' Frohloff steekt een USB-stick in Grauweins computer. 'Tja, problemen met de sporen, te weinig tijd. Laten we het over de slachtoffers hebben.' Frohloffs stemgeluid klinkt als een swingend, cynisch trompetje dat altijd eindigt op een hoge noot.

Een portretfoto van Brigitte Riss vult de wand. Een vrouw met een aantrekkelijk gezicht, omlijst door glad blond haar dat tot haar kin reikt, zo scherp geknipt dat het bijna uitdagend lijkt. 'Slachtoffer nummer één: dr. Brigitte Riss, drieënvijftig jaar, geboren in Leipzig, gescheiden...'

'Wacht even,' protesteert Börne, 'ze was getrouwd? Hoe kan dat als je een functie in de kerk bekleedt?'

'Protestants, Börne, ze was protestants.'

'Ach, natuurlijk,' bromt Börne. 'Het ziet er allemaal zo katholiek uit, daar in de Dom. Al die tierelantijnen en zo.'

'... haar man, Berthold,' vervolgt Frohloff, 'was tot het einde van de DDR werkzaam bij de Volkspolizei, in een hoge positie. Na de hereniging is hij, niet al te succesvol, werkzaam geweest als makelaar. Ze hebben een dochter, Karin Riss, vierendertig jaar oud, woonachtig in Beelitz, ongeveer een uur hiervandaan. We hebben geprobeerd haar te bereiken, maar ze was niet achterhaalbaar.'

'Wat als haar ook iets is overkomen?' vraagt Berti. 'Heeft iemand dat gecheckt?'

'Twee collega's posten in Beelitz voor haar huis. Meer dan aanbellen en door het raam kijken kunnen we momenteel niet doen.'

Stilte.

'Goed. Laten we het even afwachten en hopen dat het niets te betekenen heeft, op wat voor manier dan ook,' zegt Morten.

'Brigitte Riss,' licht Frohloff toe, 'heeft, zoals bekend, een grote, maar ook wisselvallige carrière achter zich. In de DDR-tijd studeerde ze theologie en was ze dominee in Stahnsdorf. Bij demonstraties voor de val van de Muur was ze prominent aanwezig. 1995 afgestudeerd in de theologie, daarna een carrière in de Protestantse Kerk, sinds 2009 Dompredikante, twee jaar later bisschop van Berlin-Brandenburg-schlesische Oberlausitz. Vier jaar geleden leert ze Klaus Bittleder kennen, waarschijnlijk tijdens een talkshow op tv. Ze beginnen een affaire, tot blijkt dat hij getrouwd is en...'

'... Jeugdzaken eraan te pas komt,' grapt Börne.

'Heel grappig, collega,' zegt Frohloff. 'De kritiek sprak destijds van gebrek aan zelfbeheersing, echtbreuk, tot seksbelustheid aan toe. De derde dag na het uitlekken van de relatie trad Riss terug als bisschop.'

'Laten we eerlijk zijn, er werd toch een hetze tegen haar gevoerd, destijds?' mengt Nicole Weihertal zich in de discussie. Ze is sinds een jaar rechercheur in het team van Morten en het jonkie. 'Ritter stond toen al te springen om haar op te volgen.'

'Nou ja, dat ze zo snel aftrad, daar zal ze wel haar redenen voor hebben gehad,' denkt Grauwein hardop.

'Welke dan? Dat oudere vrouwen onder geen beding met jongere mannen naar bed mogen?' houdt Nicole vol.

'Laten we het erop houden dat oudere bisschoppen met hun vingers van jongere, getrouwde mannen af moeten blijven. Of zich in elk geval niet met ze in een hotel moeten laten fotograferen,' zegt Grauwein geamuseerd.

Nicole Weihertal doet haar mond al open, maar Tom is haar voor. 'Mensen, dit is allemaal al eindeloos herkauwd in de media. De vraag is of het iets met onze zaak te maken heeft of niet. Ik kom trouwens net uit de woning van Riss. Twee weken geleden is er een raam bij haar ingeschoten met een steen. Ze heeft er aangifte van gedaan. Lutz, kun je de beelden laten zien die collega's toen hebben gemaakt?'

Op de muur verschijnen foto's van het appartement en van een doorboord raam. 'De inslag wijst op het gebruik van een katapult,' licht Tom toe. 'Naast haar voordeur is ook nog de muur beklad.' Het versplinterde raam maakt plaats voor een foto met de tekst: LINKSE RAT.

'De dader is tot op heden niet gevonden,' zegt Tom, 'maar dat kan een kwestie van prioriteiten zijn geweest. Interessant is wel: kort voor of na de moord is iemand in Brigitte Riss' woning geweest. Het hele huis is systematisch doorzocht. Het lijkt erop dat er een laptop is meegenomen en drie dozen met waarschijnlijk particuliere eigendommen.'

'Is bekend wat er in die dozen zit?' vraagt Morten.

'Nog niet.' Tom doet kort verslag van zijn gesprek met Marga Jaruzelski.

'Is er al iets meer bekend over het tijdstip van de verdwijning van die spullen?' vraagt Sita.

'We weten alleen dat het tussen vrijdagmiddag 14.00 uur en vandaag, zondag 12.00 uur moet zijn gebeurd.'

'Vreemd. Die brute moorden en dat methodische zoeken, dat lijkt niet erg bij elkaar te passen,' merkt Sita op.

'Het is maar hoe je het bekijkt,' zegt Morten. 'De voorbereiding van de moord moet ook een heel precies karwei zijn geweest. Daar valt weinig spontaans aan te ontdekken. En wat in elk geval klopt zijn die rechts-radicale leus en dat beschoten raam. Die vrouw had een hoop vijanden, afkomstig uit een en dezelfde richting.'

'Maar dan meteen zo'n moord? Dat zou een compleet nieuwe wending in het rechts-radicale geweld zijn,' werpt Sita tegen.

'Als ze net de verkeerde tegen het lijf is gelopen,' zegt Morten. 'In de neonaziscene lopen een paar gewelddadige psychopaten rond.'

'En hoe zit het met haar ex-man?' informeert Peer Grauwein. 'Wat is daarvan geworden?'

Frohloff trekt zijn mondhoeken omlaag alsof Grauwein een gevoelige snaar heeft geraakt. 'Dat weten we niet. Hij staat niet meer in Duitsland ingeschreven.'

'Hij is er destijds met een andere vrouw vandoor gegaan,' zegt Tom.

Morten fronst zijn voorhoofd. 'Hoe weet jij dat?'

'Zoals Lutz net zei, Brigitte Riss was dominee in Stahnsdorf. Ik woonde daar toen. Het vertrek van haar man was het gesprek van de dag. Er circuleerden geruchten dat de vrouw voor wie hij zijn gezin in de steek liet, een prostituee was. Volgens een ander gerucht ging het om de ex-vrouw van een hoge functionaris van de Stasi.'

'Wanneer was dat?' vraagt Frohloff.

'In '98, geloof ik.'

Frohloff maakt een aantekening. 'Goed. Komen we bij slachtoffer nummer twee. Bernhard Winkler, Domorganist sinds 2003. Vijfenvijftig jaar, twee kinderen, Karl en Hannah, negentien en zestien. Zijn vrouw, Susanne Winkler, negenenveertig, is bibliothecaresse. Ze zijn vierentwintig jaar geleden in Stahnsdorf getrouwd.'

Sita spitst haar oren, net als de andere aanwezigen. Stahnsdorf. De eerste link tussen beide slachtoffers. Nee, de tweede. Protestants en Stahnsdorf. 'Misschien heeft het zin,' zegt ze, 'om die foto met de sleutel in Stahnsdorf te laten zien? Misschien herkent iemand die sleutel daar.'

Grauwein werpt haar een geagiteerde blik toe. 'Geef mij eerst wat tijd om wat meer over die sleutel te weten te komen, ja?'

'Volgorde!' Morten tikt waarschuwend met zijn trouwring op het tafelblad. 'Eerst alles verzamelen, en dan beslis ik – of de officier van justitie – wat zinvol is.'

Daar heb je het weer. De reden waarom Sita het in haar tijd bij de politie zo vaak benauwd kreeg. Haar hersenen vinden altijd kortere wegen, die niet stroken met de bureaucratische methoden van de leiding.

'Dus,' zegt Morten. 'We hebben eerst een werkhypothese nodig. Waar hebben we mee te maken? Een religieus motief? Seksueel? Persoonlijke wraak? Rechts-radicaal geweld? Waarom die enscenering? Waarom die beestachtige wreedheid? Bestaat het gevaar dat de dader of daders opnieuw toeslaan? En: de hoofdofficier van justitie wil weten of we hier met extremisten te maken hebben.'

'Een terreurdaad?' vraagt Tom.

Morten knikt. 'Of iets politieks. Zo ja, dan komen de collega's van de nationale recherche in beeld, misschien ook die van de binnenlandse veiligheid. Sinds de aanslag op die kerstmarkt liggen de zenuwen bloot. We moeten bepalen waar de verantwoordelijkheid komt te liggen.'

'Het zou ook niet de eerste aanslag in een kerk zijn,' zegt Berti. 'Herinneren jullie je die aanslag van afgelopen zomer in de buurt van Rouen, in dat gat in de provincie, toen islamisten die priester vermoordden...'

'Ik zie persoonlijk geen verband met aanslagen,' zegt Frohloff.

'Openbare gelegenheid, maximale aandacht, symbolische terechtstelling, de ogen uitgestoken, misschien als toespeling op "blinden" – ongelovigen... in dat opzicht past het prima.'

'Nee,' zegt Sita hoofdschuddend. 'Die symboliek past alleen bij de eerste indruk. Bij de tweede al niet meer. Strijdkreten als "Allahu Akbar" of "Dood aan de ongelovigen" ontbreken. Bij fundamentalistische terreuraanslagen worden altijd simpele, eenduidige boodschappen verkondigd, die onmiddellijk angst en paniek zaaien.'

'Ik vind een predikante die in de Dom wordt opgehangen een behoorlijk eenduidig signaal,' spreekt Berti haar tegen.

'Misschien,' zegt Sita. 'Maar tegelijkertijd is het iets heel complex. Terreur werkt anders. De daders duiken ergens op, moorden met primitieve wapens of explosieven, proberen zo veel mogelijk schade aan te richten, laten leuzen achter en verdwijnen weer – of vinden zelf de dood. Hier heeft iemand veel meer geïnvesteerd. Touwen, een gruwelijke dood door een houten paal, uitgestoken ogen achter een blinddoek – en dan die sleutel om haar nek...'

'Ik sluit me bij Sita aan,' zegt Tom. 'Dat past niet bij een terreuraanslag.'

'Het gaat om iets persoonlijks,' meent Frohloff.

'Of iets persoonlijks met een religieuze achtergrond,' preciseert Sita.

'En een seksueel motief?' vraagt Nicole Weihertal.

'Vanwege die stok in haar kont,' zegt Frohloff.

Nicole Weihertal loopt rood aan.

'Natuurlijk. Dat is ook denkbaar,' zegt Morten. Zijn stem klinkt verrassend mild, hij kijkt er welwillend bij. 'Laten we ons concentreren op wat we al hebben. Die jongere man met wie ze iets had. Haar laatste publicaties en openbare optredens. Is ze nog op iemands tenen gaan staan? Waar zette ze zich de laatste tijd voor in? Enzovoorts. Welke rechtse groepering, welke dader zou verantwoordelijk kunnen zijn voor die graffiti bij haar in huis? Ik meen me te herinneren dat ze onlangs nog een felle rede tegen radicalen heeft afgestoken vanwege de vluchtelingencrisis.'

'En haar man met zijn Stasi-verleden?' vraagt Börne.

'Onzin,' valt Morten scherp uit. 'Ik ben dat geklets over de Stasi nu wel zat. Ten eerste: hij zat niet bij de Stasi, maar bij de politie. Ten tweede: als dit zich afspeelt in de relationele sfeer, wat is dan het motief? En trouwens, hij ging toch bij háár weg?'

'Even los van alle seksuele en politieke aspecten,' oppert Sita, voorzichtig, zich ervan bewust dat ze als buitenstaander veel aan het woord is geweest, 'ga ik ervan uit dat de verdwenen sleutel van doorslaggevende betekenis is bij deze moord. Naast de dood van Brigitte Riss is die sleutel hier de centrale boodschap.'

Jo Morten kijkt haar doordringend aan. 'Natuurlijk is dat zo,' zegt hij uiteindelijk. 'Dus houden we alles open. Alleen in godsnaam geen Stasi-samenzweringstheorieën. Voorlopige prioriteit: persoonlijke achtergronden van de slachtoffers. En u, Grauwein, concentreer u op die verdomde sleutel. Geef me alles wat er via de foto's te achterhalen valt. Bovendien...'

Het gerinkel van een telefoon onderbreekt Morten. Frohloff grijpt haastig in zijn broekzak. Dat mobiele telefoons tijdens vergaderingen op stil worden gezet, is een ongeschreven wet. 'Sorry.' Hij draait zich om, neemt op en loopt naar de deur, diep voorovergebogen, alsof hij een pak slaag van Morten probeert te ontwijken.

'Goed,' pakt Morten de draad weer op. 'De verdeling. Tom, ik wil geen eenmansacties, we werken in teams, jij in dit geval met Sita.'

'Eh, chef?'

'Wat, Lutz?' snauwt Morten.

Frohloff staat bij de deur en wijst op zijn telefoon. 'Collega's hebben Karin Riss gevonden. In Beelitz.'

4

Psychiatrische privékliniek Höbecke, Berlijn-Kladow
Zondag 3 september 2017
15.13 uur

Eindelijk alleen!

Friderike Meisen zit als een hoopje ellende op de achterste van zeven kerkbanken. ST.-SERVATIUS, 1476, staat in reliëf op het scheef hangende schild voor de afgelegen kapel. Een paar stappen verder houdt het terrein van de privékliniek op bij een hoge muur van gele baksteen.

Friderike leunt met haar linker- en rechterhand op de zitting alsof ze elk moment kan omvallen. Het hout is kaal gezeten, de voorkant rond afgesleten. Hoeveel mensen zijn hier al heen gevlucht?

De koele lucht en de stilte doen haar goed. Alleen jammer dat ze haar mobieltje niet heeft meegenomen. Tijdens de dienst mag je hem niet bij je hebben als stagiaire, dus heeft ze hem vanochtend vroeg op haar kamer laten liggen.

Ze kan nog steeds niet geloven dat haar neus niet gebroken is. Wat zeiden ze ook alweer? 'Klaartje is niet gevaarlijk.' Zeg dat wel! Na de aanvaring met die buffetkast wilde haar neus maar niet ophouden met bloeden. Ze had nog steeds pijn.

En ze bedoelde het toch goed?

En dan dat theater in de verpleegsterskamer. 'Wat heb je gedaan? Wat heb je met die arme Klaartje uitgespookt?'

'Niets!' had ze gezworen. 'Ik heb alleen naar die getallen op de muur gevraagd.'

Ze kijkt voor zich uit, naar het bijna manshoge kruis met de stervende Heiland; donker mahoniehout tegen grof wit pleisterwerk.

Al geloof ik niet in je, denkt ze, toch kom ik hier graag. Bij jou is het tenminste stil. Het voelt alsof ik je alles zou kunnen vertellen en dat je nog zou luisteren ook.

Ze drukt haar tranen weg, het voelt niet goed om recht voor een gekruisigde te huilen om zo'n incident. Bovendien leer je je te verbijten als je een vier jaar oudere stiefbroer hebt. 'Hou op met janken' is een van Volkers lievelingszinnen. *Maar Volker heeft tenminste nooit beweerd dat ik dom was, zoals papa altijd deed.* Ook die gedachte drukt ze weg. Die hele toestand met Klara is zo onrechtvaardig dat ze niet ook nog eens aan haar vader wil denken.

De stilte wordt doorbroken door een zacht geknerp. Friderike draait zich om naar de deur die op een kier staat. Ze hoort voetstappen op het grindpad naar de kapel. *O, alsjeblieft niet!* Niemand mag haar hier zo zien.

Haar blik valt op de oude biechtstoel tegen de muur naast haar, maar een paar stappen bij haar vandaan. Hij lijkt op een grote kledingkast, met twee gordijnen van zwaar velours in plaats van kastdeuren. Ze glipt erin en gaat op het kleine bankje zitten. Het gordijn bedekt maar twee derde van de biechtstoel, dus trekt ze haar voeten op en duwt die tegen de wand, links en rechts van het getraliede biechtraam, zodat ze van buiten niet meer te zien is.

De deur van de kapel knarst, ze hoort het geluid van blote voeten op de stenen vloer. Ineens vindt Friderike het stom wat ze doet. Verstopt in een biechtstoel, alsof ze zelf in een gesticht thuishoort.

Au! Had ze net echt 'gesticht' in zichzelf gezegd?

Waar zijn haar goede voornemens gebleven? Met een paar

bloedspatten in het vloerkleed weggedruppeld?

'Hallo?'

Friderike krimpt ineen.

Een vrouwenstem, dun, eerbiedig.

Roept ze mij?

Ze trekt het gordijn een klein stukje opzij en kijkt door de kapel. De vrouw is al tussen de kerkbanken door naar de Heiland boven het altaar gelopen. Ze draagt niet meer dan een wit nachthemd, haar lichaam lijkt uitgemergeld, haar grijze haren zijn strak in een knot gebonden. Heel even kijkt ze opzij. Friderike schrikt, de haren in haar nek staan recht overeind. De angst komt zo snel opzetten dat ze zich volstrekt weerloos voelt, alsof Klara Winter haar ook daarvandaan op meters afstand nog een zet kan geven.

Maar er is nog iets vreemds met Klara Winter wat haar angst inboezemt, iets wat de vrouw omgeeft als een onzichtbare wolk scherven, iets wat niet onder woorden te brengen is.

'Ben je daar?' vraagt Klara in alle richtingen om zich heen kijkend. Dan blijft ze voor het kruis staan, kijkt op naar Jezus, haar hoofd iets achterover.

Wat doet zij hier in godsnaam? Hoe komt ze hier in hemelsnaam terecht? Ze hebben haar toch een flinke hoeveelheid kalmerende pillen gegeven? Zuster Meret was nog een keer naar haar kamer gegaan en had daarna, op dat typische kleinerende verpleegsterstoontje gezegd: 'Klaartje? Die slaapt als een baby.'

En nu staat ze hier in de St.-Servatius.

'Waar ben je?' vraagt Klara Winter. 'Je hebt me toch geschreven dat je zou komen?' Met haar rechterhand frunnikt ze aan haar nachthemd. 'Heb ik iets verkeerd gedaan? Komt het door die vrouw?'

Stilte.

'Ze zei dat ze hierheen zou komen om je te vragen of het goed was met die pillen. Dat zei ze tegen me.'

Friderikes hele lijf jeukt. *Die vrouw – dat ben ik. Die onzin die ik vanochtend heb uitgekraamd, omdat ik meeging in dat Jezus-gezwets van haar.*

'En, is ze nog langs geweest?'

De vraag versterft in de kapel.

'Ben je er daarom niet? Vanwege haar?' Klara's stem klinkt ineens messcherp. 'Wat heeft ze tegen je gezegd? Heeft ze me zwartgemaakt?' Ze fladdert met haar handen in een afwerend gebaar. 'Maar ik ben niet slecht. Echt niet. Nee!'

Plotseling verstart ze, alsof ze schrikt van haar eigen heftigheid. Ze buigt voorover, haar ruggengraat kraakt, of zijn het haar knieën?

'Ik heb ze niet ingenomen,' fluistert ze, nu weer kaarsrecht. 'Echt niet! Dat wilde je toch niet?'

Ze staat erbij als een soldaat, ze hoeft alleen nog maar te salueren.

'Wil je me zien?'

Zien? Wat bedoelt ze daarmee?

Klara bukt voorzichtig, nee, ze gaat door haar knieën, alsof ze buigt aan het hof, pakt met beide handen de zoom van haar nachthemd en trekt het op tot boven haar borsten. Naakt staat ze voor Jezus, die onbewogen op haar neerkijkt. Over haar rug lopen striemen, geen verse wonden, maar oude, geheelde littekens.

'Waarom kom je niet?' jammert Klara Winter. 'Ik heb je zo nodig. Al die jaren, en al die tijd ben ik zo bang geweest voor de duivel!'

5

Beelitz bij Potsdam
Zondag 3 september 2017
16.58 uur

Zondagmiddagdrukte op de A115. Geen vrachtwagens, geen forenzen, alleen maar mensen die terugkomen van een uitstapje. Voor de zon is een duister, herfstig gordijn geschoven en het begint te regenen, een fijne sproeiregen die zich met het vuil en de insecten op de voorruit vermengt tot een modderlaagje.

Tom is klaarwakker. De Concerta's hebben de inhaalstrook leeggeblazen, hij maakt er dankbaar gebruik van. Al is zijn Mercedes S-klasse officieel een oldtimer en zuipt hij benzine; snel is hij wel.

Sita Johanns zit rustig naast hem. Anne zou zich al lang met witte knokkels krampachtig aan de deurgreep hebben vastgeklemd. Het papiertje schiet hem weer te binnen. Het poeder. Dat hartje met die pijl, die rechtop in zijn borst staat, die pijn doet, al mag hij er nu niet aan denken.

Ze zijn op weg naar Karin Riss. Kennelijk behoorde zij ook tot de zondagstoeristen, in elk geval is ze rond drie uur volstrekt onwetend de postende agenten in de armen gelopen.

Terwijl Tom afslaat naar de A10, zet Sita Toms radio aan en vindt ze Radio Berlin und Brandenburg. Een jingle kondigt het vijfuurjournaal aan. De presentator noemt zijn naam, hij klinkt verkouden.

Berlijn. De politie onderzoekt alle sporen in verband met de dood gevonden Dompredikante Brigitte Riss. Ook een aanslag met terroristische doeleinden wordt niet uitgesloten, al is volgens de politie de aanslag nog niet opgeëist...

Tom haalt zijn voet even van het gaspedaal en kijkt opzij naar Sita.

... de drieënvijftigjarige dominee werd naar het schijnt op bijzonder gruwelijke wijze om het leven gebracht en onder de koepel aan touwen opgehangen. Om haar nek droeg ze een sleutel waar het cijfer zeventien in was gekrast...

'Hoe weten zíj dat in godsnaam?' roept Tom uit.

... zoals te zien is op een foto die op internet rondgaat en vermoedelijk op de plaats delict is genomen. Uit doorgaans goedgeïnformeerde bronnen is gemeld dat er nog een dode is gevonden, de Domorganist. De Berlijnse politie wilde daar, onder verwijzing naar de afgekondigde informatiestop, geen verdere mededelingen over doen. Een voor zes uur aangekondigde persconferentie is naar acht uur vanavond verschoven.

Washington. De Amerikaanse president...

Sita zet de radio uit. 'Dat kán toch niet,' vloekt ze. 'Hoe is het in godsnaam mogelijk?'

Tom zegt niets, hij perst alleen zijn lippen op elkaar.

'Beelitz-Heilstätten. Hier moeten we eraf.'

'Ik weet het.' Tom neemt op de afslag de linkerbaan en remt van honderdzestig kilometer af naar zestig. Een groene Audi toetert. 'Kun je dat even checken, met die foto?' vraagt hij Sita.

'Zijn we al aan het jijen en jouen?'

'Is dat belangrijk?'

'Nee. Het was alleen nog niet duidelijk.' Sita tikt met haar beide duimen op haar smartphone, Tom raast over de provinciale weg langs Beelitz-Heilstätten, een voormalig sanatorium uit de keizertijd dat tot in de jaren negentig door de Russen als militair hospitaal is gebruikt. Vanaf de weg zijn alleen langsschietende bomen te zien en af en toe een zandpad met een slagboom ervoor. Ze rijden langs de aangrenzende kazerne.

'Kut,' steunt Sita.

'Wat?'

Zonder iets te zeggen draait ze haar telefoon naar Tom toe. Een blik is voldoende. Een foto van de plaats delict. De Dom. De koepel, Brigitte Riss, hangend aan twee touwen.

'Waar komt die godverdomme vandaan? Grauwein zou toch nooit...'

'Pas op, hert!' roept Sita.

Tom trapt op de rem, de wielen blokkeren, de Mercedes schuift weg, de gordels drukken de lucht uit Toms longen, Sita's smartphone klettert tegen het dashboard. Met krijsende banden komt de Mercedes op de tussenstreep tot stilstand.

Toms hart raast in de plotselinge stilte. De ree is tussen de bomen verdwenen.

Sita haalt diep adem. Grijpt naar haar hoofd alsof ze haar kapsel op orde wil brengen. Ze ziet hoe Tom naar haar kijkt, laat haar haren los en vraagt: 'Hoe ver nog?'

'We zijn er bijna,' mompelt Tom. Voorzichtig geeft hij weer gas, maar hij rijdt nu veel langzamer. Sita heeft haar mobiel opgeraapt en zoekt weer verder op internet. 'Onvoorstelbaar. De foto staat al op Facebook, Instagram, overal. En er is er nog een waarop je de sleutel kunt zien. En weet je waaronder je de foto's vindt?'

'Geen flauw idee.'

'Hashtag zeventien.'

'Pardon?' Het is alsof er een koude tochtvlaag langs zijn nek blaast. Die godvergeten sleutel!

'Hashtag, dat is dat kruisteken waaronder je op internet...'

'Ik weet wat een hashtag is, ik kan het alleen niet geloven.'

'Denk je dat die foto's van Grauwein afkomstig zijn?' vraagt Sita.

‘Die zou nooit foto’s van een plaats delict afstaan. Grauwein niet.’

‘Iemand van de pers? Misschien is er een journalist door de versperring geglipt?’

‘Hm.’

‘Er is nog een mogelijkheid,’ overweegt Sita.

‘Denk je aan de dader...?’

‘Hij is uit op maximale aandacht. Hij wil ons iets laten zien.’

‘Als hij die beelden zelf op internet heeft geplaatst, kunnen we proberen hem via het IP-adres te achterhalen. Stuur je Grauwein even een sms? Voor de zekerheid, als hij zelf nog niet op het idee is gekomen om de IT-afdeling in te schakelen.’

‘Ik heb zijn nummer niet.’

‘Neem de mijne.’ Tom geeft haar zijn smartphone. ‘Of, nee, stuur maar liever aan Morten.’

Ze passeren het gele gemeentebord. Beelitz. Elfduizend inwoners, maar het lijkt alsof het er niet meer dan duizend zijn, verspreid over het hart van het grootste aspergegebied van Brandenburg, gelegen tussen meren en bossen. Dus hier heeft Karin zich teruggetrokken. Tom denkt aan haar als die veertienjarige, die vaak zo pinnig was, altijd zo geforceerd volwassen probeerde te doen, alsof het levensgevaarlijk was om een keertje over de schreef te gaan. Overduidelijk een domineesdochter. Maar verklaarde dat alles? Zelfs haar vader was uit de kerk gestapt. Waarom zij niet ook, al was het maar een beetje?

Je hoefde het niet meteen zo bont te maken als Bene.

De straten hebben vogelnamen en worden omzoomd door eengezinswoningen met bemoste daken, hier en daar staat er wat nieuwbouw tussen. De routeplanner leidt ze naar een smalle straat. Midden op een keerlus staat een patrouillewagen met wijdopen portieren, maar de collega’s zijn in geen velden of wegen te bekennen.

Tom remt abrupt en blijft op ongeveer twintig meter afstand staan.

'Wat is er?' vraagt Sita.

Tom legt zijn vingers op zijn lippen. 'Er klopt iets niet,' fluistert hij.

Sita spert haar ogen wijd open.

'Jij blijft hier.' Tom grijpt in het handschoenenvak en trekt zijn dienstwapen uit de holster.

De regen is als een doorweekte sluier. Het is koeler geworden. De SIG voelt vreemd aan in zijn hand. Zijn laatste schiettraining is al veel te lang geleden.

De patrouillewagen staat er verlaten bij, de portieren lijken op gespreide vleugels. In de bekerhouders tussen de stoelen staan twee koffiebekers van een bakkersketen. Op de vloer ligt een verfrommelde papieren zak, tussen de voorruit en het dashboard is een half opgegeten broodje geklemd, alsof iemand het in haast heeft weggelegd.

Tom draait zich om en gebaart naar Sita, die nog in zijn auto zit, dat ze om versterking moet vragen. Dan loopt hij om de motorkap van de auto heen in de richting van Karins huis.

Achter een manshoog hek voert een smal natuurstenen pad naar het huis, dat tegen de bosrand aan ligt. Een mooi, lichtgeel gestuct huis met een spits, rood zadeldak. De optimistische jaren zestig, als niet elke hoek en elk venster liefdeloze DDR-zakelijkheid uitstraalde. Op een metalen brievenbus een bordje met daarop K. RISS, en eronder: MAKELAARDIJ.

De huisdeur staat op een kier.

Tom omklemt zijn wapen met twee handen, houdt het met net niet helemaal gestrekte armen voor zijn lichaam en zoekt dekking naast de voordeur. Met zijn voet duwt hij die verder geluidloos open.

Heel even wachten. Dan heel even licht vooroverbuigen en razendsnel weer terug.

Hij houdt zijn adem in en luistert naar de stilte.

Niets.

Een... twee... drie! Met zijn SIG in de aanslag glipt hij de gang in. Schemering. Verschillende deuren, achterin rechts een trap, ervoor een man in politie-uniform, languit op de grond met zijn gezicht naar beneden. Bloed in zijn blonde haar. Tom sluipt naar hem toe, langs de muur, checkt de trap en voelt dan met twee vingers aan de halsslagader van zijn collega.

Hij voelt een hartslag, hoe zwak ook. Godzijdank.

Dan ziet hij de lege holster aan zijn riem.

Godverdomme!

Met zijn linkerhand vist Tom zijn telefoon uit zijn jack en belt.

'Morten,' klinkt het in zijn oor.

'Tom hier,' fluistert hij. 'In het huis van Karin Riss. Zwaargewonde collega. Dader bewapend. Ik heb een ambulance en de DSI nodig.'

'Tom? Oké. Niet van je plek, hoor je? Geen eenmans...'

Tom hangt op. Waar is Karin in godsnaam? En de andere collega?

Hij zet een stap in de richting van de woonkamerdeur en ziet een bruine leren bank met een salontafel ervoor. Witte vitrage die tot aan de vloer reikt bolt op voor de open deuren naar het terras.

Tom stapt over de drempel, zwaait zijn wapen eerst naar links, dan naar rechts, zoals hij heeft geleerd. Alleen is tijdens oefeningen zijn hartslag niet zo hoog.

De woonkamer is leeg.

Dan de tuin in! De vitrage strijkt langs zijn gezicht als hij langs de terrasdeuren glijdt. Sporen in het natte gras leiden naar het manshoge hek tegen de bosrand. Regendruppels spetteren op de bladeren. Geen nevel meer, maar dikke druppels die uit de loodgrijze hemel vallen.

'Halt!'

Tom krimpt ineen. De stem komt uit het bos.

'Blijf staan, politie!' Een vrouwenstem, jong en hoog.

Tom loopt naar het hek en wringt zich erdoor. De planken schaven langs zijn gezicht, dan staat hij aan de andere kant, in het bos. De bomen slurpen het laatste licht op. 'Halt of ik schiet,' hoort hij zijn collega schreeuwen. Ze kan hooguit twintig, dertig meter ver weg zijn. Hij ziet iets tussen de bomen, een schaduw, beweging. Plotseling floepen schijnwerpers aan, felle lichtbanen tussen de stammen en een zacht motorgeronk. Regendruppels schitteren, de bomen lijken op zwart geteerde palen. Zijn dat alleen boomstammen in het tegenlicht, of ook...?

Een schot kraakt met een zwiepend geluid door het gebladerte achter hem.

Tom stort zich op de grond, op hetzelfde moment vallen nog twee schoten, hij ziet het mondingsvuur vlak naast de schijnwerpers. Dat is niet dezelfde richting als waar de stem van zijn collega klonk! Een vrouw schreeuwt. In de lichtkegel rent een gestalte tussen de boomstammen door, de schaduw vier keer zo groot. In een reflex schiet hij in de richting waar hij het mondingsvuur zag oplichten. Het klinkt alsof hij twee schoten heeft afgevuurd, maar hij weet dat hij de trekker maar één keer heeft overgehaald.

Het portier van een auto slaat dicht. De motor jankt, de schijnwerpers trekken zich terug. Tom krabbelt overeind, rent in de richting van de lichtbanen die steeds sneller achterwaarts verdwijnen.

'Halt, politie!' brult Tom, in de hoop dat zijn collega niet op hem schiet. Zij moet zich nu ergens rechts van hem bevinden. Vroeg of laat loopt hij haar schootsveld in.

De motor jankt hoog en onregelmatig tijdens het achteruitrijden. Asfalt glimt in de regen, nu pas ziet Tom de weg, een soort brede landweg zonder markeringen, die kaarsrecht richting de provinciale weg naar Fichtenwalde voert. Als hij de weg bereikt is de auto al bijna tweehonderd meter bij hem vandaan. Tom laat zijn wapen zakken. Schieten zou nu waanzin zijn, van noodweer is geen sprake meer. Bovendien zou Karin ook in die auto kunnen zitten.

Hij pakt zijn telefoon weer, maar op dat moment hoort hij gereutel, als van een dier achter zich.

'Hallo?'

O, god, is dat gerochel! De agente!

'Tom Babylon, recherche. Waar ben je?' roept hij.

Uit het halfduister tussen de stammen weerklinkt een zacht gejammer.

'Hallo?' Hij zet de zaklamp van zijn smartphone aan. Aan de rand van de lichtbundel ligt de agente, haar handen op haar borst, het bloed stroomt tussen haar vingers door. Tom is in een paar passen bij haar, knielt, belt Morten weer en schreeuwt in de telefoon.

Als hij zijn telefoon uitzet is de stilte angstaanjagend.

Hij pakt de hand van de agente. 'Hoe heet je?'

Haar lippen bewegen. Jonge, schitterend gewelfde lippen die waarschijnlijk alle mannen op haar afdeling gek maken. 'Va-ness-a...' Haar ogen zijn wijd opengesperd. Haar vingers omklemmen Toms hand.

'Hoi, Vanessa, ik ben Tom.' Hij glimlacht, probeert vertrouwen uit te stralen. 'Hulp is onderweg. Je moet even volhouden, oké?'

Ze knippert met haar ogen. Haar haren zijn donker als de bosgrond, en in een paardenstaart gebonden. Als ze haar lippen weer beweegt, komen er alleen nog hortend gefluisterde woorden uit haar mond. Haar kin beeft. Tom legt zijn hand op haar natte, koude wang.

'Vanessa, kijk me aan! Alsjeblieft! Je gaat het redden!'

Tussen haar bleke lippen sijpelt bloed vandaan. Ze verslikt zich, hoest krachteloos, dan verstart haar blik.

De regen ratelt op de boombladeren, verder is het doodstil.

Tom sluit voorzichtig haar ogen. Op de rug van zijn hand zitten rode spetters. Zijn vingers lijken veel te grof naast haar breekbare gezicht.

Om een van de vingers waarmee Vanessa's hand nog steeds die van Tom omklemt, zit een zilveren ring met een klein briljantje. Degene die haar die ring heeft gegeven, zit nu ergens op haar te wachten, heeft geen flauw idee, verheugt zich erop haar te zien als haar dienst erop zit.

6

Beelitz bij Potsdam
Zondag 3 september 2017
18.42 uur

Peer Grauwein staat op het natte, gescheurde asfalt en kijkt woedend omhoog. Bandensporen nul. 'Nu hebben we eindelijk Mister Bee en dan krijg je dát.' Big Electronic Eye, kortweg Bee is een drone die sinds kort bij sporenonderzoek in de openlucht wordt gebruikt. Maar in de regen, en ook nog eens in het bos, is Grauweins nieuwe speeltje nutteloos.

'Wat kan mij die Mister Bee van jou schelen,' zegt Tom huiverend. Het voorbije uur is de schotenwisseling keer op keer opnieuw door zijn gedachten gegaan. Wie waar stond, hoeveel schoten er zijn afgevuurd, of het misschien zelfs zijn eigen kogel had kunnen zijn die Vanessa had getroffen. Er heerst een doffe, bonkende chaos in zijn hoofd.

Sita Johanns staat achter hem, tikt hem zachtjes op zijn schouder. 'Drexler, de collega die je binnen hebt gevonden, heeft zwaar schedelhersenletsel. Kunstmatige coma. Hij ligt in het ziekenhuis, het Charité. Of hij het haalt kunnen ze nog niet zeggen.'

Ook dat nog. 'Heeft hij familie?' vraagt Tom.

'Een vrouw en twee dochters,' zegt Morten.

'Wat een kutzooi.' Grauwein spuugt zijn keelpastille uit in zijn hand, alsof hij genoeg heeft van zijn vaste gewoonte, en bergt het plakkerige ding op in de linkerborstzak van zijn uitpuilende overall. De forensisch specialist krijgt het snel koud, en met de warme kleding onder zijn witte overall ziet hij eruit als een michelinmannetje in het bos. 'En die kleine?'

'Die kleine is een agente,' reageert Tom driftig.

'Al goed,' zegt Grauwein sussend.

'Niks is goed.'

Grauwein heft zijn handen alsof hij zich overgeeft.

Sita schraapt haar keel. 'Ze heet Vanessa Reichert, is vijfentwintig en verloofd met een collega. Beier... Beiersdorf, zoiets.'

'Kutter dan kut!' gromt Grauwein.

'En Drexlers wapen?' vraagt Tom. 'Is dat...'

'Het wapen waarmee ze...? Ja, dat zou goed kunnen. Achter, bij de weg hebben we patroonhulzen gevonden, negen keer negentien millimeter, type Action vier, dus duidelijk politiemunitie. Die schotwond, eh... nou ja, dat weet je al,' mompelt Grauwein in Toms richting.

'Hij misschien wel, maar ik niet. Kunt u het mij uitleggen?'

Tom en Grauwein wisselen een snelle blik, Tom kijkt naar de grond.

'Sinds een paar jaar gebruiken we patronen met stopkracht. De vroegere, volledig ommantelde kogels gingen meestal dwars door iemand heen, maar de nieuwe barsten bij de inslag paddenstoelvormig...'

'Ja, dank u. Ik weet genoeg.' Sita heft haar beide handen en wendt zich af.

'Hij kan ook uit jouw SIG zijn,' zegt Grauwein, 'maar dan klopt de schootsrichting niet meer. Naar de ingangswond en de plek te oordelen is ze recht van voren neergeschoten, vanaf de plek waar de auto stond.'

Een pak van Toms hart.

'Trouwens. We hebben je wapen nodig, voor het ballistische onderzoek.'

'Heb ik al aan Börne gegeven,' zegt Tom.

'Je moet voorlopig wel even uit de vuurlinie blijven,' zegt

Grauwein. 'Het kan even duren tot alle details van de schotenwisseling zijn opgehelderd en je weer een wapen mag dragen.'

'Ik ken de regels.'

Jo Morten komt aangelopen door de corridor die tussen de afzetting is vrijgelaten. Grauwein heeft zijn eigen systeem om sporen op plaatsen delict veilig te stellen. Jo Morten hoest droog, hij ruikt al op een afstand naar sigaretten. 'Je collega Börne is klaar met zijn eerste ronde door het huis. Geen sporen van een worsteling, geen daderwapen, geen Karin Riss.'

Iedereen zwijgt bedrukt.

'De buren hebben niets gemerkt,' vervolgt Morten, 'tot aan de schoten. Geen sporen van braak. In het kantoor van Karin Riss lagen verfrommelde zakdoekjes in de papiermand. Waarschijnlijk was ze net begonnen het bericht over haar moeders dood te verwerken.'

'In haar werkkamer?' vraagt Sita.

'Haar pc stond nog aan, raad eens welk beeld we terugvonden via haar browser?'

'Liever niet,' verzucht Tom.

'Die foto uit de Dom?' vraagt Sita ongelovig. 'Maar die heeft zij toch niet gepost?'

'Daar lijkt het niet op. Ze heeft er alleen maar naar gekeken.'

'"Alleen maar" is goed,' zegt Sita.

'Weten we al waar die foto vandaan komt?' vraagt Tom.

'De afdeling IT is ermee bezig, maar het gaat zo godvergeten snel tegenwoordig. Je kunt het bijna niet bijhouden. Eén ding staat vast: hij komt niet bij ons vandaan – hij is dus niet van mij. Die foto is 's ochtends heel vroeg gemaakt, nog voor wij er waren. Dat kun je aan het licht zien.'

'Van de dader dus,' zegt Tom.

'Zou kunnen. Zoals gezegd, er wordt aan gewerkt.' Grauwein salueert met twee vingers tegen zijn slaap. 'Ik moet weer verder.'

'Als jullie het huis doorzoeken,' roept Tom hem na, 'kijk dan of je die dozen tegenkomt die uit de woning van Brigitte Riss zijn verdwenen.'

'Zullen we doen, speurneus,' roept Grauwein terug.

'Dus waar hebben we mee te maken?' vraagt Morten. 'Een ontvoering? Een wraakactie? Gaat het om de familie Riss?'

'Ik krijg er voorlopig geen helder beeld van,' zegt Sita. 'Maar we moeten Karin Riss hoe dan ook vinden. Voorlopig lijkt het erop dat zij het volgende slachtoffer kan worden.'

'Goed dat we er een psychologe bij hebben,' stelt Morten vast. 'Dat geeft echt diepgang aan ons onderzoek.'

'Laat maar, Morten,' snijdt Tom hem de pas af.

'Zegt wie? Jij? Hou jij je nou maar eerst eens zelf aan de dienstregels als je anderen terecht wil wijzen.'

Een snelle blikwisseling, en even plotseling als de ruzie opflakkert, dooft hij weer. Morten zucht. 'Tom, sorry. Ik weet dat het heftig voor je was. Ik moet je eigenlijk uit de vuurlinie halen.'

'Met mij gaat het goed,' zegt Tom.

'Goed?' vraagt Sita.

'Ik bedoel dat ik kan werken. Ik wil die vent te pakken krijgen die dit heeft aangericht.'

Morten kijkt hem mismoedig aan. 'Lekker dan. Ik heb niets aan rechercheurs die op wraak uit zijn.'

'Kijk om je heen. Dan kun je beter het hele team ontslaan.'

'Hm,' mompelt Morten en hij wendt zich af. 'O ja, wat betreft het onderzoek: ik geef Frohloff de opdracht om alles op te graven wat hij over de familie Riss kan vinden.'

Tom knikt. Hij vermoedt dat hier méér aan de hand is, dat er een samenhang is die hij nog niet kan overzien. Maar hardop zeggen kan hij het niet, want één ding staat vast: het is allemaal begonnen met dat lijk in het kanaal en met die sleutel. Opnieuw wenst hij dat die warme zomerdag er nooit was geweest, dat ze nooit van de brug waren gesprongen. Ze waren zo nieuwsgierig, zo belust op avontuur. Karin had gelijk. Ze hadden meteen naar de politie moeten gaan. Zijn schuldgevoel is plotseling zo alomtegenwoordig dat het zijn keel dichtknijpt. Het ergste is: hij zou het aan zijn collega's moeten vertellen. Klare wijn schenken, hen in vertrouwen nemen, ook als het hemzelf zou schaden. Maar hij kan het niet. Sinds de sleutel uit de Dom is verdwenen, vertrouwt hij niemand meer. Als een van zijn collega's hem heeft meegenomen – wie waren er anders in de gelegenheid – dan was het om iets in de doofpot te stoppen omdat hij zelf betrokken is bij deze zaak.

'Tom, alles helder?'

'Ik heb even een pauze nodig,' mompelt Tom.

Jo Mortens telefoon gaat over. 'Bruckmann,' verklaart hij sip, hij doet een paar stappen opzij voor hij opneemt. Al pratend kijkt hij naar de punten van zijn schoenen, zijn jack glimt van de regen.

Tom loopt door de smalle corridor van de afzetting naar het huis. Twee mannen komen hem tegemoet met een metalen kist tussen zich in, hij is blij dat hij niet hoeft te zien hoe ze Vanessa erin zullen leggen.

Grauwein heeft een doorgang in de schutting laten maken. Het huis staat er troosteloos bij op het gladgemaaide gazon. Tom loopt via de terrasdeur naar binnen en kijkt rond. Vlekken op de bruinleren bank, in een witte kast staan twee lege, groene vazen, wat vakliteratuur en minstens tweehonderd dvd's. Tom bestudeert de titels en is verbaasd. *The Blair Witch Project, The Walking Dead, Seven*, een box met alle films van Mel Gibson, een enkele feelgoodfilm. Afgezien van het feit dat de meeste films 'mannelijk' zijn, is er geen enkele aanwijzing voor een man in huis, ook geen speelgoed of een hint dat er kinderen zijn. De inrichting is ordelijk, maar, sober en liefdeloos. Tom probeert zich voor te stellen hoe Karin hier leefde. Hij mocht haar vroeger, ondanks haar benepenheid. Ze hoorde erbij, bij hun groepje, en het is beklemmend om te zien dat haar leven uit niet meer leek te bestaan dan dit hier.

Hij pakt zijn telefoon en maakt nog een paar foto's van de kamer, van een paar details, als geheugensteuntje.

Karins werkkamer ligt vlak naast de voordeur. Beyer van de technische dienst draagt net haar computer naar buiten. Haar bureau is een verrassing en lijkt totaal niet te passen bij de rest van de inrichting. Het is een zwaar, oud meubelstuk van notenhout met links en rechts laden en in het blad een leren werkvlak. Het glanzende hout van het tafelblad is hier en daar afgesleten.

Op het bureau staan twee ingelijste foto's, links een recente foto van Karins moeder, rechts een van haar vader Berthold Riss, minstens twintig jaar geleden gemaakt. Zijn haar is blond en iets langer dan bij zo'n streng getrokken scheiding past. Hij glimlacht jeugdig, een stralend gebit. Op de foto lijkt hij eerder de zoon van de vrouw in het lijstje ernaast. Een aantrekkelijke man, iets té aantrekkelijk voor een dominee, had zijn vader destijds een keer gezegd, en uiteindelijk had hij gelijk gekregen.

Ook hier maakt Tom foto's. Dan trekt hij een voor een de laden open. Enveloppen, papier, pennen, een stempel met de naam van haar firma, een digitale camera met ministatief, maar zonder geheugenkaartje. Vreemd. In de bovenste lade links ligt een sleutelbos met een donker leren riempje eraan, een losse sleutel van een vw en nog een sleutelbos met drie sleutels en een label waarop *Poortgebouw* staat. Helemaal achterin staat een klein doosje van kleurrijk gesteente. Een klokje misschien, denkt Tom. Hij schudt het en hoort iets rammelen. Het deksel klemt een beetje, maar schiet dan toch ineens open.

Tom kijkt in het doosje.

Zijn hart begint sneller te slaan, zijn vingers trillen als hij de inhoud uit het doosje vist. Het is een sleutel met een donker sleutelkapje waarin het getal zeventien is gekrast. Hoe is dat in hemelsnaam mogelijk? Een snelle blik over zijn schouder. Hij hoort zijn collega's, maar ziet niemand.

Tom laat de sleutel in zijn jaszak glijden, aarzelt even en laat er dan ook de sleutels van het Poortgebouw in verdwijnen.

Als verdoofd loopt hij naar buiten.

Börne staat er met twee collega's te roken. Geen gesprek beginnen, denkt Tom. Gewoon naar je auto lopen. Portier achter je dicht en alles even laten bezinken.

'Hé, Babylon!' roept Börne. 'Zeg eens, jij kent die Riss toch van vroeger?'

'Hm-hm.'

'Was dat toen al zo'n rare?'

'Hoe bedoel je?'

'Nou ja.' Börne neemt een haal van zijn sigaret alsof hij de tabak door het filter heen wil zuigen. 'Weet je wat ze doet?'

'Maak het niet zo spannend. Ik ben moe en ik heb het koud.'

'Zij runt dat spookhuis.'

'De kliniek bedoel je.'

'Nou ja, nu eerder een bioscoop voor satanisten, spokenjagers en griezeltoeristen. En dan nog die doden...' Börne laat een veelbetekenende stilte vallen, blaast een rooksliert de afnemende regen in en hoopt dat Tom doorvraagt. Maar Tom kent het verhaal, net als de meeste Berlijners. In 1991 doodde 'Het Beest van Beelitz' in de bossen rond de kliniek de vrouw van een Russische arts, mét hun baby, in 2008 wurgde een fotograaf in het Poortgebouw een model. Nog steeds dringen 's nachts idioten op zoek naar een kick het gebouw binnen en vallen in de een of andere schacht. Ook daarbij, herinnert Tom zich, zijn de afgelopen jaren doden en gewonden gevallen.

'Ik bedoel,' neemt Börne de draad van het gesprek weer op, 'wie beheert zoiets voor z'n lol? Dan moet je wel een beetje raar zijn, toch?'

'Hoe raar moet je zijn om bij de forensische dienst te werken?' werpt Tom tegen.

Börne kijkt zuur, de andere collega's grinniken.

Tom draait zich om en loopt naar zijn Mercedes, die achter een complete vloot van patrouillewagens en burgerauto's is verdwenen. De eerste fotografen en een camerateam hebben zich gemeld, een journaliste discussieert fel met een agent die met gespreide armen probeert de pers op afstand te houden. Tom kijkt op zijn horloge en dan weer naar de schijnwerpers en de drukte. De plaats delict ziet eruit als een filmset. Propvol en hectisch.

Hij denkt aan de sleutel met die zeventien erin gekrast in zijn jaszak. Hij lijkt precies op de sleutel die van de plaats delict in de Dom is verdwenen, en ook op de sleutel waarmee Vi destijds verdween.

Wat is er gebeurd, Karin? Wat heb je gedaan? Hoe zit dat met die sleutels van het Poortgebouw? Waarom lagen die ernaast?

Tom pakt zijn smartphone en googelt 'Poortgebouw Beelitz'. Het gebouw is hier vlakbij en hoort bij de klinieken, het huisnummer is dertien. Niet zeventien. Toch heeft hij nu voor het eerst de sleutel in zijn hand waarmee Vi toen is verdwenen. Het is alsof ze plotseling heel dichtbij is, alsof hij alleen nog maar het slot moet vinden waar de sleutel op past. Waarom zou hij niet beginnen met het Poortgebouw te doorzoeken? Het zou tenslotte ook de sleutel van een kamer kunnen zijn. Hij kijkt op zijn horloge. Hier kan hij toch niets meer doen. Hoe eerder hij erheen gaat, hoe beter. En nu is het perfecte moment om het in alle rust te doen, zonder collega's, zonder al die drukte. Hij kijkt even waar Sita uithangt, maar ziet haar nergens. Goed zo.

Hij meldt zich snel af bij Morten, die nu naast Börne bij de voordeur staat. Börne staat nog steeds te roken en Morten kijkt naar hem alsof hij de sigaret uit zijn handen wil rukken, maar het pakje in zijn eigen jaszak raakt hij niet aan.

Op de terugweg naar zijn auto ziet Tom in de open laaddeur van een busje van de technische dienst een grote accuhandlamp staan. Hij leent hem even. Dan vist hij zijn pillen uit zijn broekzak, drukt er een uit de strip en slikt hem door.

Als hij in wil stappen, staat Sita plotseling naast hem. 'Zal ik rijden?'

'Hè?'

'Je ziet er uitgeput uit. Alsof je nu beter niet meer kunt rijden.'

'Ik wil alleen nog maar naar huis. Kan een andere collega je geen lift geven?'

Sita's blik dwaalt af naar de acculamp in zijn hand.

'Naar huis. Aha. Wat zei Morten ook alweer?'

'Morten heeft veel gezegd,' reageert Tom ontwijkend.

'Over solistisch optreden heeft hij maar één ding gezegd.'

'Ik weet niet waar je het over hebt.'

'Niet? En die lamp? Is bij je thuis het lampje van de ijskast soms stuk?'

'U overschat uzelf, mevrouw de psychologe.'

'Ik geloof dat jíj jezelf overschat.'

Tom haalt zijn schouders op.

'Het is heel eenvoudig,' zegt Sita. 'Wat je ook van plan bent, ik ga mee, of Morten en Bruckmann krijgen te horen dat jij in diensttijd medicijnen slikt, die onder de verdovende middelen vallen.'

Tom staart haar aan. 'Pardon?'

'Die tabletten, net.'

'Wat is daarmee?'

'Kun je nog zonder? Slaap je 's nachts als je er nog een genomen hebt?'

Tom maakt een wegwerpgebaar. 'Dat is toch onzin.'

'Onzin zou ik Concerta niet noemen. Eerder prestatiebevorderend. En zeg nou niet dat het een hoofdpijnpilletje was. Ik ken die troep. Normaal gesproken krijg je het alleen op voorschrift van een psychiater. Als je ADHD hebt.' Ze kijkt hem doordringend aan. 'Of gebruik je ze om scherper te worden?'

'Vraagt de vrouw met het drankprobleem?'

Sita wordt rood, maar beheerst zich. 'Ik heb mijn probleem opgelost, al lang geleden. Maar jij zit er overduidelijk nog middenin.'

'Het is veel minder erg dan jij het nu maakt, oké?'

'Misschien. Maar bij de politie gelden nu eenmaal duidelijke regels. Overtreding van de regels voor verdovende middelen is geen kleinigheid. En als je ADHD hebt en het niet meldt, overtreed je de transparantieregels tegenover je werkgever. Die heeft er namelijk recht op om te weten of je wel in staat bent je plicht te doen.'

Tom kookt van woede. 'Wil je suggereren dat ik niet in staat ben mijn diensten te draaien?'

'Nee,' reageert Sita droog. 'Maar anderen misschien wel.'

'Wat wil je, verdomme?'

'Heb ik al gezegd. Dat je me meeneemt.'

Stilte.

Tom kijkt tussen de politieauto's door naar het huis van Karin Riss. Morten, Grauwein en Börne staan te overleggen, twee mannen tillen de metalen kist in de lijkwagen.

'Waarom?' vraagt Tom. 'Waarom zou je? Je weet helemaal niet wat ik van plan ben. Het gaat om iets heel kleins.'

'Dan begrijp ik niet waarom we hier staan te bekvechten.'

'Je geeft geen antwoord.'

'Jij ook niet.'

Tom probeert haar te doorgronden. 'Oké,' zegt hij. 'Je wil de zaak oplossen. En je wil weer terug naar Informatie. Is dat het? Probeer je op te vallen?'

Sita haalt haar schouders op. 'En nu? Ja of nee?'

'Oké, stap in.'

7

Psychiatrische privékliniek Höbecke, Berlijn-Kladow
Zondag 3 september 2017
19.41 uur

Het lukt Friderike maar niet om stil te blijven zitten. Het is allemaal zo onrechtvaardig, om gek van te worden!

Ze moet weer aan haar vader denken. 'Ha! Het leven is geen ponykamp,' zei hij altijd, en hij heeft gelijk, al zint het haar totaal niet. Had hij er maar niet steeds 'dommerdje van me' achteraan gezegd. Dommerdje hier, dommerdje daar. Nu is ze zo ver bij hem vandaan, maar ze hoort het nog steeds.

In dit kleine rotkamertje dat haar is toegewezen voor de duur van haar opleiding in de kliniek, lijkt ze zelf wel een patiënt: opgesloten in een piepklein kamertje met een douchecel, een kledingkast, gebloemd beddengoed en een waterkoker. Een tv zou misschien helpen, maar dat stomme ding doet het niet en de data voor snel surfen met haar smartphone zijn al verbruikt.

Dus heeft ze maar een stoel voor het raam geschoven. Hiervandaan kan ze zelfs de kleine kapel zien.

Na het vreemde voorval met Klaartje was ze teruggelopen naar de kliniek met het gevoel dat er iets niet klopte, en ze vond dat ze het niet moest verzwijgen. Dus had ze ergens op de begane grond aangeklopt bij professor Wittenberg. Na zijn barse 'Binnen!' was ze met een bonkend hart bij hem naar binnen gelopen. Wittenberg zat achter zijn bureau en zelfs zittend leek hij nog groter dan zij staand.

'Friderike,' zei hij – op een toon alsof alles hem liever was geweest dan nu door haar te worden gestoord. 'Wat kan ik voor je doen?'

'Eh... professor... mij... mij, eh, is iets opgevallen.'

'Zozo, Friderike. Wat dan?'

'Die patiënte Klaartje. Klaartje Winter bedoel ik. Die is nogal vreemd.'

'Anders zat ze hier ook niet, toch?'

'Nee,' draaide Friderike, 'dat bedoel ik niet. Ze is ánders vreemd.'

Professor Wittenberg keek haar doordringend aan. 'Heb je daar al met zuster Meret over gesproken?'

'Eh, nee, niet echt, eigenlijk.'

'Je passeert haar en komt meteen naar mij?'

'Ik denk dat ze me niet zou geloven, omdat...'

'Ze gelooft je niet omdat je Klara Winter geprovoceerd hebt. Zo ernstig dat ze daarna gerustgesteld moest worden. Geen erg goed begin voor een stagiaire.'

Friderike slikt. Ergens heeft ze het vage gevoel dat het misschien beter is om maar meteen op te houden, maar ze kan het niet. 'Ik heb mevrouw Winter vandaag in de kapel geobserveerd, nou ja, het leek alsof ze stiekem met iemand had afgesproken, met een man, en, hoe zal ik het zeggen, het lijkt me dat die haar geen goeddoet.'

'Die doet haar geen goed. Aha,' zei Wittenberg sceptisch. 'En hoe weet je dat van die ontmoeting?'

'Ze zei dat hij haar had geschreven, ze heeft het voortdurend over hem en...'

Wittenberg schraapte zijn keel zo luid dat Friderike ineenkromp en stilviel. Hij verstrengelde zijn vingers en legde zijn handen – krachtige, onprettige handen, vond Friderike – voor zich op tafel. Het was alsof haar vader voor haar zat. 'Heette hij toevallig Jezus?'

'Eh, ja...' stotterde Friderike. 'Dat klopt. Ik weet wat u nu denkt, maar...'

'Luister goed naar me, Friderike. We zijn hier in een psychiatrische kliniek. We hebben hier voor een deel te maken met zware stoornissen waar jij nog geen fractie van begrijpt. Als je de eerste kleine irritaties aangrijpt om patiënten nog meer uit hun evenwicht te brengen dan ze al zijn, ben je hier niet op je plaats. Begrijp je dat?'

Friderike slikte weer en knikte. 'Meneer Wittenberg, eh... professor Wittenberg, ik...'

'Ik vraag je verder gewoon je mond te houden en weer terug te gaan naar je afdeling. En vertel je domme hersenspinsels de volgende keer eerst aan zuster Meret, wil je? Als die ze belangrijk vindt, geeft ze ze wel aan mij door.'

Domme hersenspinsels. Friderike blaast condens tegen het raam en tekent een rondje waarin ze de kapel kan zien. St.-Servatius ligt verstopt tussen de bomen. De lichte toren wijst uitdagend naar de hemel.

Maar het waren toch geen hersenspinsels, die ze vandaag zag? Het was vreemd, wat Wittenberg er ook van vindt. Wat Klaartje allemaal zei over Jezus en de duivel... nou ja, misschien is ze gewoon gelovig, katholiek of wat dan ook. Friderike weet de verschillen nooit zo goed. Maar in de kerk voor Jezus je hemd optillen?

En alsof dat nog niet genoeg was: daarna was ze naar het kruis gelopen en had ze met haar vingers tussen de muur en het hout gewroet alsof ze naar iets zocht. Of ze ook iets had gevonden, kon Friderike vanuit de biechtstoel niet zien.

Is Klaartje gewoon gek, zoals Wittenberg beweert? Het zou de simpelste verklaring voor haar gedrag zijn. Maar op de een of andere manier denkt Friderike dat er een alternatieve verklaring is. Alsof Klaartje aan een bepaalde innerlijke logica gehoorzaamt.

Maar wat voor logica dan?

Toen Klaartje wegging uit de kapel, deed ze dat met snelle stappen en twee huppeltjes alsof ze heel opgetogen was. Dus had ze waarschijnlijk iets gevonden. Maar wat? Friderike had het kruis later nog grondig bekeken, maar had niets bijzonders kunnen vinden.

En wat nu? Friderike zucht en blaast opnieuw tegen het raam. Moet ze naar Wittenberg luisteren en Klaartje gewoon Klaartje laten zijn, zich erbuiten houden en in geval van twijfel zuster Meret inseinen? Die zou haar toch nooit serieus nemen!

Dan kan ze beter haar lippen stijf op elkaar houden.

Maar is het niet juist haar plicht om Klaartje in de gaten te houden? Als er iets niet in orde is, en daar lijkt het wel op, dan moet iemand toch een oogje in het zeil houden?

Ze schuift haar stoel naar achteren en zet het raam op een kier om wat frisse lucht binnen te laten. Plotseling ziet ze een gestalte die met snelle stappen in de richting van de kapel loopt. Als de lichtkegel van de lantaarn haar beschijnt, licht haar nachthemd fel op, om een paar meter later alweer door de duisternis te worden opgeslokt. Dat was Klaartje toch weer? Mijn god...!

Friderikes eerste ingeving is om achter de patiënte aan te gaan.

Dan schiet haar iets beters te binnen. Snel glipt ze in haar Birkenstocks. De nieuwe schoenen piepen zachtjes op het linoleum.

Met gebogen hoofd loopt ze langs de verpleegsterskamer en loopt dan de gang in waar Klara's kamer zich bevindt. Ze drukt de klink omlaag, houdt haar adem in en glipt door de deur naar binnen.

In de kamer is het stil en donker. Het ruikt er naar lavendel en schoonmaakmiddelen. Ze had een zaklamp mee moeten nemen, of tenminste haar smartphone.

Ze doet het plafondlicht aan. De volgekrabbelde muur met die vreemde kalender lijkt een spookachtig monument.

Friderike weet niet waar ze naar moet zoeken: ineens lijkt haar plan volstrekt doelloos en voelt het alsof ze een stommiteit begaat.

Maar wat als Klaartje mijn hulp nodig heeft?

In de schuifladen van de commode ligt pijnlijk nauwkeurig opgevouwen wasgoed en een lichtbruine teddybeer met versleten touwtjes waaraan rode plastic muntjes bungelen om het speeldoosje in zijn buik mee op te winden. Vier versleten tandenborstels, zes nog verpakte stukken zeep, twee blauwe balpennen en een paar lege vellen papier.

Op haar nachtkastje liggen geen tijdschriften, damesromannetjes of kruiswoordpuzzels, maar alleen een bijbel waar de top van een veer uit steekt, kennelijk als boekenlegger. Als Friderike de bijbel openslaat, valt de veer eruit en dwarrelt hij op de vloer.

1 Korintiërs 7: 3-4, ziet ze staan.

En een man moet zijn vrouw geven wat haar toekomt, evenals een vrouw haar man. Een vrouw heeft niet de zeggenschap over haar lichaam, maar haar man...

Jaja, dank je, zo kan-ie wel weer! Ze pakt de veer op, steekt die weer tussen de bladzijden en slaat de bijbel dicht.

De kamer komt op haar over als een leven in het totale niets. Spartaans als in een klooster. Ze moet denken aan hoe Klara huppelend de kapel verliet nadat ze achter het kruis had staan rommelen. Als ze echt iets had gevonden, zou het toch hier moeten zijn. Waar zou ík hier iets verstoppen? Friderikes blik blijft opnieuw aan de commode kleven. Voorzichtig tilt ze de bovenste lade er helemaal uit en legt die op de vloer. Ze voelt langs de hoeken en de achterwand. Daar! Haar vingers stuiten op een voorwerp. Haar hart slaat over als ze het tevoorschijn trekt.

Een pakje Marlboro.
Is dat alles? Klaartje rookt?
Ze draait het pakje om. Het weegt niets, er rammelt niets. Kennelijk is het pakje leeg. Friderike schuift het deksel open. Geen sigaretten, zelfs de tabakslucht is vervlogen. Er zit alleen een klein opgevouwen papiertje in, beduimeld aan de randen. Nieuwsgierig vouwt ze het open. Op het papiertje staat maar één regel in smalle, handgeschreven blauwe hoofdletters:

KOM NAAR ME TOE, VANAVOND OM 8 UUR. J.

Dus toch! Een geheime ontmoeting. Friderike krijgt kippenvel, het lijkt alsof er een tochtvlaag langs haar heen strijkt. Ze kijkt snel om naar de deur, naar het raam, maar er is niemand.
Dan kijkt ze op de klok. Kwart over acht. Gehaast vouwt ze het papiertje weer op, legt het sigarettenpakje weer terug en schuift de lade weer terug op zijn plek. Ze kijkt om zich heen. Staat alles weer precies zoals ze het aantrof?
Ze doet het licht uit en sluipt de gang weer op.
'Hè? Wat voer jij hier uit?'
Friderike krimpt ineen. Zuster Meret plant haar handen in haar zij en blijft recht voor haar staan met alle autoriteit van een oudgediende, met een kille blik, en een schattig wipneusje dat helemaal niet past bij haar bazige manier van doen.
Friderike bloost. 'Och, ik dacht, ik kijk nog even hoe het met haar gaat.'
Zuster Meret kijkt haar onderzoekend aan. 'Lieverd, heb je dienst?'
Friderike schudt haar hoofd.
'Wat heb je dan in Klara's kamer te zoeken?'
'Ik wilde...'
'Heb je begrepen wat je vanmiddag hebt aangericht?'

‘Eh... ik...’

‘Laten we eens kijken.’ Zuster Meret drukt een vinger op Friderikes neusbrug.

‘Au!’ De tranen schieten in haar ogen.

‘Was dat niet genoeg als waarschuwing?’

Friderike knikt gejaagd. ‘Ik wilde me alleen maar... verontschuldigen,’ snuift ze.

‘En? Wat zei ze?’

‘Ze, eh, ze lag al in bed. Slaapt al, geloof ik,’ stamelt Friderike en ze vervloekt meteen haar domheid. Wat als zuster Meret Klaartje buiten heeft gezien, of als ze zelf even in haar kamer gaat kijken?

‘Slaapt al, zo zo.’ Zuster Meret bekijkt haar wantrouwend van top tot teen. ‘Wat heb je in je zakken?’

‘U denkt toch niet dat ik...’

Zuster Meret trekt haar wenkbrauwen op. ‘Nou? Heb je dat?’

‘Nee!’ roept Friderike verontwaardigd. ‘Ik ga toch niet van patiënten jatten.’

‘Je zou niet de eerste zijn,’ bromt de verpleegster.

‘Zoiets zou ik nooit doen. Eerlijk niet. Ik maakte me gewoon zorgen om haar, en ik wilde mijn excuses aanbieden.’

‘Lieverdje, ik vraag me af of Klaartje je excuses wel zou begrijpen. In het slechtste geval richt je er alleen nog maar meer schade mee aan. Laat de patiënten gewoon met rust. Vooral ’s avonds! Als er ’s avonds iets misgaat, gaat het hier meteen van zoem, zoem, zoem. Als in een bijenkorf. Dan is het gedaan met de nachtrust. Begrepen?’

‘Het spijt me.’ Friderike knikt schuldbewust. ‘Tot morgenochtend.’ Ze draait zich op haar hielen om en vlucht de gang in. Op de trap moet ze zich aan de leuning vastklampen, het liefst zou ze op de treden gaan zitten om bij te komen, of zich op haar kamer onder de dekens verstoppen, maar dat kan nu niet. Ze moet Klaartje in de gaten houden.

De regen is vies koud. Waarom heeft ze haar jack niet gepakt? De kleine kiezelsteentjes op het kronkelpad naar de St.-Servatius knerpen onder haar voeten. Zou Klaartje nog in de kapel zijn? En met wie heeft ze daar afgesproken? 'J', stond er op het briefje. 'J' van Jezus? Hoe krankzinnig is dat wel niet?

Plotseling schieten haar de balpennen en de vellen papier weer te binnen. Zou het kunnen dat Klaartje dat briefje in een waan zelf heeft geschreven? Maar waarom zou ze het dan verstoppen?

De kapel staat roerloos tussen de hoge populieren. Een van de hoge, smalle dubbele deuren staat op een kier. Friderike sluipt naderbij en houdt haar adem in. De kier is zo smal dat ze bijna niets ziet. Uit de richting van het kleine altaar waar het kruisbeeld achter hangt, flakkert gelig kaarslicht.

Zou de deur knarsen?

Ze legt haar vingers op de oude houten deur en duwt er zachtjes tegen. Centimeter voor centimeter. Ze luistert ingespannen. Van het dak van de kapel druipt water in haar nek, de kou sijpelt haar lijf in. Achter haar knerst plotseling het grind.

'Zoekt u hem?'

Friderike draait zich razendsnel om.

Voor haar, in de regen, staat Klaartje, haar armen langs haar lichaam, maar met een vreemde gloed over haar gezicht, alsof ze doodsbang is, maar tegelijkertijd van hoop vervuld.

'Mevrouw... Mevrouw Winter,' stamelt Friderike.

'U komt hier voor hem, toch?' Klaartje wipt van haar ene voet op haar andere.

'Vanwege wie? Wat bedoelt u?'

'Hij is weg,' zegt Klara afgemeten. 'Hij kwam hier voor mij. Begrepen? Voor mij!'

'Maar wie dan in godsnaam? Over wie hebt u het?'

'Jezus,' fluistert Klaartje.

'Mevrouw Winter,' probeert Friderike het zo begripvol mogelijk. 'Jezus is al heel lang dood. Dat weet u toch?'
'Hij laat mij niet in de steek.'
'En degene die u niet in de steek laat, was net hier?'
'Dat gaat u niets aan. Dat zijn mijn zaken.'
'Mevrouw Winter, waar komt die Jezus, over wie u...'
'Hij is Maria's zoon. Hij is terug.'
'Ik weet dat Jezus Maria's zoon is, maar...'
'En wat moet u van hem?' vraagt Klaartje argwanend. 'Hem van mij afpakken?' Ze steekt haar kin naar voren, haar gezicht verhardt. Klaartje wordt in een fractie van een seconde Klara Winter, voor wie Friderike bang is.
'Nee, mevrouw Winter, niemand wil Jezus van u afpakken. Ik maakte me eerlijk gezegd ongerust.'
Klara kijkt minachtend naar Friderikes doorweekte hemd. 'Het zou ook niets worden. Te grote borsten. Daar houdt hij niet van. Alleen bij Maria kon het hem niets schelen. Maria met die dikke tieten. Ze heeft gekregen wat ze verdiende.' Klara spuugt. Instinctief wijkt Friderike terug, ze stoot met haar achterhoofd tegen de deur. Op hetzelfde moment draait Klara zich om en rent over het smalle, van de regen glimmende grindpad terug naar het hoofdgebouw.
Friderikes handen beven. Trillend leunt ze tegen de voordeur van de kapel en veegt ze het spuug van haar wang. Hoe krankzinnig moet je zijn als je jaloers bent op de moeder van God?

8

Berlijn-Neukölln
Zondag 3 september 2017
20.04 uur

Sita probeert haar onrust te verbergen. Ze heeft geen idee waar ze heen gaan en Toms ergernis hangt voelbaar in de lucht, net als de druk op zijn schouders door de dood van hun jonge collega. Zijn handen aan het stuur, zijn lippen samengeknepen – er broeit iets in hem en Sita twijfelt of wat ze gaan doen wel goed zal uitpakken, maar misschien dat ze in Beelitz al te ver is gegaan.

Tom heeft de hele rit niets gezegd, één keer is hij onderweg gestopt, stapte hij zonder iets te zeggen uit om te bellen. Nu slaat hij in de Hermannstraße links af. Het plaveisel is een mengelmoes van kinderkopjes en teer. Neuköllnse huurflatmisère: smoezelige gordijnen achter vierkante ramen, onderin wegkwijnende winkels. Wat nog wel loopt, zijn wedlokalen, kiosken, snackbars en één-eurowinkels.

Tom parkeert zijn auto. Hij blijft roerloos zitten, worstelend met zichzelf, en zegt dan, zonder haar aan te kijken: 'Mag ik je een raad geven?'

'Wil ik het horen?' vraagt Sita.

'Blijf in de auto.'

'Oké, dan wil ik het niet horen.'

Tom zucht. Ze stappen uit en Sita loopt met hem mee naar de volgende straathoek. De stoep mist een paar tegels, overal uit-

gewalste kauwgum, peuken, achter de flat staat een rij Harleys.
'Wat ben je van plan?'
'Onderzoeken.'
'Jezus, kan het iets duidelijker?'
'Je wilde dat ik je meenam. Over kletsen hebben we het niet gehad.'
'Mortens vriendelijke manieren zijn duidelijk besmettelijk.'
Tom blijft staan, zijn blik is ijzig. 'Op gezeur reageert iedereen hetzelfde.'
'Goed,' reageert Sita. 'Nu de rolverdeling opnieuw is vastgelegd, kan het misschien iets constructiever? Wat kom je hier in godsnaam doen?'
Even lijkt het alsof Tom dwars door een muur zou willen lopen, maar om onnaspeurbare redenen ontspant hij plotseling. 'Het extreemrechtse milieu in Berlijn is overzichtelijker dan je denkt. Ik wil iets checken.'
'Jij weet de weg bij die neonazi's?'
'Nee, maar iemand bij de BVD, en die ken ik nog van de politieacademie.'
'En wat zegt je contact bij de BVD?'
'Dat de neonaziscene in Berlijn meevalt in vergelijking met kleine plaatsjes als Freital of Heidenau. Geen grote problemen, op een paar uitzonderingen na.'
'Geen problemen?' Sita denkt dat ze hem niet goed verstaat. 'Dat kun je niet menen! Het aantal rechts-radicale demonstraties stijgt explosief, overal rechts gedachtegoed, overal leuzen en dat zou geen probleem zijn?'
'Zoals ik al zei "in vergelijking met". Traditioneel bestaat er een sterke, voor een deel militante linkse scene. Die houden de radicalen tot nog toe aardig in toom. Ik heb het nu niet over burgers met rechtse denkbeelden, over de meelopers op demonstraties, maar over rechts-radicalen die het geweld niet schuwen.'
'En je contact kent een informant?'

Zonder iets te zeggen wijst Tom naar het café op de hoek waar ze inmiddels voor staan. Een somber pand met verduisterde ramen, een poster met bierreclame en in bleekrode neonletters: PAPA SCHULZ.

'Maar je gaat toch geen informant in zijn stamcafé aanspreken?'

'Die man heet Martin Kröger. Hij is geen informant. Hij is de lokale groepsleider van de NPD, en erelid van de motorclub Brigade 99. Na verschillende huiszoekingen en veroordelingen wegens verboden wapenbezit, zijn de leden van de club overgestapt op katapulten. Die vallen niet onder de wapenwet, maar hebben op korte afstand een enorme doorslagkracht. Spotgoedkoop, reikwijdte vijftig meter, en meestal gebruiken ze stalen knikkers.'

'Of af en toe een steen, zoals voor het raam van Brigitte Riss...'

'Precies wat ik dacht,' zegt Tom. 'Te bewijzen valt er niets. Anders dan bij een vuurwapen kun je nu eenmaal geen projectiel aan een bepaald wapen linken.'

Sita kijkt ongerust naar de voordeur van het café. 'En deze vriendelijke man gaan wij nu met een bezoekje vereren.'

'Jij liever niet. Die vriendelijke man zal niet erg enthousiast op je huidskleur reageren.'

'Mag hij doen,' zegt Sita. Vastberaden steekt ze haar kin naar voren. 'Dat gebeurt al zo lang als ik op aarde rondloop. Voor dat soort leeghoofden stap ik niet opzij.' Tom kijkt haar zwijgend aan. Op dat antwoord had hij duidelijk niet gerekend.

'Zolang het bij woorden blijft,' vervolgt Sita, 'kan ik wel het een en ander hebben. En twee agenten valt hij vast niet zomaar aan.'

9

Hoofdbureau, Berlijn-Tiergarten
Zondag 3 september 2017
20.09 uur

Jo Morten gaat met een afgemeten knikje naast Bruckmann zitten en duwt de microfoon op de buigbare standaard een stukje van zich af. Die dunne zwanenhals doet hem op de een of andere manier aan sigaretten denken. Zijn kleren zijn nog klam van de regen, hij is net tien minuten terug uit Beelitz.

De lucht is om te snijden, de zaal veel te klein voor de honderdvijftig journalisten. Er heerst de hectiek van een loopgravenoorlog. De breedbandverbinding voor de livestreaming wordt getest, fototoestellen en tv-camera's zijn in stelling gebracht, allemaal zwarte, hongerige ogen. Op de derde rij ziet Jo Morten Michael Bernsau zitten. Acht jaar geleden kregen ze na een hoorzitting ruzie. Later, toen er geen getuigen bij waren, heeft Morten een keer zijn neus gebroken. Hij staat nog steeds scheef, Bernsau zint nog altijd op wraak.

Morten tikt met zijn trouwring op het tafelblad, en incasseert een geërgerde blik van Bruckmann. Kon hij maar roken! Hij is niet in de wieg gelegd voor deze poppenkast, maar Bruckmann stond erop dat hij als onderzoeksleider van het team Dom bij de persconferentie aanwezig zou zijn.

Morten weet dat hij zich over zijn aversie heen zal moeten zetten, wil hij een kans maken om ooit de leiding van Afdeling 11 van Hubertus Rainer over te nemen. Oké, hij is niet topfit, en geliefd is hij ook niet bepaald, maar een klootzak functioneert nou eenmaal beter als chef dan een slijmbal, vindt Morten. Bovendien is zijn succespercentage niet slecht en weet hij hoe hij met de leiding om moet gaan. Dat moet Bruckmann opgevallen zijn. Waarom zou hij hem anders de leiding van de Dom-zaak hebben gegeven? Maar als toekomstige hoofdcommissaris moet je helaas ook persconferenties kunnen geven.

Hübner, hun woordvoerder is van wal gestoken met zijn welluidende, rustgevende stem. Op het bord voor hem staat het vergulde wapenschild van de politie met de Berlijnse beer. Hooguit de helft van de toehoorders volgt zijn inleiding. Het meeste is toch al uitgelekt.

Dan geeft Hübner het woord aan Bruckmann. Nog een samenvatting. Bernsau hangt achterover in zijn stoel en houdt Morten in de gaten.

'Vragen?'

Een jonge vrouw met een opvallend decolleté mag de eerste vraag stellen. Niet omdat ze zo sexy is, maar omdat Bruckmann op niet al te moeilijke vragen hoopt. 'De plek en die hele vertoning wijzen toch op religieuze motieven? Het zou een nieuwe dimensie geven aan de islamitische terreur.'

'Dat zou zo zijn als het om terreur ging. Maar er zijn geen daderbrieven of andere relevante aanwijzingen die dergelijke conclusies onderschrijven.'

'Pardon, maar dit is toch overduidelijk niet door een eenling gedaan?'

'En daaruit concludeert u dat het om een terreurdaad gaat?'

'Is er sprake van meerdere daders?'

'Eén of meerdere daders. Dat moet nader onderzoek uitwijzen.'

'Welke betekenis heeft de sleutel met het getal 17 dat bij de dode werd gevonden?' meldt zich een jonge verslaggever met een ouderwetse donkerblonde baard en kort, achterovergekamd haar.

'Het spijt me,' zegt Bruckmann, 'daar kan ik nog geen nadere informatie over geven. Onze collega's op de Tempelhofer Damm zijn daarmee bezig.'

Als die watjes van de media wisten, denkt Morten, dat de sleutel weg is, breekt hier de hel los.

'Meneer de hoofdinspecteur,' meldt Bernsau zich. Morten recht zijn rug. 'U geeft toch leiding aan het onderzoek, is het niet?'

Morten buigt de microfoon een stukje naar zich toe. 'Ja.'

'Gezien de achtergrond van dr. Riss, doet u ook onderzoek naar haar DDR-verleden?'

'Nee,' zegt Morten, 'ik zou niet weten waarom.'

Bruckmann fronst zijn wenkbrauwen.

'Ik dacht dat uw competentie in deze een van de redenen was waarom u als leider van het onderzoek bent aangesteld. U bent toch bijzonder geschikt voor onderzoek in die richting?' vraagt Bernsau schijnheilig.

Morten weet zich met moeite in te houden. 'Ik zie geen verband. Volgende vraag.'

Hij wijst naar een tanige vrouw van midden vijftig, die haar bril als een diadeem in haar haar heeft gestoken.

'Zijn er aanwijzingen voor een verband met haar eerdere affaire, of is ze misschien het slachtoffer geworden van een nieuwe affaire?'

Morten is verbaasd hoe snel het slachtoffer opnieuw door het slijk wordt gehaald. 'We hebben tot nog toe geen aanwijzingen dat het gaat om een misdrijf in de relationele sfeer, als u daarop doelt.'

'Dan bent u kennelijk slecht geïnformeerd,' roept Bernsau.

'Als u beter bent geïnformeerd,' zegt Morten, 'deel dan uw kennis met de politie. Anders maakt u zich schuldig aan het verstoren van een politieonderzoek.'

‘Nu we het toch over onderzoek hebben,’ zegt Bernsau zoetsappig, ‘weet u dat er wordt gekeken naar mogelijkheden om het onderzoek tegen uw vader opnieuw te openen?’

Morten is sprakeloos. Zijn maag keert zich om. Hij vouwt zijn handen in elkaar, zodat niemand kan zien dat ze trillen.

Bernsau glimlacht nog steeds.

‘Laten we ons bij één zaak houden,’ interrumpeert Bruckmann. Maar het is al te laat. Iedereen heeft de sneer gehoord. Na de conferentie zal zeker de helft van de journalisten toch op eigen houtje gaan zoeken. Al vinden ze niets; er blijft altijd iets van hangen. Morten vervloekt zijn eigen stommiteit. Hij had Bernsau gewoon met rust moeten laten. En Bruckmann had hem verdomme, gewoon met rust moeten laten, in plaats van hem mee te slepen naar deze vertoning.

‘Bernhard Winkler en Brigitte Riss kenden elkaar al jaren,’ zegt een gedrongen vrouw met kort, platinablond haar. ‘Volgens mijn bronnen zijn er aanwijzingen dat ze een verhouding hadden.’

‘Ik weet niet waar u die informatie vandaan hebt,’ zegt Morten.

‘Een betrouwbare bron uit de omgeving van Winklers familie.’

Bernsau heeft zijn armen over elkaar geslagen en observeert Morten, die op zijn lip bijt. Hij haat het om zo uitgehoord te worden, al ligt het voor de hand dat journalisten, als ze zich zo massaal op een zaak storten, meer in het wilde weg zoeken dan een onderzoeksgroep, uit hoeveel mensen die ook bestaat. ‘Ik hoor uw verhaal graag na de persconferentie. Tot dan heb ik er niet meer over te zeggen.’

Het wordt onrustig in de zaal. Dertig handen schieten de lucht in.

‘Rustig, rustig,’ zegt Hübner. ‘Eén tegelijk.’ Hij buigt zich zo diep over de microfoon dat hij kraakt.

‘Hoe zit dat met de inzet van de politie vandaag in Beelitz?’

roept Bernsau. ‘Dat was toch in het huis van de dochter van Brigitte Riss? Buren hebben schoten gehoord. Hebt u iemand gearresteerd? Is er iemand gewond geraakt?’

‘Zijn er nog meer slachtoffers?’

‘Gaat het om een familiedrama?’

‘En dit noemt u geen terreuraanslag?’

Morten houdt zijn kaken op elkaar.

‘Meneer Bruckmann,’ zegt Bernsau, terwijl hij Morten strak blijft aankijken, ‘zou het kunnen dat uw team en zijn leider hopeloos achter de feiten aan lopen?’

10

Berlijn-Neukölln
Zondag 3 september 2017
20.27 uur

Tom duwt de deur van het café open. Eigenlijk had hij allang bij het Poortgebouw willen zijn, de twee sleutels branden in zijn jaszak, maar Sita heeft door dat hij iets achterhoudt en laat zich niet afschudden. Dus moest hij iets verzinnen. Een spoor dat hij ook met haar erbij probleemloos kan volgen.

Op weg naar Beelitz was hij gestopt en uit de auto gestapt om ongestoord te kunnen bellen. Benes grijns was door de telefoon te horen toen hij zich meldde. Hij wist dat hij alleen maar hoefde te wachten. Eens zou het moment komen waarop Tom zijn weerzin zou overwinnen en contact met hem zou opnemen, omdat hij een tip nodig had – over welke club het ook gaat: Bene kent nu eenmaal altijd iemand die iemand kent. En wat hij hem al eerder over Kröger en de Brigade 99 had verteld, lijkt absoluut de moeite waard om na te trekken, al lijkt er geen connectie met Viola te zijn.

In de kroeg ruikt het naar koude, verschaalde rook en gemorst bier. Laminaatvloer, goedkoop eikenfineer tegen de muren. Aan de bar staan zes mannen, twee vrouwen en de barkeeper. Baarden, brede schouders, leren broeken, twee jacks met het embleem van Brigade 99. Ze staren allemaal naar de tv die aan een metalen arm aan het plafond hangt. De persconferentie. Morten tussen Bruckmann en Hübner, onderaan rechts het logo van de zender, met de toevoeging 'exclusief'. Rechts van de bar staan twee mannen in morsig leer om beurten pijltjes in een dartbord te gooien.

Niemand kijkt op.

'Op dit moment onderzoeken we aanwijzingen die lijken te wijzen op politieke motieven,' verklaart Bruckmann net. De luidspreker van de tv is stuk en vervormt zijn stem. In de zaal heerst onrust, journalisten roepen door elkaar: 'Kunt u daar iets meer over zeggen?'

'Politiek? Dus toch een aanslag?'

'Volgens actuele informatie van de inlichtingendienst wordt het aantal tot geweld bereide islamisten in Duitsland geschat op 10.700. Het aantal gewelddadige extreem rechts-radicalen is ongeveer 12.500. In deze zaak zijn er aanwijzingen die mogelijk duiden op rechts-radicale motieven,' preciseert Morten. Bruckmann kijkt hem aan alsof hij liever had dat Morten zijn mond had gehouden.

'Rechts-radicalen? U bedoelt neonazi's? Ziet u een verband met de vluchtelingenpolitiek?'

'Is Brigitte Riss het slachtoffer geworden van een falende asielpolitiek?'

'Ja!' roept een man aan de bar. Een andere man knikt bevestigend, ze proosten met halflege glazen.

Tom voelt Sita's hand op zijn arm. 'Voorzichtig, hè?' fluistert ze.

Zonder jou was ik nu op een heel andere plek, denkt Tom. Dus houd je overbodige raadgevingen maar voor je.

'Martin Kröger?' vraagt hij luid.

Plotseling draaien alle hoofden hun kant op.

Tok. Een dartpijl boort zich in het kurken bord.

'Wie wil dat weten?' vraagt een stier van een vent. Hij draagt een donkergroen jack, de mouwen opgestroopt, een spijkerbroek en soldatenkistjes. Zijn haar is geblondeerd, zijn ogen lichten op als een zwembad onder de blauwe hemel.

'Babylon. LKA Berlijn.' Tom laat hem zijn insigne zien.

'Inlichtingendienst?'

'Moordzaken. Bent u Kröger?'

'Jullie zijn er snel bij,' zegt hij, met een kille grijns naar de tv wijzend. 'Ja, Martin Kröger, en nee' – hij wijst opnieuw naar de tv – 'daar heb ik niets mee te maken.'

'Dat zei ik toch niet?'

'Jullie komen altijd met dezelfde onzin.'

'En daarom antwoorden jullie ook altijd met dezelfde onzin?'

Er valt een stilte. De barkeeper heeft de tv zachter gezet en plukt nerveus aan zijn snor.

'En wie mag dat wel wezen?' vraagt Kröger met een minachtende blik in Sita's richting.

'Ook Moordzaken. Een psychologe, speciaal geschoold,' antwoordt Tom luchtig. 'Ze ruikt aan iemand of hij liegt.'

Kröger vertrekt zijn mond alsof hij op iets heel smerigs kauwt. 'Rot op met die latinoreet van je. Je verpest de lucht hier.'

'Cubaanse reet, om precies te zijn,' verbetert Sita hem. 'Eén helft. De andere is Duits.'

'Hoe lang kent u Brigitte Riss al?' vraagt Tom.

Martin Kröger kijkt Sita verbeten aan. 'Sinds wanneer heeft de Duitse politie hulp van zoiets nodig?'

'Sinds jullie er zijn,' zegt Tom. Kröger wil iets terugzeggen, maar Tom is hem voor. 'Glad ijs. Ik ben erg gesteld op mijn collega.'

'Een lekker stel,' zegt Kröger met een smerige grijns.

'De vraag was hoe lang u Brigitte Riss al kent.'

'Waarom wilt u dat weten? Ik heb niets met die protestantse hoer te maken.'

'Maar een van jullie wel. In haar huis zijn leuzen op de muur gespoten en iemand heeft met een katapult een steen door haar raam geschoten. Lijkt werk van jullie.'

'Zijn er bewijzen?'

'Een duimafdruk,' liegt Tom. 'Op de steen die door de ruit is geschoten.'

'Word ik niet warm of koud van. Ik was het niet.'

'Geloof ik graag,' reageert Tom. 'Dat soort dingen laat je iemand anders doen. Maar het leek me verstandig om even langs te komen en jullie de gelegenheid te geven er even over na te denken wie het heeft gedaan. Nu de zaak zo hoog oploopt, wordt alles onder de loep genomen. Speciale eenheden, het ministerie van Binnenlandse Zaken zit erbovenop, bij ons zijn alle verloven ingetrokken. We hebben de eigenaar van die vingerafdruk nog niet, maar dat is een kwestie van tijd.'

'Nou, dan wachten we toch rustig af,' zegt Kröger. Uitdagend slaat hij zijn armen over elkaar.

'Tja. Het ziet er alleen zo stom uit als achteraf blijkt dat je gelogen hebt. Ik geloof je als je zegt dat die moord niet jullie werk was. Jullie zouden dat anders aanpakken. Maar je weet hoe die dingen gaan. Je hebt het net gehoord.' Tom wijst naar de tv die geluidloos flikkert. 'Als we jullie in het vizier hebben, bijten we ons in jullie vast en laten we geen steen op de andere. Dan trekken we jullie helemaal uit elkaar. Als dat akkefietje met Brigitte Riss gewoon kwajongenswerk is geweest en wij weten wie erachter zat, kunnen we ons weer op ons eigen werk richten en laten we jullie met rust.'

'Afgezien van het feit dat wij het niet waren: hier wordt niet verlinkt,' zegt Kröger schouderophalend. Maar hij kijkt waakzaam en zijn gespeelde onverschilligheid is verdwenen.

'Daar zou ik goed over nadenken,' zegt Tom. 'Stel dat we de dader vinden. Dan kan ik natuurlijk op het idee komen – het is maar een idee, hè – om dat niet als succesvol speurwerk te presenteren, ik kan ook zeggen: Kröger heeft ons dat verteld.'

De NPD-man kijkt hem zwijgend aan. Zijn gezicht loopt rood aan, zijn armen nog steeds over elkaar. 'Ga naar huis, Babylon. En laat me met rust. Anders zou ik nog op het idee komen om je snuffmovies met tienjarige meisjes te sturen. En dan monteer ik ze zo dat je het meisje nooit van voren te zien krijgt en je er de rest van je leven op kunt blijven kauwen.' Hij duidt met zijn vingers aanhalingstekens aan: 'Is ze het... is ze het niet, is ze het... is ze het niet...'

Tom staart hem aan. Hij was op alles voorbereid, maar niet op het feit dat Kröger van zijn zoektocht naar Vi weet.

In een flits slaat hij toe, met zijn rechtervuist, midden in zijn gezicht. De klap treft Kröger vol op zijn kaak, hij klapt achterover tegen de bar.

'Ben je gek geworden?' sist Sita. Ze trekt Tom aan zijn jack naar achteren, weg bij Kröger vandaan. De anderen storten zich op hen, worstelend, slaand. Tom wijkt terug, deelt een klap uit, maar moet er zelf ook een incasseren. Zijn tanden slaan hard op elkaar. Een fractie van een seconde lijkt zijn hoofd los te komen van zijn lichaam. Een van de mannen grijpt naar een stoel.

'Blijf staan!' schreeuwt Sita, haar hand half in haar jack. Het lijkt alsof ze een schouderholster om heeft en op het punt staat haar dienstwapen te trekken. Er suist een bierglas langs Toms hoofd, en plotseling blijft iedereen stilstaan. Het glas spat tegen de muur uiteen, het schuim druipt omlaag. Sita trekt Tom met zich mee richting de uitgang. Tom werpt Kröger nog een van haat vervulde blik toe. Uit zijn ooghoek registreert hij een beweging in de lucht. Het volgende moment lijkt het alsof er met een korte, droge tik een spijker in zijn hoofd wordt geslagen. Iets boort zich in zijn gezicht, tussen zijn slaap en zijn oog.

Iedereen staart hem aan. De stilte is grotesk, onwezenlijk. De schok laat hem achterovervallen. Hij tast naar zijn gezicht, wil weten wat daar zit, hij krijgt het te pakken. Een pijl. Er steekt een dartpijl uit zijn gezicht, hij hangt er nog. Tom trekt hem eruit. Het ding valt in zijn hand. Een punt van messing, een blauwe, plastic schacht. Half struikelend loopt hij achter

Sita aan. Ze sleept hem de kroeg uit, terug de straat op. Het bloed loopt in zijn oog. Hij ziet niets meer en wankelt. Dan komt de pijn opzetten.

11

Berlijn-Neukölln
Maandag 4 september 2017
11.29 uur

Alles dringt gedempt tot hem door, alsof de wereld in watten is verpakt.

Tom is veertien, hij zit in bed met zijn kussen in zijn rug. Viola gebruikt zijn matras als trampoline, zijn gipsbeen huppelt mee. 'Au, doe effe rustig. Niet zo wild!'

'Ik dacht dat je je te pletter verveelde,' grijnst Vi samenzweerderig.

'Ik heb mijn been gebroken, dan kan ik toch niet met je gaan trampolinespringen?'

'Ik stop ermee, oké? Maar alleen als je me meeneemt naar de brug.'

'Als ik dat doe wordt papa megaboos.'

'Hij wordt niet boos op me, echt niet.'

'Nee, niet op jou, maar wel op mij. Ik kom echt zwaar in de shit, Vi.'

'Schieten jullie daar ook met het geweer?'

Geschrokken houdt hij zijn wijsvinger voor zijn lippen. 'Hou je kop, Vi. Bovendien, het is een luchtbuks, geen echt geweer.'

Viola springt van het bed en zegt verontwaardigd: 'Als het niet gevaarlijk is kun je mij toch ook wel een keer...'

Tom rolt met zijn ogen. 'Zo bedoel ik het niet. Natuurlijk is het gevaarlijk.'

'Soms ben je net papa,' zegt Viola met een vertrokken gezicht. 'Nee, nee, veel te gevaarlijk en sowieso,' aapt ze Tom na.

Tom kijkt haar zuchtend aan. Het lukt hem gewoon niet om kwaad op haar te worden, hoe ze ook loopt te jengelen. 'Oké, pas op, we doen iets anders. Jij gaat naar de sigarenwinkel en haalt wat kikkers, zure matten en colaflesjes en ik lees je voor uit *Dracula*. Ben je dan tevreden?'

Viola's ogen worden groot. 'En mag ik dan bij jou onder je dekbed?'

Tom grijnst. 'Tuurlijk! Maar niets zeggen, hè?'

Vi steekt twee vingers op. Haar wangen gloeien. 'Ik zweer het.'

Niet veel later glipt ze met het boek en een zak snoep onder het dekbed, opgewonden kauwend op een zure mat. Tom slaat het boek open en Vi pakt zijn linkerhand. Hij verbaast zich erover hoe groot haar hand is, hij is veel te groot. Hij doet zijn ogen open.

Naast hem zit Anne. Haar hand ligt op de zijne, haar blauwe ogen kijken bezorgd. 'Hé, grote vent?'

'Hé,' mompelt hij. Hij ligt in een ziekenhuis. Groene gordijnen, witte muren. Hij gaat rechtop zitten.

'Hoe gaat het met je?'

'Wat doe jij hier?' Zijn kaak voelt alsof hij zwaar verdoofd is.

'Wat denk je? Je collega heeft me gebeld.'

Tom voelt aan zijn wenkbrauw. Pleisters. Het doet pijn als hij hem aanraakt. Langzaam komt de herinnering terug.

'Je hebt zo'n geluk gehad. Twee centimeter verder naar links en je was een oog kwijt geweest,' zegt Anne.

'Valt wel mee,' bromt hij. In schokkerige beelden trekt de vorige avond aan hem voorbij. Sita achter het stuur, hij ernaast. De plaatselijke verdoving in de ambulance, twee hechtingen. Een dokter met Duitse omzichtigheid en een Russisch accent. 'Eventueel hersenschudding. U blijft een nachtje ter observatie.' Hebben ze hem een slaapmiddel gegeven? En pijnstillers? Hij kijkt Anne aan. 'Hoe lang ben je al hier?'

Ze glimlacht, maar zegt niets.

'Dank je.' Hij knijpt zachtjes in haar hand. 'Je had niet hoeven komen.'

'Idioot!' zegt ze en ze kust hem.

Tom moet aan het envelopje denken. Het opgevouwen papiertje met het witte poeder. Ze ziet er helemaal niet uit als iemand die drugs gebruikt. Nu niet, nooit niet. Waarom vraagt hij het haar niet gewoon? En naar dat hartje op die envelop?

'En Coldplay gisteravond?'

'Had ik geen zin in zonder jou. Ik ben met een vriendin ergens wat gaan eten. Om uit te huilen over mijn man.'

'Aha.' Hij kijkt uit het raam. De zon prikt door de vitrage. 'Hoe laat is het eigenlijk?'

'Tien over halftwaalf.'

'O, jezus!' De ochtendvergadering. Hij had allang in de Keithstraße, bij zijn collega's moeten zijn. Zoekend kijkt hij om zich heen.

'In de la,' verzucht Anne.

'Dank je.' Tom pakt zijn telefoon uit het verrijdbare nachtkastje en belt Morten. 'Sorry' gebaart hij naar Anne.

Ze rolt met haar ogen en kijkt uit het raam alsof ze zijn telefoon het liefst naar buiten zou gooien.

Morten klinkt bot, nog botter dan anders. Sita zal hem wel op de hoogte hebben gebracht, denkt Tom. De vraag is alleen, hoe gedetailleerd?

'Luister eens,' begint hij, 'die toestand met Kröger...'

'Dat handelen wij verder af,' kapt Morten hem af.

'Ja, dan is er nog een ding dat ik persoonlijk graag zou...'

'Jij houdt je er voorlopig buiten. Er is overigens nieuws te melden sinds vanochtend. Kröger is diverse keren op bijeenkomsten gesignaleerd waar ook Brigitte Riss bij aanwezig was

– zij natuurlijk met de tegendemonstranten. Of er sprake is geweest van direct contact wordt nog onderzocht. Kröger heeft overigens een zestienjarige zoon die sinds een jaar in een rolstoel zit. Vanaf zijn nek verlamd. Dat joch was betrokken bij een vechtpartij voor een asielzoekerscentrum en heeft een klap met een ijzeren stang gekregen die hij overigens zelf had meegenomen. Er is een eenentwintigjarige Afghaan voor aangeklaagd, Taufiq Ayan, die zich bij zijn aankomst in Duitsland als Syriër meldde. Het haalde de pers omdat hij door twee agenten onder druk zou zijn gezet. Die Ayan is vrijgesproken. Noodweer, luidde het vonnis. Zijn advocaat, en nu wordt het interessant, was bevriend met Brigitte Riss.'

'Dat klinkt als een motief,' moet Tom toegeven, 'maar hoe past die sleutel in dat verhaal, die verdwenen laptop, die drie dozen?'

'We staan nog maar aan het begin, maar dit is in elk geval het duidelijkste spoor.'

En het verhaal dat het beste past bij wat hij op de persconferentie zei, denkt Tom. Morten, Bruckmann, en waarschijnlijk ook de hoofdofficier, naast elkaar voor de camera's. 'Toch,' zegt Tom, 'zou ik graag...'

'"Ik zou graag" kun je vergeten, Tom. Ik kijk wel drie keer uit voor ik een rechercheur aan het werk zet die met verdachten op de vuist gaat en die bovendien nog aangeslagen ook is...'

'Ik weet het. Het was niet erg slim. Maar ik ben in orde. Ik voel me goed.'

'Gisteren een schietpartij, een collega die in je armen overlijdt, dan nog een matpartij in een kroeg waarbij je bijna een oog kwijtraakt... en dan wil jij beweren dat je fris als een hoentje bent? Vergeet het, Tom. Als je uit het ziekenhuis bent ontslagen, meld je je eerst maar eens bij de bedrijfsarts op Tempelhof. Als die je carte blanche geeft – prima, maar bij Kröger blijf je sowieso uit de buurt.'

‘Jo, luister...’

‘Meer heb ik niet te zeggen.’ Morten hangt op, en net als Anne zou hij nu het liefst zijn telefoon uit het raam smijten.

‘Hij heeft gelijk,’ zegt Anne.

‘Morten is een benepen, chauvinistische en achterbakse klootzak. Hij wil van me af.’

‘Maar hij heeft wel gelijk.’

‘Je weet niet eens wat hij gezegd heeft.’

‘Maar ik hoorde wat jíj zei.’

Tom wil protesteren, maar op dat moment wordt er op de deur geklopt. Sita Johanns komt binnen. Eén blik en ze ziet dat ze stoort. ‘We hebben elkaar gisteren aan de telefoon gehad,’ zegt ze tegen Anne. Ze draagt stoere groene laarzen met stevige hakken, die haar nog groter maken dan ze al is, een groen leren jack en een broek met een wilde bloemenprint. Anne kijkt beduidend langer naar haar dan Tom doet.

‘En, gaat het wat beter?’ vraagt Sita.

Tom slaat zijn dekbed opzij en stapt in zijn T-shirt en onderbroek uit bed. Hij moet zich even vastgrijpen aan het voeteneinde. ‘Kon niet beter.’ Spijkerbroek pakken, gaan zitten, langzaam aankleden, niet letten op de doffe pijn aan je kaak en langs je wenkbrauw. In zijn broekzak zitten zijn pillen, hij neemt niet eens de moeite te verbergen dat hij er een neemt. ‘Sorry, Anne, ik moet er dringend vandoor.’

Anne kijkt hem sprakeloos aan.

‘Sita, waar staat mijn auto eigenlijk?’

‘Die heb ik gisteren hier op de parkeerplaats gezet, vlak bij de slagboom. Maar, vind je niet,’ ze wisselt een blik met Anne, ‘dat je beter even rust kunt nemen?’

‘Niet nodig.’

Anne heft berustend haar handen, maar haar stem klinkt een stuk minder gerust. ‘Ik geloof dat ik hier verder overbodig ben.’ Met een kort knikje zegt ze tegen Sita. ‘Bedankt voor het bellen.’

'Bedankt dat je langskwam,' zegt Tom tegen Anne. Hij pakt haar hand, maar die trekt ze meteen weer terug. 'Wat ga je doen?' Hij weet hoe hopeloos hij klinkt. Te laat om nog op empathie te rekenen, maar zijn slechte geweten dwingt hem.

'Een vriendin bellen om mee te eten,' zegt Anne sarcastisch. 'Zeker niet uithuilen.'

Met een knal slaat de deur van zijn kamer achter haar dicht.

Sita probeert een neutraal gezicht te trekken.

'Zeg maar niets,' mompelt Tom.

'Doe ik ook niet.'

'Hm?'

'Niets zeggen.'

Tom trekt zijn jack aan. In de rechterzak vindt hij zijn autosleutels. Hij schrikt, realiseert zich dat die andere sleutels nog in zijn linkerzak zitten. 'Heb jij mijn autosleutels in mijn jack gedaan?'

'Ja,' zegt Sita, 'hoezo?'

Tom probeert uit haar blik op te maken of ze ook in zijn andere jaszak heeft gevoeld. Als ze dat had gedaan, had ze alle reden gehad om hem bij Morten en Bruckmann aan te geven en zou hij minstens zijn geschorst, of nog erger.

'Niks,' zegt Tom. 'Ik moet eerst langs de arts hier en dan naar de bedrijfsarts op Tempelhofer Damm. Orders van Morten.'

'Goed. Ik ga mee.'

'Het kan wel even duren,' probeert Tom haar af te wimpelen. 'Morten zal je nodig hebben.'

'Bruckmann zegt mij wanneer Morten me nodig heeft.'

'O, zit het zo? Dus jij bent de draadloze verbinding met Bruckmann?'

'Volgens mij ben jij belangrijker voor Bruckmann dan ik. Hij vindt je een natuurtalent van een commissaris, maar dat mocht ik natuurlijk nooit tegen je zeggen. Hij zei dat als ik nog een kans wilde krijgen, ik bij jou in de buurt moest blijven.' Ze aarzelt even, precies zo lang als je nodig hebt om te beslissen dat je iets verzwijgt. 'Dat betekent waarschijnlijk dat hij ons allebei om verschillende redenen niet vertrouwt – maar dat hij denkt dat we er als team wel mee door kunnen. Dat hij op de lange termijn niet op Morten rekent, lijkt me wel duidelijk, toch?'

Tom kijkt haar onderzoekend aan. 'Vandaar dus die een-tweetjes?'

Sita haalt haar schouders op. Haar gezicht lijkt eerlijk, alleen haar bruine ogen staan nog in de pokerfacestand.

'Heb je Morten alles verteld over gisteravond?'

'Bijna alles.'

'Wat niet dan?'

'De reden waarom je uithaalde. Ik heb alleen gezegd dat Kröger je provoceerde.'

Tom kijkt haar opnieuw onderzoekend aan. Wat is haar belang om voor Morten dingen te verzwijgen?

'Een beetje vertrouwen zou niet slecht zijn,' zegt Sita alsof ze zijn gedachten kan lezen. Tom vraagt zich af of hij dat als een aanbod moet opvatten.

'Wat weet Kröger eigenlijk van je, wat bedoelde hij met die hint naar snuffmovies en een meisje?'

'Een oud verhaal,' zegt Tom ontwijkend.

'Een oud verhaal tussen jou en Kröger?'

'Ik ken Kröger niet.'

'Hij jou wel, kennelijk.'

'Hij gokte maar wat, maar raakte precies een gevoelig punt. Ik heb hem uitgedaagd, hij mij. Meer was het niet.'

'Aha.'

'Heb je Morten ook verteld hoe ik aan de tip over Kröger kwam?'

'Je bedoelt je contact bij de inlichtingendienst?' vraagt Sita. 'Voor hoe dom hou je me eigenlijk?'

'Ik begrijp niet wat je bedoelt.'

'Tom, voor de duidelijkheid. Gisteren werd op de persconferentie gezegd dat radicaal-rechts wordt verdacht. De inlichtingendienst is dus honderd procent zeker al op de hoogte gebracht, via de officiële kanalen, dus via de top. Vanaf dat moment worden er geen tips meer onderlangs doorgeschoven, ook niet als vriendendienst, nietwaar? Dus kwam je tip zeker niet bij de inlichtingendienst vandaan – als dat zo was, zou je dat ook nooit hebben gezegd. Het kan me ook eigenlijk helemaal niet schelen waar je die tip vandaan had. Ik vraag me eerder af wat je gisteren oorspronkelijk van plan was.'

'Oorspronkelijk?' vraagt Tom.

'Die lamp nam je niet mee om er die kroeg mee uit te lichten.'

In stilte bewondert Tom Sita om haar speurzin. Heel even overweegt hij al zijn kaarten op tafel te leggen, maar dan zou één woord van haar genoeg zijn om hem van het onderzoek te halen, en dat wil hij niet riskeren. Niet nu, nu er voor het eerst in jaren een spoor naar Vi opduikt.

'Linksom of rechtsom,' zegt Sita terwijl haar blik weer verhardt. 'Wat ik gisteren zei blijft staan. Wat je ook van plan bent: ik ben van de partij. En anders breng ik je medicijngebruik naar buiten.'

12

Hoofdbureau, Berlijn-Tempelhof
Maandag 4 september 2017
15.39 uur

Het lijkt alsof Sita zich met handboeien aan hem vast heeft geketend en de sleutels heeft weggegooid, denkt Tom. Sinds hij het ziekenhuis heeft verlaten, is het hem niet gelukt haar af te schudden. Hij begint zich langzamerhand af te vragen of ze ook mee de behandelkamer van de bedrijfsarts op de Tempelhofer Damm in wil.

Samen lopen ze het gebouw in. De plastic stoelen van de wachtkamer van de dokter zijn oranje, en ze kraken als ze gaan zitten. Sita verdiept zich in haar smartphone en checkt kennelijk haar mailbox. Tom neemt nog snel een paracetamol tegen de hoofdpijn en een Concerta. Hij komt niet echt op gang, terwijl hij juist nu een fitte indruk moet maken.

Na twintig minuten zwaait de deur van de behandelkamer eindelijk open. Een man in een doktersjas staat in de deuropening. Hij heeft een smal gezicht als van een windhond, bruine, dode ogen en een terugwijkende kin. 'Babylon?'

Tom knikt, staat op en negeert de stekende pijn in zijn slapen.

'Komt u binnen,' zegt de dokter met een brede armzwaai. Dan valt zijn blik op Sita en aarzelt hij even. 'En u? Wat komt u hier doen?'

Sita lijkt inwendig te verstarren. 'Ik wacht gewoon op mijn collega,' zegt ze afwerend.

‘U werkt weer hier?’ De wenkbrauwen van de dokter trekken zich argwanend samen.

‘Wij werken samen aan de moordzaak in de Dom,’ zegt Tom. Hij loopt de behandelkamer binnen en kijkt in het voorbijgaan naar het kleine naamplaatje op de borstzak van de arts, die dr. Liebstöckl blijkt te heten. ‘Is er een probleem?’

Liebstöckl werpt Sita nog een giftige blik toe. ‘U moet uitkijken,’ zegt hij tegen Tom, ‘voor wat er achter uw rug gebeurt. Sommige mensen verzinnen weleens wat – vooral in een roes.’

Sita loopt rood aan. Tom kan niet goed zien of het van woede of uit schaamte is. Maar vóór Sita kan reageren heeft Liebstöckl de deur achter zich dichtgedaan. Hij wijst op de grote pleister op Toms slaap. ‘En u,’ vraagt hij sceptisch, ‘wilde van mij een goedkeuring voor actieve dienst?’

Een kwartier later stappen Tom en Sita in de Mercedes. Het sluiten van de portieren dreunt in zijn hoofd als mokerslagen. Hij neemt nog een tablet tegen de hoofdpijn.

‘Alles oké?’ vraagt Sita.

‘Ja,’ zegt Tom. ‘Jij schijnt er wel een handje van te hebben om mensen tegen je in het harnas te jagen.’

‘Heb ik jou tegen me in het harnas gejaagd?’

Tom kijkt haar lang aan en pakt dan zonder antwoord te geven zijn telefoon om Morten een sms te sturen: *Ik doe weer mee.* Zacht gesis van een opstijgende raket in de verte begeleidt het bericht.

‘Wat gaan we doen?’ vraagt Sita.

‘Goede vraag,’ bromt Tom. De tijd glipt als zand tussen zijn vingers weg, hij vraagt zich af of hij Sita niet gewoon mee moet nemen naar het Poortgebouw. Wat Liebstöckl hem net achter gesloten deuren heeft verteld, moet genoeg zijn om in ruil te eisen dat Sita haar mond houdt. Maar toch twijfelt hij. Achteraf vraagt hij zich af of het niet slimmer was geweest om zich voor één dag ziek te melden. Maar hij wil erbij blijven en vermoedt dat hij zich tegenover Morten niets meer kan permitteren. Een zieke rechercheur en een dringende zaak verdragen elkaar niet. Reden genoeg om hem te vervangen.

Een zoemend geluid kondigt een antwoord op zijn sms aan. Hij kijkt op zijn scherm en ergert zich. Het Poortgebouw moet sowieso wachten. 'Morten wil dat we naar de Winklers rijden en de familie van ons tweede slachtoffer uithoren.'

'Susanne Winkler, de vrouw van de Domorganist? Voor zover ik weet zijn Berti en Nicole Weihertal daar gisteren al langs geweest.'

Tom opent zijn mails. Hij vindt een bericht van zijn collega en leest het snel door. 'Ze waren gisteren maar deels in staat om te reageren. Susanne Winkler stortte in toen ze hoorde van de dood van haar man.'

'Geen wonder,' mompelt Sita. 'Heb je haar adres?'

'Dat staat in de mail.'

Het verkeer is een beproeving, het is al bijna zes uur als Tom en Sita bij het huis van de Winklers in Charlottenburg aankomen. Vijf etages, slank, mooi lichtblauw geschilderd. Jaren zestig. Gebouwd op een dichtgegooide bomkrater tussen twee vooroorlogse huizen.

Tom wapent zich tegen wat hun te wachten staat. Hij is blij dat hij gisteren niet de brenger van het slechte nieuws is geweest, vooral omdat hij Bernhard Winkler kende uit Stahnsdorf, uit de tijd dat hij nog hoopte dat biechten hem zou bevrijden van zijn schuldgevoelens, maar als er iets is in zijn leven waar niets meer aan te veranderen is, dan is het zijn schuldgevoel.

Een jongeman doet open op de derde verdieping. Zijn gezicht is bleek, zijn kaak staat naar voren alsof hij zijn kiezen te vaak op elkaar geklemd houdt.

'Mijn moeder slaapt,' zegt hij zachtjes als Tom zijn penning laat zien. 'Kalmerende middelen,' voegt hij er ter verduidelijking aan toe.

'Mogen we toch even binnenkomen?' vraagt Sita.

De jongeman knikt met tegenzin. 'Karl Winkler,' stelt hij zich voor. Zijn handdruk is klam.

Hij gaat hun voor naar de woonkamer. De inrichting stamt nog uit de jaren zeventig, wat Tom bevreemdt, omdat de Winklers net als Brigitte Riss uit het Oosten komen, uit Stahnsdorf en volgens hun informatie pas in de jaren negentig hierheen zijn gekomen. Onder een hanglamp staat een ronde eettafel van donker hout met eenvoudige stoelen eromheen, een dressoir, behang met een bruin-oranje patroon.

'Gaat u zitten,' zegt Karl Winkler. Uit de mail van zijn collega weet Tom dat hij theologie studeert. Hij is iemand die voldoet aan de verwachtingen die zijn ouders van hem koesteren.

Een meisje met kortgeknipt paars haar en een hele rij oorpiercings komt uit de keuken aangelopen. Hannah Winkler waarschijnlijk, volgens de mail zestien jaar. Over haar opgeschoren slapen en haar uitdagende oogopslag stond niets in de mail. Haar handdruk is snel en stevig, als een vlucht naar voren.

'Mijn moeder is...'

'Heb ik al verteld,' onderbreekt Karl haar.

'Hebben jullie hem?' vraagt Hannah.

Tom glimlacht verontschuldigend. 'Ik ben bang dat dat nog even duurt.'

'Maar jullie onderzoeken toch die nazizwijnen?'

'Hannah,' probeert Karl haar af te remmen.

'Het is toch zo? Zoveel van die lijpo's zijn er nou ook weer niet. Dat is niet lang zoeken.'

Haar paarse haar, de oorpiercings, haar hele manier van doen – het zou hem niets verbazen als zij in de linkse scene rondhangt, denkt Tom. Niet voor het eerst valt hem op hoe vaak het patroon zich herhaalt: het oudste kind voldoet aan de verwachtingen van de ouders, de jongste verzet zich ertegen. Hij moet aan Vi en zichzelf denken. Hij had heel graag aan de verwachtingen van zijn ouders voldaan, destijds. Maar het kwam er niet van. Hij had op Vi moeten passen. En dat hij later tegen zijn wil bij de politie is gegaan, stelde zijn vader nog dieper teleur. En Vi? Zou die als tiener in opstand zijn gekomen met haar tomeloze energie, met haar temperament? Hij probeert zich haar met paars haar voor te stellen.

'Kun je je vooroordelen even opzijzetten?' wijst Karl zijn zusje zachtjes terecht.

'Moet je horen wie het zegt,' roept Hannah luidkeels.

'We zijn gekomen,' zegt Tom, 'omdat we wilden vragen,' hij schraapt zijn keel, 'of jullie nog een keer willen nadenken, nu met een dag ertussen. Is jullie nog iets te binnen geschoten? Heeft jullie vader zich misschien vreemd gedragen. Is er iets naars gebeurd? Heeft hij iets verteld?'

'Nee,' zegt Karl Winkler. 'Om eerlijk te zijn, niets. Ik zou niet weten wie iemand als mijn vader zoiets zou aandoen. Hij leefde voor de muziek, dat is toch geen reden om iemand te vermoorden.'

Hannah zwijgt.

'En jij, Hannah?'

Het meisje haalt haar schouders op.

'Hoe was de verstandhouding tussen jullie vader en Brigitte Riss?'

'Die kenden elkaar al honderd jaar,' zegt Hannah.

'Via de kerk,' vult Karl haar aan. 'Meer valt daar ook niet over te zeggen.'

'Meer niet?' Hannah wiegt met haar hoofd heen en weer. 'Nou ja, hij vereerde haar.'

'Hij vereerde mama,' zegt Karl beslist. 'Hij vond Brigitte Riss gewoon een briljante predikante.'

'Weten jullie waarom jullie vader zo vroeg in de kerk was?'

Karl schudt zijn hoofd.

'Daar hield hij van,' zegt Hannah, 'om zondags heel vroeg naar de Dom te gaan, als er nog niemand was. Hij heeft me een keer meegenomen, al een paar jaar geleden. We gingen heel vroeg weg, het was nog aardedonker.' Ze vormt met haar handen een koepel. 'Die stilte. Het licht. Het was waanzinnig.'

'Hoe vaak deed hij dat?' vraagt Sita.

'Bijna elke zondag.'

'Hoe weet je dat? Sta je ook zo vroeg op?'

Hannah wordt rood, Karl werpt haar een strenge blik toe. 'Ze sluipt 's nachts het huis uit en komt pas 's ochtends heel vroeg weer thuis.'

'En dan kijk ik altijd even of zijn schoenen er nog staan en zijn jas er nog hangt. Al een tijdje ging hij niet meer zo vroeg, alsof hij een pauze nam. Toen is hij er weer mee begonnen.'

'Hoe lang duurde die pauze?' wil Tom weten.

'Zes á zeven weken. Maar de laatste vier weken vertrok hij 's zondags weer in alle vroegte.'

'Hebben jullie enig idee waarom dat was?'

Hannah en Karl kijken elkaar voorzichtig aan en halen dan hun schouders op.

'Zou het kunnen dat hij met iemand afsprak in de kerk?'

'Wat wilt u daarmee zeggen?' reageert Karl verontwaardigd. 'Als u het maar niet in uw hoofd haalt om mijn moeder zoiets te vragen.'

'Ik vroeg alleen maar naar een ontmoeting, niet of hij een affaire had.'

'Maar dat komt toch op hetzelfde neer?'

'Dat is jouw conclusie.'

Hannah kijkt van haar broer naar Tom en weer terug. 'U vraagt dat vanwege die affaire van Riss destijds, toch? Maar dat is onzin. Ze hebben nooit iets met elkaar gehad. Die Riss had papa met huid en haar verslonden.'

'Hannah!' valt Karl scherp uit.

'Wat nou? Papa was geen womanizer. Eerder terughoudend. Zeker geen vrouwenveroveraar. Dat mag ik toch wel zeggen? Daar is toch niks ergs aan?'

13

Beelitz bij Potsdam
Maandag 4 september 2017
20.36 uur

De koplampen glijden langs de rand van het bos waarin de verlaten kuuroorden liggen. Regendruppels spatten op de voorruit. De wissers vegen ze tot dunne slierten. Sita zit huiverend in de bijrijdersstoel van de Mercedes. Ze voelt de kou in haar botten en verlangt naar een kop hete muntthee, een kruik en een collega die niet van alles voor haar verzwijgt. Zoals wat die handlamp op de achterbank daar te zoeken heeft.

'We rijden nog een keer naar Beelitz,' zei Tom na de ondervraging van de Winklers.

De route klopte. Ze waren op weg naar Karins huis. Maar waarom had ze het voorgevoel dat Tom iets heel anders in gedachten had? Met al die geheimzinnigheid begint ze zich langzamerhand af te vragen of het wel zo'n goed idee is om met hem moederziel alleen door het bos te rijden. Ach, onzin, denkt ze het volgende moment. Je begint spoken te zien.

Sita haalt diep adem en kijkt door de voorruit. De radiator vreet de onderbroken middenstrepen weg, één voor één. Tom omklemt het stuur. Ze is hem dankbaar dat hij niet meer heeft gevraagd hoe dat zat met haar en dokter Liebstöckl. Ze kan nog steeds niet geloven dat uitgerekend hij als bedrijfsarts bij de politie is beland. Niemand associeert ze meer met haar vertrek uit actieve dienst dan de voormalige arts van de Maybach Kliniek.

Wat heeft ze na haar ontwenningskuur terugverlangd naar het 'front', naar actieve dienst. Niet alleen maar met theorie bezig te hoeven zijn, geen misdaadanalyses verzinnen aan haar bureau, maar de praktijk, deelnemen aan een onderzoek. Twee jaar lang had die wens haar niet losgelaten. Nu zit ze er plotseling weer middenin en lijkt haar wens in een nachtmerrie ontaard. Een jonge agente is dood, een agent zwaargewond, een organist vermoord, een dominee op bestiale wijze afgeslacht en tentoongesteld, haar dochter verdwenen.

Gisteren, toen Bruckmann haar belde, leek het alsof er een lucifer werd afgestreken. Adrenaline, een vonk, leven! Nu twijfelt ze ernstig aan haar beslissing.

Het klikken van de richtingaanwijzer doet haar uit haar gedachten opschrikken. Tom remt af en slaat links af het bos in, een onverlicht pad op.

'Wat doe je?' vraagt Sita.

'Wacht maar af.'

Na ongeveer honderd meter bereiken ze een verlaten parkeerplaats. De koplampen beschijnen gebarsten asfalt, een geparkeerde auto en een klein negentiende-eeuws gebouwtje met een puntdak. De motor zwijgt, Tom doet zijn lichten uit.

Het is stil en aardedonker. Nergens een straatlantaarn te bekennen. Waarom zegt Tom niets? De eenzaamheid en de duisternis overvallen Sita. *Een overval op een zestienjarig meisje*. Met moeite kan ze haar herinneringen in bedwang houden, maar de gevoelens die ermee verbonden zijn niet. Het zweet staat in haar handen, ze heeft kramp in haar buik. 'Waar zijn we?' vraagt ze. 'Dit is niet het huis van Karin.'

'Wie zei dat we naar Karins huis gingen?'

'Je zei dat we naar Beelitz gingen en...' Ze zwijgt als haar overhaaste conclusie tot haar doordringt.

Weer blijft het stil. Het liefst zou ze Tom smeken de lamp

aan te doen, maar ze wil niet dat hij merkt hoe bang ze is, dat ze er niet goed tegen kan alleen in het donker te zijn, dat ze 's nachts altijd licht aan heeft, al is het maar een klein lampje.

'Wat vind je van een overeenkomst?' zegt Tom.

'Een overeenkomst? Wat voor een?'

'Jij hebt jouw geheimen, ik heb de mijne. Niemand is ermee geholpen als we die aan de grote klok hangen. Dus zwijgen we allebei.'

Sita slikt. Duisternis omringt de auto als een kooi. 'Wat heeft Liebstöckl je verteld?'

'Wil je dat echt weten?'

'Ik...' Sita valt stil. 'Nee,' zegt ze uiteindelijk. Met haar linkerhand tast ze naar het knopje van de binnenverlichting. Het gele lampje licht op. Eindelijk! Ze kijkt Tom aan. 'Jij hebt jouw geheimen, ik de mijne.'

'Dank je,' zegt Tom.

Hij stapt uit, aarzelt, buigt zich over naar Sita. 'Blijf je in de auto?'

'Waarom zou ik?' vraagt ze. Haar stem klinkt onzeker, ze haat zichzelf erom. Zichzelf en degenen die het haar jaren geleden hebben aangedaan.

'Sita?' Tom staat haar nog steeds in het geopende portier aan te kijken.

Ze doet haar ogen dicht, haalt diep adem tegen de paniek en voelt dat Tom weer instapt en achter het stuur gaat zitten. Zijn hand ligt groot en warm op haar verstrengelde handen.

Laat hem niets vragen!

'Hé, gaat het? Diep inademen, oké? In – uit – in – uit.'

Ze haalt adem en doet haar ogen weer open.

'Gaat het?'

Sita knikt.

'Het donker?' vraagt Tom.

'Het gaat alweer.' Sita trekt haar handen onder de zijne vandaan.

'Ik breng je naar huis.'

'Dat zou helemaal mooi zijn,' protesteert ze. 'Waar zijn we eigenlijk?'

'Bij het Poortgebouw. Karin Riss beheert de sanatoria hier in Beelitz, of althans, wat ervan over is. Het zijn in totaal zo'n vijftig gebouwen. Ik heb het idee dat ze het Poortgebouw zelf gebruikt.'

'Als kantoor? Ze heeft toch een werkkamer en nog een kantoor in het centrum van Beelitz, waar collega's vanmiddag de medewerkers hebben verhoord?'

'Geen idee,' zegt Tom. 'Maar dit vond ik in een la van haar bureau.' Hij haalt de sleutelbos uit zijn jaszak tevoorschijn, die waaraan het label bungelt met *Poortgebouw* erop.

'En die heb je zomaar meegenomen?' vraagt Sita perplex. 'Snap je dat...'

'Mijn geheimen, jouw geheimen,' zegt Tom. Hij legt zijn wijsvinger tegen zijn getuite lippen.

Sita knikt. 'Oké.'

Ze stappen uit. Tom pakt de lamp van de achterbank en doet hem aan. Het natte grind langs de parkeerplaats glimt. Overal gaten volgelopen met regenwater. De wagen waar ze naast zijn gaan staan is een VW Passat van een paar jaar oud. Het Poortgebouw staat er stilletjes bij. De lichtkegel van de lantaarn zwaait mee in het ritme van Toms stappen en hult het gebouw in een spookachtig licht. Rode dakpannen, een roodgelakte deur, de witgeschilderde bovenverdieping in groengeschilderde balken gekaderd.

'Ook dat nog,' zegt Sita wijzend op het kleine blauwe bordje waar het huisnummer dertien op staat.

'Als je 't verzint gelooft niemand het,' bromt Tom. Op de deur is een bord geschroefd waarop staat: MAKELAARDIJ B. RISS. 'Berthold Riss,' mompelt Tom. 'Het oude bedrijf van Karins vader.' Hij trekt latexhandschoenen aan en werpt Sita er ook een paar toe. Terwijl ze ze aantrekt vraagt ze zich af of

Tom wil voorkomen dat hij belangrijke sporen vervuilt, of zelf geen sporen wil achterlaten.

Als ze opkijkt heeft hij de deur al opengemaakt. De lichtkegel van de lantaarn verlicht een kleine gang met een garderobe en drie stoelen. Rechts leidt een trap omhoog, recht voor hen staat een deur open met daarachter een ruimte vol bureaus. Sita probeert een schakelaar, tl-lichten floepen aan. Heel even wordt ze verblind.

'Wacht even,' mompelt Tom. 'Ik kijk even boven of er iemand is.'

Voor Sita bezwaar kan maken, snelt hij omhoog. *Of er iemand is?* Ze moet denken aan de Passat voor de deur, hoort Tom aan deurklinken rammelen, zijn voetstappen kraken op de houten vloer.

Als hij weer naar beneden komt, schudt hij zijn hoofd. 'Een paar kamers, zo goed als leeg, meer niet. Laten we eens kijken of we hier iets kunnen vinden.'

Op de bureaus op de begane grond ligt een fijn laagje stof, niet veel ouder dan een paar maanden, maar een van de tafels is nagenoeg stofvrij. De telefoons zijn modellen van tien jaar geleden, in de wanden zitten netwerkaansluitingen.

'Wanneer is Berthold Riss er met die vrouw vandoor gegaan?' vraagt Sita.

'In '98. Kennelijk heeft Karin Riss zijn kantoor overgenomen en heeft ze hier een tijdje gewerkt.'

'En nu?' vraagt Sita.

'Verder zoeken.' Tom maakt foto's met zijn telefoon, eerst van de hele kamer, daarna van details.

'Doe je dat altijd zo?' vraagt Sita.

'Het helpt. En het mooie is; je hebt ze altijd bij de hand.'

'Behalve als je je mobiel kwijtraakt.'

'Het staat allemaal in de cloud,' mompelt Tom terwijl hij verder fotografeert.

Daarna trekt hij laden open, maar die zijn allemaal leeg.

Hetzelfde geldt voor de archiefkasten. Tot hij helemaal rechts bij een paar lage deurtjes terechtkomt. Die zijn afgesloten.

'Wacht even,' zegt hij. Hij hurkt voor de kastjes en probeert enkele andere sleutels aan de bos, kennelijk met succes, al ziet Sita alleen Toms brede rug.

'Onvoorstelbaar,' zegt hij opzijstappend. 'Moet je kijken.'

Sita komt dichterbij en kijkt in de archiefkast. In het onderste vak staan drie donkere dozen, oud, maar helemaal intact. Tom haalt ze alle drie tevoorschijn. Twee zijn er leeg, in de derde ligt een MacBook. Tom klapt hem open, maar het scherm blijft donker. 'Die past op de netwerkkabel in het huis van Brigitte Riss,' zegt hij, 'de nieuwste generatie, zo vaak zie je die niet.'

Sita fluit zachtjes tussen haar tanden. 'Je bedoelt dat dit haar laptop is?'

'En haar dozen. Het zou kunnen.'

'Bedoel je dat ze al leeg waren?'

'Dat denk ik niet. Maar ik vraag me vooral af wanneer Karin ze uit het huis van haar moeder heeft gehaald. Voor of na de moord?'

'Of haar moeder heeft ze aan haar gegeven,' oppert Sita.

'Een laptop geef je niet zomaar mee, toch? Dan wis je eerst de data, en als je er iets van wil meegeven, zet je dat op een USB-stick. Ik vraag me af of...' Hij draait de laptop om en bestudeert de onderkant. De kleine kruiskopschroeven lijken bekrast.

Plotseling veegt een vaag lichtschijnsel langs de kast, het knarsen van het grind onder autobanden weerklinkt. Snel zet Tom de dozen terug in de kast en doet die weer dicht.

'Naar boven,' stelt Sita voor, 'daar zien ze ons niet.'

De traptreden zijn van hout, ze kraken onder hun voetstappen. Boven is het donker, de deuren zijn afgesloten. Beneden klinkt de deurbel, het gerinkel gaat Tom en Sita door merg en been. Beschut door een nis in de muur blijven ze staan luisteren. Als iemand aanbelt, heeft hij tenminste geen sleutel, denkt Sita. Als we niet opendoen verdwijnt hij wel weer.

De deurbel verscheurt een tweede keer de stilte.

Dan dondert het. Iemand slaat met zijn vuist op de massieve voordeur. 'Karin?' Een mannenstem. 'Ik ben het. Doe open!'

Stilte. Sita staart in het donker op de bovenverdieping naar de deuren, of er niet eentje zal openzwaaien en Karin plotseling voor ze zal staan. *Onzin*, roept ze zichzelf tot de orde. *Maak jezelf niet gek. Tom heeft daar gekeken. Er is niets.*

'Karin, doe open. Ik weet dat ik laat ben, maar laat me hier niet staan. Ik zie toch je auto? Ik weet dat je hier bent.'

Tom doet een stap naar voren, raakt Sita's arm even aan met een geruststellend gebaar en loopt de trap af.

'Wat ga je doen?' fluistert Sita hem na.

'Ik wil weten wie het is.'

Voor Sita kan protesteren doet Tom de voordeur open.

Heel even heerst er een volmaakte stilte. Een koude tochtvlaag glijdt langs de trap omhoog.

14

Beelitz bij Potsdam
Maandag 4 september 2017
20.49 uur

Voor de deur staat een man met dun, donker haar. Natte plekken van de regen op zijn verkreukelde jack. Hij staart Tom aan en doet twee stappen terug het donker in. Tom schat hem op halverwege de dertig, hij staat daar licht gebogen alsof er een zware last op zijn schouders drukt. Onder zijn jack draagt hij een versleten T-shirt.

'U zoekt Karin Riss?' vraagt Tom. Hij is op zijn hoede en wil zich niet meteen als politieman bekendmaken.

In plaats van antwoord te geven rekt de man zijn nek om hem beter te kunnen zien. 'Tom? Ben jij het?'

'Kennen wij elkaar?'

'Jezus, man... dat is ook wat.' Hij spreidt zijn armen. 'Ik ben het! Josh. Joshua Böhm.'

Josh: twintig jaar oude snapshots: een knalblauwe hemel, de geur van gras langs de oever van het kanaal, de pijlers van de brug. Gebutste, wankele blikjes, die als je ze raakt door de lucht vliegen en kletterend neervallen. Josh' vingers die de reling omklemmen als hij zijn tweede been over het hek zwaait, zijn rug gebogen voor een duik, zweetdruppels parelend op zijn voorhoofd. Zijn begerige blikken naar Nadja. Superman is kaal geworden en heeft een beginnend buikje.

'Onvoorstelbaar,' zegt Tom. Hij plukt de handschoenen van zijn vingers, ze geven elkaar een hand. Een omhelzing zit er niet in. Ze zijn elkaar uit het oog verloren, het enige wat Tom weet is dat Josh na de middelbare school niet ging studeren en in een fitnessstudio is gaan werken. 'Wat doe je hier? Wat wilde je van Karin?'

'Dat wilde ik net aan jou vragen,' zegt Josh. Hij veegt de regendruppels uit zijn ogen en taxeert Tom. Hij heeft diepe wallen onder zijn ogen.

Moet dat Josh voorstellen? hoort Tom Vi vragen. *Die was vroeger toch zo...*

Zo wat?

Zo... cool.

Vi, toen was je tien! Ga me nou niet vertellen dat je op hem viel.

Hij leek op Magnum, die detective, maar dan zonder snor.

Echt niet! En wanneer heb je eigenlijk naar die serie gekeken?

Hij kijkt Josh aan alsof hij zijn kleine zusje alsnog tegen hem moet beschermen. Weet Josh eigenlijk dat ik rechercheur ben?

'Heb jij...' Josh aarzelt, kennelijk geïrriteerd door Toms blik. 'Heb jij er ook een gekregen?'

'Wat?'

Er klinkt een langgerekt gesis van autobanden op de natte weg. Tussen de bomen door flikkeren koplampen vanaf de provinciale weg. Josh kijkt om zich heen, alsof er op de parkeerplaats ongewenste toehoorders rondsluipen. 'Een sleutel.'

'Heb jíj een sleutel gekregen? Wat voor een?'

'Nee, niet ik, Karin! Daarom heeft ze me gebeld.' Josh krabt nerveus aan zijn linkerschouder. 'We, nou ja, we zien elkaar zo nu en dan.'

Hij en Karin? vraagt Vi ongelovig.

Wat 'zo nu en dan' ook mag betekenen, denkt Tom.

'Die sleutel, Tom, is er net zo een als wij toen hebben gevonden,' gooit Josh er ineens uit. 'Met dat cijfer...'

'Wacht even. Rustig aan.' Sita staat bovenaan de trap en kan alles horen. Josh heeft eigenlijk al te veel gezegd. Tom hoort Sita's voetstappen op de trap achter zijn rug.

'Is dat Karin?' vraagt Josh, die langs Tom de gang in probeert te kijken.

'Sita Johanns,' zegt Sita. Ze loopt langs Tom en steekt haar hand naar Josh uit. 'Om wat voor sleutel gaat het?'

Josh kijkt van Tom naar Sita en weer terug. Hij probeert duidelijk in te schatten wat de relatie tussen hen beiden is.

'Sita, wacht even. Dit is iets tussen hem en mij.'

'Een collega van je?' vraagt Josh. 'Ook een agente?' Zijn ogen dwalen langs haar lichaam.

'Nee,' zegt Tom.

'Ja,' bevestigt Sita droogjes.

Josh kijkt verward. 'Kan iemand me dit misschien uitleggen?'

'Ja, mij ook?' vraagt Sita naar Tom kijkend.

'Mijn geheimen, jouw geheimen,' zegt Tom.

'Ik weet niet zeker of dat nog geldt voor sleutels met cijfers erop,' reageert Sita.

'Waar hangt dat van af?'

'Daar ben ik ook benieuwd naar...'

'Het regent,' zegt Tom teleurgesteld. Hij stopt zijn handen in zijn jaszakken en zijn vingertoppen strijken langs de sleutel met de zeventien. Sita heeft het dus gehoord. Alleen een vlucht naar voren kan hem nu nog helpen. Hij denkt aan hoe hij even tevoren op de bovenverdieping alle sloten had geprobeerd, al waren de deuren allemaal afgesloten. Geen van de sleutels paste. Wat had hij gedacht? Dat hij na zoveel jaren de sleutel in het eerste het beste slot zou steken en het raadsel opgelost zou zijn? 'Kom binnen, Josh. We moeten praten.'

Josh laat modderige voetsporen achter in de gang. Zijn nette leren schoenen passen niet bij zijn verschijning. Op dat korte stukje naar het kantoor blijven zijn ogen aan Sita's heupen plakken. Nog helemaal de oude, wat dat betreft, al is zijn vroegere sportieve postuur in verval geraakt. Is hij misschien ziek, drinkt hij te veel?

Ze gaan aan een van de bureaus zitten. De draaistoelen zijn versleten, de hydraulische veer van Toms stoel is stuk, zodat hij lager zit dan de anderen, hij kan zijn knieën niet goed kwijt, maar door zijn lengte kijkt hij ze toch nog recht in de ogen.

'Wordt dit een officieel verhoor?' vraagt Josh onrustig.

'Nee,' zegt Tom.

'Ja,' zegt Sita.

Tom klemt zijn kaken op elkaar. 'Sorry, Sita, Josh en ik kennen elkaar van lang geleden. We hebben als tieners lang samen opgetrokken.'

'Ook met Karin?'

'Precies. En met nog een paar anderen.'

'Een clubje dus,' stelt Sita vast.

'Zo ongeveer. Bene, Josh, Karin, Nadja en ik.'

'Maar wordt dit nou een verhoor of niet?' vraagt Josh opnieuw. 'Ik bedoel, jullie zijn toch allebei van de politie. Jij in elk geval,' zegt hij op Tom wijzend. 'Dat heeft Karin mij verteld.'

'Tijdens een van jullie "zo-nu-en-dan-afspraakjes".'

'Waarom zeg je dat zo raar?'

'Omdat jij het zo raar zei.'

'Alsof het verboden is om elkaar te zien.'

Toms blik dwaalt af naar Josh' handen. Om zijn linkerringvinger zit een trouwring. 'Hadden jullie een affaire?'

'Onzin.' Josh slaat zijn armen over elkaar.

'Wanneer heeft Karin je precies gebeld?' verandert Tom van onderwerp.

Josh fronst zijn wenkbrauwen en haalt zijn telefoon tevoorschijn. 'Gisteren om 15.38 uur als je het precies wil weten. Ze was volkomen buiten zinnen. Eerst dacht ik dat het vanwege haar moeder was. Ik had het op de radio gehoord.' Hij zwijgt even en slikt.

'Wist zij toen eigenlijk al dat haar moeder dood was?' vraagt Sita.

'Ja, ze had het net gehoord. En ze was volledig over haar toeren, omdat die sleutel om de nek van haar moeder hing... dat werd meteen door alle media opgepikt, Tom, het is echt eng...' Josh komt op stoom, de woorden rollen over zijn lippen. 'Nou ja, en toen, toen vertelde ze mij dat zij net zo'n sleutel had gekregen. Dezelfde sleutel, je weet wel, met die zeventien. In een envelop. Iemand had hem onder haar deur door geschoven. Daarom belde ze.'

'Maar dat heeft ze niet aan de agenten verteld die haar op de hoogte hebben gebracht,' zegt Tom. 'Weet jij waarom?'

'Nee, eerlijk gezegd niet. Ik geloof dat ze dat nog wilde doen. Ze wilde van mij weten of ik er ook eentje had gekregen en wat het allemaal te betekenen had. Hoe langer we praatten, des te banger...'

'Een vraag,' onderbreekt Sita zijn woordenvloed. 'U zei bij de voordeur tegen Tom dat u ook ooit zo'n sleutel hebt gevonden. Tom en u samen, heb ik dat goed begrepen?'

'Wij allemaal, samen,' zegt Tom uiteindelijk. 'De hele club.'

Sita trekt haar wenkbrauwen op.

Tom zucht en grijpt in zijn jaszak.

Het rinkelt als hij de sleutel op tafel legt. Matzilver, in het sleutelkapje is het cijfer zeventien gekrast, er zit vuil in de krassen.

Josh trekt wit weg.

Sita kijkt naar de sleutel en dan naar Tom. 'Dit meen je niet, hè?'

Tom zwijgt.

'Komt die van de plaats delict?' vraagt Sita met snijdende stem.

'Dat weet ik niet,' zegt Tom naar waarheid. 'Ik heb hem bij Karin gevonden, in een lade van haar bureau. Hij zat in een doosje.'

'Dat zeg ik toch,' zegt Josh. 'Dat moet hem zijn. Karins sleutel.'

'En die heb jij gewoon meegenomen?'

Tom haalt zijn schouders op.

'Besef je wel wat je hebt gedaan?'

'Ja,' zegt Tom.

'Waarom riskeer je je baan? Waarvoor? En wat heeft dit te maken met de sleutel die jullie ooit gevonden hebben?'

Tom en Josh kijken elkaar zwijgend aan. Heel even voelt Tom zich net als toen, toen ze in de brandende hitte op een bankje in het politiebureau zaten. 'We hebben hem bij een lijk gevonden.'

Sita's mond valt open, ze doet hem weer dicht. 'Mijn god. Dat is niet...' Ze kijkt naar de sleutel. 'Wanneer was dat? Waarom heb je ons dat godverdomme niet verteld?'

'In de zomer van '98, op 10 juli.' In kort bestek vertelt hij het verhaal van de vondst van het lijk.

'En jullie hebben die sleutel gewoon gehouden en er niets over aan de politie verteld?'

'Jawel,' zegt Josh, 'we zijn naar de politie gegaan.'

'En waarom is er dan in de VICLAS niets over te vinden?' vraagt Sita aan Tom.

'Wat is VICLAS?' vraagt Josh.

'Violent Crime Linkage Analysis System,' zegt Tom mechanisch. 'Dat is een databank waarin details van misdaden worden opgeslagen. In moordzaken zoals die van Brigitte Riss wordt meestal meteen in alle relevante databanken gekeken, ook in VICLAS, in de hoop dat specifieke details van de misdaad in verband met andere misdaden of daders kunnen worden gebracht.'

'In ons geval zou alleen de zoekterm "sleutel" of "sleutel 17" genoeg zijn geweest,' zegt Sita.

'VICLAS is pas in 2000 opgezet, misschien ligt het daaraan,' oppert Tom, hopend dat hij ermee wegkomt.

'Als je nog zo goed weet wanneer VICLAS is opgestart, zou je ook nog kunnen weten dat het systeem sindsdien niet alleen is bijgewerkt, maar dat er ook is teruggewerkt. Een waarschijnlijke moord uit 1998 moet allang uit het archief in het systeem zijn gezet.'

Josh schraapt zijn keel. 'Nou ja, het probleem is, ze hebben helemaal geen lijk gevonden.'

'Wat zeg je?'

'We hebben de dode pas een dag later gemeld,' zegt Tom. 'De politie is met groot materieel uitgerukt. Duikers. Forensisch specialisten. Maar het lijk lag er niet meer. Geen spoor van een misdrijf.'

'Dan is het lijk waarschijnlijk weggedreven,' veronderstelt Sita.

Tom schudt zijn hoofd. 'Het lichaam was met gaas omwikkeld en met stenen verzwaard. Uit zichzelf is het nergens heen gegaan.'

'Je bedoelt dat iemand het heeft laten verdwijnen?'

'Een andere verklaring is er niet.'

Sita leunt achterover in haar stoel en lijkt naar adem te happen. 'En wat hebben jullie met de sleutel gedaan?'

'Nou ja.' Josh werpt Tom een onzekere blik toe. 'Die is ook weg.'

'Betekent dat dat die bij de politie zoek is geraakt?'

Joshua zwijgt onzeker.

'Mijn kleine zusje heeft die sleutel meegenomen,' zegt Tom.

'Hoezo meegenomen?'

Tom vertelt van zijn laatste ontmoeting met Viola, over het briefje dat hij op de verstopplek vond in plaats van de sleutel. 'Sindsdien is ze spoorloos, en de sleutel ook.'

'Nou ja, eigenlijk is ze gewoon dood,' zegt Josh zachtjes.
Tom werpt hem een vernietigende blik toe. 'De politie heeft gezegd dat ze dood was. Dat is iets anders.'
'Tom, ze hebben haar in het Teltowkanaal gevonden.'
'Maanden later,' zegt Tom. 'En wat ze hebben gevonden was een meisje van dezelfde leeftijd, met dezelfde haarkleur.'
'Tom, ze hebben een DNA-test gedaan.'
'Dan hebben ze dat slordig gedaan,' zegt Tom opgewonden. 'Dat zou niet voor het eerst zijn.' Hij kijkt naar het donkere raam, waarin hun spiegelbeelden te zien zijn en probeert zijn gevoelens onder controle te krijgen.
'O, mijn god,' zegt Sita, 'wat verschrikkelijk.'
'De politie heeft ons daarna keer op keer verhoord,' zegt Josh terneergeslagen. 'Ze dachten dat wij schuldig waren aan Viola's dood, wij zouden haar hebben meegenomen naar de brug en niet goed hebben opgepast en daarom die leugen over dat lijk hebben opgedist.'
'En op een gegeven moment is het onderzoek gestaakt,' zegt Tom. 'Daarom staat er niets over in ViCLAS of welke andere databank dan ook.'
'En de sleutel?' vraagt Sita.
Josh kijkt naar de punten van zijn schoenen. 'Een krankzinnig kinderverhaal. Meer niet.'
'De sleutel was weg, net als het lijk,' zegt Tom. 'We hadden geen spoortje bewijs voor het bestaan van de sleutel, geen foto, niets.'
'Waarom zijn jullie niet meteen met dat ding naar de politie gegaan, nog dezelfde dag?'
'We vonden het een groot avontuur,' antwoordt Tom berouwvol. 'De sleutel van een of andere schat, een koffer vol geld, wat je zoal verzint op die leeftijd...'
'Mijn god, wat een verhaal,' kreunt Sita. 'Begrijp je wat dit voor ons betekent? We moeten onmiddellijk alle collega's op de hoogte gaan brengen.'

‘Nee,’ zegt Tom, ‘zeker niet.’
‘Pardon?’
‘Ik zoek al negentien jaar naar mijn zus. Deze verdomde sleutel is het eerste spoor naar haar. Wie er ook achter de moord zit, een rechts-radicaal, een psychopaat, iemand die Brigitte Riss haatte... ik laat me niet uit ons team zetten omdat ik er persoonlijk betrokken bij ben.’
Sita kijkt hem lang en peinzend aan, maar zwijgt. Voorlopig althans.
Tom wendt zich tot Josh. ‘Ik denk dat je nu beter kunt gaan. En geen woord hierover, tegen niemand, hoor je me?’
‘Ik... eh, ik begrijp niet wat je bedoelt. Wat moet ik dan zeggen als ze mij ernaar vragen?’
‘Wie zou je iets vragen?’
‘Nou, de politie.’
‘De politie weet niet van je bestaan.’
‘Tom,’ zegt Sita, ‘wat heeft dit te betekenen? Waarom...’
‘Omdat ik niet zeker weet of alles wel goed zit bij onze collega’s,’ zegt Tom.
Josh kijkt hem ongelovig aan. Heel even is het stil.
‘Je bedoelt,’ vraagt Sita, ‘vanwege de sleutel in de Dom?’
Tom knikt, dankbaar dat Sita de tegenwoordigheid van geest heeft om het niet te hebben over de verdwénen sleutel uit de Dom.
‘Wat is er met de sleutel in de Dom?’ vraagt Josh.
‘Dat is voor jou verder niet van belang. Het belangrijkste is dat je er met niemand over praat.’
‘Ze komen er toch achter dat ik iets met Karin te maken had,’ protesteert Josh.
‘Wat had je dan precies met haar te maken?’
‘We zijn bevriend.’ Josh’ ogen schieten tussen Tom en Sita heen en weer.
‘En dat is echt alles?’
De rode vlekken op zijn vroeger zo markante wangen ver-

raden dat het niet alles is. Tom herinnert zich maar al te goed de heimelijke blikken die Karin Josh vroeger toewierp. Al was Josh toen helemaal weg van Nadja. Kennelijk had Karin niet opgegeven. Een stijfkop was ze altijd al. 'Dan vertel je dat. Jullie kennen elkaar al jaren en jullie zijn bevriend. Meer niet. Geen woord over de sleutel, geen woord over mij.'

'Maar... dat is toch niet genoeg?' protesteert Josh. 'Ze is toch in gevaar, of niet soms? Vanwege die sleutel, bedoel ik. Heb ik gelijk?' Hij steekt zijn kin naar voren en ziet er onbedoeld komisch uit. 'Ik wacht hier zolang met jullie, althans, tot Karin komt.'

Weer valt er een stilte in de kamer. Sita's stoel piept. Buiten, voor het raam is de regenpijp zichtbaar, die het regenwater van de dakgoot afvoert. De net nog zo vastberaden blik van Josh verdwijnt als hij begrijpt wat de stilte betekent. 'Ze komt niet, denken jullie?'

Tom schudt zijn hoofd. 'We zijn naar haar op zoek.'

'Jullie zoeken haar? Wat heeft dat te betekenen? Is ze verdwenen?'

'Ja, en we weten nog niet of ze is ontvoerd of dat ze zich schuilhoudt. We volgen alle sporen.'

'Waarom zou ze zich verstoppen?' vraagt Josh.

'Hoe was Karins relatie met haar moeder eigenlijk?' vraagt Tom zonder op de vraag van Josh in te gaan.

'Nou ja, slecht, maar...'

'Waarom was die slecht?' haakt Tom in.

Josh rolt met zijn ogen. 'Het ging om de makelaardij van haar vader. Toen hij ervandoor ging, heeft hij alles zó achtergelaten. Karins moeder wilde er niets mee te maken hebben, maar toen Karin er oud genoeg voor was, begon ze zich te interesseren voor het bedrijf van haar vader. Ze heeft het opnieuw opgebouwd. Haar moeder vond het maar niks, ze hadden er voortdurend ruzie over.'

'Waarom vond Brigitte Riss het maar niks?'

‘Ze haatte haar man om wat hij haar had aangedaan,’ zegt Josh.

‘De verlaten echtgenote en de verlaten dochter,’ zegt Sita. ‘De echtgenote haat de man en houdt van de dochter. De dochter mist haar vader en maakt haar moeder verwijten. Dat gaat maar zelden goed, tenzij beiden in haat verenigd zijn.’

‘Jaja,’ zegt Josh, naar Sita wijzend. ‘Zo is het precies. U moet zich laten omscholen tot psychologe.’

‘Ach, dat is ook maar een etiket, meer niet,’ reageert Sita droog.

‘Maar een die past.’

Tom kijkt Josh peinzend aan. ‘Is er voor zover jij weet iemand die Karin iets aan zou willen doen? Iemand die razend op haar is?’

‘Nee, niemand. Ik kan me dat hooguit bij haar moeder voorstellen. Die heeft eigenlijk voortdurend conflicten, maar Karin...’ Hij schudt zijn hoofd.

‘Ik snap het.’

‘Verdwenen, zeg je?’ vraagt Josh.

‘Gisteren, in de namiddag.’

‘Dat kan niet,’ zegt Josh. ‘Ze heeft me vandaag nog een sms gestuurd dat ze me wilde zien.’

‘Vandaag?’ zegt Tom, als door de bliksem getroffen.

‘En haar auto staat hier voor de deur,’ licht Josh toe.

Tom en Sita kijken elkaar kort aan. ‘Mag ik dat sms’je zien?’ vraagt Tom.

Josh schijnt er plotseling spijt van te hebben dat hij erover is begonnen. Hij aarzelt lang, geeft het dan op en zoekt het zuchtend op zijn telefoon op.

Heb je raad nodig. 20.00 uur PG, KM

De sms is van vandaag. 16.22 uur. Als afzender verschijnt in plaats van een naam een telefoonnummer. ‘Waarom heb je Karins naam niet in je adressenbestand?’ vraagt Tom.

‘Moeilijk te zeggen,’ antwoordt Josh.

‘Maar het is haar nummer.’

‘Nee.’

‘Nee? Dat bericht kan toch van iedereen zijn?’

Josh schudt zijn hoofd. ‘PG en KM, dat kan alleen van Karin zijn.’

‘Oké, PG voor Poortgebouw,’ zegt Tom, ‘maar waarom KM en niet KR, als in Karin Riss. Of is ze getrouwd en heeft ze haar naam veranderd?’

‘Nee, nee, dat is,’ hij krabt zich verlegen in zijn nek, ‘een grapje tussen ons. Als ze KM schrijft, weet ik dat het bericht van haar is, van welk nummer ze het ook stuurt.’

‘Aha,’ mompelt Sita.

‘Maar wat heeft het verdomme te betekenen?’ vraagt Tom.

‘Ik heb geen idee,’ reageert Josh. ‘Maar zolang ze berichten schrijft en met me af wil spreken, kan het niet zo erg met haar gesteld zijn, toch?’

Dat is maar de vraag, denkt Tom. Hij vist een verfomfaaid visitekaartje uit de binnenzak van zijn jack en geeft het aan Josh. ‘Je kunt beter gaan. Als er iets is, bel je mij op mijn mobiel. Niemand anders, alleen mij. Afgesproken?’

Josh knikt zwijgend.

‘Geef je mij jouw nummer ook?’

Josh haalt een dunne, zwarte portemonnee tevoorschijn en geeft Tom een visitekaartje met het logo van een grote Zwitserse bank: *Joshua Paul Böhm, kredietverstrekkingen.*

15

Psychiatrische privékliniek Höbecke, Berlijn-Kladow
Maandag 4 september 2017
21.04 uur

De badcel in Friderikes kamer is krap en heeft geen ramen. In de vleugel van het voormalige klooster zijn later de douchecabines ingebouwd in een hele rij kamers. De wc, de wasbak en de douche zijn van hetzelfde treurige materiaal als de wanden, en alle hoeken en randen zijn afgerond. Het doet Friderike denken aan van die sciencefictionfilms uit de jaren zeventig die ze van YouTube kent – vintage futurisme. Ze heeft heel lang haar gezicht staan afspoelen, alsof het kleinste restje van Klara's spuug haar nog met haar krankzinnigheid zou kunnen besmetten. Het gloeiend warme water op haar lijf heeft haar doffe hoofdpijn tijdelijk verdoofd.

Nu zit ze met rode wangen nadampend in bed, een handdoek als een tulband om haar natte haren geknoopt.

De smartphone in haar hand brengt haar tot rust.

Toen ze uit de douche kwam, stond haar besluit vast. Hoe duur het hogere tarief ook is: ze heeft afleiding nodig. Duur is sowieso relatief. Dat ze geen cent te makken heeft, ligt vooral aan de lage stagevergoeding – en aan het feit dat haar vader had besloten de kinderbijslag die hij voor haar ontving, in haar stiefbroer Volker te investeren. 'Dan levert het tenminste iets op,' had hij gezegd.

Nu surft ze overal rond: op Twitter, Instagram, Facebook en

verschillende nieuwssites, waar net een gruwelijke moordzaak trending is. Vorig jaar de aanslag op die kerstmarkt, nu een symbolische terechtstelling, midden in de Berliner Dom. Volgens Focus Online houdt de politie zich op de vlakte, maar op Twitter is iedereen al veel verder. De laatste tweet van een user met de naam TeasyBini luidt bijvoorbeeld: *Tijdens de persconferentie zeiden ze zelf dat ze in alle richtingen zoeken, ook naar 'religieuze motieven voor de daad'.*

Waarop Sunbeamer98 reageert met: *Dus toch een aanslag! Alleen wil niemand het toegeven. Gaat toch ALTIJD ZO. LOL!*

Friderike huivert ondanks de warme douche en kijkt naar de foto die haar vriendin Kira heeft gedeeld en die je overal ziet onder 'hashtag zeventien', echt een gruwelijke foto, zo gruwelijk dat die hele toestand met Klara haar plotseling kinderspel lijkt.

Ze klikt verder, naar Facebook, naar een langer verhaal op Online-BZ. Daar leest ze dat de dode een sleutel om haar nek had. Waarom was dat? En wat is er in die sleutel gekrast? Een zeventien?

Friderikes adem stokt. Precies het getal dat op Klara's kalender ontbreekt?

Wat een krankzinnig toeval. Is ze Klara net even vergeten, benut haar fantasie de eerste de beste gelegenheid om haar weer voor haar neus het toneel op te slepen. *Dommerdje!* Geergerd veegt Friderike het bericht weg in het grote niets, slaat ze Justin Bieber over, omdat ze daar de laatste tijd ook niets meer aan heeft en komt ze terecht bij *Bonfire*, de videoclip van Felix Jaehn. Brandende autobanden. De naam van de zangeres zegt haar niks, maar dat maakt niet uit. Als Felix Jaehn er maar in zit. Vette explosies, die vrouw en Felix trekken hun capuchons over hun hoofd. Zwart. Zoals de zwarte engel in de Dom... en die sleutel met zeventien erop. *Verdomme.* Sommige dingen krijg je gewoon niet uit je hoofd: die zeventien en Klara zijn erger dan een oorwurm.

Ze moet er steeds aan denken, ze kan het niet helpen.

Wat als het nou eens geen toeval is?

Kapel. Dom. Jezus. Die krabbels op de muur. Zeventien op die sleutel.

Onzin, denkt ze. Je draait door. Ze werpt het dekbed van zich af, zet haar voeten op de vloer, glijdt op haar dikke wollen sokken over de smoezelige vloer en doet de stekker van haar föhn in het stopcontact.

Warme lucht door haar haren, haar oren gloeien lekker. Ze keert die verdomde kapel en haar raam de rug toe. Straks nog een ibuprofennetje tegen de hoofdpijn en morgen ziet de wereld er vast een stuk beter uit. Ineens schieten haar de woorden van haar vader te binnen: 'Dat het niet in jouw kleine hersentjes past, wil nog niet zeggen dat het niet zo is.'

Wat als die klootzak toch gelijk heeft? Als het geen onzin is?

16

Beelitz bij Potsdam
Maandag 4 september 2017
21.19 uur

Tom staat met Sita in de deuropening van het Poortgebouw en kijkt Josh na, die in een kleine, zilverkleurige Hyundai-SUV stapt. Rechtsachter ontbreekt een wieldop. Joshua rijdt gehaast achteruit, Tom fotografeert met zijn telefoon voor de zekerheid nog even snel het verlichte nummerbord. Als hij wegrijdt, glijdt het licht van zijn koplampen langs de bomen. Sita houdt haar adem in en grijpt Tom bij zijn arm.

'Zag je dat?' fluistert ze.

'Nee, wat?'

'Er was iemand. Daar, rechts van de weg.'

Tom tuurt in het donker, maar behalve de achterlichten van de SUV van Josh ziet hij niets dan een donkere rij bomen. 'Weet je het zeker?'

'Ik zag heel even een gezicht.'

'Een gezicht?'

'Eerder een lichte vlek, maar ik weet het vrijwel zeker.'

'Kon je zien of het een man of een vrouw was?'

Sita schudt haar hoofd. 'Denk je dat het Karin was?'

'Dan zou de vraag zijn waarom ze zich verstopt.' Tom loopt het huis in, komt terug met de lamp en roept in de richting van de bomen. 'Karin?' Hij schijnt op de struiken tussen de bomen, doet nog een paar stappen en roept nog een keer.

'Hallo? Karin?' Zilveren snoeren druppels in de lichtkegel. Struiken, bladeren, bomen. Geritsel, vlakbij, vlak voor hem, dan verder weg. Muizen, misschien een vos, of wat dan ook. Mensen klinken anders. Ergens knapt een twijg.

Wat als het Karin helemaal niet is? fluistert Vi.

Tom kijkt naar het huis. Sita staat nog in de deuropening, een smalle schaduw, de deuropening achter haar een verlichte rechthoek.

Tom, ik wil hier weg, fluistert Vi.

Hij grijpt naar zijn dienstwapen, maar dat heeft hij helemaal niet bij zich. Grauwein heeft zijn SIG, vanwege het ballistische onderzoek.

Tom loopt terug naar het huis. Karins Passat staat naast zijn Mercedes. Regendruppels druipen van de motorkap. De kofferbak en de deuren zijn op slot. Hij schijnt in de auto. Een opgevouwen leren jack op de achterbank, in het vak tussen de stoelen een nagelknipper, nagelvijl en een handvol munten. Op de donkere bekleding van de bijrijdersstoel zitten een paar vlekken.

'Is dat bloed?' zegt Sita die vanaf de andere kant naar binnen kijkt.

'Zou ook gewoon vuil kunnen zijn,' mompelt Tom. Zijn blik valt op een volgepropte plastic tas op de vloer.

'Hier klopt iets niet,' zegt Sita zacht.

Achter hen knapt iets. Tom richt de stralenbundel meteen op de plek waar het geluid vandaan kwam. Drijfnatte, glimmende bladeren. Verder niets.

Alsjeblieft? fluistert Vi.

'Wat denk jij dat er in die zak zit?' vraagt Sita.

'Als ik dat wist.' Tom moet denken aan die lege dozen in Karins archiefkast en wat Brigitte Riss tegen haar huishoudster 'de rest' had genoemd. Hij draait de handlamp om en slaat net zo lang op een van de zijramen tot die breekt.

Sita kijkt hem zwijgend aan.

'Je zegt helemaal niets.' Tom grijpt door het verbrijzelde raam naar de plastic zak.

'En?' vraagt Sita.

De inhoud van de zak is week. Tom haalt er een paar vochtige handdoeken uit. Verder zit er niets in. Teleurgesteld propt Tom de handdoeken terug in de tas.

'Tom?'

'Hm?'

'Kijk.' Sita wijst in de richting van de provinciale weg. Een eindje verderop flikkert een blauw zwaailicht tussen de bomen.

'Verdomme,' zegt Tom, 'wie heeft die erbij gehaald?'

'Joshua misschien?'

'Die is toch net weg. Zo snel kunnen ze er nooit zijn. Misschien heeft een bewaker de politie gealarmeerd. In de sanatoria wordt veel ingebroken, door horrorfans of jongeren die hun moed proberen te bewijzen.'

Het zwaailicht komt snel dichterbij. Wat Tom nu helemaal niet kan gebruiken zijn onaangename vragen of een nader onderzoek, al helemaal niet omdat hij niet weet hoe Sita zal reageren als ze om verklaringen wordt gevraagd. Hij legt de tas met handdoeken terug op de vloer van de Passat. 'Kom, we smeren 'm. Snel.'

Sita maakt geen aanstalten.

'Jij wilde erbij zijn,' brengt Tom haar in herinnering, 'nu zit je er tot je nek in.'

'Als ze hier toevallig komen patrouilleren, zijn we hier gewoon met een onderzoek bezig.'

'Vroeg of laat komt Morten er toch wel achter. Die zoekt al langer naar een voorwendsel om mij eruit te flikkeren. En op jou reageert hij ook niet bepaald welwillend.'

Na een korte aarzeling knikt Sita instemmend.

Tom rent het huis in, doet het licht in het kantoor uit en sluit de deur achter zich. Instappen, auto starten, achteruitkijkspiegel. De politieauto draait het pad op dat naar het Poortgebouw leidt. Tom durft zijn koplampen niet aan te doen. Iedereen kent zijn auto bij de politie: hij is de enige die een voormalige staatsauto heeft. Hij rijdt de parkeerplaats af, langs het huis. De druppels op de voorruit belemmeren het zicht. De ruitenwissers trekken strepen. Tom weet dat recht voor ze een klein weggetje het bos in voert. Hij zag het toen hij met de handlamp om zich heen zwaaide, maar nu ziet hij nauwelijks iets.

Hij remt, draait zijn raam open en steekt zijn hoofd naar buiten om nog iets te kunnen zien. De politieauto stopt op de parkeerplaats, het blauwe zwaailicht doet de boomstammen trillen; toch nog iets te zien. Tom drukt heel voorzichtig op het gaspedaal. Wandeltempo. Het bos verandert in een reeks losse beelden in blauw, daartussen is alles zwart. Dan is ook dat licht plotseling verdwenen. Tom zet zijn motor uit en remt. Zijn remlichten gloeien op, hij ziet het in de spiegel. Hij bijt op zijn lippen en hoopt dat zijn collega's het te druk hebben om twee rode punten in het donker op te zien gloeien. Tussen hen en het Poortgebouw zit hooguit vijftig meter. Genoeg om niet meteen te worden opgemerkt, te weinig om daar helemaal zeker van te zijn.

Bij het Poortgebouw worden autoportieren dichtgeslagen.

Hij kan niet zien hoe Sita erbij zit, alleen het wit van haar ogen glanst. 'Jij duwen, ik sturen?'

Tom aarzelt even.

'Wat? Rijden gaat echt niet. Die auto van jou hoor je tot in Beelitz.'

'Oké, schuif maar door.' Tom stapt uit terwijl Sita over de pook heen klimt.

'Alles in orde?'

'Jaja, duw nou maar gewoon.'

'Je moet het contact aanzetten, de sleutel een kwartslag naar rechts.'

'Ik heb een rijbewijs, dank je.'

Tom legt zijn handen op de deurstijl en duwt. Met een licht geknars van banden zet de auto zich in beweging.

'Maar niet remmen!' zegt Tom.

'Waarom niet?'

'Het contact staat aan. Dan lichten de remlichten ook op als de motor uit staat.'

'Wat heb je liever? Die remlichten, of dat we hier in de struiken belanden?'

'Al goed,' kucht Tom. 'Doe nou maar.'

De regen neemt af, het weggetje wordt smaller. Hoewel er een klein beetje maanlicht door het wegtrekkende wolkendek valt, raken ze twee keer bijna van het pad af. Tom zweet, zijn armen en benen worden zwaar, de verse wond op zijn slaap bonkt. Boomwortels steken door het asfalt. Bij een gat in de weg struikelt Tom. Hij moet zich aan het portier vastklampen om niet met zijn voet onder het achterwiel te raken. Hij had beter aan de achterkant kunnen duwen, maar dan ziet hij helemaal niets, en Sita ziet ook niets door de voorruit, er zit niks anders op.

Na een minuut of vijf rolt de auto over het bospad op een kleine kruising af. Daarachter ligt een langgerekt, donker gebouwencomplex dat zo groot is, dat de achterkant versmelt met de duisternis. Tom houdt op met duwen, de auto komt geluidloos tot stilstand.

'Waar zijn we nu?' vraagt Sita.

Tom kijkt hijgend om. 'In elk geval ver genoeg weg om de motor aan te zetten en met de lichten aan door te rijden. Kijk eens op Google Maps.'

Een seconde later wordt het interieur van zijn auto verlicht door het kille schijnsel van een smartphonescherm. Tom buigt zich over naar Sita, kijkt door het geopende raam en verstijft.

De vrouw die achter het stuur zit, is niet Sita.

17

Snelweg 10, Berlijn
Maandag 4 september 2017
21.33 uur

Jo Morten rijdt uit Beelitz terug naar Berlijn. Zijn hoofd staat op springen; de moorden in de Dom, voortdurend telefoontjes van de hoofdofficier van justitie, de staatssecretaris van Binnenlandse Zaken, en dan ook nog Bruckmann die bij alles op zijn vingers kijkt. Bovendien stelt de zaak alles wat hij tot nog toe in zijn carrière heeft meegemaakt in de schaduw. Dat nu ook Karin Riss nog is verdwenen, geeft hem geen seconde de tijd om adem te halen, evenals de dood van de jonge agente en de zorgelijke toestand van haar collega Drexler. Hij kent zijn collega van een ouderavond waar zijn vrouw hem mee naartoe had gesleept – Drexlers oudste dochter zit net als zijn dochters op het Leibniz-Gymnasium in Kreuzberg.

Daarom is hij nog een keer naar het huis van Karin Riss gereden – alleen, zonder al die tamtam. De collega's die voor de deur in hun auto surveilleerden, had hij gevraagd om op hun post te blijven.

De verhoren van de werknemers van Karin Riss van vanmiddag hadden hem een eerste indruk van de domineesdochter gegeven. Een strenge bazin. Bepalend. Gevoelig. Niet één foto, geen enkele brief van een partner of een vroegere vriend in het hele huis. Met haar computer zijn zijn collega's nog niet helemaal klaar, wel al met de bankafschriften. Wat het meest opviel: regelmatige betalingen aan een dienstverlener die anonieme afschrijvingen verwerkt voor het lidmaatschap van pornosites op internet. Maar op de computer werden in elk geval geen dubieuze films aangetroffen en in haar browsergeschiedenis is ook niets in dat genre te vinden. Kennelijk gebruikte ze alleen de streamingdienst, alsof ze haar bezigheden geheim moest houden – maar voor wie in godsnaam, als ze niemand heeft? Voor zichzelf soms?

Toen even tevoren een melding binnenkwam dat in het Poortgebouw in Beelitz licht brandde, of dat misschien verband hield met hun zaak of dat het misschien een inbraak was, had hij de collega's die voor de deur stonden erop afgestuurd. Zijn eigen accu was leeg en is dat nog. Om die weer op te laden heeft hij twee dingen nodig: een sigaret, en dan nog een. Hij vindt het vreselijk dat hij zichzelf niet beter in de hand heeft, maar het is nu eenmaal wat het is.

Mortens pezige vingers trillen licht, de huid onder zijn trouwring jeukt. Hij wil eigenlijk nu al een sigaret opsteken, maar in de auto ruik je het nog dagen en, wat erger is, ook zijn kleren zouden gaan stinken, wat onvermijdelijk weer tot een preek van Lydia leidt – over de verhoogde kans op terugkeer van keelkanker – en daar zit hij nu niet op te wachten. Lydia had altijd al een verfijnde reuk, en had die doorgegeven aan hun dochters Verena en Maja. De tweeling is inmiddels elf jaar, eigenwijs als de pest en het zijn geboren rookmelders. Als een van hen ook maar een spoortje rook in zijn haar ontdekt, wordt er meteen groot alarm geslagen. 'Mama, papa heeft weer gerookt!' In Oost-Duitsland bij de Stasi werden zulke mensen gewoon informanten genoemd, en daar weet hij helaas alles van.

Niet dat Jo Morten niet van zijn dochters houdt, integendeel, maar hij verlangt soms naar iets meer afstand, meestal eigenlijk, om eerlijk te zijn. Toen hij jong was dacht hij altijd: een gezin, dat zul je nooit kunnen opbrengen. De gedachte aan kinderen had hij zelfs al opgegeven, tot hij twaalf jaar geleden Lydia leerde kennen.

En dan meteen een tweeling, en twee jaar geleden de verpletterende diagnose: strottenhoofdkanker. 'Rookt u?' was de eerste vraag die de dokter hem stelde. 'Debiel' was het enige juiste antwoord op die vraag. Morten was een kettingroker, de nicotine dampte uit elke porie van zijn lichaam, maar die leperd tegenover hem wilde hem kennelijk uit zijn tent lokken.

Het was pure mazzel dat zijn kanker zo vroeg werd ontdekt en nog operabel was. In tegenstelling tot de meeste gevallen met dezelfde diagnose kan hij nog praten. Als ik heel eerlijk ben, denkt hij, hield ik er rekening mee dat ik het niet zou halen. En nu zit ik in de auto te snakken naar een sigaret.

Vijf minuten later stopt hij op een parkeerplaats. Hij stapt uit, loopt naar een grasveldje en steekt er een op. Hij hoopt dat de regen hem zo schoonspoelt.

Nu pas, nu de rook zijn longen vult, verspreidt zich een gevoel van welbehagen en kan hij weer aan de zaak denken. Wat een ellende! Drie doden en een zwaargewonde op één dag. Dan nog een ontvoering, gelekte data en een verdwenen bewijsstuk. Over het feit dat Bruckmann hem deze zaak toch maar mooi heeft toevertrouwd, maakt hij zich geen illusies. Als de resultaten uitblijven moeten er koppen rollen, als eerste die van Joseph Morten.

Maar wat hem het meeste dwarszit is dat ze hem team 7 in de schoenen hebben geschoven. Tom Babylon. Bruckmann moet wel dol op hem zijn, anders was hij allang geschorst. Er is altijd gelazer met Babylon en dat is ook nooit anders geweest. Zo vader, zo zoon. Die ouwe van hem was ook zo'n klootzak. Een oude Stasi die altijd deed alsof hij van niets wist. Maar daar hoorde je niemand meer over. Morten knipt de gloeiende peuk weg in de regen, steekt er nog een op en loopt naar een bouwvallig houten afdakje.

En dan nog die betweterige Johanns, die Bruckmann ook nog aan het team toevoegde. Hij heeft niets tegen aantrekkelijke vrouwen, maar die Johanns is hem gewoon te opstandig, alsof er iets in haar huist wat eruit wil, maar dat te zelden mag.

Zijn telefoon gaat over. Niet zijn diensttelefoon, maar die andere.

'Ja?' zegt Morten bars.

'Met mij.'

'Wat is er?'

'De collega's willen je graag weer eens zien bij de volgende bijeenkomst.'

'Sorry. Te druk.' Morten neemt een stevige haal, de gloed vreet zich richting filter.

'Juist daarom.'

'Bedankt. Maar nee.'

'Het was geen vraag. We hebben een paar vragen over de stand van zaken.'

'Ik snap niet dat jullie het nog niet doorhebben,' zegt Morten geïrriteerd. 'Jullie kunnen me niet steeds blijven bellen en doen alsof jullie nog iets van me tegoed hebben.'

'Zonder onze relaties zou uw vader nu op straat staan of zelfs in de gevangenis zitten – zonder een cent pensioen.'

'Bel dan mijn vader! Vraag of hij nog iets voor jullie kan betekenen. Hij komt zeker naar jullie bijeenkomst als jullie hem vragen.'

'Dat was niet de afspraak.'

'Ik ben mijn afspraken meer dan nagekomen.'

'Pensioenen kunnen ook worden ingetrokken. Bijvoorbeeld als er nieuwe feiten aan het licht komen.'

Verdomde aasgieren. Morten moet aan de persconferentie denken, aan Bernsaus toespelingen op een mogelijke heropening van het onderzoek tegen zijn vader. Een gedachte die hem misselijk maakt. Als dat gebeurt, komen ze geheid weer bij mij terecht. Nu vraagt hij zich af waarom hij in hemelsnaam de dossiers van zijn vader heeft gladgestreken – en nog wel met hun hulp. Hij had zijn vader gewoon aan zijn lot moeten overlaten. Nu zit hij er zelf tot aan zijn nek in. Zou Bernsau iets met ze te maken hebben? Nee, dat is uitgesloten. Bernsau is een zak, maar hij is niet corrupt. Of toch? Jezus! Het is net als vroeger. Als ze je eenmaal bij je kladden hebben, laten ze niet meer los. Als kankercellen waar geen bestraling tegen helpt. Alsof die kut-DDR zich voorgoed in hem heeft vastgevreten. Ik had me er nooit mee moeten bemoeien, denkt hij. Maar het enige alternatief was geweest om zijn vader in huis te nemen. Een plaats in een verzorgingshuis, of zelfs verpleging aan huis kon ik niet betalen, en onderzoeken naar zijn verleden had ik nooit in mijn eentje kunnen voorkomen. 'Luister eens, als u iets van me wilt, zult u me toch eerst met rust moeten laten. Denkt u echt dat ik nog een carrière heb als bekend wordt dat ik met de HSGV praat?'

De man aan de andere kant van de lijn zwijgt. Het bevalt hem niet dat Morten het beestje bij de naam noemt: HSGV – Hulpdienst Sociale Gerechtigheid Voormalige staatsdienaren van de DDR. Toen hij zich daar destijds meldde vanwege zijn vader, had hij nooit gedacht dat ze hem nooit meer los zouden laten. Dienst en wederdienst, het leek zo simpel. Intussen bekroop hem steeds vaker het gevoel dat hij in een splintergroepering verzeild was geraakt, een vereniging binnen de vereniging.

'Wat denkt u dat uw vrouw ervan zou vinden als u met uw inkomen ook nog de kosten van de heer Morten senior zou moeten dragen? En wie weet wat een nieuw onderzoek nog aan het licht brengt. Mensen zouden kunnen gaan denken dat u zich hebt bemoeid met eerdere onderzoekingen.'

'Jullie kunnen me wat. Wat wilt u van mij?'

'Zoals gezegd, een kleine bijeenkomst. Morgenmiddag. Als het u beter schikt, op een plek die u het beste uitkomt.'

'Morgen? Zo snel?'

'Het gaat om die kwestie met dat getal.'

Mortens adem stokt. Dat was wel het laatste wat hij had verwacht. 'Goed dan. Ik meld me nog.'

Ongelooflijk. Eerst die toestand met Kröger, nu dit. Wat is er aan de hand? Waarom is die vereniging van Stasi-pensionado's plotseling ook geïnteresseerd in de moorden in de Dom?

Hij schiet zijn peuk weg.

Steekt de volgende op.

Daarna nog twee.

Jezus, wat zijn zijn handen ontspannen! En dat ondanks dat verdomde telefoontje! Alleen de kwestie van de rook in zijn haar en kleren nadert een kritisch punt. Met een half pakje per dag helpen buitenlucht en regen ook niet meer. De enige oplossing die hem nog rest is zijn reservepak. Eentje hangt nog bij de stomerij, het andere heeft hij bij Veruca achtergelaten om te luchten. Een extra reden om nu niet naar huis, maar naar haar toe te rijden.

Hij pakt zijn prepaidtelefoon en kiest haar nummer.

'Hallo?'

'Ik ben het,' zegt hij afgemeten. Alsof hij ook bij die vereniging hoort. Er ondersteunend lid van is.

'Liefste...' haar stem klinkt zijdezacht, met een hard Oost-Europees randje dat hem zo opwindt. 'Nu nog?'

'Absoluut.'

'Over een uur ben ik vrij.'

'Oké, tot zo.'

Morten hangt op en vist een sigaret uit het nu bijna lege pakje. Ik had ook teelbalkanker kunnen krijgen, denkt hij. Dat was erger geweest. De vlam van zijn aansteker verschroeit de tabak. Naar Veruca is het hooguit een halfuur rijden, bij haar voor de deur in zijn auto zitten wachten is uitgesloten. Van de zomer, na de eerste paar keer, had hij haar naam gegoogeld. Veruca is Roemeens voor 'gelovige'. Hij is er nog steeds niet achter of ze echt zo heet of dat ze zich die verleidelijke naam heeft aangemeten – zoals de meesten doen. Mijn god, denkt hij: ik ben waarschijnlijk de enige die een vrouw boekt omdat hij een schoon pak nodig heeft en dringend onder de douche moet. En vanwege die sigaret na afloop, natuurlijk.

18

Beelitz bij Potsdam
Maandag 4 september 2017
21.33 uur

De wind steekt op, Sita hoort de bladeren ritselen. Een paar regendruppels waaien door het open raam van de Mercedes naar binnen. De smartphone in haar hand licht fel op. Ze probeert met haar ogen tot spleetjes geknepen Google Maps te vinden. Uit haar ooghoek ziet ze dat Tom plotseling onder zijn jack grijpt, naar de plek waar hij normaal gesproken zijn dienstwapen draagt.

'Wat doe jij nou?' roept ze.

'Sita?' vraagt Tom verbijsterd. Hij laat zijn handen zakken.

'Wie anders?'

Nu valt Toms blik op de bijrijdersstoel, waarop een slap, donkerbruin iets ligt. Ineens begrijpt ze waar hij zo van schrok. De vrouw achter het stuur van zijn auto lijkt op het eerste gezicht totaal niet op haar. Ze kent haar gezicht uit de spiegel: stekeltjeshaar, markante en hardere trekken dan met die flatterende pruik, en dan is er nog dat litteken dat van haar kaak tot aan haar oor loopt.

'Kijk me niet zo aan,' zegt ze bits. Ze pakt de pruik van de bijrijdersstoel en gooit die op de achterbank. 'Ik bleef met mijn haar aan de achteruitkijkspiegel hangen toen ik achter het stuur kroop. En ik had bij god geen tijd om hem weer op te zetten.'

Tom staat er als verstijfd bij. 'Waarom draag je dat ding?'
'Ik ben niet zo van de botox. Dan dof ik me liever op met een pruik.'
'Ik geloof er geen woord van.'
Nogal wiedes, denkt ze – rechercheurs, psychologen en tandartsen boren tot waar het pijn doet. 'Mijn geheim, jouw geheim,' zegt ze, 'weet je nog? Of was je het alweer vergeten?'
Tom zwijgt. Dan haalt hij zijn schouders op. 'Kan ik mee leven.' Trekt er nou een grijns over zijn gezicht?
'En?' vraagt hij, wijzend op haar mobiel. 'Wat zegt Google Maps?'
'Eh... ik, geen idee.' Sita opent haar browser en tikt 'Beelitz' en 'Poortgebouw' in het zoekvenster. Op de kaart is een smalle weg te zien die vanaf het Poortgebouw dieper het bos in loopt, tot aan een kruising voor een groot gebouw. 'Dat is geloof ik het Chirurgiepaviljoen.' Ze schakelt over naar *streetview*. 'De weg hier rechts lijkt een bocht te maken, en vijftig meter voorbij het Poortgebouw weer uit te komen op de provinciale weg, waar we eerst reden.'
'Vooruit dan,' zegt Tom. 'Hoe eerder we hier weg zijn, hoe beter.'
'Je weet dat onze collega's alleen maar onze telefoons hoeven uit te peilen om te kunnen zien dat wij hier waren?'
'Waarom zouden ze dat doen? Dan moeten ze ons daar eerst van verdenken,' werpt Tom tegen.
'Besef je eigenlijk wel in wat voor kutsituatie je me brengt?'
'Als ik het me goed herinner heb je me gechanteerd om mee te mogen.'
'Ik heb je gechanteerd om me de waarheid te vertellen, niet om in jouw stront te worden meegesleurd.'
'Tja,' zegt Tom, 'het ene is kennelijk niet mogelijk zonder het andere.' Zijn ogen glijden langs haar litteken.
'Dan maar waarheid én stront, niet?' Sita kijkt hem onderzoekend aan. 'Het klinkt als politiepsychologie.' Ze klimt

terug naar de bijrijdersstoel. 'Laten we gaan.'

De motor klinkt verraderlijk hard, de koplampen zijn veel te fel, maar ze kunnen tenminste weer iets zien. Bij de kruising met de provinciale weg vangen ze een voorbijrijdende auto in hun koplampen – godzijdank niet de patrouillewagen. De A115 richting Berlijn is uitgestorven. Tom heeft de verwarming hoog gezet om zijn natte kleren te laten drogen, de ramen beslaan vanbinnen.

'Wat denk jij,' vraagt Sita, 'wie heb ik gezien in het bos?'

'Waarschijnlijk degene die Josh met een berichtje naar het Poortgebouw heeft gelokt.'

'Bedoel je Karin? En waarom heeft ze zich dan voor ons verstopt?'

'Of iemand anders. Degene die Karin ontvoerd heeft,' zegt Tom. Hij zwijgt. De afrit Potsdam-Babelsberg flitst rechts voorbij. 'Beide mogelijkheden bevallen me niet.'

'Bedoel je dat Karins auto daar de hele tijd al stond? Sinds gisteren al?'

'Ik denk niet dat Karin thuis was. Waarom zou ze de auto voor het Poortgebouw hebben laten staan? Iemand moet die auto erheen hebben gebracht.'

Sita denkt aan de sleutel die Tom bij Karin heeft gevonden. Het is krankzinnig, maar de moorden in de Dom, de dode agente, de collega in coma, dat is in het afgelopen uur allemaal plotseling uitgewist. Ze denkt alleen nog maar aan de sleutel, aan hoe Tom en de anderen die vinden, hoe Toms zus verdwijnt en later dood wordt aangetroffen.

'Jij gelooft dat je zus nog leeft, hè?'

'Ja.'

'Hoewel de politie haar heeft gevonden.'

'Er was zelfs een begrafenis.' Tom wijst door de voorruit naar rechts. 'Het graf is niet ver hier vandaan, op het Waldfriedhof in Stahnsdorf.'

'Maar ondanks die DNA-match, geloof jij...'

‘Daar ligt het verkeerde meisje.’

Toms vingers omklemmen het stuur vaster dan nodig is. Niet kunnen loslaten. Sita heeft het vaker gezien, maar niet eerder op deze manier. ‘Waarom denk je dat ze nog leeft?’

‘Ze leeft. Laat dat genoeg zijn. Hoe zit het met jou en die dokter?’ vraagt Tom zonder onderbreking.

‘Wat heeft dat er nou mee te maken?’

‘Heel simpel: jij stelt vragen, dan stel ik er ook een paar.’

Sita blaast hoorbaar lucht uit.

‘Jij hebt hem in de kliniek zwartgemaakt en toen is hij eruit gegooid,’ zegt Tom. ‘Wat heb je verteld?’

‘Dat hij me heeft aangerand.’

‘Hij beweerde dat je loog. Heb je gelogen?’

‘Ik had mijn redenen.’

‘Dus ja.’

‘Jezus, hoe vaak heb jij de laatste jaren gelogen? Denk je dat jij er betere redenen voor had dan ik, alleen maar omdat het om je kleine dode zusje gaat?’ gooit Sita eruit.

Toms gezicht verstrakt, hij knijpt nog harder in zijn stuur. Ze zwijgen een poosje.

‘Sorry,’ zegt Sita, ‘het was niet mijn bedoeling...’

Tom schraapt zijn keel. ‘Het is oké.’

‘Hij... hij heeft zich aan anderen vergrepen,’ zegt Sita. ‘Maar die durfden er niet voor uit te komen.’

‘O,’ zegt Tom.

‘Vertel eens,’ pakt Sita de draad van het gesprek voorzichtig weer op, ‘hoe hebben je ouders het destijds eigenlijk verwerkt?’

‘Mijn moeder leefde toen al niet meer, en mijn vader... is een beetje vreemd.’

‘Vreemd? Hoezo vreemd?’

‘Oost-Berlijn. Cultuurambtenaar. Werkte in het Friedrichstadt-Palast. Lid van de partij, altijd doodsbang om in ongenade te vallen... altijd de schijn ophouden... alles wegstoppen... zoals dat toen ging. Jij bent ook in het Oosten opgegroeid, toch?'

'Hm, ja inderdaad,' mompelt Sita. 'Heb je hem destijds alles verteld?'

'Ja, natuurlijk.'

'Ook over de sleutel?'

'Ja.'

'En?'

'Hij heeft me in mijn gezicht geslagen, zes keer, zeven keer. Het hield maar niet op.'

Een golf opspattend water van een oplegger op de rechterrijbaan klatert over de voorruit. Heel even zien ze niets, dan schiet de Mercedes langs de vrachtwagen en duikt hij weer op uit de sproeiwolk.

'Sloeg hij je vaker?'

Tom schudt zijn hoofd. 'Maar Viola was zijn oogappel.'

'Dus heeft hij het je verweten.'

'Dit leidt nergens toe,' zegt Tom. 'Laten we het liever over vandaag hebben.'

'Aha,' zegt Sita. Ze zet de blower iets zachter. Het is warm geworden in de auto. 'Waar dan? Liever niet op het bureau, toch?'

'Waar woon jij?'

'Niet bij mij,' protesteert Sita. Tom kent haar nu al zonder pruik, hem nu ook haar huis laten zien is meer intimiteit dan ze zich kan veroorloven. 'Bij jou misschien?' *Wat bijna even intiem zou zijn*, schiet het door haar hoofd. Hoe vreemd het ook klinkt: met intimiteit heeft ze niet zoveel moeite.

Tom zucht. 'Gaat niet. Mijn vriendin.'

'Is ze jaloers?'

Tom lacht spottend. 'En hoe! Vooral op mijn werk. Als ik dat mee naar huis neem...' Aha, nog een gevoelig onderwerp. Toms leven lijkt wel een mijnenveld. 'Oké,' verzucht ze, 'dan rijden we mijn kant op. Ik heb een kleine therapieruimte in een kantoorgemeenschap. Prenzlauer Berg. Belforter Straße.'

'Oké. Dan stoppen we onderweg even om iets te eten mee te nemen. Ik sterf van de honger.'

'Prima,' zegt Sita, al heeft ze geen idee of ze nu een hap door haar keel krijgt. 'Hé, wat denk jij eigenlijk dat die zeventien op die sleutel betekent?'

'Daar heb ik me jarenlang het hoofd over gebroken. Een huisnummer, een kamernummer, geen idee. Misschien een kluisje. Maar de meeste aanbieders van kluisjes hebben er minstens honderd, dan zouden drie cijfers meer voor de hand liggen, nul, een, zeven dus. Dat het cijfer er niet in is gegraveerd, maar gekrast, wijst eerder op een bijzondere betekenis.'

'Iets persoonlijks,' vult Sita aan, 'of iets symbolisch.' Ze pakt haar telefoon en opent haar browser.

'Laat maar,' zegt Tom. 'Ik ben specialist op het gebied van de zeventien.'

'Is het niet een soort ongeluksgetal?'

'In Italië, ja. Zoals bij ons en in andere landen de dertien. In Italiaanse hotels zijn vaak geen kamers met het nummer zeventien, in sommige flats geen zeventiende etage, in vliegtuigen geen rij zeventien.'

'En waarom is dat? Is er een cultuurhistorische verklaring voor?'

'Ja. Uit de cijfers, of liever de Romeinse letters X, V, I, I, kun je het anagram VIXI vormen. Spreek je Italiaans?'

'Vreemde talen zijn niet mijn sterkste punt.'

'*Vixi* is de eerste persoon voltooid tegenwoordige tijd van *vivere* en betekent letterlijk "ik heb geleefd", of anders gezegd...'

'... ik ben dood,' fluistert Sita. 'Mijn god.' Een koude rilling trekt langs haar ruggengraat. 'Dat wist je vanaf het begin? En je hebt niets gezegd?'

'Ik weet zeker dat onze collega's op de Tempelhofer Damm er inmiddels ook achter zijn. Ondertussen helpt het ons geen steek verder, toch?'

'Ik ben dood,' mompelt Sita afwezig.

'Daar zit een thai,' zegt Tom. Hij remt zo plotseling, dat haar gordel vastklikt. Tom parkeert dubbel en zet zijn waarschuwingslichten aan. 'Kom je?'

'Ik hoef niets.'

'Dat was niet de vraag.' Tom glimlacht, en waar hij dat glimlachje ook vandaan haalt, het belooft één moment van normaliteit. Zo bezien heeft ze dus toch iets nodig. Misschien toch ook iets te eten. 'Oké, ik ga mee.' Als ze uitstapt, voelt ze de frisse, koele lucht op haar hoofdhuid. Ze zou haar pruik weer op kunnen zetten, maar dat zou vreemd aanvoelen met Tom erbij – te intiem. Nu hij haar zonder pruik heeft gezien, lijkt het zonder op de een of andere manier gepaster. Sita 1 en Tom, dat lijkt meer op een team dan Tom en Sita 2.

De afhaalthai is een pijpenla vol felgekleurde foto's van de beschikbare gerechten. Als ze naar binnen lopen, rinkelt Toms telefoon.

'Hoofdbureau?' vraagt Sita.

Tom schudt van nee en neemt op. 'Babylon?'

Stilte.

'Ongelooflijk,' zegt hij. 'Hoe kom je aan mijn nummer?' Aan zijn stem is niet te horen of het telefoontje hem plezier doet of juist niet.

De geur van curry, gember en citroen prikkelt Sita's neusgaten, ze krijgt plotseling trek. Voor de toonbank staat een handjevol klanten op hun bestelling te wachten. Daarachter is een kleine man druk in de weer. Hij lijkt eerder Roemeens dan van Thaise afkomst. Zijn donkere ogen nemen Sita op, terwijl hij achter de toonbank het eten inpakt, gluurt hij naar haar stekeltjeshaar, het litteken, haar figuur. Ze kijkt strak terug, trekt één wenkbrauw op, tot hij weer wegkijkt.

'Dat méén je niet,' hoort ze Tom zeggen. Hij klinkt gejaagd. 'Wanneer?'

De Roemeen roept iets naar de keuken. Sita kijkt omhoog naar de borden waarop de gerechten in moeizaam geschreven blokletters staan.

'Waar ben je?' vraagt Tom. 'Chodowieckistraße? Welk nummer? Oké. Daar zijn we vlakbij.' Hij zoekt oogcontact met Sita, wijst naar het bord en vormt met zijn lippen geluidloos het woord: 'Wacht!'

'Blijf binnen,' zegt hij in de telefoon, 'en doe je deur op slot. We zijn over een paar minuten bij je.'

'Wat is er?' vraagt Sita bezorgd. 'Wie was dat?'

Tom bergt zijn telefoon op, hij kijkt bezorgd, gealarmeerd zelfs. 'We moeten opschieten.'

'Waarom? Wat is er gebeurd?'

'Vertel ik in de auto. Kom.'

Geen gordels om, de parkeerlichten knipperen nog als Tom wegscheurt. Het regent weer.

'Wat is er gebeurd? Mag ik dat nú weten?'

'Sorry, zo meteen. Nog heel even geduld.' Hij stopt voor een rood stoplicht en toetst haastig een bericht in op zijn telefoon. Een zacht gesis bevestigt de verzending. Dan belt hij gehaast. 'Anne? Hé, sorry, ik heb weinig tijd, het is dringend, en...' Hij valt stil. Sita hoort een vrouwenstem hard op hem inpraten.

'Nee. Ja. Je hebt gelijk, ik weet het. Het spijt me, maar...'

Het stoplicht springt op groen. Tom geeft gas, de logge auto trekt fel op.

'Trouwens, is er iemand bij je?'

Sita rolt met haar ogen. Wat doet hij nou?

Het kan haar niet schelen dat ze getuige is van een privévete – maar moet dat nu?

'Jaja, oké. We hebben het er nog over. Maar nu moet ik weten: heb je vandaag in de brievenbus gekeken? Wil je dat dan nu meteen doen? Nee, ik leg het je later uit.'

Tom zwijgt, wacht.

'Niets? Heb je vandaag nog iets ontvangen? Iets ongewoons gevonden? Een envelop, een pakketje, wat dan ook?'

Een volgend stoplicht springt op oranje. Tom drukt zijn gaspedaal in en rijdt door rood over een kruispunt.

'Goed,' zegt Tom zichtbaar opgelucht. 'Nee, dat gaat niet. Vandaag lukt het niet meer. Ja natuurlijk, die zaak in de Dom. Wacht niet op me, oké? Slaap lekker.' Tom zucht, alsof hij net zware fysieke arbeid heeft verricht en legt zijn telefoon in het vak tussen de voorstoelen.

'Je vriendin?' vraagt Sita.

'Hm-m.'

'En daarvoor?'

'Daarvoor Nadja, van mijn oude clubje uit de tijd dat Vi verdween.'

'Hebben jullie allemaal nog contact met elkaar?'

'Nee, althans, ik niet. Maar wat belangrijker is: Nadja heeft een envelop in haar brievenbus gevonden.'

'Een envelop?'

'Ja. Met een sleutel erin.'

19

Berlijn-Prenzlauer Berg
Maandag 4 september 2017
22.17 uur

Tom slaat rechts af de Chodowieckistraße in. Zwarte, glimmende kasseien. Achter de auto's, die bumper aan bumper staan geparkeerd, lange rijen vijf verdiepingen tellende huizen, begin negentiende eeuw gebouwd, fraai gerestaureerd. Langs de stoep om en om bomen en hoekige straatlantaarns die nog de charme van de late DDR verspreiden.

Het huis waarin Nadja woont staat in de steigers. Tom stapt uit, trekt een wankel hek opzij en parkeert naast een berg zand.

Vierde verdieping, zei ze. Haar deur afsluiten zal niet veel helpen. Via de steiger kom je zo bij het raam van haar flat. En ramen kun je inslaan.

De voordeur is van eikenhout. Door een venster zie je de gang liggen. Tom belt aan bij de naam Engels. Niet Nadja's meisjesnaam. Natuurlijk is ze getrouwd. Seconden verstrijken, niemand meldt zich. Sita en Tom kijken elkaar ongerust aan, Tom belt nog een keer aan.

'Hallo?' knettert het over de intercom.

'Nadja? Ik ben het, Tom. Alles in orde?'

'Jaja, alles oké. Goed dat je er bent.'

Tom haalt opgelucht adem. De deuropener zoemt, vier verdiepingen hoger staan ze voor Nadja's huisdeur. Ze doet de deur maar op een kier open, de schakels van de deurketting spannen zich. Ze kijkt door de kier en doet open. Heel even staat Tom weer op de brug, op een van die zomerdagen, eindeloos lang geleden, toen ze zo onbereikbaar leek, en op die ene dag plotseling zo nabij was. Hij herinnert zich haar geur, haar stem, de glinstering van de zon op haar huid, de donzige haartjes op haar armen, de kleine zweetpareltjes die erlangs gleden.

'Hé,' zegt ze, nerveus glimlachend.

'Hallo,' zegt Tom, die afstand probeert te houden. Zijn blik valt op haar buik. Nadja is zwanger. Ze ziet er spectaculair uit in haar felgroene jurk die de welving van haar buik onderstreept. Haar donkerblonde haar valt op haar schouders, het stoere van toen is verdwenen. Ze is opgemaakt, maar zo subtiel dat het nauwelijks opvalt, alleen de schaduwen onder haar ogen verraden dat ze slecht slaapt.

'Sita Johanns, mijn collega – Nadja Engels,' stelt Tom de beide vrouwen aan elkaar voor.

'Hallo.' Nadja schudt Sita gereserveerd de hand. Haar vrouwelijke uitstraling staat haaks op het uiterlijk van de psychologe met haar lange benen, het opvallende litteken op haar gezicht, dat strafkampkapsel dat haar naakt, kwetsbaar maakt, maar tegelijkertijd iets hards en onaantastbaars geeft.

'Gefeliciteerd.' Tom wijst naar haar buik.

'Zes maanden.' Haar glimlach heeft iets gedwongens, maar is ook trots. Tom denkt aan Anne. Hoe zou zij eruitzien als ze zwanger was?

'Kom verder.' Nadja gaat ze door de gang waarin een paar verhuisdozen staan, voor naar de woonkamer, waar de tv aanstaat. Een castingprogramma.

'Ga je verhuizen?' vraagt Tom.

'Integendeel. Ik ben zes weken geleden vanuit München teruggverhuisd. Ik wilde weer in de buurt van mijn ouders zijn.' Ze streelt over haar buik. De inrichting van het appartement is splinternieuw. Landhuis, met iets van Berlijnse grootstedelijkheid. Er staan weinig prullaria, wat er staat lijkt zijn plek nog niet te hebben gevonden. 'Goed dat jullie gekomen zijn,' verzucht Nadja. 'Mijn man is er niet en...' Ze wijst op de salontafel. De sleutel ligt erop, met hetzelfde donkere sleutelkapje, dezelfde ingekerfde zeventien, ernaast ligt een opengescheurde envelop, zonder adressering, zonder herkenbare bijzonderheden. Nadja ploft neer op de bank en slaat huiverend een deken om haar schouders.

'Hoe gaat het met u?' vraagt Sita. Tom en zij gaan op twee stoelen tegenover haar zitten.

Nadja zet de tv uit. 'Verschrikkelijk.' Ze probeert te glimlachen, maar het lukt niet.

'Is er nog iets bijzonders gebeurd nadat wij belden?' vraagt Tom.

'Nee, niets.'

'Weet je dat Karins moeder is vermoord?'

Nadja knikt aangedaan. 'Op het nieuws gaat het nergens anders over. Klopt dat van die rechts-radicalen?'

'Het zou goed zijn als je je man belt en vraagt of hij hierheen kan komen.'

'Francis is in het buitenland, op zakenreis,' mompelt ze. Het klinkt ontwijkend. 'Dat zal niet gaan.'

'Oké,' zegt Tom. 'En Josh heeft je mijn nummer gegeven?'

'Hij zei dat je bij de recherche werkt en bezig was met de zaak.'

'Hoe kwam je eigenlijk aan het nummer van Josh?'

'We bellen zo nu en dan. Kerst, verjaardagen en zo. Ik heb hem gebeld toen ik de sleutel vond en...' Haar blik dwaalt onzeker af naar Sita.

'Ze weet van de affaire met de sleutel,' verklaart Tom.

'O,' zegt Nadja geïrriteerd, 'oké.'

'Heeft Josh je verteld van onze ontmoeting bij het Poortgebouw?'

'In het kort. Hij zei dat Karin ook een sleutel had gekregen... maar dat die nu verdwenen is. Klopt dat?'

'Ja, helaas,' zegt Tom bevestigend.

Nadja bijt op haar lip, kijkt naar de sleutel, en dan naar Tom.

Tom pakt zijn notitieboekje en legt zijn telefoon op de salontafel. 'Ik zou ons gesprek graag opnemen. Is dat goed?'

'Ja, natuurlijk,' zegt Nadja.

Hij start de opname zonder te weten of hij die ook echt gaat bewaren. Sommige vragen zijn niet voor de oren van zijn collega's bestemd. 'Vertel vanaf het begin, alsjeblieft. Hoe heb je de sleutel gevonden?'

'Er valt niet veel te vertellen. Om tien over halfnegen ben ik naar de kiosk gelopen.' Ze wijst naar twee repen witte chocola in een doorzichtig plastic tasje naast zich op de bank. 'Op de weg terug naar boven liep ik langs de brievenbus, ik maakte hem open...'

'Pardon,' onderbreekt Sita haar. 'Laat in de avond?'

Nadja haalt haar schouders op. 'Ik leeg mijn brievenbus vaak 's avonds pas. Ik kijk graag tv als ik mijn post doorneem, brieven openmaak, rekeningen betaal enzovoorts. In elk geval lag die envelop daar.'

'Hoe laat was dat precies?' vraagt Tom.

'Tegen negenen.'

'En wanneer had je de brievenbus voor het laatst geleegd?'

'Zaterdag rond halfnegen,' zegt ze zonder aarzelen. 'Ik was vlak na het nieuws bij de kiosk.' Ze wrijft over haar buik. 'Ik snakte naar chocola.'

'Dat betekent dat de envelop tussen zaterdag halfnegen en maandag negen uur in de bus is gegooid. Achtenveertig uur. Dat is lang. Sluit de huisdeur goed als die in het slot valt?'

'Ja, zeker.'

Bewoners ondervragen, krabbelt Tom in zijn boekje. *Za 20.30 uur-ma 21.00 uur?*

'Oké. En waar heb je de envelop opengemaakt?'

‘Hier.’ Nadja wijst naar de tafel. ‘Waar we nu zitten.’

‘Meteen toen je binnenkwam?’

‘Ja. Ik schrok. Het was nauwelijks een uur nadat ik het nieuws had gezien. En dan krijg ik die sleutel.’

‘Heb je hem aangeraakt?’

‘Vanwege vingerafdrukken, bedoel je?’ Nadja trekt een grimas. ‘Helaas wel, ja.’

‘Geeft niet, we zullen er verder toch geen op vinden, vermoed ik,’ zegt Tom. ‘En wanneer heb je met Josh gebeld?’

‘Rond tien voor halftien, denk ik. Ik kreeg hem via zijn mobiel in de auto te pakken.’ Dus vlak nadat Josh uit Beelitz wegreed, denkt Tom.

De beldata van Josh checken, 21.20 uur.

‘Heb je enig idee wie je die sleutel kan hebben gestuurd?’

‘Ik... nee. Ik heb eerlijk gezegd geen flauw idee.’

‘Heb je in de laatste weken of maanden iemand verteld over het lijk in het kanaal of over de sleutel die wij daar toen hebben gevonden?’

‘Nee.’ Nadja schudt heel beslist haar hoofd. ‘Ik heb er alleen met Josh over gesproken, alweer jaren geleden, trouwens. En vandaag natuurlijk. Maar verder met niemand.’

‘Ook niet met Karin?’

‘We hebben elkaar in al die jaren maar twee keer gesproken. Ik wilde haar erop aanspreken, maar toen heeft ze me de wacht aangezegd. Ze viel echt tegen me uit, ze vond dat ik moest ophouden met oude koeien uit de sloot halen.’

‘Hoe lang is dat geleden?’ vraagt Sita.

‘O, zeker tien jaar. Ze had me uitgenodigd voor haar verjaardag. Josh was er ook.’

‘Waarom reageerde ze zo gevoelig?’ informeert Sita.

‘Nou ja, Karin was altijd nogal...’ Nadja zoekt naar woorden, kijkt naar Tom, ‘overgevoelig, dat dekt de lading het beste. Ze had zo haar eigen opvattingen. Ze heeft nooit goed kunnen verwerken dat haar vader haar in de steek liet.’

'Karin was de enige,' vult Tom aan, 'die wilde dat we meteen naar de politie gingen. We hebben niet naar haar geluisterd en dat heeft ze ons lang kwalijk genomen. Ze zei altijd dat alles heel anders was gelopen als we de vondst van het lijk meteen waren gaan melden.'

'Weet je nog hoe nijdig ze was toen de zoektocht naar het lijk door de politie tevergeefs bleek? Zij had het lijk zelf niet gezien; dat heeft ze ook bij de politie verklaard. Ze zei zelfs dat ze niets wist van die sleutel van ons. Wij stonden allemaal vreselijk voor paal.'

'We stonden niet alleen voor paal,' zegt Tom, 'de politie geloofde toen ook geen woord meer van ons verhaal. Lijk – geen lijk. Sleutel – geen sleutel. Ze heeft keihard staan liegen, als een bokkend kind, alleen om het ons betaald te zetten.'

'Een paar dagen later heeft ze het alsnog toegegeven.'

'Viola was verdwenen, ik heb haar gesmeekt,' verklaart Tom. 'Ik wilde dat de politie die toestand met die sleutel alsnog serieus nam.'

'Jij denkt nog steeds dat Viola's verdwijning iets met die sleutel te maken heeft, toch?'

Tom haalt zijn schouders op. Natuurlijk. Hij weet al wat er gaat komen.

'Ze is verdronken, Tom.'

Niet waar, zegt Viola fel.

Natuurlijk ben je niet verdronken.

De stilte in de kamer is drukkend. Een oude stilte, opnieuw opgeroepen.

Sita schraapt haar keel. 'Wat voor relatie heeft Karin eigenlijk met Josh?'

'Karin? Met Josh?' Nadja kijkt verbaasd. 'Geen enkele, voor zover ik weet. Vroeger wilde ze wat met hem, maar dat is allang voorbij. Die zien elkaar even vaak als Josh en ik, denk ik.'

Karin – Josh! noteert Tom. Het zachte krabbelen van zijn pen herinnert hem eraan dat hij rechercheur is.

'En hoe zit het met uw man?' vraagt Sita. 'Hebt u hem over het lijk in het kanaal verteld?'

'Francis?' Nadja werpt een schuldbewuste blik op Tom. 'Ja, natuurlijk. Dat is toch normaal? Aan wie anders dan aan hem?'

'Hoe langt kent u elkaar al?'

'Drie jaar. We hebben elkaar ontmoet op een medisch congres. Ik ben artsenbezoeker, hij is neuroloog.'

'En wanneer hebt u het hem verteld?'

'Drie maanden geleden ongeveer. Maar waarom wil je dat weten? Denk je soms dat Francis iets met die moorden te maken heeft? Wat een waanzin.'

Francis Engels checken, schrijft Tom in zijn boekje.

Je weet dat dat onzin is, toch? vindt Vi.

Ik moet me toch ergens aan vastklampen. Dit is nou eenmaal routine.

'Heb je ruzie met iemand?' gaat Tom verder met de ondervraging. 'Zou iemand je willen beschadigen, of je man misschien?'

Nadja schudt haar hoofd. Ze staart naar de sleutel. Tranen wellen op in haar ogen. 'Tom, wat is er aan de hand? Wat is dit voor verhaal? Waarom is Karins moeder vermoord? Vanwege die sleutel soms?'

'We weten het nog niet.'

'Waarom zou iemand dat ding anders om haar hals hangen? Dat is toch een boodschap? Of niet soms? Diegene wil ons daar toch iets mee vertellen?'

'Dat denk ik ook.'

'Maar wat dan?' fluistert ze. 'Dat ik de volgende ben?'

Een welluidende, harde drieklank galmt door de gang. Er belt iemand aan.

Nadja verstijft en kijkt naar Tom.

'Verwacht u nog bezoek?' vraagt Sita.

Nadja schudt haar hoofd. Ze ziet lijkbleek.

Tom staat op en zet het opnameapparaat op zijn telefoon uit. 'Ik doe open. Jullie: die kamer daar in. Die ligt aan de voorkant, toch? Doe de deur op slot, in geval van nood kunnen jullie via de steiger wegkomen.' Zonder hun antwoord af te wachten schiet hij de gang in. De intercom hangt naast de voordeur. Er wordt nog een keer aangebeld, maar pas als hij hoort dat de deur achter hem dichtvalt en wordt afgesloten, drukt hij op de knop.

'Hallo? Wie is daar?'

'*Hello*. Engels?' Een rauwe stem met een zwaar Russisch accent.

'Ja, wie bent u?'

'Victor. Ik heb een pakketje. Leverantie. Is besteld.'

'Oké, Victor. Kom boven.' Tom drukt op de deuropener. Door de intercom hoort hij de man door de gang lopen. Tom kijkt nog een keer over zijn schouder om zeker te zijn dat er niemand te zien is. Dan doet hij de deur open. Een afgetrainde man met het postuur van een stier komt de trap op. Zijn zwart glimmende leren jack spant om zijn bovenarmen, zijn lichtblauwe ogen schatten Tom razendsnel in. Hij heeft een Slavisch gezicht en de geringschattende blik van een vechter, tegelijkertijd dreigend en calculerend – omdat je nooit weet wie je tegenover je vindt als je iemand voor het eerst ontmoet.

Victor, of hoe hij ook alweer heette, grijpt in zijn jaszak, haalt een grote luchtkussenenvelop tevoorschijn en geeft die aan Tom. 'Die smeris die dat meisje zoekt?'

Tom knikt. Hij baalt van de bijnaam die hij in bepaalde kringen heeft gekregen omdat hij op zoek naar Viola altijd op eigen houtje onderzoek deed. Maar in dat milieu zal hij altijd 'die smeris die dat meisje zoekt' blijven. Je bent wat je doet, en zo heet je dan ook.

Zwijgend pakt hij de envelop aan.

'*Do svidanija*,' zegt Victor. Hij is bijna een kop kleiner dan Tom, maar als het erop aankwam, zou Tom het nog geen minuut tegen hem volhouden. Die soepele bewegingen, die ijskoude ogen; Victor is duidelijk meer dan zomaar een krachtpatser.

'*Spasiba*,' mompelt Tom als hij de deur sluit. Hij hoort Victors verende voetstappen op de gang.

De envelop is zwaar. Hij maakt hem open. Zijn vingers sluiten om metaal en een geribbelde greep met een vijfpuntige, Russische ster. Een Makarov. Het pistool voelt niet zo vertrouwd als zijn SIG Sauer. Hij is lichter, de loop is korter, eigenlijk is hij iets te klein voor zijn grote hand. Hij controleert de vergrendeling en kijkt of het magazijn geladen is. Acht schoten. In de envelop zit nog een doos met extra patronen, erop is een blauwe post-it geplakt.

Ik heb iets tegoed van je ;-). Zie je, Bene

Tom verfrommelt het papiertje en stopt het in zijn broekzak. De patronen laat hij in de linkerbinnenzak van zijn jack glijden, het wapen steekt hij op zijn rug in zijn broek. Hij denkt aan Vanessa, die jonge agente. Degene die op haar en hem schoot, heeft vast nog de P6 van hun collega Drexler op zak. Wat Bene denkt van hem tegoed te hebben, is van later zorg. Het belangrijkste is dat hij Nadja en Sita kan verdedigen als het hard tegen hard gaat. Behalve Bene kon hij zo gauw niemand bedenken die hem snel – en zonder vragen te stellen – aan een wapen kon helpen.

Als Tom opkijkt, staat Sita hem in de deuropening aan te staren.

'Wat doe jij nou, godverdomme?'

'Waar ziet het naar uit?'

'Dat wapen is één ding,' sist Sita woest, 'maar waarom heb je verdomme niet gezegd dat je wist wie er kwam? Je zwangere vriendin staat doodsangsten uit, en ik schrok me eerlijk gezegd ook wild.'

‘Ik wist niet wie het was,’ zegt Tom. ‘Het had ook iemand anders kunnen zijn geweest.’

‘Had, ja, maar dat was niet zo. Jij wilde dat wij ons opsloten zodat ik niet kon zien wie er voor de deur stond.’

‘Onzin. Ik wist het gewoon niet zeker.’

‘Jezus, man. Het gaat hier om vertrouwen,’ spuwt ze er plotseling uit, ‘geheimen over en weer of niet. Begrijp je niet waar je mij in meesleurt? Jij lapt alles en iedereen aan je laars en ik sta erbij te kijken als een kip naar het onweer. Maar je maakt me wel medeplichtig, en als dit uitkomt, hang ik ook.’

‘Ik heb je er niet om gevraagd. Het was je eigen beslissing om mee te gaan naar het Poortgebouw,’ brengt Tom haar in herinnering.

‘Maar dat maakt jouw gedrag er niet beter op.’

Tom zucht diep. ‘En dan? Had je liever gehad dat we géén wapen hadden?’

‘Daar gaat het toch niet om? Wat moet je eigenlijk met dat ding? Waarom bel je Bruckmann niet en vertel je hem gewoon alles? Ook je verdenking dat er iemand bij de politie vuil spel speelt. Voor Bruckmann is het toch een eitje om te zorgen dat Nadja bescherming krijgt? Jezus, Tom, er staan levens op het spel. Niet alleen dat van Nadja, ook dat van Karin, en god mag weten van wie nog meer!’

Tom wrijft langs zijn nek. ‘Sita, ik kan mijn kaarten niet op tafel leggen. Niet zolang ik niet weet wie ik kan vertrouwen en wie niet. Ik bedoel: ook bij Karin stond er een patrouillewagen voor de deur. En wat is er vervolgens gebeurd?’

‘Wat is er precies gebeurd?’ Nadja is ook uit de zijkamer gekomen en kijkt van de een naar de ander.

‘Zoals ik zei, Karin is verdwenen,’ zegt Tom.

‘Maar niet zomaar verdwenen, toch?’

Tom en Sita wisselen een blik van verstandhouding.

‘Oké, nu is het genoeg,’ zegt Nadja. Ze zet haar handen op haar heupen. ‘Ik wil nú weten wat er gebeurd is. Ik heb tenslotte die sleutel gekregen, dan mag ik ook wel weten wat er precies aan de hand is.'

Tom zucht diep. 'Oké, ik had het je graag bespaard. Wat ik je nu vertel moet je voor je houden. Het is informatie uit een lopend onderzoek, die ik eigenlijk niet mag delen.'

'Begrepen,' zegt Nadja.

'We hadden een patrouillewagen naar Karins huis gestuurd. Karin was er eerst niet, de collega's hebben er gewacht tot ze thuiskwam. Ik, of eigenlijk wij,' zegt hij naar Sita wijzend, 'waren op weg naar haar. Maar de agenten ter plaatse zijn overmeesterd. Ik kwam op het laatste moment binnen, er volgde een schotenwisseling. Sindsdien ontbreekt van Karin elk spoor.'

'Dus ze is ontvoerd?'

'Daar lijkt het wel op.'

'En jullie collega's?'

'Eén agente is gedood, haar partner ligt in coma.'

'Mijn god...' stamelt Nadja. 'En heb ik net goed begrepen dat jullie denken dat iemand van de politie bij de moorden betrokken is?'

'"Betrokken" zou ik niet meteen zeggen, eerder "verwikkeld". Er gebeuren in elk geval vreemde dingen,' zegt Tom.

'Verdomme,' fluistert Nadja.

Even is het stil.

'We moeten hier weg, Nadja,' zegt Tom. 'Je bent hier niet veilig.'

'Hoe stel je je dat voor?' wil Sita weten. 'Is ze bij jou soms wel veilig?'

'Ik breng haar naar een oude vriend. Daar kan haar niets gebeuren.'

'Een oude vriend?' Nadja kijkt naar Sita, hoopt kennelijk op een advies, een bevestigend knikje, maar Sita's gezicht lijkt wel versteend. 'Oké, goed dan,' zegt Nadja uiteindelijk schouderophalend. Ze lijkt niet honderd procent overtuigd, maar voor Tom is haar weifelende instemming voorlopig voldoende.

'Die oude vriend, is dat toevallig dezelfde die je dat pistool heeft bezorgd?' vraagt Sita.

'Vat het niet persoonlijk op,' zegt Tom, 'maar het is echt beter als je dat niet weet.'

Eén seconde is Sita sprakeloos. 'Je vertrouwt me niet? Uitgerekend jij?'

'Ik wil gewoon niet dat je zou moeten liegen als iemand het aan je vraagt.'

'Tom, wees eerlijk, dit groeit je boven het hoofd. En wat die leugens betreft: morgenochtend, tijdens de eerstvolgende teambespreking komt alles boven tafel. Je weet toch wat voor machinerie er in gang is gezet. Verspreid over alle afdelingen werken er minstens tachtig of negentig mensen aan deze zaak. Die zoeken op het ogenblik allemaal in de verkeerde richting. Wat als iemand iets overkomt omdat jij de juiste informatie hebt achtergehouden? Neem jij daar de verantwoordelijkheid voor op je?'

Tom wil hier iets tegen inbrengen, maar er schiet hem niets te binnen. De gedachte opening van zaken te moeten geven en van de zaak te worden gehaald, snoert zijn keel dicht.

Het voelt alsof Viola aan zijn elleboog staat te trekken, maar hij verstaat niet wat ze hem wil zeggen.

'Je hebt toen ook te lang gezwegen,' zegt Sita. 'En dat sleep je tot op de dag van vandaag met je mee.'

Hij trekt zijn hand uit die van Viola.

'Je hebt gelijk,' zegt hij zacht.

Sita's blik blijft sceptisch.

'En nu,' begint Tom, 'het volgende voorstel.'

20

Berlijn-Mitte
Maandag 4 september 2017
23.31 uur

Toms Mercedes rijdt over de Spree in westelijke richting. Sita heeft een taxi genomen. Nadja zit naast Tom. Ze heeft haar armen om haar buik geslagen en kijkt zwijgend naar de Dom met die imposante koepel en die vier hoektorens.

'Jij bent niet protestants, toch?' vraagt ze.

'Ik ben helemaal niets,' zegt Tom, wat niet helemaal klopt; zijn moeder was katholiek en heeft hem laten dopen, zij het later dan gebruikelijk. Een opgeschoten knulletje in een net pak, wijwater, de Heilige Geest en tralala. Tot hij zich uit liet schrijven. Soms benijdt hij mensen die in God kunnen geloven. Hij kan het niet. Niet alleen omdat hij bij Moordzaken werkt, maar ook omdat een God waarin hij wel wil geloven geen kleine zusjes laat verdwijnen.

Tom kijkt in zijn achteruitkijkspiegel, maar de felle lichten achter hem maken het lastig om te zien of ze misschien worden gevolgd. Hij heeft zijn schouderholster weer omgedaan, maar die handzame Makarov erin voelt vreemd aan.

Voor het Domportaal fladderen de afzetlinten tussen geïmproviseerde paaltjes. Groepjes agenten in neonkleurige veiligheidshesjes houden nieuwsgierigen op afstand.

'Heb je haar gezien?' vraagt Nadja zachtjes, 'ik bedoel, Karins moeder, in de Dom?'

'Hm-m,' bromt Tom. De beelden van haar geschonden lichaam overspoelen hem. Hij kiest de linkerweghelft en haalt een dubbeldekker in die 's nachts met toeristen door Berlijn sjeest. In de bus knipperen flitslichten van smartphones. Na een flauwe bocht naar rechts leidt de Schlossbrücke naar de vroegere trots van de DDR, de boulevard Unter den Linden die in een rechte lijn doorloopt tot de oostelijke kant van de Brandenburger Tor. Hij krijgt Sita's woorden niet uit zijn hoofd: *Er staan levens op het spel. Niet alleen dat van Nadja, ook dat van Karin, en god mag weten van wie nog meer!*

Voor de derde keer probeert hij Josh te bereiken, maar weer krijgt hij zijn voicemail. 'Hé Josh, met Tom. Ik krijg je niet te pakken en je belt ook niet terug, dus maar even zo: doe me een lol en verdwijn even een paar dagen tot deze zaak achter de rug is of wanneer wij weten wat er aan de hand is, oké? Laat even iets horen, zodat ik weet dat je dit bericht ontvangen hebt en alles in orde is.'

Nadat hij het bericht heeft ingesproken, belt Tom Anne nog een keer op haar mobiel.

'Wat nou weer?' zegt ze zonder inleiding.

'Ben je nog thuis?'

'Waar jij ook had moeten zijn als je het advies van de dokter had opgevolgd.'

'Anne, het is nu...'

'Hou op. Ik wil het niet eens horen. Ben je alleen?'

'Nee.'

'Die met dat groene leren jack en die lange benen?'

'Mijn collega, ja.'

'Tot nog toe dacht ik dat ik je alleen maar deelde met een paar misselijke inbrekertjes.'

Tom hoort dat ze een beetje onduidelijk praat, alsof ze heeft gedronken, wat ze normaal gesproken nooit doet.

'Bel ik ongelegen?' vraagt hij.

‘Nee, nee. Dat je überhaupt belt is een wonder. En dan nog wel twee keer op één avond...’

‘Je hebt de pest in, ik weet het...’ verzucht Tom.

‘Maar wat wil je nou?’

‘Kijk nog een keer in de brievenbus of daar intussen iets in gegooid is.’

‘Alweer? Wie zou er nu nog...’

‘Doe nou maar, wil je? Ik moet het weten. Ik blijf aan de lijn.’

Anne komt kreunend overeind. ‘Wat heb je vandaag toch in godsnaam met die brievenbus?’ Het klinkt alsof ze een beetje waggelt, normaal loopt ze sneller. Ze heeft dus toch iets gedronken – of iets anders gebruikt? Hij hoort hoe ze de voordeur opendoet en de gang op loopt, haar voetstappen galmen een beetje. Plotseling valt hem op dat hij iets níét heeft gehoord, een vertrouwd geluid, het openen van de grendel op de deur. ’s Avonds zit die er eigenlijk altijd voor, behalve als er bezoek is.

De brievenbus klappert.

‘O,’ zegt ze.

‘Wat, o?’

‘Wacht even.’ Hij hoort geritsel. ‘Er ligt een envelop.’

Nee, in godsnaam! Toms hart bonkt in zijn keel. ‘Maak hem even open.’

‘Jaja, doe ik al.’ Het papier scheurt met een schel geluid, weer geritsel. ‘Dat is een... o, god...’

‘Anne? Wat is er?’

‘Een tuinfeest,’ steunt ze. ‘Je stiefmoeder nodigt ons uit voor een tuinfeest.’

Tom wordt duizelig van opluchting. Nog nooit van zijn leven is hij zo blij geweest met post van Gertrud.

‘Mijn god,’ mompelt Anne, ‘wanneer heeft ze die dan in de brievenbus gegooid? Ze moet hier vanavond langs zijn geweest... maar goed dat ik haar niet tegengekomen ben.’ Heel even blijft het stil. 'Zeg eens,' zegt Anne lispelend, 'bel je me hiervoor om kwart voor twaalf 's avonds?'

'Niet echt,' verzucht Tom. 'Luister. Ben je de komende dagen nog aan het werk?'

'Ach, Tom, dat heb ik je toch allemaal al verteld? Mijn dienst is verplaatst. De opnamen voor het interview zijn verplaatst, we hebben niets om te draaien.'

'Ah! Dat komt goed uit,' zegt Tom. 'Luister. Ik wil dat je een paar dagen weggaat, het liefst Berlijn uit.'

'Wat? Meen je dat?' Ineens klinkt ze hoopvol. 'Wij samen?'

Tom bijt op zijn onderlip. 'Nee, sorry, je moet alleen weg. Weg uit Berlijn.'

Stilte.

In de achteruitkijkspiegel duiken felle koplampen op, vijf keer achter elkaar.

'Tom?' Anne klinkt ineens broodnuchter. 'Wat is er?'

'Het is gewoon een voorzorgsmaatregel, meer niet. Het heeft met de zaak waar ik mee bezig ben te maken. Ik wil niet dat je er op de een of andere manier bij betrokken raakt. Dat is alles.'

Anne zwijgt even. Tom hoort haar voetstappen, dan het dichtslaan van de voordeur. Ze vergrendelt hem niet – ze is absoluut niet alleen. 'Anne?'

'Weet je zeker dat het nodig is?'

'Ja.'

'Wanneer?'

'Het liefst nu meteen.'

Ze ademt hoorbaar in. 'Moet ik me zorgen om je maken?'

'Nee, nee, maak je niet ongerust. Ik wil het risico gewoon niet nemen, oké?'

'Tom, dat is toch van de gekke, ik...'

'Doe het gewoon. Alsjeblieft.'

Anne steunt. 'Met jou leven, dat is echt...' Ze is weer in huis, waarschijnlijk in de woonkamer. Tom ziet haar daar met een andere man zitten en probeert zich voor te stellen wat er gebeurt als ze ophangt. Zal ze hem vragen of hij haar meeneemt – naar zijn huis? Tom wil haar vragen of ze alleen is, maar hij wil het antwoord niet horen. Ja niet en nee niet. Ja zou hij toch niet geloven.

Wat, vraagt hij zich af, heb ik liever? Dat ze thuisblijft en misschien gevaar loopt, of dat ze ervandoor gaat met een onbekende die hartjes voor haar op envelopjes tekent en veilig is? Dan toch liever in veiligheid, al voelt het alsof die pijl op dat envelopje elk moment zijn hart kan doorboren.

'Tom?'

'Ik zeg het niet zomaar.'

'Dat weet ik, maar dat maakt het er allemaal niet beter op. Ik laat het je weten. Pas je goed op jezelf?'

'Beloofd,' zegt Tom. Het klinkt alsof ze van hem houdt – en toch bedriegt ze hem? Zijn keel is dichtgeknepen, zijn maag een steen. Hij vraagt zich af waarom het hem nog verbaast, tenslotte heeft hij haar ertoe gedreven. De smeris die dat meisje zoekt. Elke minuut die hij vrij heeft.

'Een goede nacht,' zegt Anne. Het klinkt als een afscheid. 'Rij voorzichtig.'

'Jij ook,' zegt hij, en hij hangt op.

Met een bezwaard gemoed zet hij zijn telefoon helemaal uit om er zeker van te zijn dat hij later niet meer kan worden gepeild. Het beeldscherm dooft, het voelt als het overboord gooien van een laatste reddingslijn.

Nadja probeert neutraal naar de weg te blijven kijken. 'Je vrouw?' zegt ze.

'Anne. We wonen samen.'

'Ben je bang dat zij ook een sleutel krijgt?'

'Ik vermoed eerder dat ik er een zal krijgen en wil niet dat ze door mij gevaar loopt.'

'Bedoel je dat iedereen die er toen bij was er een krijgt?'

'Misschien. Maar dan past Karins moeder niet in het plaatje.

Terwijl ik denk dat zij heel belangrijk is in dit verhaal. Ik weet alleen nog niet waarom.'

'En tot nog toe hebben alleen vrouwen een sleutel gekregen, toch?'

'Hm-m,' bromt Tom. Hij mist Sita, haar scherpe geest. Plotseling beseft hij hoe weinig ze de afgelopen uren echt met rechercheren bezig zijn geweest, met hypothesen, antithesen, met vermoedens, tegenwerpingen. Nerveus kijkt hij in zijn achteruitkijkspiegel. Niets opvallends, niet op het eerste gezicht althans.

Ze rijden op het Sony Center op de Potsdamer Platz af, dat protserige bolwerk van glas en staal, waar altijd een ijzige wind doorheen waait. Tom parkeert zijn auto in een smal zijstraatje, ze lopen verder naar de Marlene-Dietrich-Platz. De nachtclub onder het voormalige Stage-Musicaltheater lijkt te vibreren. In metershoge neonletters knallen de letters ODESSA van de glazen pui. Zelfs buiten, voor de deur, hoor je het doffe gedreun van bassen.

'Hier?' vraagt Nadja.

Zwijgend houdt Tom de glazen deur voor haar open. Ze forceert een glimlachje. 'Je had altijd al betere manieren dan de rest. Je Anne – zo heet ze toch? – mag zich gelukkig prijzen.'

Een rode loper brengt ze naar een zwevende trap die naar het souterrain leidt. Ze lopen langs een rij wachtenden, begeleid door nieuwsgierige blikken en gefronste wenkbrauwen – zwangere vrouwen zijn hier even zeldzaam als vissen in de Sahara. Boven hun hoofden hangt een reusachtig, grofmazig net, daarboven rijst de minstens dertig meter hoge, donkere foyer met de deuren naar de theaterzaal op.

Achter de deuren naar de club gloeit een paars licht. Twee uitsmijters in twijfelachtige pakken flankeren de doorgang, een derde weigert net een man met een pluisbaard, die luidkeels protesteert. Een van de beveiligers heeft Tom en Nadja allang in het vizier en verspert ze de weg.

Tom moet bijna schreeuwen om boven de herrie uit te komen. 'We hebben een afspraak met Czech.'

De man fronst, roept iets in zijn portofoon, even later verschijnt Victor, de man die Tom de Makarov kwam brengen.

Een afgemeten knikje. Zijn stekende ogen blijven één moment aan hem haken, voor Nadja neemt hij de tijd. Dan wijst hij naar Toms schouderholster onder zijn jack en eist zwijgend het pistool.

Tom schudt zijn hoofd.

De gezichten van de mannen verstrakken. Victor rolt met zijn ogen, belt kort en gebaart dan dat ze hem mogen volgen. Een paar stappen verder is de muziek oorverdovend, de bassen stompen in hun magen, Nadja legt instinctief een hand op haar buik. Tom pakt haar andere hand en voert haar mee.

De club is groot en afgeladen vol. De muren kaal metselwerk, witmetalen balustraden in quasi-Guggenheim-stijl, het tien meter hoge plafond is witgepleisterd en beschilderd met engelen en witte wolken. Er hangt een draaiende spiegelbol aan die paars licht rondstrooit. Onder een gigantisch beeldscherm staat een dj. Zijn vrije hand is in een technohandschoen gestoken, vanaf zijn vingertoppen schieten laserstralen door de mistflarden uit de rookmachines over de dansvloer.

Ze komen backstage, een labyrint van trappen, gangen en deuren. Het ruikt er bedompt, de lampen zijn er stoffig. Nog een smalle trap, dan een stalen deur met een spionnetje. Victor klopt aan. Als de deur opengaat laat hij Tom en Nadja voorgaan.

De ruimte die ze betreden is een bonte mengelmoes van showroom en directeurskamer. Roodbruin barokbehang, twee jugendstilkroonluchters aan het plafond, tussen wandlampen hangen schilderijen die uitblinken in smakeloosheid. Helemaal achterin staat een pronkbureau en een met rood fluweel overtrokken oorfauteuil.

Bene Schallenberg heet tegenwoordig Bene Czech – hij

heeft de meisjesnaam van zijn grootmoeder aangenomen – en staat tegen zijn bureau geleund, één been over het andere geslagen, hij heeft een baard, zijn rossige haar is strak achterovergekamd en in een paardenstaartje gebonden. Onder zijn glanzende, zijden, groenbruine pak draagt hij een zwart T-shirt, zijn hals en nek zijn rondom getatoeëerd. Hij spreidt zijn armen en zegt: 'Coolio, man! Wat heeft dát lang geduurd!'

'Als je me niet steeds baantjes had aangeboden, was ik misschien eerder langsgekomen,' houdt Tom de boot af.

Bene zet zich met twee handen af van het tafelblad. Twee zilveren kruizen bungelen op zijn borst. Zijn handdruk is stevig en droog. 'Ik had je je constante afwijzingen ook kwalijk kunnen nemen.'

'Terwijl je katholiek bent! Die hebben de vergiffenis toch uitgevonden?'

Bene haalt zijn schouders op. 'God is geen geintje, al is dat biechten wel een uitdaging,' grijnst hij, 'vooral voor priesters.' Zijn ogen dwalen af naar Nadja. 'En jij, wow! Jij was altijd al een spetter. Maar nu... godallejezus!' Vol bewondering kijkt hij naar haar ronde buik.

'In die tijd staarde je naar andere dingen.' Nadja trekt een wenkbrauw op, net als vroeger. Heel even zijn ze weer tieners, ieder in zijn oude rol.

'Hallo, Bene.'

'Zwangere vrouwen zijn da bomb, vind je niet, Tom?' Bene slaat hem op zijn schouder. 'En? Wat vinden jullie van mijn club?'

'Is dit jouw toko?' vraagt Nadja.

'Deze. En nog drie andere, maar niet hier in de buurt. Heeft Tom je dat niet verteld?'

'Ik was met andere dingen bezig,' zegt Tom droogjes.

Bene knikt en grijnst zijn tanden bloot. Waar zijn baard ophoudt, zijn talloze littekentjes zichtbaar. Een overblijfsel van zijn jeugdpuistjes. 'Victor? Laat ons alleen.'

'Tuurlijk.'

De deur is nog niet dicht of zijn gezicht verstrakt. 'Ga zitten. En maak je geen zorgen. Hier zijn jullie veilig. Wat is dat allemaal voor een klerezooi? Heeft het iets met ons lijk te maken? Het waterlijk, bedoel ik. Met die sleutel.'

'Heb je vandaag nog in je brievenbus gekeken?'

'Had dat gemoeten?'

'Voor de zekerheid.'

Bene werpt een spiedende blik op Tom en pakt de portofoon die op zijn bureau ligt. 'Victor? Kijk even in de brievenbus of daar wat in ligt.'

Afwachtend zakt hij onderuit in zijn bureaustoel, zijn ogen nog steeds strak op Tom gericht. 'Oké, man, vertel. Wat zou erin moeten zitten?'

'Alleen als je je smoel houdt. Het is vertrouwelijke informatie.'

Bene houdt zijn hoofd scheef. 'Zie ik eruit als een kletsmajoor?'

'We hebben niet alleen bij Brigitte Riss een sleutel met het nummer zeventien gevonden. Karin had er ook een, en die is nu verdwenen.'

'Karin had er ook een? Net als...?'

'Precies dezelfde, ja.'

'Jezus. Er zijn meer van die sleutels?'

'Kennelijk.'

Bene denkt na. 'En die killer heeft haar meegenomen, zeg je.'

'Ze is verdwenen, zei ik.'

'Dat komt toch op hetzelfde neer? Tenzij Karin de killer is en ze ervandoor is. Maar een vrouw doet zoiets niet. Niet op die manier. Karin al helemaal niet.'

Tom knikt. Hij heeft ineens het onbestemde gevoel dat hij Bene niets nieuws heeft verteld, althans niet wat betreft Karins verdwijning. Bene lijkt er al over nagedacht te hebben.

Maar dat Karin ook zo'n sleutel had, dat lijkt nieuw voor hem te zijn. Tom denkt aan het lek bij de politie. Of is er nog een lek bij Moordzaken?

'En waarom ben je nu hier met Nadja?' wil Bene weten.

'In haar brievenbus lag ook zo'n sleutel.'

De ogen in Benes pokerface worden zichtbaar groter. Dít is ongetwijfeld nieuw voor hem. 'Fuck,' gromt hij. 'Fuck, fuck, FUCK!' Hij kijkt van Tom naar Nadja en weer terug. 'En jij en Josh?'

'Tot op heden niets.'

De portofoon kraakt. Victors stem schalt door de speaker. 'Niets in de brievenbus, boss. Wat had erin moeten zitten?'

'Ik wil dat je iemand op pad stuurt om alle brievenbussen te controleren. Bij mij thuis – vraag het mijn vrouw – bij alle clubs. Alle kutbrievenbussen die ik heb. En als je wat vindt meld je je.' Hij legt de portofoon niet gewoon terug maar smijt hem op zijn bureau. 'Het zou me verbazen,' gromt hij. 'Wie er ook achter die sleutels zit, bij mij zou hij wel uitkijken. En van jou,' Bene wijst naar Nadja, 'blijft hij ook met zijn poten af. Dat garandeer ik je. Hier ben je veilig, schatje. Zo veilig als je in Berlijn kunt zijn.'

'Dank je. Daar hoopte ik op,' zegt Tom.

Bene glimlacht fijntjes. Zijn ogen vernauwen zich tot spleetjes. 'Ik vermoed dat je redenen hebt om bij mij onder te duiken en niet bij je collega's.'

Tom glimlacht even fijntjes en zegt wat Bene wil horen. 'Als het erop aankomt, weet ik op wie ik kan bouwen.'

'Hm,' bromt Bene.

Ze denken allebei hetzelfde. Hetzelfde beeld in twee hoofden, zij het dat ze het allebei anders interpreteren.

'Kan ik verder nog ergens mee helpen om dit varkentje te wassen?'

Tom schudt zijn hoofd. 'Je doet al genoeg. Laat niemand weten dat we hier zijn.'

'Hoe zit dat met die Kröger met wie je bezig was? Is hij een kandidaat?'

'Een doodlopend spoor. Met wat er nu is gebeurd, komen de rechts-radicalen niet meer in aanmerking.' Tom aarzelt even. 'Maar vertel eens. Kröger wist van Vi – heb jij een idee hoe?'

Bene rolt met zijn ogen. 'De halve stad weet het van Vi, Tom. Je rent al zo lang van hot naar her.'

'Alleen weet niemand waar ze is.'

'Kreeg je ruzie met Kröger?'

'Waarom?'

Bene tikt tegen zijn slaap en zijn kaak. 'Ziet er vers uit.'

'Nee, ik bedoel, waarom wil je dat weten?'

Bene haalt zijn schouders op.

'Haal het niet in je hoofd om iets te ondernemen,' zegt Tom. 'Dat is mijn afdeling.'

'Zoals je wil.'

'O, nog één ding. Heb jij een prepaidsimkaart voor mij?'

'Eén?' Bene grijnst breed en trekt een la open. 'Neem je me in de zeik of zo?'

21

Berlijn-Gropiusstadt
Dinsdag 5 september 2017
01.09 uur

Rillend trekt Sita Johanns haar jack dichter om haar schouders: de spanning van de afgelopen twee dagen heeft plaatsgemaakt voor een loden vermoeidheid. Ze was liever in de smoorhete taxi van die zwijgzame Irakees blijven zitten die haar hier net heeft afgezet.

Koude tocht blaast om de bijna honderd meter hoge torenflat in Neukölln. Ze wilden in de jaren zestig niet hoger bouwen dan vijf verdiepingen, maar vanwege de grens was bouwgrond in West-Berlijn schaars en nu reikt die flat daar sinds de jaren zeventig naar de hemel, als een wrokkig antwoord op de Muur, een vuilwitte, prefab Bauhaus-vesting. Het metalen bellenbord glimt en is groter dan de voordeur. Het duurt even voor ze de naam Joshua Böhm vindt. Hij woont op de eenentwintigste verdieping.

Ze hoopte er snel mee klaar te zijn. Aanbellen, een verstoorde, uit zijn slaap gerukte Böhm waarschuwen dat hij misschien gevaar loopt, een snelle blik in zijn brievenbus en het dringende advies om de stad een paar dagen te verlaten.

Maar op haar bellen wordt niet gereageerd. Is dat een slecht teken of is Böhm gewoon niet thuis? Ze denkt aan het visitekaartje dat hij Tom gaf. Bankiers werken hard. Hoe waarschijnlijk is het dat hij doordeweeks na middernacht nog aan het werk is?

Ze probeert met de lamp op haar smartphone in Böhms brievenbus te kijken, maar achter de klep zit een knik, ze ziet niets. Hij reageert niet op berichten en ook niet op de mail die ze naar het e-mailaccount van zijn Zwitserse bank heeft gestuurd.

En Tom is niet bereikbaar.

Los daarvan moet ze inmiddels dringend plassen. Hier in de bosjes hurken, daar peinst ze niet over; wat dat betreft zou ze graag een man zijn geweest.

Sita doet een paar stappen achteruit en kijkt verontrust omhoog langs de betonnen kolos. Net als eerder in het appartement van Nadja Engels overweegt ze Bruckmann te bellen. Hij is waarschijnlijk de enige die haar zonder lange preken zal steunen – en in tegenstelling tot Tom gelooft ze dat een paar zorgvuldig gekozen parate agenten Böhm kunnen beschermen. Maar Bruckmann inlichten zou betekenen dat ze haar afspraken met Tom zou schenden. Tot morgenochtend zouden ze zwijgen, waren ze overeengekomen, tot vanochtend dus eigenlijk.

Ze kijkt op haar horloge. Hoe lang kan ze hier nog blijven wachten tot het onverantwoord wordt?

Ze loopt de namen op het belbord langs en vindt op de begane grond een bordje met K. WEIHER, HUISMEESTER. Zonder verder na te denken drukt ze op de bel. Een paar keer achter elkaar. Lang. Drie minuten later springt het licht in de gang aan. Achter glas duikt een man op, in badjas, met een rood aangelopen gezicht. 'Bent u wel helemaal lekker?' roept hij achter de gesloten deur. 'Weet u wel hoe laat het is?'

'Het spijt me, bent u de heer Weiher?' Sita drukt haar tijdelijke politie-insigne tegen het glas. 'Een noodgeval.'

De huismeester komt dichterbij en knijpt zijn ogen bijna dicht om haar insigne te bekijken. Onder zijn snor wordt een rij gele tanden zichtbaar. 'Wat voor noodgeval?'

'Ik probeer ene Joshua Böhm te bereiken. Hij woont op eenentwintighoog. Ik moet controleren of alles met hem in orde is.'

'Belt u dan bij hem aan in plaats van bij mij.'

'Hij doet niet open. Hebt u een loper?'

Weiher snuift verontwaardigd. 'Dan kan ik iedereen wel binnenlaten. Hebt u zo'n huiszoekingsdinges?'

'Ik wil helemaal niets doorzoeken. De heer Böhm is geen verdachte, ik wil alleen weten of hij nog leeft.'

Weiher fronst zijn wenkbrauwen. 'Hè?'

'Alstublieft. Ik moet even een blik bij hem naar binnen werpen.'

'Ik wil geen toestanden.'

'Als hij niet meer leeft, dan komen er geheid toestanden.'

Wrevelig doet Weiher de voordeur open. 'Goed. Ik haal de sleutel.'

Als ze op de eenentwintigste verdieping uit de lift stappen, springen er spaarlampen aan. Eén ervan flikkert.

'Böhm, dat is op vijftien,' mompelt Weiher die vooruit sloft. Hij draagt versleten badslippers, zijn tenen steken over de rand. 'Wat is er aan de hand met die Böhm?'

'Dat kan ik helaas niet zeggen.'

'Nou ja, wat u wilt.' Weiher blijft voor een goedkoop gefineerde deur staan. Het huisnummer is er met een sticker opgeplakt. 'Hier is het.'

'Wilt u de deur alstublieft openmaken?'

'En wat als alles in orde is? Dat hij daar kiplekker zit en ik een uitbrander krijg?'

Sita lacht haar charmantste lachje. 'Ik zou kunnen zeggen dat de deur niet goed in het slot was gevallen en nog openstond. Dat u hebt opengedaan hoeft niemand te weten.'

'En daar trappen ze in?' Weiher kijkt alsof hij kiespijn heeft. 'Mag ik uw penning nog een keer zien?'

Sita laat hem opnieuw haar insigne zien.

'En die is echt?'

Sita fronst haar wenkbrauwen.

'Ik vraag het maar. En u raakt niets aan, en er raakt niets zoek, toch?'

'Op mijn erewoord.'

Weiher prutst wat met de sleutel en knijpt weer zijn ogen dicht. Kennelijk is zijn bril op zijn nachtkastje blijven liggen. Het slot reageert en springt met een klik open. Weiher steekt de sleutel weer bij zich, doet een stap naar achteren, knikt naar Sita en sloft weer terug naar de lift.

Sita haalt een paar latexhandschoenen uit haar binnenzak en trekt ze aan. Voorzichtig duwt ze de deur verder open. Binnen is het stikdonker. Achter zich hoort ze het belletje van de lift, het opengaan van de liftdeur, het dichtgaan. Nu is ze alleen. Het licht van de hal beschijnt een paar meter van de smalle gang voor haar voeten, daarachter ligt een zwart gat. 'Hallo? Meneer Böhm?'

Stilte.

Een bonkend hart.

'Meneer Böhm? Bent u daar?'

Aarzelend doet Sita een stap naar voren. Wat had ze nu graag een kogelvrij vest gedragen. *Je wilde toch per se weer in actieve dienst? Weg van de theorie, terug naar de praktijk?* Een zachte klik. Het licht in de hal dooft. Plotseling heerst er totale duisternis, alsof iemand een zwarte zak over haar hoofd heeft getrokken. Haar polsslag ratelt. Haar longen zuigen de lucht op door de stof van de zak die er niet is, maar die ze even duidelijk voelt als toen. De zak. De paniek. Met trillende handen pakt ze haar telefoon. Het schijnsel van het scherm werkt verlossend, een beetje althans en het ledscherm werpt een flauwe, kille lichtkring op de vloer. Rechts van haar zit een schakelaar, maar ze durft het licht niet aan te doen.

'Meneer Böhm?'

Wat doe ik hier in godsnaam? Wat als hij toch nog thuiskomt?

Zachtjes trekt ze de voordeur achter zich dicht – alleen maar voor het geval iemand toevallig langsloopt – en kijkt ze in die krappe gang om zich heen. Rechts van haar is een deur. Ze duwt hem open, de lichtkegel vangt een douche met dichtgetrokken gordijn, een wasbak, een toilet.

De volgende deur leidt naar de keuken, klein, vierkant, even groot als de badkamer, zonder raam. Rechts van haar hangt een vettige afzuigkap. Op het aanrecht staan bierflessen, een lege wodkafles en een restje cachaça, witte rum van suikerriet. Aan het einde van de gang ligt een slaap- of werkkamer, de enige kamer met een raam, maar de rolluiken zijn dicht. Het bed is leeg en liefdeloos opgemaakt. De hele flat maakt een kale indruk. Een tv, nergens foto's, geen leven, maar vooral: geen Joshua Böhm.

Waarom woont een werknemer van een Zwitserse bank in zo'n troosteloos huis? Een dure scheiding? Financiële problemen? Waar hangt die vent midden in de nacht rond?

Op het bureau staat een goedkope laptop, ernaast liggen kranten met koffievlekken. Sita trekt de bovenste lade van het bureau open. Pennen. De lade eronder: een perforator, een nietmachine en een pistool.

Vol ongeloof kijkt ze naar het wapen. Het is een SIG Sauer P6. Niet dat ze verstand heeft van handvuurwapens, maar dit type kent ze, het is het standaardwapen van de politie, een wapen zoals Drexler droeg. Sita's eerste impuls is het wapen mee te nemen, maar dat zou het werk van haar collega's bij de forensische dienst er niet makkelijker op maken. Ze kan beter nog een keer terugkomen met collega's en een huiszoekingsbevel.

Ze maakt een foto van het pistool in de lade, en nog een paar foto's van de kamer. Ze schuift de lade weer dicht, wil naar de deur lopen als plotseling het licht op haar telefoon dooft.

De batterij.
O, nee!
Ze blijft staan, ademt in de duisternis, visualiseert de weg terug naar de voordeur en de plek van de lichtschakelaar; die zit vlak bij de deur. Daar zitten ze altijd. Waar gangen ophouden en zich deuren bevinden. Drie voorzichtige stappen brengen haar naar de drempel naar de gang. Ze vindt de schakelaar. De lamp aan het plafond schijnt ongewoon fel. Sita haalt opgelucht adem. Haar blaas meldt zich weer. Ze overweegt het toilet te gebruiken, maar het idee stoot haar af. Tijd om te vertrekken. Ze loopt naar de voordeur, wil de deur van de badkamer nog dichtdoen zodat alles er weer uitziet zoals ze het aantrof, als ze op de galerij stappen hoort en het rinkelen van een sleutelbos.
Böhm.
Razendsnel drukt ze op de schakelaars naast de voordeur. Het zijn er drie boven elkaar. Het licht in de slaapkamer gaat uit, maar het licht in de gang en de badkamer springen weer aan. Inwendig vloekend probeert ze ze allemaal. Aan. Uit. Aan. Uit, eindelijk.
Buiten wordt de sleutel in het slot gestoken.
Sita glipt de badkamer in en doet de deur achter zich dicht op hetzelfde moment dat de voordeur opengaat. Haar hart bonkt in haar keel. Het is donker, zwart. Op de gang hoort ze voetstappen, gekuch. De sleutel wordt vanbinnen in de voordeur gestoken en omgedraaid.
O, god! Laat hem in godsnaam in het slot zitten!
Lichtschakelaars klikken. Onder de deur verschijnt een streep licht. Wat als Böhm naar de wc moet? Ze staat met haar rug naar de deur en onderscheidt alleen vaag contouren, rechts het toilet, daarnaast de wasbak, tegenover zich de douchebak met het gordijn. Ze overweegt zich daarachter te verstoppen, maar meent zich te herinneren dat het gordijn met ringen aan een metalen stang hangt. Het schuiven en

rinkelen zou haar aanwezigheid verraden, zeker in zo'n gehorige flat als deze.

In de aangrenzende keuken klinkt het geluid van glas tegen glas. Misschien een bierfles die uit de ijskast wordt gepakt. De kraan loopt. Böhm hoest, spuugt en draait de kraan weer dicht.

Voetstappen. De stoel aan het bureau schraapt over de vloer. Een lange zucht. Het lijkt alsof ze Böhm kan zien, zoals hij daar zit, bierfles in de hand, het pistool in de la, direct voor het grijpen.

Ze zit in de val.

Met een telefoon die leeg is. Met een blaas die op barsten staat. En doodsbang in het donker dat haar omhult.

Haal adem, Sita, blijf ademhalen.

Tegen de angst, tegen de duisternis, tegen het enige wat je kunt zien door die zak over je hoofd: het gloeiende ijzer dat je huid verschroeit.

Die geur is ze nooit kwijtgeraakt.

22

Berlijn, Club Odessa
Dinsdag 5 september 2017
01.18 uur

Tom en Nadja lopen achter Victor aan. De muziek uit de club dreunt dof door de muren. Aan de muren hangen borden met rode pijlen en opschriften als OPSLAG, BACKSTAGE of NAAR HET TONEEL. Een labyrint. De ontmoeting met Bene galmt na in Toms hoofd. Hij kan de gedachte dat zijn jeugdvriend nog een ander contact bij de politie heeft niet van zich afzetten. Dat Bene hun schuilplaats zou kunnen verraden komt niet in hem op. Niet na wat zij samen hebben meegemaakt.

Victor doet de deur van een laadlift open. Hortend en stotend brengt die ze een verdieping lager. Voor een laaddeur staat een man in pak, onder zijn jasje tekent zich duidelijk de bobbel van zijn schouderholster af.

'Jullie kamer is aan het eind van de gang,' zegt Victor. 'Als er iets is, er staat een telefoon. Vijf – nul, en naar mij vragen.' Hij geeft Tom een sleutel waaraan een paars biljartballetje met het cijfer tweeëntwintig bungelt.

Ze lopen door een kaarsrechte gang vol deuren, als in een legbatterij. Uit de kamers erachter klinkt gedempt geluid. Uit een van de achterste kamers komt net een vrouw naar buiten deinen. Ze draagt niet meer dan een slip en een badjas die open om haar schouders hangt. Ze heeft een Oost-Europees gezicht. In haar hand heeft ze een klerenhanger met een bruin pak eroverheen. Als ze Tom ziet, zwaait ze nog wat meer met haar heupen. Een zweem van nicotine strijkt langs Toms gezicht. Hij kijkt haar na, en kijkt nog een keer naar de bruine stof van het pak; die komt hem vaag bekend voor. Als hij langs de kamerdeur loopt waardoor de vrouw net de gang op stapte, vertraagt hij zijn pas en duwt hij licht met zijn schouder tegen de deur. Een fractie van een seconde kan hij door een kier naar binnen kijken. Een smalle streep bed, blote benen, het bovenste stukje van een geslachtsdeel, een hoofd dat half onder een handdoek verdwijnt. De man lijkt zijn haar droog te wrijven, houdt daarmee op en kijkt naar de deur.

Het volgende moment zijn Tom en Nadja al doorgelopen. Wie de man ook was, hij keek Tom aan als iemand die zich betrapt voelt bij iets wat niemand mag weten. Maar geldt dat niet voor alle mannen hier?

'Tadáá! Hier is het.' Als Nadja zich niet op haar gemak voelt, weet ze dat uitstekend te verbergen. Als het licht in de kamer aangaat, barst ze in schaterlachen uit. De wanden zijn met donkerrood *stucco veneziano* versierd, midden in de kamer staat een rond bed met een enorm hoofdeinde. Het lijkt wel een trampoline en is groter dan alle bedden die Tom ooit heeft gezien. Aan het plafond hangt een spiegel, rond en even groot als het bed. Het geheel kan aan het zicht worden onttrokken met witte vitrage.

'Dit is echt niet te geloven,' lacht Nadja hoofdschuddend. 'Wij samen hier? Weet je wel zeker dat je hier wil blijven?'

'Alleen als we er ook nog een paar handboeien bij krijgen,' antwoordt Tom droog.

'En die zijn dan voor mij?' kaatst Nadja terug, 'zodat je veilig bent voor die gevaarlijke zwangere vrouw?' Ze slaat haar klauwen uit en sist erbij.

'Kijk, kijk. Daar is de oude Naddi weer,' zegt Tom grijnzend.

Nadja gaat zuchtend op de rand van het bed zitten. 'Ergens tussen zwangerschap en die totale waanzin met die sleutels.'

Ze trekt haar schoenen uit en masseert haar voeten. Het bed klokt onder haar, ze deint zachtjes op en neer. 'Ook dat nog,' giechelt ze, 'een waterbed.'

Tom is blij met dat korte, absurde moment. Een gewoon moment midden in deze noodtoestand. Plotseling is hij volledig uitgeput. Het bed ziet er zacht en verleidelijk uit.

'Er zal niets gebeuren,' zegt hij wijzend op de matras.

Nadja fronst haar wenkbrauwen. 'Tegen wie zeg je dat?'

Tegen de oude Nadja, denkt Tom. 'Sorry, vergeet dat ik het heb gezegd.'

'Als het je helpt: natuurlijk zal er niets gebeuren.'

Een kwartier later zitten ze naast elkaar in bed, eten ze sandwiches en delen ze een blikje alcoholvrij bier dat Victor ze is komen brengen. Als ze gaan liggen om te slapen, schuiven ze allebei naar hun eigen helft van de drilpudding. Toms pistool ligt binnen handbereik, daarnaast bevindt zich zijn telefoon met een nieuw nummer en een nieuwe simkaart. De deur naar de badkamer staat nog open, schemerig licht valt de verder donkere kamer in.

Tom ligt op zijn rug en kijkt in de spiegel boven hun hoofd. Een zacht geruis, de verwarming is hoger gezet, in een spaarstand is hier niet voorzien. Waarom ook? Nadja heeft zich van hem afgewend, ze slaapt in haar ondergoed, het is te warm voor haar groene jurk. Tom kan niet slapen, zijn pillen zijn nog niet uitgewerkt. De afgelopen twee dagen waren als een slechte trip waarin hij door elkaar is gerammeld, is opgevreten en weer uitgespuugd.

Hij kijkt naar de tijd. Nog een uur of zes.

Morgenochtend om acht uur zal de bom barsten, dan is er geen weg terug meer. Die is er sowieso niet, daarvoor heeft hij te veel fouten gemaakt, is hij te veel zijn eigen gang gegaan.

Nadja's dekbed is half weggegleden, hij ziet haar buik en kan zijn ogen er niet van afhouden. Hij denkt aan Anne die al zo lang zwanger wil worden en hem de schuld geeft dat het niet lukt, omdat zijn hele leven om zijn werk draait. De smeris die dat meisje zoekt. Hij zou het liefst zijn hand op Nadja's buik leggen, alsof er niets mooiers was, niets juisters was om te doen. Wat zou er zijn gebeurd als ze dat lijk in de rivier nooit hadden gevonden, als die sleutel er niet was geweest, als Nadja en hij bij elkaar waren gebleven en dit zijn kind was?

Nadja slaakt een diepe zucht en draait zich op haar rug. 'Je kunt niet slapen, hè?'

'Jij ook niet?'

'Het deint.'

'Daar klaagt Anne ook altijd over.'

Even blijft het stil. 'Tom?'

'Hm?'

'Dank je.'

Ze kijken elkaar in de spiegel aan het plafond aan. 'Ik moet steeds aan dat gruwelijke beeld uit de Dom op internet denken.'

'Ik ook,' zegt Tom.

'Ik ben doodsbang,' fluistert Nadja.

Ze schuift naar hem toe. Het hele bed golft, ze kruipt onder zijn dekbed, Tom slaat zijn arm om haar heen.

'Maar er zal niets gebeuren,' herhaalt Tom nog een keer.

'Er zal niets gebeuren,' zegt ze.

Haar hand glijdt onder zijn T-shirt, haar vingers strelen zijn borstkas. De dag verdwijnt achter zijn kippenvel. Ze drukt haar lippen tegen zijn hals, haar adem ruikt vaag naar bier en sandwiches, haar wimpers kietelen zijn wang. Dit is fout, even fout als dat ze toen niet meteen naar de politie zijn gegaan, dat hij Vi de sleutel gaf, een fout in een lange rij van foute beslissingen.

Tom houdt haar hand tegen. 'Hoe zit het met...'

'Niet vragen.'

Is dat wat hij wilde horen? Het maakt het er niet beter op, maar neemt de laatste barrière weg.

Hij staat met haar in het bos, de zon fonkelt door de bladeren. Nadja's hand glijdt onder het elastiek van zijn afzichtelijke onderbroek, tussen hun voeten ligt de sleutel. Hij hoort haar weer fluisteren, toen: *Pak me*, en hij weet nog het voelde, hoe hij gloeide.

Ze is voller geworden, haar kus rijper, haar aantrekkingskracht volwassener, zo vol toekomst, zo levendig, zo anders dan alle doden die hem voortdurend omringen. Waarom heeft hij dat met Anne nooit zo gevoeld?

Het is niet goed, en toch is hij hier en wil hij wat hij wil.

De rest komt morgen, zou hij willen zeggen.

Maar hij zegt: 'Laten we gaan slapen, Nadja.'

23

Berlijn-Gropiusstadt
Dinsdag 5 september 2017
3.30 uur

De klokken van de Big Ben dreunen in Joshua Böhms oren. Hij knippert met zijn ogen, wordt wakker uit een bodemloze slaap. Blind graait hij naar zijn smartphone op het nachtkastje. Het is aardedonker, hij heeft de rolluiken volledig laten zakken. Hoe hoog hij ook woont, hij wil zeker weten dat hij door niets en niemand kan worden gezien.

Eindelijk heeft hij zijn telefoon te pakken. Hij drukt op de sluimerfunctie, de Big Ben verstomt. Halfvier? O, nee, nee! Wat is dit? Hij legt zijn telefoon terug op het nachtkastje en wrijft in zijn ogen. Zijn schedel zoemt, in zijn mond proeft hij nog het bier en de wodka. Het is bloedheet. Hij trekt zijn T-shirt over zijn hoofd en gooit het in de richting van de stoel.

Had hij zijn wekker niet op halftien gezet?

Verdomme. Hij heeft extra vakantiedagen opgenomen na alle stress, en dan is hij niet eens in staat om zijn wekker goed te zetten?

Zijn hoofd zakt zwaar terug in het kussen. Ogen dicht! Hij moet aan Karin denken, een branderig gevoel stijgt op in zijn borst, Tom schiet hem weer te binnen – hij probeert hem meteen weer te verdringen. Daar is hij goed in, in verdringen. Die Johanns duikt weer op in zijn gedachten. Beter.

Veel beter. *Sita*. Wat een lijf. Die keiharde blik, en dan toch zo slank en kwetsbaar. Hij tast naar zijn kruis, alleen al de gedachte aan die agente bezorgt hem een stijve. Typisch Tom, die trok altijd al met de mooiste meiden op, waarschijnlijk omdat hij er nooit op uit was. Alleen daarom al haat Joshua hem. En omdat hij hem uit het kanaal heeft gevist, toen, voor Nadja's ogen.

Meneer de rechercheur.

Geen wonder eigenlijk, na wat er met Viola is gebeurd.

Maar de hoofdzaak is dat de superspeurder niets heeft gemerkt. Het laatste waar hij behoefte aan heeft, is Tom die in zijn leven rondsnuffelt. Of hem bevelen geeft als: 'Geen woord hierover, tegen niemand.'

Natuurlijk praat hij met niemand. En al helemaal niet met Tom. Als die wist wat hij in zijn bureaulade heeft liggen, hield alles op.

Bureaulade.

Verdringen.

Verdringen.

Verdringen.

Hij gaapt. Halfvier. Hoe heeft hij dat in godsnaam voor elkaar gekregen? Raakt hij de controle kwijt? Komt het door de drank? Als het moet, kan hij zelfs met een slok op rijden. Of heeft hij de tijd gewoon verkeerd gelezen?

Hij gromt, draait zich van zijn rug op zijn zij en pakt opnieuw zijn telefoon. Het scherm licht op. Even over halfvier. Hij heeft zich niet vergist.

Alsof iemand hem een streek wilde leveren.

Hij probeert er niet aan te denken.

Aan gisteren en morgen wil hij ook niet denken. Daar zit hij nu tussenin, en tussenin is goed. Het liefst zou hij nergens zijn, maar als hij nu toch wakker is – je moet toch ergens aan denken – denkt hij liever aan die Johanns. Wat hij met haar zou doen.

Hij kreunt.

Graait onder zijn matras.

Knijpt een klem vast om zijn tong, zet er twee op zijn tepels. Helse pijn. Bestraffing en beloning ineen.

Hij stapt uit bed, het brandt. De klemmen trillen als hij naar de badkamer loopt. Het licht laat hij uit. Eén zintuig uitgeschakeld – dat verscherpt de andere. Overdag wil hij zijn vrouw terug. Ertussenin is hij blij dat ze nooit meer terugkomt. Ertussenin haat hij haar. Ertussenin heerst razernij.

Hij trekt de badkamerdeur achter zich dicht. Tegenover hem, bij de douchebak met het groene douchegordijn dat altijd aan je benen blijft plakken als de ventilatie aanstaat, ritselt iets.

Een tochtvlaag, meer niet.

Hij wipt op zijn tenen heen en weer.

Raakt in vuur en vlam.

24

Hoofdbureau, Berlijn-Tiergarten
Dinsdag 5 september 2017
7.53 uur

Sita Johanns zit al sinds halfacht op haar stoel midden in die verbouwing en wacht op haar collega's, vooral op Tom. Ze kijkt naar de glazen wand, haar doorschijnende spiegelbeeld staart terug. Lang, donker haar, haar litteken verstopt. De afgestudeerde psychologe in vol ornaat, in tegenstelling tot gisteravond.

Ze dacht echt dat ze verder was. Verder weg van wat haar op haar zestiende was overkomen. Verder weg van zich slachtoffer te voelen, maar vanaf het moment dat Böhm de deur vanbinnen op slot deed, kwam alles weer terug. Twintig jaar in één seconde weg. Ze wil niet nadenken over hoe ze de nacht in die badkamer heeft doorstaan, hoe ze uiteindelijk de flat uit is gevlucht.

De tijd die ze in de badkamer moest doorbrengen, leek een eeuwigheid. Het was alsof er nog iemand was, daar in het donker, alsof iemand haar beloerde, maar die ander zat alleen maar in haar hoofd.

Was het een uur? Twee uur? Op een gegeven moment meende ze Böhm te horen snurken. Eerst de badkamerdeur, dan de voordeur. Wat een opluchting toen haar vingers de sleutel in het slot voelden. *Godzijdank, hij heeft hem in het slot laten zitten.*

Haar herinnering pakt de draad pas weer op bij het meetellen van de etages bij het dalen van de lift. BG. De B van Buiten, Goddank. Eindelijk buiten. De regen fris als het water dat je 's ochtends in je gezicht gooit om de nacht weg te spoelen. Nog even geen taxi roepen, eerst tot bezinning komen. En dat in Gropiusstadt, 's nachts, als vrouw alleen. Twee mannen kwam ze tegen, allebei wendden ze zich af, zo angstaanjagend zag ze er kennelijk uit.

Nu zit ze hier, veilig op het hoofdbureau en de collega's van de Dom-groep druppelen een voor een binnen. Het plastic zeil is weg, de geur van nieuwigheid is nog even aanwezig als haar bijzondere status van buitenstaander; haar ex-collega's negeren de vrije stoelen links en rechts van haar, al groeten ze wel min of meer vriendelijk. Of in elk geval beleefd.

Peer Grauwein, Börne, en Beier, Lutz Frohloff van Inlichtingen, de gladjanus Berti Pfeiffer, van team 4, de druk is ze allemaal aan te zien. De persconferentie van zondag is tientallen keren in de media herkauwd. Verschillende programma's wijdden er een hele uitzending aan. Mortens suggestie dat extreemrechts er wellicht de hand in had gehad, heeft schokgolven teweeggebracht. Voor vanavond is er een wake voor de Dom aangekondigd, 'Fakkels tegen Rechts', waarbij vijfduizend demonstranten worden verwacht. Experts op het gebied van rechtse politieke partijen en extreemrechtse terreur beleven hoogtijdagen. Verder wordt er druk gespeculeerd over het getal op de sleutel. Die zeventien als Italiaans ongeluksgetal tot de uitleg 'ik ben dood' wordt, ook vanwege Brigitte Riss' inzet voor vluchtelingen, met de vluchtelingencrisis in de Middellandse Zee in verband gebracht. De roddelpers heeft de 'Liefdesbisschop' weer van stal gehaald, de foto van de dode Brigitte Riss in de Dom zwerft over het internet, pogingen om hem te verwijderen hebben allemaal jammerlijk gefaald.

De staatssecretaris van Binnenlandse Zaken heeft gisteren geen gelegenheid onbenut gelaten om voor de camera's te verkondigen dat er 'met maximale inzet aan wordt gewerkt om de dader of daders achter slot en grendel te krijgen'. Wat de vragen waarmee hoofdofficier van justitie Dudikov en Bruckmann worden overspoeld nog dwingender maakt. Het enige wat nog ontbreekt is dat de minister van Binnenlandse Zaken zelf zich meldt.

Sita kijkt naar de deur. Over een paar minuten begint de teamvergadering, ze had gehoopt nog even snel met Tom te kunnen overleggen – maar Tom en overleggen, het zit er kennelijk niet in. Hij is nog niet verschenen, en niet mobiel bereikbaar.

Vreemd eigenlijk: Tom behoort tot de mensen die onmiddellijk vertrouwen wekken als je naast ze staat, als door onzichtbare trillingen – woorden komen er niet aan te pas. Daarom heeft ze tot nog toe, ondanks al dat geheimzinnige gedoe van hem, nog steeds niet aan de noodrem getrokken. Maar vanaf het moment dat ze vannacht alleen was, begon ze zich af te vragen of ze zich werkelijk aan hun afspraken zou houden. Eén verkeerd woord van hem aan hun collega's en ze was erbij. Ze weet inmiddels niet meer waar ze kwader over moet zijn: over Tom of over zichzelf.

'Goedemorgen. Alles oké?'

Sita kijkt op. Nicole Weihertal staat met rode wangen naast haar. Waarschijnlijk is ze op de racefiets gekomen waarop Sita haar gisteren voorbij zag rijden. Nicole trekt haar jack uit en lacht dapper, hoewel de onzekerheid uit al haar poriën dampt. Geen wonder; Morten maakt het haar niet makkelijk. 'Deze is toch vrij?'

Sita knikt. 'Goedemorgen. Ja, hoor.' Waarmee beide vragen zijn beantwoord en spontaan de eerste leugen van de dag over haar lippen is gerold.

Nicole gaat naast Sita zitten, op de stoel die het verst bij Morten vandaan staat. Onder haar reebruine ogen tekenen zich diepe wallen af. Gisteren is ze op pad geweest met Berti

Pfeiffer om de buren van Brigitte Riss te ondervragen, daarna was ze opnieuw bij de familieleden van de vermoorde Domorganist, vervolgens gingen ze langs bij de vrouw van de jonge man die die affaire met Brigitte Riss had gehad.

Joseph Morten, zoals altijd in een van die bruine pakken van hem, en Tom Babylon komen tegelijk binnen. Hebben ze vooraf al met elkaar gesproken? Tom mijdt haar blik, maar komt wel op de andere vrije stoel naast haar zitten. De pleister op zijn slaap is weg. Het litteken is nog vers, een flinke zwelling. De kringen onder zijn ogen zijn donkerder dan die van Nicole Weihertal en ook donkerder dan de hare, wat eigenlijk onbestaanbaar is, na zo'n nacht. Dat hij desondanks een geconcentreerde indruk maakt, ligt waarschijnlijk aan de pillen die hij continu slikt.

'Laten we beginnen,' zegt Morten. Hij tikt met een beslist gebaar op de tafel.

'Collega Babylon,' zegt hij met een zure blik op Tom, 'heeft mij zojuist meegedeeld dat hij zich om persoonlijke redenen terugtrekt uit het onderzoek.'

Geroezemoes rond de tafel.

Grauwein kijkt verrast, geschrokken bijna.

Sita neemt Morten verstoord op. Tot dat moment had ze de indruk dat de leider van het team niet kon wachten tot Tom er de brui aan gaf, maar nu lijkt het tegendeel het geval.

'Tom, wil je er nog iets over zeggen?'

Tom schraapt zijn keel. 'Ik doe het om eerlijk te zijn met de grootst mogelijke tegenzin. Ten eerste voelt het alsof ik jullie allemaal in de steek laat, ten tweede ben ik persoonlijk bij de zaak betrokken. Dat is precies de reden dat ik niet meer kan deelnemen aan het onderzoek. Ik ben niet objectief meer. Zoals sommigen hier misschien weten kende ik het eerste slachtoffer, Brigitte Riss, zij het niet heel goed. Wat zwaarder weegt is dat ik jarenlang met Karin Riss bevriend ben geweest, die nu, zoals iedereen weet, is verdwenen. We vormden een clubje met nog drie leden: Nadja Engels, Joshua Böhm en Benedikt Schallenberg.'

Doodse stilte in de vergaderruimte.

'We waren heel jong toen. Tieners. In de zomer van 1998 vonden we, volkomen toevallig, een lijk op de bodem van het Teltowkanaal, met ernaast een sleutel met het cijfer zeventien, precies zo een als om de hals van Brigitte Riss hing. In de nacht van de tiende op de elfde juli is mijn jongere zusje Viola met die sleutel verdwenen. Een paar jaar later is ze dood teruggevonden in het Teltowkanaal, verdronken, werd gezegd. Ze was toen... tien.'

Tom zwijgt. Zijn grote handen voor zich op tafel, op elkaar, zoeken naar houvast. Peer Grauweins mond staat open, hij heeft een zakje Fisherman's Friend in zijn handen dat hij net wilde openscheuren. 'Waarom heb je dat godverdomme niet verteld?'

'Omdat ik niet uit het onderzoek gegooid wilde worden. Ik hoopte er eindelijk achter te komen wat er toen met mijn zusje is gebeurd.'

'Slecht plan, zeg,' mompelt Pfeiffer hoorbaar in de doodse stilte. Lutz Frohloff geeft hem een por met zijn elleboog. Niemand zegt iets: iedereen lijkt hetzelfde te denken.

'Klopt,' zegt Tom met spijt in zijn stem.

'En hoe zit dat met dat lijk dat jullie vonden?' vraagt Frohloff. 'Is die zaak opgelost?'

'De politie kon het lijk niet vinden.'

'Logisch. Dat is waarschijnlijk afgedreven. Maar ze zullen toch ook wel stroomafwaarts hebben gezocht?'

'Ja, het lijk was overigens met ijzerdraad omwikkeld en met stenen verzwaard. Het had onmogelijk weg kunnen drijven en lag er vast ook al een tijdje. Iemand moet het lijk hebben weggehaald.'

'En wie wisten allemaal van jullie vondst?' vraagt Grauwein.

'Alleen wij vijven,' zegt Tom, 'en mijn zusje Viola.'

'Je hebt je zusje verteld dat jullie een lijk in het kanaal hadden gevonden?' vraagt Börne vol ongeloof.

'Ik ga er niet van uit dat je dat begrijpt,' zegt Tom zacht.

'Dus moet iemand van jullie met iemand hebben gepraat voor jullie de politie op de hoogte brachten,' concludeert Frohloff.

'Niemand heeft iets gezegd,' antwoordt Tom.

Morten trekt zijn wenkbrauwen op, maar zegt niets.

'Geloof me, ik heb me er het hoofd over gebroken, ik heb iedereen die erbij was onder vuur genomen. Niemand heeft gepraat. Misschien heeft iemand ons in de gaten gehouden. Of Viola heeft het iemand verteld.'

'En wat heeft verder onderzoek toen opgeleverd?'

Morten schraapt zijn keel. 'Er heeft geen verder onderzoek plaatsgevonden. Men ging destijds uit van een kwajongensstreek, en in verband met het verdwijnen van Viola Babylon daarna van een leugentje vanwege een slecht geweten. Het betreden van de brug waar ze toen op speelden, was verboden. Bovendien schoten ze er illegaal met een luchtdrukbuks. Er werd aangenomen dat Viola van de brug is gevallen en verdronken is.' Hij heft zijn handen. 'Maar dat voert nu allemaal te ver. Die dossiers van toen zijn openbaar, ik laat ze scannen en stuur ze jullie toe. Vanmiddag hebben jullie ze.'

'Nou, lekker dan,' bromt Börne.

'Maar er is nog iets,' zegt Morten. Hij legt een klein plastic zakje op tafel en knipt dat met duim en wijsvinger naar het midden van de vergadertafel. Sita kijkt verbaasd naar de sleutel in het zakje.

'Is dat die uit de Dom?'

'Nee,' zegt Morten. 'Deze hebben wij in het huis van Karin Riss gevonden.'

Börne trekt zijn wenkbrauwen op.

'Wie zijn "we"?' wil Frohloff weten.

'We,' zegt Morten afgemeten. 'Dat moet voorlopig volstaan.' Hij pakt nog een zakje en legt dat ook op tafel. 'En deze sleutel werd naar Nadja Engels gestuurd, ook een lid van Toms clubje destijds. De sleutel lag in een envelop in haar brievenbus. Zij is inmiddels óók verdwenen.'

Doodse stilte.

Sita snapt niet dat uitgerekend Jo Morten Tom beschermt. Wat is hier in godsnaam aan de hand?

'Een serie,' zegt Pfeiffer zachtjes.

'Ja, misschien,' bevestigt Morten. 'Al zijn beide vrouwen nog niet dood aangetroffen. Bovendien is bij Nadja Engels niet duidelijk of ze misschien is geschrokken toen ze die sleutel vond, op de vlucht is geslagen en zich nu ergens schuilhoudt.'

'Zou me niets verbazen,' zegt Nicole Weihertal.

Plotseling begint iedereen door elkaar te praten. Morten tikt met zijn pezige vingers op tafel. 'Vanaf nu hebben we een nieuwe hypothese: we gaan uit van een mogelijke seriemoord, die samenhangt met de vondst van een lijk in het Teltowkanaal in 1998. Potentiële toekomstige slachtoffers kunnen alle leden van Toms oude groepje zijn...'

'Maar waarom dan Brigitte Riss?' valt Pfeiffer hem in de rede.

'Goede vraag,' reageert Morten zonder erop in te gaan. 'Lutz, jij onderzoekt met je team alle namen, eerst hun verblijfplaatsen, vervolgens hun achtergronden. Tom geeft je straks een lijstje. Zodra we weten wie waar is, halen we ze hierheen voor verhoor. De rest, persoonlijke bescherming ja of nee, bespreken we dan.'

'Duidelijk,' knikt Frohloff met een blik op Tom.

'Het lijstje heb ik je net gestuurd,' zegt Tom. Frohloff pakt zijn telefoon en begint erop te typen.

'Tom,' zegt Morten, 'met ingang van nu lig je eruit. Je bent getuige, meer niet. Wacht buiten, we moeten jou ook nog verhoren.'

Tom wil nog iets zeggen, besluit anders en knikt ten afscheid zwijgend in het rond.

'Betekent "eruit" "eruit" of "eruit-eruit"?' vraagt Frohloff.

'Geen schorsing. Ik heb extra verlof aangevraagd in verband met de dood van onze collega Vanessa.'

Verlof? denkt Sita. Vergeet het maar. In stilte bewondert ze Tom voor de manier waarop hij zijn terugtreden uit het onderzoek heeft geregeld en zodoende de vrije hand heeft om op eigen houtje verder te zoeken. Al begrijpt ze niets van wat Tom achter de schermen met Morten heeft afgesproken.

'Hoe zit het eigenlijk met die andere collega?' vraagt Tom.

'Geen nieuws,' zegt Morten kortaf. 'Hij ligt nog altijd in coma.'

Nog altijd – wat je zegt, denkt Sita. Het is net anderhalve dag geleden dat hij werd neergeschoten. De barse toon waarop Morten Tom antwoordt, bevreemdt haar; Tom is tenslotte degene die Drexler heeft gevonden en in wiens armen de andere collega gestorven is.

'Moeten we niet bespreken of Tom persoonlijke bescherming nodig heeft?' vraagt Grauwein.

'Ik kan wel op mezelf passen.'

'Zonder dienstwapen?'

Raak! denkt Sita.

'Dat lossen we zo op,' zegt Morten, naar de deur wijzend. 'Tom? Alsjeblieft?'

Zodra de deur achter Tom dichtvalt, valt er een korte stilte, alsof iedereen even ademhaalt voor het vervolg.

Sita schraapt haar keel. 'Ik heb ook iets te melden.'

Alle ogen draaien haar kant op.

'Ik weet uit betrouwbare bron dat Joshua Böhm in zijn bureaulade een pistool heeft liggen. Een SIG Sauer P6.'

Het is zo stil dat het lijkt of ze alleen in de vergaderzaal zit.

Morten kijkt haar met een priemende blik aan. 'Wat wil dat zeggen, betrouwbare bron? Wie is dat?'

'Dat kan ik niet zeggen.'

'Pardon? Ben je journaliste geworden, of sinds kort gebonden aan het biechtgeheim?'

'Zo ongeveer. Ik ben psychologe. Als een cliënt mij iets toevertrouwt, ben ik gebonden aan het medisch beroepsgeheim,' legt Sita uit, hopend dat ze ermee wegkomt.

'Je maakt verdomme deel uit van een onderzoeksteam,' blaft Morten haar toe.

'Daarom heb ik ook deze belangrijke mededeling gedaan. Ik kan alleen niet zeggen wie het me vertelde.'

Morten kijkt haar onverholen vijandig aan en wendt zich dan tot Frohloff. 'Check of die Böhm een wapenvergunning heeft en of daar een P6 op staat. Stuur er alvast twee collega's heen, maar laat ze niet in actie komen! Verder graag een arrestatieteam aanvragen.' Hij kijkt weer naar Sita. 'Wee je gebeente als jouw betrouwbare bron uit zijn nek kletst en ons een kunstje flikt.'

Sita slikt de woede die in haar opwelt over Mortens agressieve toon weg. 'Geen geklets, geen kunstjes, niet van mij tenminste.'

'We zullen zien,' grauwt Morten. 'Verder dan. Peer graag.'

Peer Grauwein knikt en schakelt de beamer in. 'Goed, eh – laten we beginnen met de reconstructie van de daad, althans, de moord op Brigitte Riss. We zijn een paar stappen verder dan gisteren. Ik denk dat het zinnig is om ons voorlopig op haar te concentreren. Bernhard Winkler wordt ook nog onderzocht, maar het lijkt erop dat we daar niet veel wijzer van zullen worden. We gaan ervan uit dat hij gewoon op het verkeerde moment op de verkeerde plek was.' Zijn rode laserpen beschrijft een cirkel over een foto van het interieur van de Dom, van boven gefotografeerd. 'Boven deze plek hing Brigitte Riss, makkelijk te herkennen aan sporen van afscheiding en bloed. Waarschijnlijk is ze niet ter plekke gedood. Alleen al de wijze van ombrengen weerspreekt dat. Een pin in het rectum te...' hij schraapt zijn keel, voelt in zijn zakken en haalt een verfomfaaid zakje van zijn gebruikelijke zelfmedicatie tevoorschijn. 'Pardon. Een pin of staak van dit formaat zo diep in het lichaam aanbrengen vereist dat het lichaam wordt gefixeerd, hetzij op de rug, hetzij op de buik liggend en met de benen gespreid. Hier zou het altaar voor in aanmerking komen, maar daar zijn geen sporen aangetroffen. Bovendien hebben we op het lijk sporen van blauw plastic gevonden, vermoedelijk van stevig zeil, en bijpassende sporen op de vloer. De dader moet Brigitte Riss,' Grauwein klikt naar de volgende foto, van de vloer van de Dom met een donker spoor erop, dat hij volgt met zijn laserpen, 'hierlangs hebben gesleept, op of in dat zeil.'

'Leefde ze toen nog?' vraagt Morten.

'Mogelijk,' bevestigt Grauwein. 'Tijdstip van overlijden is door de lijkschouwer vastgesteld op tien over zes, met een marge van tien minuten eerder of later. Volg je de sleepsporen verder, dan kom je hier uit.'

'De Hohenzollern-crypte?' vraagt Sita perplex.

'Chapeau, madame, van bovenaf herkend. Bijna honderd sarcofagen in een reusachtig keldergewelf, recht onder de Dom. Onze dader heeft degene uitgekozen die het dichtst bij de ingang stond, op onze foto aangegeven als nummer drie. Voorzien van een loodzware, rechthoekige, platte dekplaat. Georg Kurfürst von Brandenburg, zestiende eeuw. Op de borst en de rug van het slachtoffer hebben we gruis gevonden. De soort en de samenstelling passen bij die sarcofaag. Daar vonden we ook talrijke bloedsporen van het slachtoffer. Van de dader niet één.'

'Wat moest hij daarbeneden?' vraagt Berti Pfeiffer. 'Dat is toch onhandig als hij haar vervolgens weer naar boven moest tillen?'

'Hij heeft haar niet getild,' licht Grauwein toe, 'hij heeft haar naar boven gesleept, met haar voeten naar voren, vermoedelijk in het zeil. Dat klopt met de bloeduitstortingen op de rug van het slachtoffer, die overigens volgens het rapport van de lijkschouwer erop wijzen dat ze toen nog leefde.'

Een bedrukt zwijgen heerst in de vergaderruimte. De beelden haken zich vast in de hoofden van de aanwezigen en iedereen weet dat ze daar dagen-, wekenlang zullen blijven rondspoken.

'Nog een keer,' houdt Pfeiffer vol. 'Waarom daarbeneden?'

'Hij heeft de sarcofaag gekozen die het dichtst bij de ingang staat, het zal hem dus niet speciaal om die sarcofaag zijn gegaan,' vermoedt Sita, 'die was alleen maar een middel tot zijn doel. Ik denk dat hij alleen wilde zijn met zijn slachtoffer, echt alleen met zijn slachtoffer, een beetje alsof...'

'We hebben het steeds over "hij" en "hem",' onderbreekt Frohloff haar. 'Is dat nu ons officiële uitgangspunt?'

'Ja,' bevestigt Morten.

'Zeker als die Joshua Böhm ook echt Drexlers wapen in zijn bureaulade heeft liggen,' zegt Pfeiffer.

'Geen overhaaste conclusies,' roept Morten hem tot de orde. 'Dat hij bij het clubje hoorde dat de sleutel vond en een wapen in huis heeft, wil nog niet zeggen dat hij erbij betrokken was. Misschien heeft hij wel een wapenvergunning. Zoveel moeite kost het niet om aan een P6 te komen.'

'Maar opvallend is het wel.'

'We wachten de feiten af,' zegt Morten.

'Om terug te komen op de vraag "Waarom in de crypte?"' vervolgt Sita, 'het voelt alsof de Dom te groot voor hem was.'

Grauwein fronst. 'Te groot? Daarom heeft hij de Dom toch juist gekozen? Wie zijn moord zo ensceneert, die wil dat toch juist, opvallen?'

'Zeker,' zegt Sita. 'Maar de moord zelf, die staak, die ogen, dat was te intiem. Daarvoor wilde hij alleen met haar zijn. In een overzichtelijke ruimte. Hij zocht zekerheid. Iets vertrouwds.'

'Bedoel je,' vraagt Nicole Weihertal, 'dat hij zich beneden in de kelder meer op zijn gemak voelde?'

'Meer op zijn gemak? Hm. Zoals ik al zei, eerder vertrouwd.'

'Hoe kan een crypte vertrouwd aanvoelen?' vraagt Morten sceptisch.

'En die paal?' vraagt Pfeiffer. 'Is dat iets seksueels of niet?'

'Niet uitsluitend. Vermoedelijk gaat het niet in de eerste plaats om het uitleven van perverse geweldsdromen of seksuele opwinding. Het voelt meer aan als een geëxalteerde wraakfantasie. In dat opzicht is die paal een aanwijzing voor het motief.'

'Seksueel misbruik?' oppert Nicole Weihertal zachtjes.

'Binnen de Kerk?' vult Pfeiffer aan.

'Zou kunnen,' valt Morten haar bij, 'maar hoe zit het dan met die sleutel en met Toms clubje?'

'Dat is de vraag,' zegt Sita. 'Tenslotte wordt deze vorm van misbruik meestal door mannen uitgevoerd. En tot nog toe hebben alleen vrouwen een sleutel gekregen.'

'Wat die sleutels betreft,' zegt Morten, 'is daar al iets meer over bekend, Peer?'

'Ja,' bevestigt Grauwein. 'Niet veel, maar meer dan over de andere sporen. Noch de nylontouwen, noch de hamersporen of de katrollen hebben iets bruikbaars opgeleverd. Van de sleutel weten we inmiddels dat hij van voormalig Oost-Duits fabrikaat is: van VEB Sloten Gera. Echt interessant is dat de sleutel sinds de val van de Muur niet meer zo wordt gemaakt.'

'Dus een aanwijzing dat het om iets zou kunnen gaan wat vóór die tijd in de DDR is gebeurd?'

Grauwein haalt zijn schouders op. 'De interpretatie laat ik aan jullie over. Ik hou me alleen bezig met de feiten.'

'En wat zou die zeventien kunnen betekenen?' wil Frohloff weten.

'Kijk je geen tv?' vraagt Pfeiffer.

'Nee, Berti,' zegt Frohloff met een opgewekte grijns, 'ik werk.'

'Het internet is er vol van, en op tv was het ook al,' licht Nicole Weihertal toe. 'Zeventien is in Italië het ongeluksgetal, herleidbaar tot een anagram van de notering in Romeinse letters: VIXI. Dat is Latijn voor: "Ik heb geleefd."'
'Ofwel: ik ben dood,' vult Grauwein aan.
Lutz Frohloff fluit zachtjes tussen zijn tanden. 'Dat is nog eens een statement.'
'Al is er,' geeft Morten ter overweging, 'tot op heden geen enkel verband met Italië vastgesteld. Maar misschien is het onze dader alleen om de symboliek te doen.'
'Maar ondertussen speculeert het hele net zich er een versuffing over,' zegt Pfeiffer. 'Tot vanochtend halfacht hebben we vijfhonderdzesenveertig telefoontjes ontvangen over het getal zeventien.'
'Zat er iets bij?' wil Morten weten.
'Voornamelijk gekken of druktemakers, een paar overgevoelige types. Het opvallendst was misschien nog een jonge vrouw uit een psychiatrische kliniek. Over een patiënte die niets anders deed dan kalenders tekenen waarbij ze de zeventiende steeds oversloeg.'
Börne rolt met zijn ogen, Morten trommelt met zijn knokkels op het tafelblad.
'Wanneer kwam dat telefoontje?' vraagt Sita.
'Uit die kliniek? Ik geloof vanochtend vroeg, maar dat zou ik nog een keer aan mijn collega van de telefonische dienst moeten vragen.'
'Noemde die collega nog een ander concreet geval?'
Berti Pfeiffer kijkt Sita geïrriteerd aan. 'Nee. Hoezo?'
'Het is maar een gevoel, maar als er meer dan vijfhonderd tips binnenkomen en die collega beschrijft er maar één uitgebreider, dan moet er toch een reden zijn waarom hij uitgerekend dat telefoontje noemt? Heb je een idee waarom? Was die vrouw bijzonder onvriendelijk, was ze vasthoudender dan de rest, huilde ze misschien, of is hem nog iets anders opgevallen?'

'Geen idee. Hij zei alleen dat hij het een curieus geval vond. Bewuste patiënte zou voortdurend in zichzelf mompelen, woorden als "Hij is terug", en in de kapel ontbloot ze zich voor Jezus. Een psychiatrisch geval. Volkomen krankzinnig.'

'Zullen we dit gesprek afronden,' onderbreekt Morten hen geïrriteerd, 'dit leidt toch tot niets.'

'Om eerlijk te zijn zou ik zelf even met de collega die telefoondienst had...'

'Jezus, dat zal toch niet,' zegt Frohloff plotseling, naar zijn telefoon kijkend. Dan kijkt hij op. 'Twee agenten staan in de woning van Joshua Böhm in Gropiusstadt.'

'Zo snel al?' vraagt Nicole Weihertal.

'Godverdomme. Ik zei toch niets doen? Wat is daar zo moeilijk aan?' snauwt Morten.

'Twee surveillerende collega's waren in de buurt,' zegt Frohloff. 'Ze melden dat de deur openstond.' Nog pratend begint hij een nummer in te toetsen. Sita voelt ijskoude rillingen langs haar rug lopen.

'Hallo? Ja, Frohloff hier. Hoe ziet het eruit?'

Iedereen hangt ademloos aan zijn lippen.

'Juist. Heel even.' Hij houdt zijn telefoon bij zijn mond vandaan. 'In de badkamer lijkt een vechtpartij te hebben plaatsgevonden. Het douchegordijn is eraf getrokken, een paar voorwerpen zoals een tandenborstel en zeep liggen op de grond en bovendien is het licht kapot. In de bureaulade ligt een SIG Sauer P6, Joshua Böhm is nergens te bekennen. O ja: en hij heeft géén wapenvergunning.'

Sita zit verdoofd in haar stoel en probeert kalm te blijven. Ze weet niet wat ze gruwelijker vindt: dat ze in de afgelopen nacht in Böhms badkamer haar spoken weer tegenkwam, of dat haar spoken misschien helemaal geen spoken waren.

Deel 3

1

Stahnsdorf
16 oktober 1998
11.45 uur

Toms hart bonkte alsof het elk moment kon ontploffen. Hij keek naar Bene die ook in zijn onderbroek stond en even een teen in het kanaal stak.

'Kut man, wat is dat koud.'

'Het is oktober,' zei Tom die al met twee voeten in het water stond, zo cool mogelijk. Het was inmiddels drie maanden geleden dat ze hier het lijk hadden gevonden en dat Vi spoorloos was verdwenen. De langste en verschrikkelijkste maanden van zijn leven. Hij keek naar boven naar de brug, toen naar links en naar rechts. Niemand te zien, in de verste verte niet. Mooi zo.

'We hadden dit veel eerder moeten doen,' zei Bene mistroostig, 'toen het nog niet zo steenkoud was.'

'Serieus? Heb je hier in augustus ook nog gezwommen?'

'Dat hebben we in juli toch ook gedaan,' wierp Bene tegen.

'Ja, maar toen wisten we nog niet wat hier aan de hand was.'

Bene haalde zijn schouders op en zette zijn andere voet ook in het water. 'Wat dan nog. De duikers hebben alles afgezocht. Geen spoor van een lijk.'

'Jezus, ben jij dan nooit bang?'

Benes gezicht spleet in een half verlegen, half uitdagende grijns. 'Ik schijt in m'n broek, man. Kom, laten we het doen, anders was dat spijbelen ook voor niets.'

Tom grijnsde ook. Daarom mocht hij Bene. Als het erom spande, was hij er. Anders dan die slome duikelaar. Die was allang afgehaakt.

Tom zette zijn duikbril op. De snorkel bungelde voor zijn mond. 'Kun je mij mijn camera even aangeven?'

Bene deed wankelend een stap in Toms richting, gaf hem de Pentax en wurmde zich in zijn zwemvliezen. Tom drukte de tape, waarmee hij het objectief van de oude spiegelreflexcamera van zijn vader had omwikkeld, nog een keer vast om de goedkope plastic lens. De hele camera zat in een stevige vrieszak, alleen de verwisselbare lens stak eruit, zodat de foto's niet onscherp zouden worden door de folie. Hij had het thuis een paar keer in bad geprobeerd, en het werkte. In godsnaam! Als hij de camera van zijn vader verzoop, zou er wat zwaaien.

'Klaar?' vroeg Bene. Hij had de bril over zijn ogen geschoven en probeerde er zo uit te zien als zijn favoriete rapper Coolio, maar met zijn rode piekhaar leek hij meer op Polletje Piekhaar.

Tom knikte, zette de camera aan en stopte de snorkel in zijn mond. Ze wreven wat van het ijskoude water over hun armen en borst en zwommen naar het midden van het kanaal, waar een steen aan een touw aan de brug hing. Ideetje van Bene, zo konden ze makkelijker de plek vinden waar Tom toen in het water was geland.

Had die angst maar niet in zijn maag geknord, de angst dat hij elk moment gegrepen kon worden door een hand die hem de diepte in zou sleuren. Hij keek om naar Bene, die links van hem zwom, een duim opstak en naar de camera wees.

Ze haalden diep adem door de snorkel, persten hun tong in de opening en doken onder. De zon scheen in het water. Modder- en plantendeeltjes zweefden langs hun ogen. Met de zwemvliezen aan werd de bodem van het kanaal snel bereikt. Ze vonden stenen, afval, flessen, een verroest fietswrak, maar geen lijk. Tom hield de camera met de wijdhoeklens voor zich en maakte de ene foto na de andere en telkens als hij door-

spoelde was hij bang dat de plastic zak zou scheuren.

Na zesendertig foto's was het rolletje vol en gaf Tom Bene het teken om terug naar boven te zwemmen. Ze maakten er een wedstrijdje van met hun zwemvliezen, ook om warm te blijven, maar toen ze uit het water kwamen, bibberden ze allebei.

Met hun handdoeken omgeslagen lieten ze zich opdrogen in de herfstzon, die nog genoeg kracht had om hun huid een beetje op te warmen – ook een reden om die dag en dat tijdstip uit te kiezen.

De vrieszak kraakte toen Tom hem lostrok van de camera.

'En?' vroeg Bene gespannen.

'Alles droog,' stelde Tom opgelucht vast.

'Maar niks gevonden. Die duikers van de politie hadden gelijk. Er ligt niets meer.'

'Wacht nou maar even af. Ik laat de film ontwikkelen, en dan kijken we eerst wat erop staat.'

'Weet je zeker dat er iets op staat? Het was behoorlijk donker, daarbeneden.'

'Mijn vader heeft een hele stapel van die lichtgevoelige films in de ijskast. En die vent van het lab zei dat het geen probleem was, dat ik de automatische belichting moest uitschakelen en dat hij de film nog extra kon pushen.'

'Pushen? Wat is dat?'

'Dat hij in het lab nog meer uit die film kan halen.'

'Coolio. Hoe weet jij dat ineens allemaal?'

Toms blik was antwoord genoeg, Bene zei niets meer. Logisch, je moest iets doen als je door pijn en schuldgevoelens werd verscheurd omdat je kleine zusje spoorloos was verdwenen met de sleutel van een lijk. Het voelde alsof je eigen moeder nog een keer overleed, omdat Vi sprekend op haar leek, ze net zo rook en zelfs sommige woorden precies zo uitsprak als haar moeder. En omdat je eigen vader je verwaarloosde, je soms zelfs merkte dat hij je het liefst zou slaan, van verdriet en woede, maar het niet deed omdat je nou eenmaal het enige bent wat hij nog heeft, en je stiefmoeder je haatte omdat ze het haatte hoe haar man was sinds zijn dochter was verdwenen.

'Drie dagen,' zei Tom zachtjes. 'En ik zweer dat ik dan elke vierkante millimeter met een loep zal bekijken, zodat ik er niet nog een keer heen hoef. Ik zal die idioten van de politie eens wat laten zien.'

2

Charité, Berlijn-Mitte
Dinsdag 5 september 2017
9.33 uur

Nadat Tom door Morten is weggestuurd van de teambespreking, vindt hij dat hij eigenlijk opgelucht zou moeten zijn, maar het tegendeel is het geval. Hij voelt zich buitengesloten en even machteloos als toen Viola verdween.

Eigenlijk had hij in de Keithstraße moeten wachten, maar de collega's hebben zijn nummer, en omdat hij zijn oude simkaart weer in zijn telefoon heeft gestopt, is hij bereikbaar.

Hij haat het om doelloos rond te hangen, dus is hij naar het Charité vertrokken, waar Drexler ligt. Morten had zijn vraag naar de gewonde collega zo bars onderbroken dat het Tom bevreemdde. Zeker na hun gesprek vóór de teamvergadering, in zijn kantoor. Al toen hij bij hem naar binnen liep zag hij Mortens bruine pak en was het kwartje bij hem gevallen. Het was hetzelfde pak als gisteren in Club Odessa. De man die hem door de kier van de deur zo perplex had aangekeken, was Morten. En Morten wist dat Tom het wist. Twee rechercheurs onder elkaar. Ze hoefden er geen woord aan vuil te maken, en het feit dat ze er allebei over zwegen bepaalde hoe ze elkaar zouden behandelen – wat Mortens barse reactie op Toms vraag naar hun collega nog vreemder maakte. Hoe stug de hoofdcommissaris normaal gesproken ook was – niet ingaan op een vraag hoe het met een gewonde collega was, was niet zijn stijl. Tenzij hij er een gegronde reden voor had.

Drexler ligt op de intensive care op een eenpersoonskamer op de afdeling Neurochirurgie. Voor de deur zit een agent met een grijs baardje en een pafferig gezicht. Tom identificeert zich en meldt dat hij de collega is die Drexler heeft gevonden. Een jonge, blonde dokter komt aangesneld en stelt zich voor als dokter Jacobi. Ze draagt een iets te grote nikkelen bril en is overduidelijk doodop. 'Kan ik u ergens mee van dienst zijn?'

'Ik wil graag mijn collega bezoeken, Christian Drexler.'

'U bent te vroeg.' Haar gezicht drukt verontwaardiging uit. 'Ik had toch gezegd om vier uur?'

'Vier uur?'

'Voor het verhoor.'

'Verhoor? Ik dacht dat hij kunstmatig in coma werd gehouden. Betekent dat dat hij bij kennis is?'

De arts kijkt Tom aan alsof hij niet goed wijs is. 'Anders zou een verhoor ook niet veel zin hebben, hè? Al vraag ik me af of u er vandaag al een zinnig woord uit krijgt.'

Tom kijkt door het raam naast de deur. Drexlers ogen zijn dicht. 'Maar nu slaapt hij dus?'

'Slapen is misschien niet het juiste woord. We bouwen de medicatie af.' Dokter Jacobi's blik wordt milder. 'Wordt er bij u op de afdeling eigenlijk wel overlegd?'

Kennelijk niet, denkt Tom. 'Maar hoe gaat het met hem?'

'Niet goed, maar beter dan verwacht. Uw collega heeft kennelijk een schedel van beton. Dat heb ik ook al tegen uw hoofdcommissaris Moren gezegd.'

'Morten,' mompelt Tom.

'Of zo. Maar ik moet u verzoeken rekening te houden met de gezondheid van uw collega. Vier uur vanmiddag is al aan de optimistische kant. Eerder lukt het echt niet, nog afgezien van het feit dat ik niet geloof dat hij al iets betrouwbaars te melden zal hebben. De medicatie wordt afgebouwd, maar hij bevindt zich nog in een soort ontwakingsfase. De hersenen produceren dan vaak de wildste drogbeelden.'

'Geen probleem,' stelt Tom haar gerust. 'Ik kwam niet om hem te ondervragen. Ik ben vooral opgelucht. Ik ben degene die hem gisteren gewond aantrof. Er had een schotenwisseling plaatsgevonden waarbij zijn collega werd getroffen. Zij is in mijn armen gestorven.'

'Ach, was u dat?' zegt dokter Jacobi geroerd.

'U weet ervan?'

'We zijn hier in Berlijn, niet in Aleppo. Zoveel slachtoffers met schotwonden zien we hier niet. De ambulancebroeders hebben het verteld. Zoiets gaat als een lopend vuurtje rond.' Ze doet haar bril af en masseert met haar duim en wijsvinger de drukpunten aan weerszijden van haar neusbrug. 'Gecondoleerd met uw collega.'

Tom knikt en probeert de gedachte vast te houden dat het met Drexler tenminste goed gaat. Tegelijkertijd speelt zijn slechte geweten op. Vanessa Reichert lijkt zomaar in het niets te verdwijnen. Een van de zestienduizend agenten in Berlijn. Alles wat hij van haar weet ligt besloten in dat ene moment.

'Gaat u maar even kijken,' mompelt de dokter. 'Vijf minuutjes. Maar stoort u hem niet. En vergeet u niet uw handen te desinfecteren.'

In de kamer hangen kanariegele gordijnen voor de ramen, de rest bestaat uit de gebruikelijke standaarduitrusting voor ziekenhuizen: afwasbare meubels met afgeronde hoeken. Het bed van Drexler heeft aan het hoofd- en voeteneinde metalen beugels en langs de kanten een hekwerk, alsof de artsen ervan uitgaan dat hij elk moment ongecontroleerd zou kunnen gaan bewegen. De agent ligt bleek en stil onder de witte lakens, maar als Tom dichterbij komt, ziet hij dat de pupillen onder zijn oogleden af en toe bewegen.

Waarom heeft Morten ze allemaal in de waan gelaten dat

Drexler in coma lag? Waarom wil hij hem in alle rust verhoren? Het lijkt bijna alsof hij hem uit de vuurlinie wil houden, alsof Drexler gevaar loopt. Tom denkt aan de verdwenen sleutel uit de Dom. Waarschijnlijk wantrouwt Morten iedereen. Maar gaat het echt zover dat hij vreest dat iemand Drexler iets wil aandoen om te voorkomen dat hij getuigt?

Tom kijkt naar de monitor waarop Drexlers vitale functies worden weergegeven. Zijn hartritme lijkt regelmatig, zijn pols is negenenzestig en ook zijn bloeddruk lijkt in orde – voor zover hij dat kan beoordelen. Snel werpt hij een blik over zijn schouder. Door het raam ziet hij het achterhoofd van zijn collega. Hij concentreert zich op de gang, niet op de kamer. Dokter Jacobi is weg, ander personeel ziet hij ook niet.

Hij gaat zo tussen het bed en het raam staan dat Drexlers hoofd vanaf de gang niet meer te zien is.

'Hallo. Ben je wakker?'

De borstkas van de patiënt rijst en daalt, zijn pupillen zwerven rond achter zijn oogleden.

'Drexler?'

Niets.

Tom knijpt zachtjes in de binnenkant van zijn arm. 'Kun je me horen?'

Drexlers arm trilt. Tom kijkt opnieuw over zijn schouder. Vijf minuten heeft dokter Jacobi hem gegund. Hij knijpt nog een keer en legt zijn hand op zijn arm.

'Hallo, ben je wakker?'

Drexlers oogleden knipperen.

'Drexler? Ik ben de collega die je heeft gevonden en je naar het ziekenhuis heeft gebracht. Kun je me horen?'

Drexlers ogen gaan open, vallen weer dicht. Zijn pols is gestegen naar drieëntachtig. Tom vraagt zich af wanneer de verpleegsters worden gealarmeerd.

'Kun je me horen?'

Drexler knippert met zijn ogen.

'Betekent dat ja?' vraagt Tom.

Het antwoord is opnieuw knipperen. Drexlers lippen vormen iets wat een stom ja zou kunnen zijn. De golven van zijn hartslag worden korter en hoger, zijn polsslag stijgt verder naar achtentachtig.

'We hebben je hulp nodig. Heb je iets gezien?'

Knipperen. Drexlers mond vormt een woord, hij opent en sluit zijn lippen twee keer achter elkaar. Een woord van twee lettergrepen?

'Wat heb je gezien?'

Zijn pols stijgt naar eenennegentig. Drexlers rechterhand trilt, nee, hij trilt niet, hij wipt op en neer. 'Li-te,' verzucht hij.

Zesennegentig.

'Ik versta je niet.' Tom buigt zich over de agent heen.

Drexlers lippen trillen van inspanning. 'Li-te-ke.'

'Litteken?' vraagt Tom. 'Heeft hij een litteken?'

Drexler knippert opnieuw. Zijn rechtervoet trilt onder zijn deken, alsof hij pijn heeft.

'Gaat het? Moet ik de dokter roepen?'

'Li-te-ke. Voe–'

'Op zijn voet, bedoel je? Degene die je heeft neergeslagen had een litteken op zijn voet?'

Drexler knippert weer met zijn ogen.

Hoe kan hij dat in godsnaam hebben gezien, vraagt Tom zich af. Drexler werd van achteren neergeslagen. Dat bewijst de wond op zijn hoofd. Hallucineert hij, zoals dokter Jacobi voorspelde? In gedachten loopt hij door de gang in het huis van Karin en ziet hij Drexler daar liggen, op zijn buik, zijn hoofd naar rechts gedraaid. Degene die hem neersloeg, moet rechts van hem hebben gestaan toen hij het wapen uit zijn holster trok. Of had Drexler zijn wapen in zijn hand? Ook dan kwam hij van rechts. Een broekspijp die optrekt van iemand die zich bukt... een korte sok...

'Waar precies zat dat litteken?' vraagt Tom. 'Ik raak je voet aan, jij knippert als ik bij de juiste plek ben, oké?' Tom slaat het laken terug en drukt voorzichtig op een plek net boven zijn enkel, aan de binnenkant van Drexlers linkerbeen.

Geen reactie.

Hij drukt op de buitenkant.

Weer niets.

Dan de buitenkant van zijn rechterbeen – Drexlers oogleden knipperen.

'Kun je je nog iets anders herinneren? De broek? Droeg hij grote schoenen, was het een man?'

'Hahesa,' fluistert hij met uiterste krachtsinspanning.

Het getal op de monitor telt inmiddels drie cijfers: honderdacht.

'Sorry, ik versta je niet...' zegt Tom.

'Vahessa.'

O, god. *Vanessa*. Hij wil weten hoe het met Vanessa gaat.

Zijn polsslag stijgt verder. Tom slaat snel de deken terug en legt zacht zijn hand op zijn arm. 'Maak je geen zorgen. Met je collega gaat het goed.'

Honderdachtentwintig. Even dimmen nu. Tom graait naar het grijze apparaatje met de rode knop om de zuster te roepen. Nog vóór hij drukt, zwaait de deur achter hem open en stormt dokter Jacobi de kamer in. 'Wat bent u aan het doen? Ik zei toch dat hij rust nodig had? Godallemachtig.'

Tom doet een stap naar achteren. Een zuster komt aangesneld en gaat naast dokter Jacobi staan, die geconcentreerd de monitor bestudeert. 'Wilt u alstublieft vertrekken?' zegt ze, zonder Tom een blik waardig te keuren.

'Het spijt me,' mompelt Tom.

'Verontschuldig u bij uw collega, niet bij mij.'

'Ik wilde niet...'

'Staat u daar niet zo als een geslagen hond,' zegt de jonge dokter. 'Het is geen drama, maar maak dat u wegkomt, anders zie ik me genoodzaakt hier melding van te maken bij uw chef.'

Tom knikt. Als hij de deur achter zich dichtdoet, kijkt de verpleegster hem nog een keer giftig na.

Haastig maakt Tom zich uit de voeten.

Een litteken boven de enkel aan de buitenkant van zijn rechterbeen. Niet veel, maar genoeg om iemand mee te identificeren, zij het niet op het eerste gezicht.

In zijn auto legt hij zijn hoofd in zijn nek. Het dak in zijn Mercedes is leeg en wit als een bioscoopscherm. Alles draait, de wond aan zijn slaap klopt. Hij weet het: hij heeft een plek nodig waar hij in alle rust kan nadenken, zijn gedachten op een rijtje kan zetten.

Je weet toch waar die plek is, zegt Vi zachtjes. Ze zit naast hem en kijkt hem verwachtingsvol aan.

Tom zucht. Ja, ik weet het. Maar ik wil er eigenlijk niet meer heen.

Wat is er ineens mis met de garage? Is het vanwege Anne?

Ook. Maar vooral vanwege jou.

Wil je soms van me af?

Zie je niet wat ik doe? Van jou af is wel het laatste wat ik wil.

Rijd er dan gewoon heen.

Die beelden zitten in mijn hoofd.

Dat is niet hetzelfde.

Vi, ik heb geen leven meer. Ik heb meer tijd in die klotegarage doorgebracht dan met Anne.

En dat bedenk je nu pas? Nu het eerste spoor in negentien jaar opduikt?

Tom zwijgt. Wat zou hij moeten zeggen? Ze heeft gelijk.

Waar zou je anders heen moeten?

Tom zucht. Ja, waarheen? Hij weet dat hij nu Sita zou moeten bellen, haar zou moeten vragen wat er nog meer is besproken in de vergadering, want dat was de deal. Als ik alles vertel en jou erbuiten houd, houd jij me op de hoogte. Maar hij wil nu helemaal niet op de hoogte worden gehouden, het voelt alsof zijn hoofd elk moment kan barsten.

En? vraagt Vi. *Wat gaan we doen?*

Hij start de motor, rijdt weg en zet de radio aan. Het is twee minuten over tien. Meer nieuws over de moord in de Dom heeft hij kennelijk gemist.

De nieuwslezer is al bezig met het volgende blokje, het minder belangrijke lokale nieuws.

Neukölln. In de vroege ochtend is Martin Kröger, de lokale voorzitter van de NPD, voor zijn deur overvallen en zwaargewond geraakt. Kröger, naar verluidt ook lid van de extreemrechtse motorclub Brigade 99, zou het slachtoffer kunnen zijn van recente confrontaties tussen motorbendes die elkaar de macht in Neukölln betwisten, maar hij behoort ook tot de verdachten van de moord op de voormalige bisschop Brigitte Riss...

Tom stopt langs de weg en belt Bene.

'Maak je je zorgen?' zegt Bene slaperig. 'Hoeft niet. Alles rustig hier.'

'Godverdomme, dat was jij, hè?' zegt Tom woedend.

'Ho, ho, rustig. Wat maak je je druk? Doe eens rustig. Waar heb je het over?'

'Over Kröger, klootzak. Ik zei nog afblijven met je poten.'

'Hé, hé. Ik dacht, een kleine aframmeling kan nooit...'

'Niet zeiken nu, oké? Ik weet precies wat er speelt. Kröger en zijn Brigade lopen je voor de voeten, is het niet? En nu heb jij even snel toegeslagen tijdens het onderzoek, omdat het je goed uitkomt. Heb je daarom zijn naam genoemd toen ik bij je informeerde?'

'De ene hand wast de andere,' reageert Bene kalmpjes.

'Weet je hoe dat eruitziet als dit uitkomt? Ik heb genoeg problemen – was je handen godverdomme zelf. En pas alsjeblieft op Nadja, ja? Dat ben je me wel verschuldigd, of niet soms?'

Zonder Benes antwoord af te wachten drukt hij hem weg. Hij smijt zijn telefoon op de bijrijdersstoel en slaat met zijn vuist op het stuur tot het pijn doet.

3

Psychiatrische privékliniek Höbecke, Berlijn-Kladow
Dinsdag 5 september 2017
11.31 uur

Sita Johanns probeert Joshua Böhm uit haar hoofd te zetten als ze langs de lange, gele bakstenen muur van het voormalige klooster rijdt. Bij het toegangshek staat geen bord, alleen een paaltje met een bel. Ze steekt haar arm uit het open raam van haar aftandse goudkleurige Saab en drukt op de knop. Het ijzeren hek zoemt en zwaait als door een geest bediend open.

Het terrein van de kliniek is groter dan ze dacht: aan haar linkerhand, vlak bij de muur bevindt zich een witte kapel, waarvan het spitse torentje net boven de omringende kaarsrechte bomen uitsteekt. Het hoofdgebouw lijkt zo tussen de gebouwen van de sanatoria in Beelitz vandaan geplukt en hier neergezet. Twee verdiepingen, rode pannendaken, links en rechts vleugels die iets naar voren staan en een uitkragend dak in vakwerkstijl boven de ingang. De ramen zijn gevat in bakstenen lijsten en op de eerste verdieping voorzien van traliewerk. De nok van het dak is bekroond met een schamel, groen uitgeslagen torentje.

Sita parkeert voor het gebouw. Witte bordjes verdelen het parkeerterrein tussen bezoekers en artsen. Dr. Wittenberg mag volgens het betreffende bordje het dichtst bij de ingang staan. Op het beige leer van de bijrijdersstoel van zijn blinkende BMW 7-serie zit een vlek, ernaast ligt een opgevouwen roze dekentje met hondenbotten erop gestikt. Naast de ingang staat een bord met daarop in zwart uitgespaarde letters PSYCHIATRISCHE PRIVÉKLINIEK HÖBECKE. De plek waar die Friderike Meisen werkt, is kennelijk gesteld op discretie.

Na de vergadering heeft Sita gesmeekt of ze die tip uit de kliniek mocht natrekken. Morten stemde er met tegenzin mee in. Hij richt zich volledig op Joshua Böhm en hij is nog steeds bloedlink dat ze blijft weigeren om haar bron prijs te geven.

Sita is blij dat ze niet terug hoefde naar Gropiusstadt. Wat haar collega's ook ontdekken over Böhm en het wapen in zijn bureaulade, ze wil er niet bij zijn. Ook omdat ze vreest dat de huismeester dan daar haar pad weer zou kruisen.

Het zou zo al link genoeg voor haar worden. Weiher zal sowieso wel vertellen over de politieagente die 's nachts in Böhms huis was, maar hij zal een vrouw met een legerkapsel en een litteken in haar gezicht beschrijven. Haar collega's bij de politie kennen haar alleen met lang haar. En dat Weiher haar naam op haar pasje heeft kunnen lezen, lijkt haar onwaarschijnlijk. Verder wil ze er maar liever niet bij stilstaan.

Na de schoorvoetende toestemming van Morten is ze naar Chris Buback gegaan, de agent die telefoondienst deed en die zich het gesprek met de jonge vrouw inderdaad nog heel precies herinnerde. Enerzijds omdat hij de details zo absurd vond, anderzijds omdat haar stem heel sympathiek klonk. Hij beschreef haar als vriendelijk, maar ook een beetje opgewonden en onzeker.

Daarna had ze Friderike Meisen zelf gebeld. De jonge vrouw reageerde geschrokken, het eerste moment zelfs verbluft. Ze was niet alleen, er weerklonk een onaangename woordenwisseling op de achtergrond, daarna kon ze pas ongestoord bellen. Wat Friderike Meisen haar toen vertelde, deed haar opveren.

Sita loopt de hal van de kliniek binnen. De toegangsdeuren zijn fraai gedecoreerd, voorzien van elegante ramen en fraaie, gebogen smeedijzeren tralies. Aan de andere kant zijn weer deuren, met uitzicht op een fraai trappenhuis dat liefdeloos is gerestaureerd. Bij de receptie legt ze haar tijdelijke politiepenning op de balie. Een kordate vrouw knikt, belt en na vijftien minuten komt een rijzige man in doktersjas de trap af schrijden.

'Dr. Wittenberg, goedemorgen, mevrouw Johanns.'

Hij reikt haar een grote, pezige hand. 'Een collega?'

Sita glimlacht ontwapenend. 'Dat staat te bezien.'

Wittenberg fronst zijn voorhoofd, wat hij aan zijn rimpels te zien vaak doet. Sita schat hem op halverwege de vijftig. Zijn huid is droog, zijn ogen zijn koud als gletsjerijs.

'Ik had eigenlijk met Friderike Meisen afgesproken.'

'Dat hoorde ik,' zegt Wittenberg, 'maar helaas is juffrouw Meisen ziek geworden. Misschien kan ik u helpen?'

'Ziek?' vraagt Sita verbaasd. 'Ik heb zojuist nog met haar gebeld, het leek uitstekend met haar te gaan.'

'Ze is nogal...' hij schraapt zijn keel, 'nogal gevoelig, en al lang met een... geval bezig. Een collega begeleidt haar naar de dokter.'

'Wat voor "geval" is dat?'

'De studenten in opleiding zijn tegenwoordig niet allemaal even weerbaar,' verzucht Wittenberg. 'Onlangs hadden we nog zo'n geval, een jongeman. We hebben hem al in zijn proeftijd moeten afwijzen. Maar wat doe je eraan?'

Hij trekt een bedroefd gezicht. 'U als psychologe kent het fenomeen, nietwaar? Niemand wil meer in een kliniek werken. We moeten het doen met wie we kunnen krijgen.' Wittenberg glimlacht teleurgesteld, alsof de uitzichtloze situatie van zijn hele vakgebied op zijn schouders rust. 'Maar wat kan ik voor u betekenen?'

Sita aarzelt even. Het is vervelend en ook vreemd dat Wittenberg Friderike Meisen zo afschermt, maar om toegang te krijgen tot een patiënt kun je sowieso niet om haar behandelend geneesheer heen.

'U leidt de kliniek?'

'De privékliniek, ja,' antwoordt Wittenberg.

'Ik ben in het kader van een onderzoek geïnteresseerd in een van uw patiënten. Haar naam is Klara Winter.'

'Ach.' Hij trekt zijn wenkbrauwen op.

'Waarom ach? Is mevrouw Winter soms ook ziek?' vraagt Sita onschuldig.

Wittenberg perst nog eens een vriendelijk lachje tevoorschijn. 'Niet in die zin, haar ziekte is gecompliceerder. We zijn blij dat ze op het ogenblik min of meer stabiel is.'

'Als ze stabiel is, hebt u er vast niets op tegen dat ik even met haar praat?'

'Ik denk dat vandaag niet de goede dag is. We willen haar graag stabiel houden.'

Sita haalt diep adem en kijkt Wittenberg streng aan. 'Geachte collega. We zitten midden in een moordonderzoek, en...'

'... dat geeft u nog niet het recht om een van mijn labielste patiënten met uw vragen uit haar evenwicht te brengen. Ik ben goed bevriend met de heer Schirling, officier van justitie. We kunnen hem bellen, hij zal het bevestigen.'

'Nee, dank u. De zaak ligt inmiddels bij de hoofdofficier van justitie.'

'Ach.' Wittenberg glimlacht ijzig. 'Maar dat verandert niets aan de zaak, of is mevrouw Winter misschien een verdachte?'

'Luistert u eens,' probeert Sita het nog een keer, 'dat u uw patiënte beschermt, vind ik zeer prijzenswaardig. Ik zou hetzelfde doen. Maar het gaat hier om niet meer dan een paar details, een paar vraagjes, meer niet. Ik wil mevrouw Winter alleen maar even leren kennen, en dan ben ik weer weg.'

Wittenberg zucht met gespeelde spijt. 'Het zal helaas niet gaan. Maar wat vindt u ervan als we een wandelingetje over het terrein maken en ik zo goed en zo kwaad als het kan, uw vragen probeer te beantwoorden?'

Sita kijkt naar de grote trap achter de glazen deuren. Waarschijnlijk zijn de patiënten op de eerste verdieping ondergebracht. Als Wittenberg zijn zin krijgt, zal ze de kamers daar onder geen beding te zien krijgen en ze vraagt zich steeds meer af waarom niet.

'Goed,' stemt ze in.

De professor wijst haar hoffelijk de weg naar buiten. Achter een raam dat op een kier staat, piept een hond. Het dekentje en de vlek op de bekleding in zijn auto schieten haar te binnen. 'Wat een schitterende plek hebt u hier. Hoe financiert u dat allemaal?'

'Zoals de naam al zegt, zijn wij een privékliniek, we hebben alleen patiënten die particulier verzekerd zijn, recht op vergoedingen hebben, of in staat zijn hun behandeling zelf te betalen. Een deel van onze patiënten is van goeden huize. Omdat wij zeer begaan zijn met onze patiënten, en hun familieleden dat op waarde weten te schatten, ontvangen we soms aanzienlijke giften.'

Zeer begaan, denkt Sita. Waarschijnlijk zijn mensen soms vooral gewoon heel blij als een lastig familielid hier wordt opgeborgen. 'Is Klara Winter ook van goeden huize?'

'Dat weten we eerlijk gezegd niet,' zegt Wittenberg als hij het pad richting de kapel inslaat. 'Mevrouw Winter, Klaartje, is een geval apart. Ze is in verwarde toestand van straat gehaald. De politie kon geen naam en geen adres van haar vinden. We weten nog steeds niet hoe oud ze precies is, het was ook niet uit haar te krijgen. Op mij komt ze over als iemand die lijdt aan een bijna volledige amnesie.'

'Weet u nog wanneer ze gevonden is en door wie?'

'De politie heeft haar in de zomer van 1998 bij ons afgeleverd.'

'Wanneer precies?'

Wittenberg glimlacht. 'In ons beroep is een goed geheugen een vereiste. Maar zó goed...'

'Misschien kunt u het een keer nakijken in uw patiëntendossier?'

'Ongetwijfeld. Een keer.'

'En hoe oud was ze toen ongeveer?'

'Jong.'

'Hoe jong ongeveer?'

'Jong,' reageert Wittenberg met lichte verontwaardiging. Het is zonneklaar dat hij iets achterhoudt. Misschien was Klara nog minderjarig toen hij haar destijds opnam, dat mag niet zomaar.

'En wie heeft haar hierheen gebracht?'

'Iemand van de dienst Vermiste Personen,' zegt hij zuchtend. 'Nu wilt u ook die naam weten, maar dat moet ik echt bij gelegenheid in het dossier naslaan.'

'En u hebt haar gewoon opgenomen, als privékliniek? Haar onkosten zult u niet vergoed krijgen, neem ik aan.'

'Nee, dat is zo,' geeft Wittenberg toe. 'Maar haar geval intrigeerde me.'

'Daar hebt u een deel van die giften aan besteed,' stelt Sita vast. 'Familie schijnt ze niet hebben, als ik u goed begrepen heb.'

'Ik heb mij er garant voor gesteld,' antwoordt Wittenberg.

Natuurlijk, denkt Sita, je dacht waarschijnlijk aan je carrière en waar je een interessant artikel kon publiceren over een buitengewoon geval van amnesie. En dat van die giften wil je natuurlijk niet aan de grote klok hangen. 'En is die amnesie in de loop der jaren afgenomen? Haar naam kon ze zich tenminste nog herinneren.'

Wittenberg schraapt zijn keel. 'Dat is niet helemaal juist. We hebben, eh, in de gemeenschappelijke ruimte een tv. 's Middags worden daar soms dvd's vertoond, vroeger video's, natuurlijk. Films en series die geen kwaad kunnen. Een paar maanden nadat ze bij ons kwam, heeft ze met een paar andere patiënten naar *Heidi* gekeken.'

'Heidi?'

'Heidi, Heidi,' zingt Wittenberg de herkenningsmelodie, 'leeft heel hoog in de be-her-gen... U weet wel, de tekenfilmserie. En toen zag ze dat vriendinnetje van Heidi uit Frankfurt.'

'Klara,' zegt Sita zachtjes, en ze voelt de haartjes op haar armen overeind komen. 'Natuurlijk! Heidi's vriendinnetje Klara, die in een rolstoel zit.'

'Ze bleef die naam maar in zichzelf herhalen. Toen zijn de verpleegsters haar Klaartje gaan noemen. Later hebben we het officieel gemaakt.'

'En waarom Klara Winter?'

'Ze draaide de verwarming steeds hoger, alsof ze het voortdurend koud had.'

Sita kijkt op, ze staan bijna voor de kapel. Naast de ingang hangt een klein bordje met daarop: ST.-SERVATIUS. 'Bent u er ooit achter gekomen wat er met haar is gebeurd, had ze verwondingen?'

Wittenberg kijkt naar zijn schoenpunten en schudt zijn hoofd. 'Verwondingen? Niet dat ik weet. Eerlijk gezegd heb ik nog altijd geen idee wat de oorzaak van haar toestand is.'

'En hoe zit dat met die kalender die Klara op de muren schrijft? In elke maand ontbreekt het getal zeventien. Hebt u een idee waarom dat is?'

Wittenberg trekt hulpeloos zijn schouders op. 'Ik wilde dat ik het wist.'

'En de laatste tijd heeft ze het vaak over Jezus. Deed ze dat vroeger ook al?'

'Ze heeft een bijbel op haar kamer waar ze vaak in leest. Maar wanneer ze het vaker of minder vaak over Jezus heeft, zou ik u echt niet kunnen zeggen.' Ze staan nu voor de kapel, hij blijft staan. 'Waren dat uw vragen?' Hij draait zich om. 'Ik moet langzaamaan weer aan het werk.'

Sita knikt. 'Dat begrijp ik, ja, dat was het voorlopig.'

Op de terugweg praten ze nog wat over koetjes en kalfjes. Als Wittenberg haar ten afscheid de hand reikt, vraagt Sita: 'O, pardon. Zou ik nog even kort van het toilet gebruik mogen maken?'

Wittenberg aarzelt even en strijkt zijn artsenjas glad. 'Ja, natuurlijk,' mompelt hij, 'ik breng u erheen.' Hij gaat Sita voor langs de receptie en door de glazen deuren naar het trappenhuis en wijst links een gang in. 'Derde deur links,' zegt hij.

'Dank u,' antwoordt Sita stralend. Ze snelt erheen, langs de derde deur, opent de vijfde deur en hoopt dat ze buiten de ramen goed heeft geteld.

'Hallo? Pardon, u...' hoort ze Wittenberg achter zich roepen. Ze negeert hem en stapt naar binnen. Een grote kamer met een duur bureau en designkantoormeubilair. Om een van de poten van het bureau is een roze hondenlijn geknoopt. Een kleine witte terriër met zwarte vlekken houdt zijn kop scheef en begint te blaffen. In drie stappen is ze bij het bureau, ze hoopt maar dat de hond niet bijt, maar hij deinst blaffend voor haar terug. Sita tilt het bureau bij één poot op, ineens is de hond los. Als een dolle gaat hij ervandoor, de deur uit en de hoek om.

'O, mijn god, hou 'm tegen!' roept Sita.

Vanaf de gang galmt een verraste kreet. 'Rocco!'

Sita rent de kamer uit, ziet hoe de hond voor Wittenberg uitwijkt, langs hem heen rent in de richting van de uitgang. Zijn lijn zwiert achter hem aan over de vloer.

'Rocco, hier!' brult Wittenberg. 'Hier!'

Maar de hond is allang door de deuren verdwenen.

'O, jeetje,' stamelt Sita. 'Pardon, dat was niet mijn bedoeling.'

'Mijn hemel, bent u blind? De derde deur zei ik toch! Er staat zelfs "Toiletten" op!'

‘Het spijt me heel erg. Ik zag het niet, ik ben mijn contactlenzen vanochtend... Nou ja, die dingen branden soms zo.’

Wittenberg kijkt haar met een hoogrood hoofd aan.

‘Dat is toch uw hond?’ vraagt Sita.

‘Die van mijn vrouw,’ bevestigt Wittenberg giftig.

‘O jee.’ Sita glimlacht berouwvol. ‘U krijgt hem toch wel te pakken? Hij leek zo klein. Die glipt toch niet zomaar door de spijlen van het hek?’

Wittenbergs mond valt open als die van een naar adem happende karper. Eén moment is Sita bang dat hij zich op haar wil storten, dan draait hij zich op zijn hakken om en rent achter zijn terriër aan. ‘Rocco? Hier! Mevrouw Schaeben, wat staat u daar nou? Helpt u mij alstublieft om die hond te pakken. Snel, snel!’

Sita blijft op de gang staan en hoort de gehaaste voetstappen wegsterven.

Het zou kunnen dat Wittenberg Klara Winter werkelijk voor onnodige ondervragingen wil behoeden, denkt Sita, maar de manier waarop hij zowel Friderike als zijn patiënte afschermde, vindt ze uitermate vreemd. En dan is er nog iets waarover hij absoluut heeft gelogen. Klara Winter hád verwondingen, haar hele rug zit onder de littekens. Friderike heeft dat heel duidelijk bevestigd, en Sita is vastbesloten om uit te zoeken waarom Wittenberg dat voor haar probeert te verzwijgen.

4

Stahnsdorf
19 oktober 1998
14.10 uur

Tom kon de eigenaar van die oude fotozaak op de Potsdamer Allee niet uitstaan. Grassers haar was vettig, hij had waterige ogen en een bleke huid, waardoor hij er altijd uitzag als een zieke. Geen wonder als je de hele dag in een donkere kamer stond om de foto's van anderen in bakken vol chemicaliën onder te dompelen. Het was ook nergens voor nodig om die ouwe chagrijn aardig te vinden – Tom had hem gewoon nodig. Hij was de enige in Stahnsdorf die filmrolletjes kon pushen.

Tom en Bene stonden in zijn winkel te wachten tot hij tevoorschijn kwam uit zijn achterkamertje. Bene leunde tegen de toonbank als een kruising tussen een gangstarapper en Al Capone. Tom bekeek de camera's in de vitrinekasten.

'Waarom duurt het zo lang?' vroeg Bene. 'Moet hij die foto's eerst nog schilderen of zo?'

Tom rekte zijn hals, boog zich over de toonbank en probeerde door de halfopen deur te kijken, maar daarachter hing nog een gordijn dat hem het zicht belemmerde. 'Het lijkt wel alsof hij zit te bellen.'

'Jezus, wat een ossi! Zeker nog nooit gehoord van "de klant is koning?"' klaagde Bene.

'Wat heeft dat nou met ossi's te maken? Je bent er zelf toch ook een?'

'Ga je hem nou ook nog zitten verdedigen?'

'Nee, maar dat gezeik over ossi's hangt me de keel uit.'

Zijn blik dwaalde weer af naar de dure camera's in de vitrinekasten. De Pentax van zijn vader hing aan een leren riem om zijn nek. Fotografie had hem altijd al gefascineerd, maar sinds Viola's verdwijning fotografeerde hij alles wat hij kon verzinnen, elk voorwerp dat hem aan Vi deed denken, elke plek waar ze ooit waren geweest. Bene had genoeg reden om er iets van te zeggen, maar deed het niet. Hij hield zijn kaken op elkaar, hij wist wat er in Tom omging. Alleen een echte vriend hield dat vol, vond Tom.

Er verstreken nog eens tien minuten waarin Grasser nog geen stap zijn achterkamer uit zette.

Achter hen ging de deur open, iemand liep de winkel binnen. Tom had de man nog nooit eerder gezien. Hij zag er nogal sportief uit, had brede schouders, een krachtige kin. Hij had zweetplekken onder zijn armen, de beide bovenste knoopjes van zijn overhemd stonden open, weelderig borsthaar krulde eroverheen. Zijn ogen waren harde, zwarte stenen.

'Goedemiddag,' mompelde hij met zijn kaken stijf op elkaar.

'Goeie,' antwoordde Bene.

Tom zei niets. De man draaide zich om, draaide met een vederlicht gebaar het bordje aan de deur van OPEN *om naar* GESLOTEN *en op hetzelfde moment werd de deur van de achterkamer met een zachte klik op slot gedraaid.*

Tom kreeg het plotseling ijskoud. Hij stootte Bene aan en zei: 'Kom, we gaan.' Bene volgde zijn waarschuwende, zijdelingse blik en begreep hem meteen. Zijn hand gleed in zijn broekzak, maar de man was sneller. Tom begreep niet hoe iemand zo snel van de deur naar de toonbank kon bewegen. Een stomp tegen Benes borst en zijn vriend hapte naar adem. De man pakte Benes arm, wrong het zakmes uit zijn hand en stak het met een spottende grijns in Benes broekzak. Hij gaf hem een tikje op zijn wang, gooide hem in één beweging tegen de toonbank, draaide zijn armen op zijn rug en bond zijn handen met een tiewrap aan elkaar. Toen trok hij hem weer van de toonbank af en duwde hem voor zich uit in de richting van de achterkamer.

'Hé, lafbek,' zei de man tegen Tom. 'Als je niet wil dat ik je vriend hier allebei zijn armen breek, kom je rustig mee.'

Tom voelde zijn knieën knikken, maar nu afhaken was geen optie, ervandoor gaan nog minder.

De man deed de deur open en schoof het gordijn opzij. Het was stikdonker in dat achterkamertje. 'Daarin, lafbek.'

Bene hijgde niet meer en kreunde nu zachtjes. Zijn kiezen hield hij op elkaar. Zijn armen waren in een onnatuurlijke stand achter zijn rug gebogen.

'Doe het licht aan, lafbek.'

'Noem me niet zo,' siste Tom.

'De lafbek wil dat ik je armen breek,' zei de man met een grijns tegen Bene.

Tom slikte en vond een schakelaar. Rood laboratoriumlicht gloeide op.

'Gewoon licht, eikel.'

'Er is maar één schakelaar,' verdedigde Tom zich.

'Nou, dan maar zo.'

De man duwde Tom en Bene verder de donkere kamer in en draaide de deur in het slot.

Verwilderd keek Tom om zich heen. Hij had gehoopt dat Grasser er nog was, maar hij zag alleen laboratoriumapparatuur en verder weg vaag de omtrek van nog een deur, kennelijk de achteruitgang. Die schijtlaars van een Grasser was 'm kennelijk gesmeerd. Of... ineens schoot Tom te binnen dat de fotograaf had zitten bellen.

'Hé, lafbek. Pak dat tankje daar en giet die bak vol.' De man gebaarde naar een van de grote kunststofbakken op een werkblad tegen de muur. In het rode licht leek hij met zijn doodse zwarte ogen op de duivel.

'Wat... wat wilt u van ons?'

'Hou je bek en schud die troep daarin.'

De man duwde Benes armen nog iets omhoog, tot hij piepte.

'Oké, oké.' Tom schroefde de dop van het tankje, goot de hele inhoud in een platte rode bak en zette het tankje weer weg.

'Weet je wat dat voor troep is?' vroeg de man.

Tom schudde zijn hoofd.

'Ontwikkelaar. Chemische troep.' Hij grijnsde en ontblootte vuurrode tanden in een vuurrood gezicht. 'Troep waar je voorzichtig mee moet zijn. Je kunt er je ogen mee bederven.' Hij duwde Bene tot recht voor de bak en trok zijn armen op zijn rug zo ver omhoog dat Bene het uitschreeuwde van de pijn en met zijn bovenlichaam over de bak boog. 'En op het tankje staat dat het bij inwendig gebruik tot onherstelbare schade leidt. Er staat ook iets over kanker, als je het opdrinken ervan overleeft. O ja, en nog iets over vruchtbaarheid.' Hij trok Benes armen nog verder omhoog. Bene brulde het uit, kneep zijn ogen dicht en raakte met het puntje van zijn neus het vloeistofoppervlak in de bak.

'Hou op!' schreeuwde Tom. 'Wat wilt u van ons?'

'Ik wil dat jullie ophouden met overal rondsnuffelen en foto's maken.'

'Jaja, natuurlijk, meteen. Beloofd.'

'En ik wil weten waar die kleine met die sleutel is.'

'W... wat?' stamelde Tom.

'Spreek ik soms Hongaars?' schreeuwde de man. 'Die kleine met die sleutel? Waar is die?'

'Ik... u bedoelt Viola? Ik heb zelf geen idee!'

'Lieg niet,' snauwde de man. Hij greep met zijn linkerhand in Benes haar, dat in het rode licht in brand leek te staan, en duwde zijn gezicht in de ontwikkelaar. De vloeistof spatte alle kanten op. Toen Bene weer bovenkwam, probeerde hij zich op te richten en los te worstelen.

'Echt, man,' kreunde Tom. 'Ik heb geen idee waar mijn zus is. Ik ben haar zelf aan het zoeken.'

'Klets niet. Ik heb haar toch zelf zien rondlopen. Ze is hier ergens. Lul niet!'

'Ik... u hebt haar gezien?' vroeg Tom verbijsterd. 'Waar?'

'Ik waarschuw je, lafbek. Hou je niet van de domme. De volgende keer hou ik de smoel van je vriend een minuut onder. Dit is je laatste kans...'

'Nééé!' brulde Bene.

'Ik heb echt géén idee!' schreeuwde Tom vertwijfeld.

Bene kneep verkrampt zijn ogen dicht. Uit zijn haar en van zijn neus druppelde ontwikkelaar, Tom hoopte dat hij in godsnaam geen ontwikkelaar had ingeslikt. Plotseling liet Bene zich vallen, stootte met zijn gezicht opnieuw in de vloeistof en wierp zich proestend op zijn zij, zodat hij met de kunststofbak en al van het werkblad gleed. Heel even verloor de man de controle. Tom trok de Pentax van zijn nek en ramde de lens recht naar voren in het gezicht van de man. Hij schreeuwde het uit en klapte dubbel van de pijn.

Tom trok Bene overeind. 'Hou je ogen dicht!' brulde hij.

De man krabbelde overeind, wankelde op ze af, maar hield één hand voor zijn rechteroog. Tom gaf hem een trap, zodat hij ruggelings tegen de tafel met het vergrootapparaat viel. Razendsnel deed Tom de deur van de donkere kamer open, trok Bene met zich mee en stormde met hem de winkel uit. Op de Potsdamer Allee keek hij om, verbaasd dat de man ze niet achtervolgde. Een paar voorbijgangers staarden hen aan, maar niemand kwam op het idee dat ze misschien hulp nodig hadden.

'Hou je ogen dicht, man, hou ze dicht!' beet Tom Bene toe.

Bene hoestte alleen maar en strompelde blind achter hem aan. Tom schoot de eerste steeg in die hij zag, duwde Bene achter een paar vuilnisbakken en keek nog een keer of ze werden nagezeten.

'Hé, haal die dingen van mijn polsen!'

'Sst!' siste Tom.

'Mijn zakmes. In mijn linkerbroekzak,' hijgde Bene buiten adem.

Tom wurmde het mes uit zijn zak en sneed de tiewrap door.

Jammerend wreef Bene over zijn polsen. 'Kut, mijn ogen – ik wil niet blind worden!'

'Dat gebeurt niet,' zei Tom. Hij gluurde langs de vuilnisbakken en pakte Bene bij zijn arm. 'Kom op.' Ze kwamen weer tevoorschijn, Tom trok Bene mee naar de eerste de beste huisdeur en belde aan.

Er werd niet opengedaan. Tom wilde al doorlopen toen de deur plotseling toch openzwaaide. Een oude vrouw keek ze verward aan. Kennelijk bevielen ze haar niet erg, want ze wilde de deur alweer dichtdoen, maar Tom zette er net op tijd zijn voet tussen.

'Een noodgeval,' kuchte hij. 'Een vergiftiging. We hebben water nodig. Alstublieft! Waar is uw badkamer?'

Eén vreselijk moment aarzelde de vrouw, Tom overwoog al haar opzij te duwen, maar plotseling kreeg ze medelijden en deed ze de deur weer open. Tom manoeuvreerde Bene de badkamer in, zette de douchekop aan en spoot het water recht in zijn gezicht.

'Zo, doe nu je ogen maar weer open. Heb je iets van die troep binnengekregen?'

Bene schudde zijn hoofd, zijn ogen hield hij nog steeds dichtgeknepen.

'Doe ze open, man!'

'Het lukt niet, verdomme,' jammerde Bene.

'Je kan het! Doe nou. Doe ze open!'

Met trillende vingers pakte Bene zijn oogleden beet en trok ze zo ver mogelijk van elkaar, zodat de harde straal water ook nog de laatste restjes van dat giftige spul uit zijn ogen kon spoelen.

5

Berlijn-Tempelhof
Dinsdag 5 september 2017
11.31 uur

De nacht is Jo Morten niet in zijn koude kleren gaan zitten. Veruca heeft hem compleet leeggezogen, zoals hij nu die sigaret leegzuigt die tussen zijn bloedeloze lippen bungelt.

Als hij na zulke nachten thuiskomt, voelt zijn huis altijd aan als een vredestempel. Derde verdieping links, Friedrich-Wilhelm-Straße. Zijn inkomsten zijn niet toereikend voor de herenhuizen verderop, maar de voorgevel is fraai, de woning groot genoeg en hij houdt van de kinderkopjes, de bomen in de straat en de Herz-Jesu-Kirche. Het meest houdt hij van de stilte als hij 's nachts thuiskomt; iedereen is er, maar niemand werkt hem op de zenuwen.

Kort na drie uur 's nachts had hij zijn schoenen onder de kapstok in de gang gezet en was hij de kamer van zijn meisjes binnengeslopen en had hij – met diezelfde lippen die nu zo gulzig aan die sigaret trokken – zijn wijs- en middelvinger gekust en er zachtjes de voorhoofden van Verena en Maja mee beroerd. Hij wilde ze niet wekken, al hoopte hij telkens dat ze wakker zouden worden en hem een 'papaglimlach' zouden geven.

Vervolgens had hij zijn pak netjes weggehangen in de garderobekast in de slaapkamer, alsof hij het kwaad voor één nacht aan een kleerhanger kon parkeren. In bed, naast zijn vrouw, vond hij eindelijk een paar uur rust.

Na de hectische ochtendvergadering in de Keithstraße had hij de taken verdeeld en zichzelf een uurtje vrij gegund.

Joshua Böhm. Na Kröger de eerste verdachte, met tastbaar bewijs, zij het alleen met betrekking tot de dood van hun jonge collega. Morten is er niet van overtuigd dat de overval op Karen Riss en de moord op haar moeder door een en dezelfde persoon zijn gepleegd. De manier waarop is gewoon te verschillend. En hoe kan het dat Böhm dat wapen heeft als hij duidelijk zelf werd overvallen? Of heeft hij gedaan alsof om de aandacht van zichzelf af te leiden? Deze zaak is werkelijk totaal krankzinnig.

Nu zit Morten in de achterkamer van Yussufs Turkse speciaalzaak tussen kisten vol groente en rookt hij bij het open raam.

Als er wordt aangeklopt, knipt hij de sigaret op de binnenplaats en doet hij het raam dicht. Yussuf komt zwijgend binnen. Hij wordt vergezeld door een man met dun, grijs haar. Hij heeft een grijze hoed in zijn hand, en onder zijn dunne, bijna afwezige wenkbrauwen liggen grijze ogen in donkere oogkassen.

'Goeiemiddag,' groet Morten hem met een knikje.

'Goeiemiddag,' antwoordt de man. Het klinkt als een echo, maar dan met een Russisch accent.

'Yussuf, laat je ons even alleen?' vraagt Morten. Yussuf knikt. Een reus van een vent, met een droevige hangsnor. Aan zijn neusvleugels en de rimpels in zijn voorhoofd ziet Morten dat hij de rook heeft geroken. Yussuf wil niet dat er tussen zijn groente wordt gerookt, maar Morten is de enige die hij zijn gang laat gaan. Vier jaar geleden werd Yussufs toen vijftienjarige dochter vermoord en Morten had niet gerust voor hij de dader had gevonden. Yussuf is van mening dat niet iedere politieman zoiets voor een Arabische vader en zijn dochter zou hebben gedaan.

'Interessante ontmoetingsplek,' zegt de man. Hij pakt een houten krat, gaat bij Morten zitten en vist een paprika uit een doos.

'U bent alleen?' vraagt Morten. 'We hadden toch in kleine kring afgesproken?'

'Kleine kring,' knikt de man. 'Dat ben ik.'

'U bent van de HSGV? Ik ken u niet.'

De man trekt zijn haarloze wenkbrauwen op. 'De HSGV heeft volgens mij meer dan twaalfduizend leden.'

'En bij welke groep hoort u?'

'Is het niet voldoende dat uw eigen verbindingsman contact met u heeft opgenomen?'

'Als ik informatie deel, wil ik graag precies weten met wie ik te maken heb.'

'Ik heet Yuri. Ik ben maar een contactpersoon.'

Een contactpersoon, denkt Morten. Zo zie je er niet bepaald uit. Als je niet dat Russische accent had gehad, had ik gezegd dat je naar ex-Stasi ruikt. Hij overweegt om op te staan en weg te lopen, maar een volgend telefoontje zal niet lang op zich laten wachten. Bovendien: kan het kwaad? Ondanks alle dreigende taal en al die geheimzinnigheid is de HSGV geen criminele organisatie, maar een keurig geregistreerde vereniging. 'Oké, Yuri, brand los. Hoe eerder ik hier weg ben, hoe beter. Mijn contact zei dat jullie informatie willen over ons onderzoek aangaande die sleutel met het cijfer zeventien?'

Yuri kijkt hem uitdrukkingsloos aan. 'Die sleutel kan me niets schelen.' Hij wrijft de paprika schoon tegen zijn jack. 'U hebt de leiding over die zaak in de Dom, toch?'

Morten zwijgt afwachtend. De manier waarop die Yuri op zijn vraag reageert, laat duidelijk zien dat de kwestie met die sleutel hem wél iets kan schelen.

'Ik zou graag zien,' zegt Yuri, 'dat u op één klein puntje stuurt in de uitkomst van uw onderzoek.'

'Geen sprake van,' valt Morten uit. 'Wie geloven jullie in godsnaam dat jullie zijn?'

'Wat mij betreft: ik geloof helemaal niets,' reageert Yuri onbewogen.

'En trouwens, wie denken jullie eigenlijk dat ík ben?' vraagt Morten. 'Als jullie over zulke goede contacten beschikken, benader dan Bruckmann of hoofdofficier van justitie Dudikov. Of waarom niet meteen de staatssecretaris? Die kunnen iets regelen.'

Yuri kijkt geïnteresseerd naar de paprika in zijn hand. Met een uitgestoken vinger boort hij een gat in het rode vruchtvlees, trekt een stuk los, stopt het in zijn mond en kauwt langzaam. 'U begrijpt me verkeerd. Niet díé vorm van sturen. Ik bedoel iets anders. Iets wat u ongetwijfeld aankunt.' Hij buigt zich voorover en praat zo zacht dat Morten zich naar hem toe moet buigen om hem te kunnen verstaan. Wat hij zegt doet Morten verbleken.

Yuri glimlacht flauwtjes als hij weer rechtop gaat zitten. Hij scheurt nog een stuk van de paprika en biedt het Morten aan. 'Ook een stuk?'

Wiens brood men eet, diens woord men spreekt, denkt Morten. 'Nee, bedankt,' zegt Morten. Maar het is al te laat.

6

Psychiatrische privékliniek Höbecke, Berlijn-Kladow
Dinsdag 5 september 2017
12.19 uur

'Hallo? Friderike?'

'Ja, met wie?'

'Sita Johanns, van de politie. We hebben elkaar vanochtend gesproken.'

'O, hallo. Ik, eh, het komt even niet zo goed uit,' mompelt Friderike.

'Heb je problemen gekregen omdat je ons hebt gebeld?'

Stilte, een kort snikje. 'Ja, nogal.'

'Dat spijt me.'

'Het geeft niet,' zegt Friderike dapper.

'Dokter Wittenberg, hè?'

'Hm-m.'

'Hé, kun je mij het kamernummer van Klara geven en vertellen waar haar kamer ongeveer is?'

'U wilt Klara bezoeken? Dat staat hij nooit toe!'

'Maak je daar maar geen zorgen over. Hij zal een politieonderzoek heus niet belemmeren, daar zorg ik wel voor.'

Friderike zwijgt even en giechelt dan zacht. De gedachte staat haar wel aan. Wittenberg machteloos tegenover de politie. 'U moet naar de eerste verdieping. Als u daar bent, de lange gang door, rechts de hoek om. Het is kamernummer 128.'

'Dank je, Friderike.'

'Mevrouw Johanns? Wilt u mij later nog een keer bellen, als... ik bedoel...'

'Friderike, ik begrijp dat je wil weten wat er met mevrouw Winter aan de hand is, maar er bestaat een kans dat ik daar niets over mag zeggen.'

Aan de andere kant van de lijn heerst een teleurgesteld stilzwijgen. 'Ik snap het,' zegt Friderike ten slotte.

'Maar als ik iets kan vertellen, laat ik het je weten, goed?'

Friderike bedankt haar en hangt op.

Sita haalt diep adem. Meer zuurstof, minder vermoeidheid. De trap naar boven is breed, de trapleuning sierlijk gebogen. Waarschijnlijk was het trappenhuis vroeger fraai gedecoreerd. Nu weergalmen haar voetstappen tegen de grof gepleisterde muren. Op éénhoog werpt ze een blik uit het raam. Wittenberg is een beweeglijk wit vlekje in een struik vlak bij de kapel. Sita hoopt dat de terriër over een goed ontwikkeld vluchtinstinct beschikt.

Op de gang rinkelt bestek. Lunchtijd. Borden met deksels worden naar de kamers van de patiënten gebracht. Onderweg komt Sita drie vrouwen tegen, eentje trommelt met haar lepel op haar handpalm. Ze fluit met getuite lippen terwijl ze met de andere twee vrouwen in de richting van de trap loopt. Dus dit is de vrouwenvleugel, de gemeenschappelijke ruimte moet zich ergens op de begane grond bevinden. In de verpleegsterskamer kijkt iemand even kort op als Sita langsloopt, maar ze zegt niets. Aan het eind van de gang slaat Sita rechts af.

'Hallo? Pardon, alstublieft. Wie bent u?'

Verdomme! Sita blijft staan, plakt haar charmantste glimlachje op en loopt terug de hoek om, naar de zuster die achter haar aan kwam. MERET staat op een naambordje op haar schort. Ze heeft een gedrongen postuur en een kordaat voorkomen.

'Dag; goedemiddag, Sita Johanns, politie Berlijn,' introduceert ze zichzelf. 'Dokter Wittenberg en ik wilden even bij mevrouw Winter langs. Hij vroeg me vast te gaan, hij komt er zo aan.' Ze glimlacht verontschuldigend. 'Hij is nog even bezig.'

'Ja, dat is niet voor het eerst,' zegt zuster Meret op bijna verwijtende toon. Haar staalblauwe ogen onderzoeken Sita wantrouwig. 'U bent agente.'

'Politiepsychologe.'

'Aha. En wat wilt u van Klaartje?'

'Alleen maar even kort kennismaken. Maakt u zich geen zorgen. Het is allemaal met dokter Wittenberg overlegd. U kunt het beneden bij de receptie navragen.'

Zuster Meret haalt haar telefoon uit een zak op haar schort en belt. Sita zendt een schietgebedje ten hemel dat ze niet meteen Wittenberg belt.

'Hm,' bromt zuster Meret. 'Typisch Schaeben. Als ik zo vaak aanwezig was als zij weg is, kreeg ik meer bonussen dan salaris.' Ze laat haar telefoon zakken en kijkt Sita uitdagend aan. 'U weet het kamernummer?'

'Honderdachtentwintig.'

'Vooruit,' verzucht zuster Meret. 'Als mijn Frankfurtse prinsesje maar niet van slag raakt.'

'Frankfurtse prinsesje?'

'Heeft hij u dat niet verteld?'

'Ach, natuurlijk wel!' Sita slaat met haar vlakke hand op haar voorhoofd. '*Heidi*, natuurlijk. Dat meisje in die rolstoel uit een rijke familie. Hoe heette ze verder ook alweer? Sesemann, toch? Klara Sesemann, in de serie, bedoel ik.'

'Nou, u bent op de hoogte...'

'Eén vraag nog,' zegt Sita. 'Weet u misschien nog hoe oud Klara was toen ze hier kwam?'

Zuster Meret haalt haar schouders op. 'Ik zou het u niet durven zeggen. Het was minstens tien jaar voordat ik hier kwam werken.'

'Ah, ik begrijp het, dank u.'

'Zoals gezegd, weest u voorzichtig.' Zuster Meret knikt kort ten afscheid, Sita loopt verder. De kamer van Klara Winter is de voorlaatste op de gang.

Als ze ervoor staat, doet ze even haar ogen dicht. Diep ademhalen. Loslaten. Voor Sita zijn er maar twee manieren om mensen te ontmoeten die volledig opgaan in hun eigen wereld. Met volledige controle en concentratie proberend door analyse verbinding te maken, of in een soort van zwevende toestand, alsof ze zich in een vacuüm bevindt; je laten meedrijven, instinctief naar de ander toe gaan en je onderdompelen in diens leven. Ze weet niet wie ze achter die deur zal aantreffen. Ze weet alleen dat ze iets van Klara wil weten. Dus is niet Klara degene die zich zal moeten openstellen – zij zal dat voor Klara moeten doen.

Ze doet haar ogen weer open. De kamerdeur is beige, voorzien van panelen in de stijl van het gebouw en zwaar als een voordeur. Sita pakt haar telefoon. Ze zet hem op stil, maar schakelt de opnamefunctie in, stopt de smartphone terug in haar achterzak en checkt of de microfoon boven de rand uitsteekt.

Ze klopt twee keer en stapt dan naar binnen.

Klara zit op de rand van haar bed, roerloos als een wassen beeld. Ze maakt een korte, haastige beweging met haar hand, alsof ze snel iets verstopt. Haar wangen zijn hoogrood, de rest van haar gezicht is bleek en uitgemergeld, haar haren zijn in een streng knotje bijeengebonden. Vreemd genoeg kijkt ze niet naar de deur als Sita binnenkomt, maar strak voor zich uit naar de muur tegenover zich. Een uiterst onnatuurlijke reactie, geconditioneerd, hoewel ze verder geen apathische indruk maakt. Iemand moet haar dat hebben geleerd, denkt Sita. Iemand die macht over haar heeft uitgeoefend en gehoorzaamheid eiste. Op hetzelfde moment beseft ze dat ze aan het kiezen is voor methode één: analyse. Waarschijnlijk de verkeerde, dus ontspannen, losmaken.

'Hallo,' zegt ze zachtjes. 'Ik ben Sita.'

Klara Winters pupillen schieten kort in haar richting alsof ze wel wil kijken, maar het zichzelf niet toestaat. Ze laat een moment verstrijken en kijkt naar de muur met de rijen getallen. De orde van die blokken per maand maken een bijna dwangmatige indruk, de getallen lijken een voor een in de muur te zijn gekrast, alsof ze een balpen veel te hard in de muur heeft gedrukt om er de cijfers in uit te snijden. Als turfstreepjes in een gevangeniscel. Ze verbaast zich over Friderikes opmerkzame blik. Op het eerste oog zou niemand opvallen dat in deze kalender de zeventien ontbreekt. Klara heeft de plek van de zeventien niet opengelaten; op die plek heeft ze achttien gezet, en aan het eind van de maand heeft ze een tweeëndertig of eenendertig toegevoegd.

'Ben je nieuw?' vraagt Klara.

Dun ijs. 'Ja,' zegt Sita, zonder te weten wat Klara precies bedoelt.

'Die andere heeft het niet lang volgehouden. Je ziet er ouder uit. Waarom heb je niets wits aan?'

'Ik ben geen dokter. Ook geen verpleegster.'

'Niet?'

'Nee, ik ben niet iemand die de sleutel omdraait.'

'Je liegt.'

'Waarom zeg je dat?' vraagt Sita.

'Als je niet een van hen bent, moet je een van ons zijn.'

'Ja, dat ben ik,' zegt Sita.

'Dat is niet waar,' fluistert Klara. Het klinkt alsof ze bang is dat het ook echt zo is.

Een tijdje kijken ze samen naar de kalender. Klara zittend, Sita staand.

'Ben je... een van ons?' vraagt Klara, bang naar de deur kijkend.

'Ja.'

'Dat is niet waar!' zegt Klara bits.

'Wel.'
'Waarom ben je hier?'
'Waarom?' Sita's antwoord komt intuïtief, als uit de diepte. 'Vanwege Jezus.'
Er valt een doodse stilte in de kamer.
In Sita's hoofd tikt een stopwatch. Ze probeert de tijd bij te houden, wacht op een reactie, vraagt zich af of er iets komt of dat ze te ver is gegaan.
'Heeft hij jou ook gered?' fluistert Klara.
'O ja,' verzucht Sita opgelucht.
'Pak hem niet van me af, begrepen?' spuwt Klara haar in haar gezicht.
De agressie komt zo plotseling dat Sita onwillekeurig ineenkrimpt. 'Nee, doe ik niet.'
'Laat me je tieten zien,' eist Klara.
Echt niet, schiet het door Sita's hoofd, en: wat hebben mijn borsten hier in godsnaam mee te maken? Maar als ze dat zou zeggen, is het hier over en uit. Het kleine raampje zou meteen weer dichtgeklapt en op slot gedraaid worden. Ze zal iets moeten prijsgeven, zich letterlijk bloot moeten geven om dieper in Klara's wereld te kunnen kijken. Ze trekt haar blouse uit haar broekband en trekt de randen van haar bh omlaag en staat halfnaakt voor Klara. Klara bestudeert haar borsten grondig, bekijkt de brandwonden ernaast en de tatoeage erboven. 'Niet plat genoeg,' zegt ze ten slotte, 'en ook niet zo groot als die van Maria. Geen concurrentie,' verklaart ze tevreden.
Sita stopt haar blouse weer in haar broek. Hoewel Klara een vrouw is, voelt het alsof ze zich net voor een man heeft ontbloot.
'Wat heeft hij met je gedaan?' vraagt Klara.
'Me geholpen. Net als jou.'
'Nee, nee, nee. Niet Jezus. Wat heeft híj je aangedaan?'
Sita aarzelt. *Stel je open,* hoort ze een fluisterstem in haar

oor zeggen. *Geef je bloot.* Ze grijpt in haar pruik en trekt hem van haar hoofd.

Klara is heel even sprakeloos. 'Hij heeft je haar afgeknipt?' mompelt ze. 'Je haar? En... Wat is dat?' Haar magere vinger priemt naar Sita's brandmerk in haar gezicht.

Sita knikt. 'Een gloeiende pook.'

Klara tilt haar nachthemd op en laat Sita haar rug zien. Friderike had haar verteld van de littekens, maar ze zien is een ander verhaal. Sita voelt zelf de pijn die Klara moet hebben gevoeld, en vraagt zich opnieuw af waarom Wittenberg erover heeft gelogen.

'Dat,' zegt Klara, 'dat heeft hij met míj gedaan. Maar onze grote Heler geneest alle wonden.' Ze produceert een vreemd lachje, alsof ze zich verslikt. 'Daarom heet hij ook zo, toch? Met zijn veer. Streek hij steeds weer over mijn wonden.' Haar ogen lichten op. 'Jou kan ik het wel vertellen, toch? Je bent een van ons. Pak hem niet van me af. Ik heb de veer nog, kijk.'

Ze wijst met het puntje van haar kin naar haar nachtkastje, waarop een bijbel ligt. Er steekt een lange witte veer tussen de bladzijden uit.

Sita staart naar de witte punt. De gedachten aan wat Klara moet hebben doorstaan, doen rillingen langs haar rug lopen.

'Waar kom je vandaan?' vraagt ze fluisterend. Het is de eerste vraag die ze stelt, tot nog toe heeft ze alleen vragen beantwoord. Ze hoopt dat Klara niet wantrouwig wordt.

Klara fronst meteen haar wenkbrauwen. 'Waarom vraag je dat? We komen toch allemaal van dezelfde plek?' Ze kijkt Sita onderzoekend aan. 'Of kom jij niet uit het ziekenhuis? Dan ben je niet een van ons.'

'Ik bedoel toch niet het ziekenhuis,' zegt Sita hoofdschuddend, 'daarvóór, bedoel ik.'

'Voor het ziekenhuis ben ik vergeten,' mompelt Klara.

'Ook je naam?'

'Nee. Die is teruggekomen.'

‘Hoe heet je dan?’

‘Klara. Dat weet iedereen hier toch.’ Ze buigt zich iets voorover en fluistert op samenzweerderige toon: ‘Ze zijn hier zelfs achter mijn achternaam gekomen. Winter.’

Sita knikt, maar heeft geen idee wat verzonnen is en wat echt. Of Klara kan het zich niet herinneren, of ze heet echt zo. Sita kijkt naar de muur met de getallen. ‘Ik vind je kalender mooi.’

‘Die stomme verpleegster zei dat hij niet klopte. Die wil zeker dat ik het goed doe. Maar dat doe ik niet.’ Haar mond wordt een smalle streep. ‘Dat heb ik haar even duidelijk gemaakt.’

‘Voor mij is hij perfect,’ fluistert Sita, ‘zonder dat getal.’

Klara’s lippen trillen. ‘Ik hou niet van dat getal.’

‘Ik haat dat getal,’ zegt Sita.

‘De duivel heeft het op de muur geschreven. Dat komt nog uit het ziekenhuis, dat getal. Ik heb het op een keer weggeveegd.’ Klara slaat haar armen om zich heen, wiegt heen en weer als een klein kind. Haar ogen vullen zich met tranen, ze stromen over haar wangen. ‘Het is aan me blijven plakken. Ik kom er nooit meer vanaf. Nooit, nooit meer. Zelfs Jezus kan het niet uitwissen. En ik, ik heb gelogen. Terwijl Jezus toch Maria’s zoon is. Hij zal het me nooit vergeven.’

Sita slikt. Ze voelt een diep medelijden met Klara, eigenlijk zouden ze even moeten pauzeren, maar een pauze zou onherroepelijk betekenen dat het raam weer werd dichtgesmeten. ‘Ik krijg berichten van hem,’ probeert ze voorzichtig. ‘Jij ook? Spreek je weleens met hem af?’

In een oogwenk verstart Klara.

Verdomme.

‘Sorry,’ mompelt Sita. ‘Dat hoef je niet te zeggen. Maar ik verlang soms zo...’

Naast Klara’s mondhoek trilt een spiertje. ‘Hij heeft me verboden erover te spreken,’ fluistert ze hees.

'Jou ook?' vraagt Sita.

Klara kijkt haar aan, duidelijk in tweestrijd. Op hetzelfde moment zwaait de deur open. Dokter Wittenberg, rood van woede in de deuropening, met naast zich zuster Meret. 'Hoe haalt u het in uw hoofd?' roept hij uit. Nu pas ziet hij Sita's stekeltjeshaar en de weggelegde pruik. 'Wie bent u in hemelsnaam? Ik geef u aan wegens huisvredebreuk en het verstoren van de toestand van een patiënt. Ik zorg verdomme dat ze uw doctorstitel intrekken!'

Sita probeert kalm te blijven, al kookt ze vanbinnen. Nog een of twee minuten en ze had misschien nog iets wezenlijks te horen gekregen. Nu is het raam dichtgeklapt. 'Ik heb geen academische titel,' reageert ze ijzig. 'Ik ben een heel gewone, gediplomeerde psychologe, wat ik persoonlijk meer dan voldoende vind. Er valt niets in te trekken.'

Ze staat op en wil de kamer verlaten, maar Wittenberg verspert haar de weg.

'Ik stel voor dat wij ons gesprek buiten voortzetten,' zegt ze. 'Zodat ik u achteraf niet ook hoef aan te geven wegens vrijheidsberoving. Bovendien doet uw opgewonden toon uw patiënte vast geen goed.' Ze kijkt nog een keer om naar Klara, die snel een klein stukje papier in haar mond propt, haastig kauwt en het doorslikt.

7

Stahnsdorf
19 oktober 1998
15.20 uur

Tom en Bene zaten naast elkaar op een versleten bruine bank. Tegenover hen tikte een staande klok met een lange slinger. Bene legde zijn hoofd in zijn nek en knipperde moeizaam. Zijn ogen waren vuurrood. De oude vrouw die ze binnen had gelaten kwam op haar vilten sloffen uit de keuken met een bijziend glimlachje achter dikke brillenglazen, in haar handen een dienblad met twee glazen cola en Choco Prince-koeken erop.

Bene dronk zijn glas gulzig in één teug leeg en legde zijn hoofd weer achterover. Zijn handen trilden, hij keek gekweld, zijn jeugdpuistjes brandden hels.

'Gaat het?' vroeg Tom.

'Alles coolio,' zei Bene.

'Kun je zien?'

'Hm-m. Brandt alleen een beetje.'

'Hoe is dat gebeurd?' informeerde het oude vrouwtje.

'Iemand heeft iets in mijn gezicht gesmeten.'

'Gewoon, zomaar? Dat kán toch niet!' zei ze doodongerust.

'Hebt u misschien nog een beetje cola?' vroeg Bene.

'O, ik kijk wel even in de kelder, ik koop altijd extra. Mijn kleinzoon is verzot op die rommel. Van mijn dochter mag hij het niet, die is niet helemaal bij, arm kind.'

'Ik kan het ook voor u halen,' bood Tom aan, 'als u zegt waar het staat.'

'Tut-tut. Blijf jij maar bij je vriend,' zei ze streng, al naar de deur schuifelend.

'Ouwe, je hebt me gered, man,' fluisterde Bene. 'Beng! Hij brulde als een varken. Wat heb je eigenlijk met hem gedaan?'

'De camera in zijn gezicht geramd,' antwoordde Tom kort.

'Wow,' steunde Bene. 'De hufter. Verdiende niet beter. Heb je die stierennek van hem gezien? Waanzinnig, dat je hem omver kreeg...'

Tom was niet zo enthousiast, maar hij was in elk geval blij dat ze de winkel uit gekomen waren. Maar één ding liet hem niet met rust. 'Dat was geen toeval, dat die man opdook, toch?' fluisterde hij.

'Nee, duidelijk niet.'

'Hij zei dat hij Vi heeft gezien. We moeten naar de politie.'

'Hm,' bromde Bene. 'Blijft de vraag of ze die klootzak vinden. Straks geloven ze ons weer niet, zitten we daar uren op het bureau en...'

'Kan me geen reet schelen, ik wil Vi vinden,' spuwde Tom eruit.

'Ja, natuurlijk. Gelijk. Maar wat als ze ons niet geloven? We hebben toch geen bewijs dat hij – hé, wacht, ouwe.' Opgewonden ging hij rechtop zitten en probeerde Tom aan te kijken, maar hij knipperde alleen maar onhandig met zijn wimpers. 'Dat hebben we wél! De camera, misschien zit er bloed van hem op of zo!'

'Verdomme!' zei Tom.

'Wat? Is toch super?'

'Nee,' zei Tom. 'De Pentax ligt nog in de winkel, die viel uit mijn handen. En de film en de foto's liggen daar ook nog.'

'Klote!' riep Bene uit, en hij wreef in zijn ogen.

'Dat zou ik niet doen, jongeman.' De oude dame was teruggekeerd met een fles cola in haar hand en met een verwijtende

blik. 'Van wrijven wordt het alleen maar erger. Ik heb net Ferdinand, een oude vriend van mij gebeld. Hij is huisarts. Gepensioneerd weliswaar, maar hij heeft nog steeds een receptenblokje. Hij komt er zo aan om het malheur met eigen ogen te bekijken.'

'Ach, o, dank u,' zei Bene verrast.

'Ja, dank u,' viel Tom hem bij. Al was hij met zijn gedachten ver afgedwaald. De kwestie met de camera en de foto's bleef door zijn hoofd malen. Wat als Bene gelijk had, en niemand hen geloofde? De toestand met het verdwenen lijk, die met de sleutel en daarop nog Karin die plotseling beweerde dat ze niets had gezien en ook niets wist van een sleutel – ze hadden compleet voor lul gestaan.

De politie was met groot materieel uitgerukt, twee boten, duikers, er was echt gedoe over ontstaan. Dat Karin zich daarna had verontschuldigd, en met een piepstemmetje en in tranen had verklaard dat ze de sleutel wél had gezien, had ook niet erg geholpen. Karins gedraai had hem woedend gemaakt. Als hij zelf niet allang had vermoed dat de politie hen niet serieus nam, was hij haar naar de keel gevlogen.

Bene had gelijk. Ze hadden de camera nodig om te bewijzen wat er in de fotozaak was gebeurd. Aan de scherpe rand van de lens kleefde misschien echt wat bloed van die kerel. Bovendien: die toestand met die foto's was toch ook vreemd. Hij had onderwaterfoto's van het kanaal weggebracht, en kort daarna dook ineens die kleerkast op.

Tom kuchte. 'Eh, mevrouw...'

'Weiss,' zei ze glimlachend.

'Mevrouw Weiss, ik merk ineens dat ik mijn camera heb laten liggen.' Hij keek naar Bele. 'Die ga ik even halen.'

'Ben je gek geworden? Geen sprake van!'

'Rustig maar,' suste Tom, 'ik doe voorzichtig.'

'En als die...'

'Dan ga ik niet naar binnen, goed?'

'Nee, nee, dat kun je vergeten,' zei Bene resoluut. 'Ik ga mee.'

De oude dame keek hem verbluft aan. 'Maar je moet toch eerst nog op Ferdinand wachten?'

'Precies. Jij blijft hier, je kunt nog niet eens goed zien,' zei Tom vastbesloten. Hij sprong overeind. 'Als de wiedeweerga. Over een paar minuten ben ik terug.'

'Doe nou niet, ouwe!' zei Bene.

Maar Tom stond al bij de voordeur.

Buiten liep hij met grote stappen terug naar de fotowinkel. Het blauwe bord met FOTO GRASSER *hing nog kil boven de deur. Zijn knieën knikten. Niet afhaken, nu. Als ik die vent was, zou ik 'm allang gesmeerd zijn, ik zou ervan uitgaan dat die jongens meteen naar de politie gingen hollen.*

Het bordje GESLOTEN *hing er nog net zo. Tom gluurde erlangs naar binnen. Niemand. En als hij nu dicht was? Voorzichtig duwde hij de klink naar beneden. Open! Hij glipte naar binnen. Tot zijn verbazing was een van de vitrines stukgeslagen. Twee Nikons, die hij nog had staan bewonderen, waren verdwenen. Had die klootzak vast nog even gejat.*

De deur naar de achterkamer stond open, het gordijn hing op een smalle kier. Het rode licht was uit, de donkere kamer een griezelig hol. Onder zijn zolen knarsten glassplinters van de vitrine. Hij duwde het gordijn opzij. De zware stof rook stoffig en viel zwaar achter hem terug, zodat hij ineens in het donker stond. Tastend vond hij de schakelaar. Rood licht vloeide door de ruimte. Kennelijk had iemand hier opgeruimd. De vloer was droog, de kunststofbak stond weer op zijn plaats, het tankje was verdwenen. Midden in de ruimte lag zijn Pentax.

Tom keek om zich heen. Er klopte iets niet. Waarom was alles opgeruimd alsof er niets was gebeurd, maar lag zijn camera daar nog wel? Hij kon beter maken dat hij wegkwam, en wel zo snel mogelijk. Hij pakte zijn camera en vroeg zich af waar zijn foto's konden zijn. In de hoek op een plank stond een kaartenbak met enveloppen. De afdrukken voor de klanten. Met tril-

lende vingers liep hij de namen langs, envelop voor envelop. Grassers bibberige handschrift was bijna niet te lezen met dat rode licht. Hij boog zich dieper voorover toen plotseling een vuistslag hem in zijn nierstreek trof. Iemand draaide hem om, een tweede vuistslag explodeerde op zijn wang. Tom viel, de Pentax stuiterde over de vloertegels.

Met grof geweld werd hij tegen de grond gedrukt. De vloer in zijn rug voelde ijzig aan. Hij kreeg twee oorvegen alsof hij met een schep werd geslagen. Zijn hoofd vloog heen en weer, hij zag sterretjes aan een bloedrode hemel staan.

'Heb ik je toch nog, lafbek,' gromde een mannenstem. Tussen de sterretjes dook een vals grijnzend gezicht op, een gezwollen, dicht oog met een bloedige kring eromheen, alsof iemand had geprobeerd om het eruit te snijden.

'En nu ga ik je net zo lang pijn doen tot je me vertelt waar je zusje uithangt. Gesnopen?'

8

Toms garage
Dinsdag 5 september 2017
14.27 uur

Tom bestudeert de verbleekte foto van de Potsdamer Allee in Stahnsdorf. Links de bakker, rechts een woonhuis met daartussen het blauwe bord FOTO GRASSER. Een glazen deur met een handgreep. Aan een zuignap, bungelend aan een kettinkje, een bordje met daarop GESLOTEN. In de etalage een paar slechte portretten op een gedrapeerde zijden doek. Naast de foto is met punaises een pasfoto van Grasser vastgeprikt.

Daaronder hangen foto's van de buiten gebruik gestelde spoorbrug over het Teltowkanaal. Detailfoto's van het hek waar ze destijds vanaf waren gesprongen. Een paar krassporen, die konden zijn ontstaan als iemand er een lijk overheen had opgetrokken. Of niet. Je weet het niet. Verder de onderwaterfoto's van de bodem. Foto's van de plek waar ze het lichaam hadden gevonden dat van Viola zou zijn geweest. Foto's van haar graf op het Waldfriedhof. Van Viola zelf, afdrukken van oude foto's die zijn vader van haar had gemaakt. Haar excuusbriefje. Afbeeldingen van witte veren, van eidereenden, witte ooievaars, zwanen, drieteenmeeuwen. Elk spoor en elke herinnering heeft Tom gefotografeerd. De garage is zijn brein, zijn donkere, stille schuilplaats die niemand kent en waar hij alleen is met Vi, alsof hij in zijn eigen hoofd zit. Hij hoeft zijn arm maar uit te strekken om het verleden aan te kunnen raken.

En telkens pakt Viola zijn hand en houdt ze hem daar vast.

De garage, dat zijn eigenlijk twee garages naast elkaar. Ze staan op een oude, verwilderde binnenplaats met nog een stuk of tien andere.

Een uitgebleekte, golfplaten deur geeft toegang tot de eerste garage. Daarin staat zijn Harley in de mottenballen. Het was een geschenk van Bene, Tom heeft er exact twee keer op gereden. De eerste keer om Bene een plezier te doen, de tweede keer om hem hierheen te brengen.

In de tweede garage kun je alleen via de eerste komen. De deur ervan is achter een muur weggemetseld. De hele ruimte is rondom ommuurd, met uitzondering van de deur naar garage één, en voorzien van verwarming, ventilatie, elektriciteit en stromend water. Vroeger had Tom hier zijn donkere kamer. Tegenwoordig staat de vergrotingskoker in een hoek, met de kunststofbakken. In plaats daarvan heeft hij er nu een laptop en een printer.

De garage is een van de weinige dingen waarvoor hij zijn vader dankbaar is – en die zijn vader vrijwillig heeft afgestaan. Misschien omdat de garage bijna drie kilometer bij zijn huis vandaan is. Misschien ook omdat 'zijn nieuwe' nooit wist wat ze ermee aan moest. Geld vangen voor die oude schuur ging ook niet. Voor zijn achttiende verjaardag wilde Tom de garage mogen gebruiken en zijn vader had het goed gevonden.

Twee jaar later ontstond er ruzie toen Tom zei dat hij bij de politie wilde. Zijn vader dreigde dat als hij dat deed, hij de garage kon vergeten. Hij wilde zelfs serieus zijn sleutels terug, maar Tom weigerde. Hij pakte een paar spullen, verliet het huis, trok in de garage en meldde zich aan voor het toelatingsexamen voor de politie. De verwijdering duurde twee jaar. Pas daarna spraken ze weer met elkaar. Maar nooit met een woord over de garage. Die werd uit hun gesprekken gewist, alsof het een plek was die niet bestond. Inmiddels bekruipt Tom soms het gevoel dat zijn vader een beetje seniel wordt en de garage vergeten is. Maar voor Tom is het een monument tégen het vergeten.

En nu zit hij hier, ondergedompeld in zichzelf, tussen alle beelden en foto's, heeft hij zijn laptop voor zich staan en de audiofile geopend die Sita hem heeft gestuurd, met het bericht dat ze een telefoontje uit een psychiatrische kliniek heeft nagetrokken. Een patiënte, Klara Winter genaamd, met een zware fobie met betrekking tot het getal zeventien. Het begin van de opname bestaat alleen uit geritsel van kleding.

'Hallo, ik ben Sita.'

'Die andere heeft het niet lang volgehouden. Je ziet er ouder uit. Waarom heb je niets wits aan?'

'Ik ben geen dokter. Ook geen verpleegster.'

Het gesprek gaat een tijdje verder en Toms bewondering voor Sita groeit. De manier waarop ze ingaat op het gesprek, het stuurt en tegelijkertijd steeds Klara's kant kiest, is fascinerend.

'Waarom ben je hier?' vraagt Klara.

'Vanwege Jezus,' antwoordt Sita.

Hij kijkt op. Jezus? Wat bedoelt ze daarmee?

Plotseling gaat zijn telefoon. Hij ligt naast de laptop op tafel. Op het scherm licht de naam 'Morten' op. Tom zet het gesprek met Klara Winter op pauze, kijkt even besluiteloos naar zijn telefoon en neemt dan op. 'Babylon.'

'Jo Morten.'

Tom verwacht dat Morten op hoge toon eist dat hij onmiddellijk terugkomt naar de Keithstraße voor een verhoor door collega's, maar in plaats daarvan valt er een merkwaardige stilte.

'Tom,' zegt Morten, en het klinkt alsof hij iets moet overwinnen om verder te spreken, 'ik heb een verzoek. Je moet iets voor me doen, maar niemand mag het weten.'

Nu is het Tom die even een momentje nodig heeft. 'En daarmee kom je naar mij? Waarom?'

'Omdat jij als enige buiten het onderzoek staat.'

Tom is sprakeloos en begrijpt niet hoe Morten zo plotseling van gedachten is veranderd. Heeft het iets met zijn geheimzinnigdoenerij rond Drexler te maken? 'Ik dacht dat ik eruit lag, omdat ik niet meer betrouwbaar ben.'

'Je wás niet betrouwbaar, maar nu je het allemaal hebt opgebiecht, ben je het weer. Alleen bij deze zaak ben je niet meer inzetbaar.' Morten valt even stil, Tom heeft de indruk dat hij een haal van een sigaret neemt. 'Niet officieel, in elk geval.'

'Dus je wil dat ik iets onofficieels doe. Ik weet niet of ik dat risico kan nemen.'

'Het is, laten we zeggen, iets delicaats, maar het is niet verboden.'

'En ik moet het voor me houden.'

'Klopt.'

'En het heeft met onze zaak te maken?'

'Klopt.'

Tom weet niet of hij moet vloeken of juichen. Het klinkt dubieus, en Morten zou zich niet zo in bochten wringen als er geen addertje onder het gras zat. Hij leunt achterover in zijn stoel, zijn blik glijdt langs de foto's van Vi. Op een ervan kijkt ze recht in de camera met een onbevangenheid die hem door merg en been gaat en hem telkens weer aan zijn moeder doet denken. 'Oké,' zegt hij, 'vertel.'

Nu is duidelijk te horen dat Morten rookt. Hij houdt zijn adem kort in en blaast dan de rook uit. 'Ik heb vandaag met een informant gesproken...'

'Hoe heette hij?'

'Dat doet niet ter zake. Wat wel ter zake doet: iemand uit de omgeving van de voormalige Stasi of de geheime dienst van de Bondsrepubliek is geïnteresseerd in onze zaak.'

‘Wat?’ zegt Tom verbijsterd. ‘De Stasi?’

‘Mijn informant heeft het ondubbelzinnig bevestigd.’

‘Hoe betrouwbaar is die informant?’ vraagt Tom.

‘De informant zelf... dat kan ik niet met zekerheid zeggen, maar de omstandigheden geven aanleiding om hem serieus te nemen.’

‘Oké,’ denkt Tom hardop, ‘afgezien van het feit dat de Stasi het tegenwoordig altijd moet ontgelden, wat betekent in dit geval “geïnteresseerd” precies?’

‘Ik vermoed,’ zegt Morten, ‘dat het om de sleutel of sleutels gaat. Er moet een of andere oude kwestie mee opgerakeld zijn.’

‘Of er heeft nog iemand een sleutel gekregen,’ vermoedt Tom, ‘iemand die zich nog niet heeft gemeld.’

‘Of die persoon is bang dat hij er nog eentje zal krijgen,’ vult Morten aan. ‘Wie weet hoeveel van die dingen er nog in omloop zijn. Maar wat de Stasi betreft: onze experts hebben vastgesteld dat de sleutel nog uit de DDR-tijd stamt, en gemaakt is door VEB Sloten Gera. Maar op basis van de foto’s kan niet meer worden vastgesteld wanneer en waarvoor die sleutels precies zijn gemaakt. Heb jij enig idee of iemand uit jouw voormalige clubje misschien contacten met de Stasi had?’

Toms blik dwaalt af naar links, waar jeugdfoto’s van hen allen hangen. Karin, Josh, Nadja, Bene en hijzelf. ‘Uitsluiten kan ik het niet,’ zegt hij. ‘De geheime dienst van beide kanten had nu eenmaal overal spionnen. Maar er schiet me niets concreets te binnen.’ Of het moet Grasser zijn, denkt hij ineens. Bij hem had het wel gepast, maar hij kon nooit meer dan een klein radertje zijn geweest. Bovendien is hij al jaren dood. En dan is er nog iemand, denkt Tom, maar dat kan ik Morten onmogelijk vertellen.

‘Maar wat wil je nou precies dat ik doe?’

‘Ik weet iemand die misschien een idee heeft waar het hier om gaat.’

'Een idee? Hoe bedoel je?'

'Ik weet het niet honderd procent zeker, maar het is in elk geval een interessante bron.'

'Omdat hij bij de Stasi zat?'

'Ja.'

'Dat waren er meer.'

'Naar boven toe wordt een piramide steeds smaller.'

Tom haalt diep adem. Een van de hoge jongens? Morten, die niet anders gewend is dan onaangename waarheden luid en duidelijk te verkondigen, trekt hier wel erg dikke rookgordijnen op. 'Waarom vraag je het hem niet zelf?'

Morten zwijgt lang, neemt nog een haal. 'Kan ik rekenen op je discretie?'

Dat zul je wel moeten na gisteren, denkt Tom. Je weet dat ik je in de Odessa heb gezien. Dan pas beseft hij dat Morten het misschien wel over allebei de gevallen heeft. 'Ja,' zegt hij, al voelt het niet goed en krijgt hij er steken van in zijn maagstreek, 'dat kun je. Tenzij je spelletjes met me speelt.'

Het is alsof Morten daar even over na moet denken.

'Hoor eens,' zegt Tom. 'Als het zo ingewikkeld ligt, kun je het hem echt beter zelf vragen.'

'Dat gaat niet,' werpt Morten tegen. 'We spreken niet meer met elkaar. De man over wie ik het heb is mijn vader.'

9

Stahnsdorf
19 oktober 1998
15.58 uur

'Ik weet het echt niet,' smeekte Tom. 'Ik heb geen idee waar ze is. We zijn haar al drie maanden aan het zoeken.'

De man zat met zijn volle gewicht op hem, zijn knieën links en rechts van zijn borstkas, een reus, zijn pafferige gezicht rood in het licht van de donkere kamer. 'Dan ben ik kennelijk niet duidelijk genoeg geweest,' bromde de man. 'Ik heb je zus precies een week geleden gezien, samen met een man, in de tram.'

Tom staarde hem met wijdopen ogen aan. 'Waar?'

'Stel jij nu de vragen? Maakt toch geen reet uit, waar? Ik wil weten waar ze nu is, gesnopen?'

'Maar ik weet het echt niet,' riep Tom vertwijfeld uit. 'Denkt u dat ik maar wat verzin? Ik ben zelfs naar de kerk gegaan om te biechten, ik dacht dat ik me dan beter zou voelen...'

'In de kerk? En wat heb je dan verdomme gebiecht?'

'Dat van die sleutel,' zei Tom, 'dat ik die aan haar heb gegeven en dat ze daarom nu weg is.'

'Bij wie heb je dat gebiecht?'

'Bij dominee Winkler.'

'Bernhard Winkler? Debiel! Die speelt toch alleen maar orgel. Bovendien is hij protestants. Die biechten helemaal niet.'

'Hij is vroeger pastoor geweest. Dat heeft hij me zelf verteld. Ik heb het aan hem gevraagd, en hij heeft het gedaan,' zei Tom

met tranen in zijn ogen. Hij wist nog te goed hoe het was gegaan, in de lege kerk, op de achterste bank, met zijn rug tegen de koude muur. Winkler had bij hoog en bij laag gezworen dat niemand er ooit iets over te horen zou krijgen. 'Ik weet echt niet waar mijn zus is.' Koppig haalde hij zijn neus op. 'En als ik het wist zou ik het u niet zeggen.'

De man gaf hem nog twee oorvegen. Toen trok hij hem overeind, zette Tom op zijn voeten en duwde hem tegen de muur. 'Broek uit,' blafte hij.

Tom werd misselijk. De vernedering was één ding, maar wat was hij nu van plan?

'Opschieten!'

Tom vervloekte zijn eigen lichtzinnigheid. Waarom was hij in godsnaam op het onzalige plan gekomen om terug te gaan? Met trillende vingers maakte hij zijn riem los en liet hij zijn broek en onderbroek tot op zijn enkels zakken. Zijn wangen gloeiden nog na van de klappen.

De man greep met één hand zijn kaak en wrong zijn hoofd in een ijzeren greep opzij, om hem het apparaat te laten zien dat links op een plank stond. 'Zie je dat? Weet je wat dat is?'

Vol ontzetting keek Tom naar het lange, boogvormige zwaard waarmee grote foto's en passe-partouts werden gesneden. Zijn knieën werden slap, maar de man hield hem zo stevig bij zijn kin dat hij niet kon vallen.

'Of je weet wat dat is!'

'Ja,' perste Tom er moeizaam uit.

De man pakte de greep van het zwaard en tilde hem op, zodat hij als een scheefstaande guillotine boven de plank zweefde. 'Je mag zelf kiezen of je je ding of je pink eronder legt.' Hij grijnsde satanisch. 'Qua grootte maakt het niet veel uit, toch?'

'Nee,' fluisterde Tom.

'Nee,' aapte de man hem na.

Een verschrikkelijke minuut lang was het doodstil, misschien waren het ook maar seconden. Toms gedachten raasden door zijn hoofd, zijn ogen zwierven door de doka, op zoek naar een uitweg, naar redding, hoe minimaal zijn kansen ook waren.

'Dan je lul,' zei de man.

In zijn vertwijfeling wierp Tom zich razendsnel naar voren. Hij kreeg het zware snijapparaat te pakken en slingerde dat tegen de man aan. Het raakte zijn zij, maar hij liet Tom niet los en stompte hem met links in zijn maag. Tom klapte dubbel als een zakmes, de man liet hem los, Tom zakte op de grond. In een flits zat de man weer op hem. Hij trok het snijapparaat naar zich toe, trok de beschermhoes van het mes, drukte twee vingers van Tom eronder en liet het mes zakken tot één van zijn vingers klem zat.

'Eén ding moet ik toegeven, kleintje,' grijnsde hij. 'Je bent 'n taaie. Anders dan die maat van je. Maar geloof me; ik heb wel andere mannen kleingekregen. Je bent kansloos. Als je nu niets zegt, ben je je vingers kwijt. En je weet wat daarna komt, toch sukkel?'

Tom knikte. Tranen stroomden over zijn wangen, hij wist niet of het van de pijn, van woede of van angst was.

'Waarom zoek je mijn zus in godsnaam?' vroeg hij hijgend.

De man keek hem verbaasd aan. Met zijn gezwollen oog zag hij eruit als een roofdier. 'Omdat ik iets goed te maken heb, en dat maakt de zaak er voor jou niet beter op, jochie.'

'Als u me doodmaakt, komt u er nooit achter waar mijn zus is,' kreunde Tom hulpeloos.

'Zei ik dat ik je dood ging maken? Dat pestvriendje van je, die rooie vuurtoren, die zou ik graag doodmaken, maar jou, zoals ik zei...' hij grinnikte toonloos, 'jou maak ik alleen hier en daar een stukje...' Plotseling stokten zijn woorden, zijn ogen werden groot en hij kuchte plotseling, alsof iemand hem iets in zijn rug ramde.

Het volgende moment flitste een lemmet door het rode licht en sneed in zijn hals. Er stond iemand achter hem. Een donkere fontein spoot op uit de gapende wond en sproeide Tom recht in zijn gezicht. De man stak zijn armen in de lucht en drukte zijn handen in zijn hals. Bloed stroomde tussen zijn vingers door. Achter hem kwam Bene overeind met een van angst en woede vertrokken gezicht. Opnieuw ramde hij zijn zakmes in de rug van de man. De man probeerde op te staan, wankelde, viel op zijn zij en probeerde naar Bene te trappen, maar Bene stortte zich op hem en stootte het mes in zijn borst. Eén keer, twee keer. Met een scherp, krakend geluid boorde het lemmet zich tussen zijn ribben, de man schokte wild. Nu pas liet Bene hem gaan, alsof hij giftig was. Op zijn rug schuifelde hij van hem weg naar de andere kant van de doka, happend naar adem.

Tom lag daar als verstard. Hij hoorde Bene of die man ademen; of was hij het zelf?'

Tom trok zijn vingers onder het snijapparaat vandaan, krabbelde overeind en schoof net als Bene achterwaarts naar de andere muur bij de man weg. Zijn losse riem sleepte rinkelend rond zijn voeten, de vloer gloeide ijskoud onder zijn kont. Snel trok hij zijn broek weer op. Het bloed van de man druppelde van zijn gezicht, hij proefde ijzer op zijn lippen.

De man lag op zijn rug, zijn borstkas rees en daalde met schokken. Het mes stak uit zijn borstkas als een trillende twijg. De zwarte plas waar hij in lag, werd steeds groter.

Een minuut verstreek. Nog een.

Toen was het eindelijk stil.

'Rooie vuurtoren,' hijgde Bene. 'Wat een klootzak.' Toen begon hij te snikken en stroomden de tranen over zijn wangen.

10

Berlijn-Kladow
Dinsdag 5 september 2017
14.44 uur

Sita Johanns rijdt het terrein van de privékliniek Höbecke af en parkeert in een zijstraat. In haar Saab is het om te stikken, hij heeft voor de kliniek in de zon gestaan, de zwarte leren stoelen en het metaal gloeien. Ze draait de ramen omlaag en slaakt een diepe zucht; zich in Klara's wereld begeven heeft meer kracht gekost dan ze had gedacht. Nu schrijnt het gevoel dat ze zichzelf heeft verloochend en Klara heeft misleid.

Na een poosje draait ze Lutz Frohloffs nummer op Tempelhof. De researcher klinkt kortademig, alsof hij naar de telefoon is gerend. 'Dat noem ik nog eens timing. Je hebt het zeker al gehoord?'

'Gehoord, nee, wat dan?' vraagt Sita nerveus. De huismeester schiet haar te binnen. Misschien wist hij haar naam toch nog, of collega's hebben de juiste conclusies getrokken en weten nu dat zij in de woning is geweest. 'Gaat het om het wapen van Joshua Böhm?'

'Dat is van Drexler. Dat konden we meteen vaststellen aan de hand van het serienummer.'

'Dus Böhm is onze man?'

'Ja, en nee.'

'Hoe bedoel je dat?'

'Drexler is dood.'

'Wat?'

'Drexler – is – dood,' herhaalt Frohloff langzaam.

'O, mijn god. Wanneer?'

'Vanmiddag kort voor enen.'

'Dan heeft onze moordenaar nog iemand op zijn geweten.'

'Dat is nog niet alles,' zegt Frohloff aarzelend. 'Hij wordt nu naar de lijkschouwer gebracht. Maar volgens de behandelend arts dokter Jacobi was hij helemaal niet zo zwaargewond als eerst het geval leek. Hij lag ook niet in coma.'

'Maar er werd toch gezegd...'

'Jaja, werd gezegd, maar dat was dus niet zo. Aan die verwondingen kan hij niet zijn overleden.'

Sita reageert niet, is in de war.

'Heb jij enig idee waar Tom nu uithangt?'

'Nee,' zegt Sita eerlijk, wat haar er pijnlijk aan herinnert dat ze dat zelf ook graag zou weten. 'Waarom?'

'Omdat,' zegt Frohloff lijzig, 'hij vandaag bij Drexler was. Hij was de laatste die in zijn kamer was vóór...'

Het duurt even tot het tot haar doordringt wat dat betekent. 'Dat kun je niet menen,' zegt ze zachtjes.

'Ik geloof het ook niet, maar reken er maar op dat er trammelant van komt. Er zijn hier genoeg mensen die Tom graag willen zien hangen.'

'Maar hoe is hij dan overleden?'

'Het lijkt op een hartinfarct. Zijn polsslag was alarmerend gestegen toen Tom bij hem was, maar is daarna weer gezakt. Zijn toestand leek stabiel, tot hij rond enen instortte. Het verloop was zo ongewoon, zei de dokter dat het erop lijkt dat iemand hem iets heeft toegediend. Het wachten is op de uitslag van het toxicologisch onderzoek.'

'Verdomme,' mompelt Sita. In gedachten laat ze steeds het moment de revue passeren toen zij en Tom bij Karins huis in Beelitz aankwamen. Tom is alleen het huis in gegaan, zonder getuigen, niemand heeft gezien wat er voor, tijdens en na de schietpartij precies is gebeurd. 'Denk je echt dat Tom er iets mee te maken heeft?'

'Ik zou hebben gewed dat hij een van de goodguys was, maar, zoals ik zei, anderen... en er is nog iets.'

'Je zóú hebben gewed... maar nu niet meer?'

'Ga nou niet op alle slakken zout leggen,' zegt Frohloff gekwetst. Zo gekwetst dat Sita weet dat ze hem heeft betrapt. Dat hij die 'anderen' er alleen maar bij haalt. Dat is gewoon een verzinsel – zodat hij zich geen verrader van een collega hoeft te voelen. Sita voelt woede in zich opborrelen. Ze haat opportunisten, en Frohloff is er een van, maar een die ze nog nodig heeft, dus houdt ze zich in. 'Laat maar,' zegt ze sussend. 'En hoe zit het met Böhm?'

'Wat denk je? Arrestatiebevel natuurlijk. In zijn huis is het wapen gevonden waarmee Karins huis werd overvallen.'

'Is er verder nog iets gevonden bij Böhm?'

'Hij zit tot aan zijn nek in de schulden, beursspeculaties met geleend geld. De details volgen nog.'

Verbaast me niks, denkt Sita. 'Maar die schulden zijn nog geen motief.'

'Jij zegt het. O ja, nog iets. In zijn vuilniszak vonden collega's een verfrommeld briefje, op de computer geschreven en uitgeprint, met maar één zin: *Je weet wel waarom. Een vriend.*'

'Je weet wel waarom?'

'Ja, met daaronder: Een vriend. Meer niet. Gek, hè?'

'Dat kan van alles betekenen. Heel vreemd,' zegt Sita in gedachten. 'Verder nog iets? Buren? Huismeester? Familie? Wat zeggen die?'

'Rustig aan, jongedame,' remt Frohloff haar af. 'We zijn snel, maar niet zó snel.'

Sita is eventjes opgelucht, maar weet: het probleem Weiher is alleen maar opgeschoven. 'O, trouwens, nog iets heel anders. Ik heb nog een vraag. Heb je even?'

'Vraag,' zegt Frohloff.

'Je herinnert je nog de telefonische tip die vanochtend ter sprake kwam?'

'Die uit het gesticht? Natuurlijk.'

'Psychiatrische kliniek. Ze hebben jou als kind niet genoeg "gesticht".'

'Ha, ha!' roept Frohloff. 'Je zou echt eens met mijn vrouw op stap moeten gaan. Maar hoe zit het met die vrouw uit de *psychiatrie*,' zegt hij met overdreven nadruk.

'Ik ben bij haar langs geweest in Kladow en heb met haar gesproken. Ik zou zweren dat er iets mee is.'

'Hebben we niet al genoeg ideeën?'

'Maar nog niets wat de samenhang verklaart, laat staan een motief.'

'Oké,' verzucht Frohloff, 'hoe heet die vrouw?'

'Klara Winter, maar haar achternaam is waarschijnlijk verzonnen, ook de voornaam is niet zeker. Naar het schijnt is ze in 1998 door de politie aan de privékliniek overgedragen. Ze was verward en kon zich niets herinneren. Dokter Wittenberg, de directeur van de kliniek, schermt haar af en doet geheimzinnig over haar.'

'Dat mag hij toch, als haar psycholoog? Dat deed jij vanochtend toch ook?'

'Ja, dat klopt, maar hij beroept zich niet alleen op zijn zwijgplicht, hij liegt ook.'

'Oké, ga door.'

'Ik ga ervan uit dat Klara tussen de dertig en vijfendertig is. Ze ziet er op het oog ouder uit, maar dat komt waarschijnlijk door wat ze heeft meegemaakt. Haar ouderlijk huis kan ze zich niet herinneren, maar ze herinnert zich een ziekenhuis waar ze was. Daar, zei ze, was een zeventien.'

Even is het stil aan de andere kant van de lijn. 'Een zeventien?' zegt Frohloff lijzig. 'Dat kan van alles betekenen. Kan het iets concreter?'

'De vrouw is zwaar getraumatiseerd. Ik ben al blij met het

weinige wat ik uit haar heb weten te krijgen. Ik zou langer met haar moeten praten, dan komt er misschien meer.'

'Oké, ga door.'

'Haar rug,' zegt Sita, 'is overdekt met littekens. Iemand heeft haar verschrikkelijk toegetakeld. Ik vermoed dat ze gemarteld is. Maar Wittenberg beweerde dat ze geen verwondingen had.'

'Zijn het oude of verse wonden?'

'Oud en geheeld.'

'Dus niet iets wat in de kliniek kan zijn gebeurd?'

'Die indruk had ik niet. Het klonk alsof het lang geleden was gebeurd, wat ze vertelde, dus vermoedelijk voordat ze naar Kladow werd gebracht. Ze kwam steeds weer terug op het ziekenhuis, en dat ze daar niet de enige was. Er schijnen meer vrouwen te zijn geweest,' zegt Sita. 'Ze accepteerde zonder meer dat ik daar ook had gezeten.'

'Dat jij daar ook... heb je haar dát verteld?'

'Ik heb haar iets op de mouw gespeld om haar aan het praten te krijgen.'

'Lekker wild,' bromt Frohloff.

'Er moet ook ene Maria hebben gezeten. Ik vermoed dat die vrouwen gescheiden van elkaar waren ondergebracht en elkaar voor een deel nooit hebben gezien. Dat zou verklaren waarom ze geloofde dat ik er ook had gezeten, al had ze me nog nooit gezien.'

'Of dat jij er later was.'

'Ze gebruikte de woorden "een van ons". Dat zeg je niet als je daar alleen zat, toch?'

'Wow,' zegt Frohloff, 'wat een griezelverhaal. Een kliniek of iets als een gevangenis met verschillende kamers of cellen waar vrouwen werden gemarteld of mishandeld. Kan ook een bordeel met duistere praktijken zijn geweest.'

'Ik weet het niet, de aanduiding "ziekenhuis" doet me eerder aan iets officiëlers denken; een kliniek, een gevangenis of een psychiatrische inrichting.'

'Als het vóór de val van de Muur was, zou ik gokken op een of andere Stasi-instelling. Maar dit speelt duidelijk in een later tijdvak.'

'Nou ja,' denkt Sita hardop, 'misschien ook niet. Klara zegt dat ze zich van de tijd voor het ziekenhuis niets kan herinneren. Ik vraag me af waarom. Natuurlijk kan ze getraumatiseerd zijn, maar amnesie betreft meestal de tijd en de gebeurtenissen tijdens de traumatisering; je vergeet het verschrikkelijke wat je is overkomen. Haar traumatisering heeft vermoedelijk in dat ziekenhuis plaatsgevonden, niet daarvoor. Een andere logische verklaring voor het feit dat ze zich niets herinnert van de periode van vóór het ziekenhuis, is dat ze toen nog klein was. Een kind. De meeste mensen herinneren zich niets van voor hun derde levensjaar.'

'Bedoel je dat ze daar als kind al terechtgekomen zou kunnen zijn?'

'Best mogelijk.'

'Dan komt de een of andere Stasi-instelling wel in aanmerking. Blijft de vraag wat er dan na de val van de Muur is gebeurd. Dan had die inrichting toch ontdekt moeten zijn.'

Sita wrijft over haar voorhoofd. De uitputting laat zich voelen, het denken valt haar zwaar. 'Geen idee, maar laten we gewoon bij het begin beginnen, dus heel vroeg, met de jonge Klara. Wat er na 1989 is gebeurd, komt later wel. Wat vind je ervan?'

'Klinkt niet slecht,' zegt Frohloff.

'O, trouwens,' zegt Sita. 'Weet je wat nog meer pleit voor een Stasi-inrichting? Die sleutel blijkt in de DDR-tijd te zijn gemaakt door de Oost-Duitse fabriek VEB Sloten in Gera.'

'Pfff,' zucht Frohloff. Het kraakt in de speaker van haar telefoon. 'Dan zijn de zoektermen *Klara, Stasi, marteling, ziekenhuis, Maria* en – als het helpt – het getal *zeventien*, en aanverwante onderwerpen. Als ik daarmee bij de BStU in de archieven duik, kom ik met karrenvrachten materiaal terug.'

De BStU, denkt Sita, het Stasi-archief. Het lijkt een plek om te beginnen. 'Het lijkt me een poging waard.'

'De vraag is alleen of die zeventien ons niet juist het bos in stuurt. Als er waar dan ook in een archiefstuk het cijfer zeventien voorkomt, in een rapport een bladzijde zeventien, of in een stuk een geldbedrag met zeventien, dan spuugt de computer dat allemaal uit. Anderzijds, zonder die zeventien wordt het waarschijnlijk helemaal een stortvloed aan materiaal.'

'Misschien kun je de zoekopdracht tot Berlijn beperken,' stelt Sita voor, 'Oost-Berlijn, dus.'

'Dat zou kunnen helpen. En ik zal in de politiearchieven nazoeken wie in 1998 een zekere Klara heeft opgepakt en in Kladow heeft afgegeven.'

'Graag,' zegt Sita. 'Heb je er wel tijd voor? Ik weet niet zeker of onze andere collega's...'

'Maak je geen zorgen. Die collega's laat ik die andere dingen doen. Bruckmann heeft me de vrije hand gegeven.'

'Dank je,' zegt Sita.

'En wat ga jij nu doen?'

Sita kijkt naar de tijd. Goede vraag. Nog een paar uur tot de avond, en wat ze van plan is, kan pas als de rust in de psychiatrische privékliniek Höbecke is weergekeerd.

'Kom anders hierheen,' zegt Frohloff. 'Je kunt helpen.' In zijn stem klinkt een vonkje meer hoop door dan alleen het werk rechtvaardigt.

'Je bent toch getrouwd?'

'Waarom vraag je dat?' antwoordt Frohloff gepikeerd. 'Ik nodig je toch niet uit voor een diner bij kaarslicht?'

'Ja of nee?'

'Wat?'

'Of je getrouwd bent.'

'Ja.'

'Oké dan.'

11

Potsdam-Sacrow
Dinsdag 5 september 2017
16.58 uur

Tom ziet het smalle zijweggetje pas als hij er al voorbij is. Hij kijkt in zijn achteruitkijkspiegel, remt en keert zijn Mercedes op de smalle weg door het bos. Op de satellietfoto op Google Maps staat hij weergegeven als een doorzichtig streepje. De weg zelf was al moeilijk te vinden, en het pad dat dieper het bos in voert, naar het huis van Heribert Morten, al evenmin.

Op de satellietfoto is het een geïsoleerd rood dak met een klein grasveldje ervoor, in het Königswald ten westen van de Sacrower See, zonder zichtbare weg erheen.

Tom rijdt het eenbaansweggetje op. Onder gebarsten asfalt liggen oude kasseien, zijn auto hobbelt eroverheen, dan gaat het weggetje over in een grindpad. De zon staat al laag en schijnt af en toe door de dichte begroeiing, waarin de eerste vergeelde bladeren oplichten.

Tom parkeert zijn auto voor een verzakt houten hek. In een reflex pakt hij zijn telefoon om nog even zijn berichten te checken, maar dan bedenkt hij dat hij de simkaart heeft verwisseld vóór hij op weg ging naar Mortens vader. Morten liet er geen misverstand over bestaan – geen woord hierover, tegen niemand! Dus ook geen sporen in zijn locatiegeschiedenis van waar hij is. Hij overweegt om Sita een sms met zijn nieuwe prepaidnummer te sturen, maar dat kan later. Hij stapt uit. De lucht is fris, de Sacrower See kan niet ver zijn. Overal struiken, hoog opgeschoten gras.

Het huis van Heribert Morten is even groot als bouwvallig. Waarschijnlijk gebouwd in de jaren twintig, in de DDR-tijd verbouwd voor partijbonzen, nu in verval. Er zijn duizenden van dat soort huizen met een soortgelijke geschiedenis in Oost-Duitsland, maar de meeste zijn inmiddels afgebroken of van de grond af nieuw opgebouwd. Van dit huis bladdert de stuc af, de ramen op de bovenverdieping zijn dichtgetimmerd. Op een klein bordje staat FAMILIE MORTEN. Tom belt aan bij een zware eiken deur.

Het duurt even, dan gaat er een klein, vierkant raampje in de deur open. 'U bent tenminste op tijd,' bromt een stem met een vaag Saksisch accent, een beetje slepend en mompelend. Het raampje zit bij Tom op borsthoogte, hij ziet alleen maar een paar vloertegels. Heribert Morten lijkt vlak achter de deur te staan, naast het raampje.

'Goedemiddag,' zegt Tom. 'Babylon, Moordzaken Berlijn. We hebben elkaar aan de telefoon gesproken, nietwaar?'

'Laat die beleefdheden maar achterwege. Laat u eerst uw wapen zien.'

'Wat zegt u? Waarom?'

'Wilt u met me praten of niet?'

Tom moet aan de onbehouwenheid van Jo Morten denken. De appel valt niet ver van de stam.

'Voelt u zich bedreigd?' vraagt Tom. Hij trekt de Makarov uit zijn schouderholster en houdt hem tussen twee vingers voor het raampje.

Een gerimpeld gezicht doemt op uit de schemering. Wantrouwig knijpende oogjes monsteren eerst Tom, dan het pistool. 'Grote handen,' mompelt Heribert Morten. 'U bent niet van de politie.'

'Wat hebben mijn handen daarmee te maken?' Tom buigt zich voorover naar het raampje.

Het gezicht verdwijnt weer. 'Niet die handen, die Makarov. De Berlijnse politie gebruikt toch SIG Sauers?'

'Zoals ik al aan de telefoon zei: ik ben hier niet officieel. Ik kan u mijn penning laten zien.'

'Onzin. Die kun je vervalsen. En wat voor agent loopt er rond met een Russisch pistool waar het serienummer af is gevijld?'

'Misschien iemand die evenveel te verbergen heeft als u,' reageert Tom. De beste strategie eigenlijk: niet proberen het wantrouwen van de ander weg te nemen. Liever bevestigen en zijn kant kiezen. *Wij zijn gelijken, ik doe u niets.* Maar Heribert Morten zwijgt.

'Meneer Morten, ik wil niets van u. Alleen maar praten. Bovendien had ik aan de telefoon de indruk dat u daar wel oren naar had.'

Morten schraapt zijn keel. 'Hoe goed kent u Joseph?' Zijn stem klinkt heser, onzekerder, maar er klinkt ook een spoortje hoop en nieuwsgierigheid in door.

'Goed genoeg om ook een paar vragen van u te beantwoorden,' liegt Tom. 'Als het u geruststelt, haal ik het magazijn eruit, goed?'

'Breng uw wapen terug naar uw auto. Als u terugkomt, staat de deur open.'

Tom loopt terug naar de Mercedes en legt, goed zichtbaar voor Heribert Morten de Makarov op de chauffeursstoel. Als hij weer voor de deur staat, staat die inderdaad op een kier. Hij duwt hem verder open en stapt de donkere gang binnen, die overgaat in een ruim trappenhuis. Aan het plafond hangt een stoffige kroonluchter, de trap lijkt jaren niet te zijn betreden.

'Knappe auto,' zegt Heribert Morten met een afgemeten knikje als begroeting. 'Wij hadden alleen Tatra's. Goed, later ook Volvo's.' Hij is mager, heeft stijve, opgetrokken schouders en dun, grijs haar dat strak over zijn schedel naar achteren is gekamd. Tom schat hem op begin tachtig en zoekt naar gelijkenis met zijn zoon, maar ziet geen opvallende overeenkomsten.

'Anderen moesten het doen met Trabantjes of Wartburgs,' reageert Tom. Toen de Muur viel was hij vijf, maar hij herinnert zich de stinkende, kleine tweetaktmotoren nog.

Heribert glimlacht stijfjes. 'Toen was je nog iemand, met een grote auto.'

'En met een groot huis,' vult Tom aan.

'Jaja, de dingen spreken hun eigen taal.' Morten kijkt Tom met vermoeide ogen van onder kale wenkbrauwen aan, draait zich om en loopt zonder iets te zeggen naar een grote woonkamer die is volgepropt met meubels. Er staat niets wat niet minstens dertig jaar oud is, op een lege yoghurtbeker op tafel na, waar nog een lepel in staat. In de hoek bevindt zich een vouwbed: niet opgemaakt.

In de serre dansen stofjes boven een klaptafel in het licht van de ondergaande zon. Heribert Morten neemt moeizaam plaats op een van de twee verbleekte rotanstoelen. Tom wil ook gaan zitten, maar de oude man steekt zijn hand op. 'Het spijt me, maar u zult zich eerst moeten uitkleden.'

'Ik moet... wat?'

'Hebt u een telefoon bij u?'

'Ja.'

'Zet hem uit en stop hem met uw kleren in die vuilniszak daar. Dan maakt u het raam open en laat u de zak in de tuin vallen. Maakt u zich geen zorgen, er wordt hier niets gestolen.'

'Dat is...'

'Wat? Lachwekkend? Absurd?'

'Nogal paranoïde,' zegt Tom.

'Ik heb veel meegemaakt, meneer Babylon. Een vreemde naam, trouwens. Zeldzaam. Waar komt die eigenlijk vandaan?'

‘Ik ben hier niet gekomen om over mij te praten.’

‘Ik vraag het alleen omdat... laat maar. Beslist u zelf. Wilt u gaan of wilt u met mij praten?’

Tom kijkt naar Heribert Morten met zijn blauwe pantoffels, zijn lichtblauwe katoenen pyjamabroek en een vest met leren stukken op de ellebogen, en kennelijk een ijzeren discipline. ‘Hebt u een deken?’ vraagt Tom.

Morten vist een opgerolde deken van de vensterbank, die daar waarschijnlijk ligt tegen de tocht. ‘Hier.’ Het lukt hem niet om de deken naar Tom te gooien, hij belandt tussen hen in op de grond.

Tom kleedt zich uit, pakt een foto uit de binnenzak van zijn jack en legt hem omgekeerd op tafel. ‘Dat is een van mijn vragen.’

Morten knikt, Tom stapt uit zijn broek.

‘Alles, alstublieft,’ zegt Morten met een blik op zijn onderbroek.

Zonder commentaar stopt Tom al zijn kleding en zijn telefoon in de vuilniszak.

‘Omdraaien.’

Tom steekt zijn armen in de lucht en draait langzaam om zijn eigen as. Morten knijpt zijn ogen samen en bestudeert elk detail van zijn lichaam.

‘Tevreden?’ Tom slaat de deken om zijn schouders. Die ruikt muf en kriebelt op zijn huid. Hij laat de zak in de tuin vallen en gaat naast Morten aan tafel zitten.

‘Wat heeft Joseph u over mij verteld?’ vraagt de oude man.

‘Niet veel. Dat u arts bij de Stasi bent geweest en dat u niet meer met elkaar praat.’

Morten knikt alsof hij niets anders had verwacht. ‘Net zo geborneerd als zijn zuster,’ bromt hij. ‘Kent u Lydia?’

‘Zijn vrouw? Oppervlakkig. Vorig jaar was ze bij het kerstdiner van onze afdeling.’

‘Bedriegt hij haar?’

Tom aarzelt, vraagt zich af hoeveel hij kan prijsgeven. Jo Mortens discretie is afhankelijk van zijn eigen zwijgzaamheid.

'Ja,' zegt hij ten slotte.

Morten vertrekt geen spier. Hij knikt alleen mechanisch, met zijn grijze ogen kijkt hij naar Tom. 'U bent eerlijk.'

'Als u het ook bent.'

Morten snuift minzaam. 'Kijk om u heen. Heeft het voor mij nog zin om te liegen?'

'Op het gevaar af de moralist uit te hangen: leugens hebben nooit zin.'

'Mis,' reageert Morten droog. 'Leugens hebben alleen verschillende houdbaarheidsdata. Mijn leugens zijn verstreken, de uwe misschien nog niet.'

'En toch wilde u dat ik me uitkleedde.'

'Mijn geschiedenis is de mijne: met die van anderen moet ik nog altijd uitkijken.'

Tom kijkt zwijgend toe als Morten gaat verzitten, zijn lippen vertrekken terwijl hij moeizaam een kussen rechtduwt. Hij heeft duidelijk pijn. De rotanstoel kraakt. 'Om eerlijk te zijn. Ik zat niet bij de Stasi,' zegt hij kreunend. 'Ik ben arts.'

'Aha.'

'Bespaar me uw aha's. U hebt geen idee.' Opnieuw probeert hij te verzitten. 'Hoe gaat het met mijn kleinkinderen?'

'Goed, denk ik.'

Morten snuift en krabt aan een elleboog. 'Ik wil foto's.'

Het duurt even voor Tom hem begrijpt. 'Van uw kleinkinderen?'

'Van wie anders? Ik krijg die foto's, u krijgt uw antwoorden.'

'Sinds wanneer praten u en uw zoon niet meer?'

'Een jaar of acht.'

'En waarom?'

'Dat gaat u niets aan.'

'Ik denk niet dat uw zoon mij foto's van de tweeling geeft.'

'Hoe u dat regelt kan me niets schelen. Hij hoeft er niets van te weten. Vraag het Lydia, fotografeer ze zelf, maar ik wil foto's.' Morten kijkt uit het raam. Er glinstert iets vochtigs in zijn ooghoeken, maar een fractie van een seconde later kijkt hij Tom weer aan. Een kille, vermoeide blik, de pupillen flets, rode adertjes rond de grijze irissen. Tom vraagt zich af wat Heribert Morten allemaal heeft uitgespookt. Zijn huis, zijn auto, zijn hele gedrag wijst erop dat hij een hoge positie bekleedde in de DDR, en die goed te gelde wist te maken.

'Ik bezorg u die foto's,' zegt Tom.

'Beloofd?'

'Het kan even duren, maar, ja, beloofd.'

Heribert Morten knippert met zijn oogleden. 'Goed. Vraagt u maar.'

'Kijkt u tv?'

'Ik verafschuw televisie. Altijd gedaan. Ik luister naar de radio.'

'Hebt u gehoord van de dode in de Dom?'

Heribert Morten knikt.

'Een protestantse dominee, Brigitte Riss. Ze had een sleutel om haar nek waar het cijfer zeventien in was gekrast. Er zijn inmiddels meer van die sleutels opgedoken, bij verschillende moorden en vermissingen.'

Morten haalt zijn schouders op.

'Kennelijk zijn enkele voormalige medewerkers van de Stasi en de geheime dienst van de DDR, belangrijke mensen met invloed, daarin geïnteresseerd. Ik zou graag weten waarom. Hebt u enig idee?'

Heribert Morten trekt diepe rimpels in zijn voorhoofd en kijkt uit het raam. 'Wie zegt dat?'

'Een collega,' zegt Tom.

'Mijn zoon, dus.'

'Een collega, meer weet ik niet,' ontkent Tom. Wat natuurlijk niet helemaal waar is, maar Jo Morten heeft zich toen

hij belde op de vlakte gehouden. 'Zegt het u iets?'
'Er zaten veel mensen bij de Stasi.'
'Zoals gezegd: met invloed.'
'Doden en vermisten, een sleutel met het cijfer zeventien. Meer hebt u niet?'
'Nee, maar kennelijk was dat al genoeg om iemand te laten schrikken, en ik zou graag weten waarom.'
'Hm.' Mortens blik dwaalt langs het hoge gras en het struikgewas in zijn verwilderde tuin. Twee eenden vliegen snaterend in de richting van het meer. 'Eerlijk gezegd kan ik er niet veel mee. Ik zou het kunnen vragen als u dat helpt. Een of twee mensen.'
'Liever niet,' zegt Tom. 'Ik wil niet het risico lopen dat ook degene over wie het gaat, dit te horen krijgt.'
'Als u niet meer weet, heb ik die foto's makkelijk verdiend,' stelt Morten vast.
Tom vloekt in stilte. Dit bezoek had hij zich wel kunnen besparen. Hoe kwam Jo Morten erbij dat zijn vader misschien iets zou weten?
'Eén ding nog,' zegt Tom. Hij draait de foto om die omgekeerd op tafel ligt.
De oude Morten buigt zich nieuwsgierig voorover en knijpt zijn ogen samen om beter te kunnen zien. 'Uw dochter?'
'Viola, mijn jongere zusje,' zegt Tom. 'Ze is in 1998 verdwenen.'
Morten kijkt zonder een spoor van emotie naar de foto. 'Dat spijt me. U zoekt naar haar?'
'Als ik maar even tijd heb.'
'Ik kan u niet verder helpen.'
'Zou het hebben geholpen als ik de foto's van uw kleinkinderen nu al bij me had?'
Morten kijkt lang naar Tom. 'Nee, ik weet dat u me de foto's zult bezorgen. U bent iemand die zich aan zijn woord houdt.' Zoals Morten het zegt, klinkt het als een gebrek, een vorm

van karakterzwakte. 'Gelooft u mij. Ik zou graag helpen als ik kon. Maar de tijden waarin kinderen verdwenen en ik kon helpen, zijn godzijdank voorbij.'

'Hoe bedoelt u dat?'

In plaats van antwoord te geven, pakt Heribert Morten een pakje zware shag van de vensterbank, rolt een sigaret, likt erlangs met een vergeelde tongpunt. 'Is goedkoper,' mompelt hij als hij zijn sigaret opsteekt. Tijdens de eerste drie trekjes zwijgt hij, dan tikt hij de as af in een vieze beker op tafel. 'Gedwongen adopties,' zegt hij ten slotte. 'Hebt u vast weleens iets over gehoord. Tegenstanders van het regime werden opgepakt, hun kinderen ter adoptie aangeboden. Voor een beter onderdak, zal ik maar zeggen. Kwamen ze beter terecht.' Hij blaast zijn rook in Toms gezicht en kijkt onderzoekend door de rookkringels, alsof hij op een reactie wacht. 'Maar dat was lang vóór 1998. Na de val van de Muur was het afgelopen.'

'U had met die adopties te maken?' vraagt Tom.

'Een collega van mij testte in Hohenschönhausen zo nu en dan de gezondheid van kinderen.'

Hohenschönhausen, de beruchte gevangenis van de Stasi. 'En daar heeft hij waarschijnlijk ook de ondertekening van die adoptiepapieren door de ouders afgedwongen, neem ik aan?'

Morten knikt en neemt nog een trekje. 'Ja, dat was naar. En eigenlijk ook krankzinnig. Ik bedoel, de staat had alle macht, maar ze wilden per se dat die papieren werden ondertekend, dat alles in orde was. Hij heeft een keer tegen een moeder, die in de gevangenis een bekkenbreuk opliep en op de operatietafel lag, gezegd dat hij haar alleen kon opereren als ze adoptiepapieren zou ondertekenen. Soms waren er ook zwangere vrouwen. Dan werden de baby's weggehaald voor de moeders uit hun verdoving ontwaakten, en werd ze verteld dat hun kind was gestorven. Daar moesten ze dan voor tekenen.'

'Was u daar direct bij betrokken? Of alleen uw... collega?'

Mortens ogen vernauwen zich. 'Hoor ik daar een vooronderstelling in doorklinken?'

'Eerder een directe vraag.' Tom steekt zijn blote armen uit zijn omgeslagen deken. 'En ik heb niet eens een opnameapparaat aanstaan.'

Morten kijkt een tijdje uit het raam.

Uiteindelijk zegt hij: 'Die gezondheidstesten deed ik. Met de handtekeningen van de ouders had ik geen bemoeienis. Ik was doorgaans verantwoordelijk voor het hoger kader. Wolf, Mielke, Schalck-Golodkowski. Ik was een heel goede arts, weet u.'

'En wat deed een heel goede arts als u in Hohenschönhausen dan nog meer, behalve kinderen gezondheidstestjes afnemen?'

'Af en toe zaten er prominenten. Ik bedoel, échte prominenten. Het was niet altijd makkelijk alles uit ze te krijgen, als u begrijpt wat ik bedoel. Zo nu en dan werd hun zorg aan mij toevertrouwd.'

'U bedoelt,' vraagt Tom verbijsterd, 'dat u ervoor moest zorgen dat die prominenten niet bezweken aan hun martelingen?'

'Zo drastisch zou ik het niet willen formuleren. We waren geen bananenrepubliek. Hebt u weleens gehoord van het begrip "witte folter"? Geen fysieke schade, dat was het devies.'

'Althans, geen fysieke schade die tot foltering te herleiden viel,' zegt Tom, 'maar in plaats daarvan allerlei andere kwellingen, mentale, psychologische. En wat dat devies betreft... ook in de VS luidt het devies: niet folteren. Maar toch bestaat Guantánamo Bay.'

'Zo komen we niet verder,' zegt Morten onbewogen.

Tom voelt een golf van misselijkheid opwellen. De deken jeukt over zijn hele lijf, het liefst zou hij hem van zich af gooien. In elk geval is hem nu duidelijk waarom Morten erop stond hem tot op het laatste stukje stof te controleren op opnameapparatuur of microfoontjes. Het ergste is die mengeling van vanzelfsprekendheid en relativering waarmee die grijsaard alles vertelt. 'Waarom bracht u die adopties ter sprake toen u de foto van mijn zusje zag?'

'U zei dat uw zusje was verdwenen. Bij... ons... verdwenen kinderen soms ook.'

'Hoe bedoelt u dat, verdwenen? Bij die gedwongen adopties verdwenen er toch voortdurend kinderen?'

'Nee, nee, die waren er allemaal nog. Met documenten, goedkeuring, alles netjes bijgehouden. Er heerste bij ons geen rechteloosheid, al is dat later wel beweerd. Die kinderen moesten het beter krijgen, bij nette gezinnen. Maar soms waren er kinderen die zonder papieren verdwenen en nooit meer opdoken. Meisjes, in bijna alle gevallen.'

Tom krijgt het ijskoud onder zijn deken. 'Hoeveel waren dat er?'

'Moeilijk te zeggen.'

'Meer dan tien?'

'Vermoedelijk.'

'Veel meer?'

'Dat weet ik niet. Ik denk het niet.'

'Maar u zei dat dat voor de val van de Muur was. Mijn zusje is in 1998 verdwenen.'

Morten knikt nadenkend en kijkt hem dan met tot spleetjes geknepen ogen doordringend aan. 'En wat als iemand er gewoon niet mee kon ophouden?'

12

Stahnsdorf
19 oktober 1998
16.23 uur

Tom was als versteend. Zijn hart klopte in zijn keel. Het rode licht maakte alles zo onwerkelijk. Angstaanjagend, alsof de man elk moment weer kon opstaan, zoals dat in films altijd gebeurde.

Maar hij bewoog niet meer, en Tom wist niet wat hij erger vond.

'Nu staan we quitte,' zei Bene zachtjes, 'qua elkaar redden en zo.'

Verdomme, dat staan we niet, dacht Tom.

'Die is echt dood, toch?' Bene veegde zijn neus af met zijn arm.

'Zo dood als wat.'

'Fuck, man, we moeten hier weg.'

'En laten hem gewoon zo liggen?' vroeg Tom.

'Jezus, ouwe, heb jij een beter idee?'

'Dit was toch noodweer. Dat snapt iedereen.'

'Nou ja, als het moeilijk wordt, ontspring jij de dans wel.'

'Onzin. Als ik niet op het achterlijke idee was gekomen om nog een keer terug te gaan, was er niets gebeurd.'

'Denk je dat de politie dat iets kan schelen? Die kijken naar het mes en klaar is Kees. En wie had dat mes vast?'

'We kunnen zeggen dat hij hier inbrak, en wij hem hebben betrapt.'

'Denk je dat iemand daarin trapt?'

'We zijn met z'n tweeën en kunnen het bevestigen, toch?' Tom dacht even na. 'Behalve...'

'Behalve wat?'

'Waar is Grasser eigenlijk?'

'Geen idee. Die heb ik niet gezien. Ervandoor waarschijnlijk, die schijtlaars. Misschien speelde hij onder één hoedje met die vent. Hij moet van iemand hebben gehoord dat wij hier waren. Hij was naar ons op zoek.'

'Precies,' zei Tom. 'Dus als Grasser beweert dat wij hier aan het inbreken waren en zijn nette vriend óns betrapte...'

'En hup,' zei Bene, 'dan kunnen wij het schudden.'

Tom staarde naar de wond in de nek van de dode, naar de steken in zijn borst, en dan nog die steek in zijn rug. Dat leek niet erg op noodweer. 'Dus toch maar wegwezen.'

'We kunnen proberen het lijk te verstoppen,' stelde Bene voor.

'Beter van niet,' zei Tom. 'Als hij zo blijft liggen, kunnen we achteraf nog zeggen – ik bedoel, als we toch worden gepakt – dat we in paniek zijn gevlucht. Als we hem wegbrengen, lijkt het erop dat we iets te verbergen hadden.'

Ze keken elkaar aan.

'Je hebt bloed in je gezicht,' zei Bene.

'Jij aan je handen.'

Ze wasten zich in de gootsteen waarin de foto's na het fixeren werden gespoeld. Toen ze ook de bloedsporen uit de wasbak hadden gewist, pakte Tom de foto's en de Pentax en verlieten ze ongezien de fotozaak.

Bene bezwoer later dat niemand hen had gezien, Tom wist daarentegen vrijwel zeker dat er aan de overkant van de straat iemand achter een halfgeopend raam had gestaan. Pas 's nachts schoot hem te binnen dat ze overal in de winkel vingerafdrukken hadden achtergelaten. Hoe hadden ze zo stom kunnen zijn om daar niet aan te denken? Hij werd misselijk, zijn maag draaide zich om.

Een week later ging bij Tom thuis de telefoon, hij nam zelf op. Het was de politie.

Hij moest de hoorn aan zijn vader geven en zweette water en bloed, zag hoe onthutst zijn vader keek, en zich tegelijkertijd wist te beheersen. Toen hij neerlegde, keek hij Tom met een ernstige, troosteloze blik aan: de politie had eerder die dag Viola's lijk in het kanaal gevonden. Volgens hun eerste inschattingen moest ze al minstens drie maanden dood zijn.

Tom keek hem alleen maar aan. Rouwen was volstrekt onmogelijk, hij moest meteen aan de man in de doka denken, die brute ondervraging en vooral aan die ene zin, die sindsdien in zijn herinnering was gebrand: 'Ik heb je zus precies een week geleden gezien, samen met een man, in de tram.'

Dat meisje in het kanaal was niet Viola. Wie drie maanden geleden al dood was, kon onmogelijk twee weken geleden in een tram zijn gezien!

Nog heel lang bleef de geïrriteerde blik van zijn vader hem bij. Die wachtte op het moment dat zijn zoon zou instorten, zou huilen, zou rouwen om zijn zusje. In plaats daarvan had Tom moeite om zijn blijdschap te verbergen dat ze nog leefde – en zijn vertwijfeling dat hij niemand kon vertellen hoe hij dat wist.

Soms dacht hij dat het makkelijker zou zijn geweest als de politie hem toen op het spoor was gekomen, als aan het licht was gekomen dat Bene en hij in dat fotolab een man hadden gedood. Dan had hij kunnen vertellen wat hij wist. Misschien was gevangenisstraf uiteindelijk zelfs beter geweest dan tot zwijgen veroordeeld te zijn.

Maar niemand kwam ze op het spoor. Sterker nog, nergens verscheen iets over een lijk of een moord. Nog niet het kleinste berichtje in de krant. Helemaal niets.

Zijn besluit om bij de politie te gaan werken, ontstond niet alleen door Vi, maar ook door die man. Mensen kunnen toch niet zomaar spoorloos verdwijnen zonder dat iemand nog naar ze vraagt?

13

Potsdam-Sacrow
Dinsdag 5 september 2017
18.27 uur

Tom laat de deken van zijn schouders vallen en loopt naakt naar buiten. De zon is achter de bomen verdwenen, over de Sacrower See komt koele lucht aangewaaid. Takjes en steentjes prikken in zijn voetzolen als hij naar de blauwe vuilniszak onder het raam loopt.

Op weg naar zijn auto ziet hij koplampen door het bos heen dichterbij komen. Een gele Opel Corsa, een oud model, een kenteken uit Potsdam en een deuk in het nummerbord. Een vrouw van rond de vijftig stopt vlak achter Toms Mercedes. Ze is zwaar en worstelt zich met een propvolle supermarkttas uit het kleine autootje. De laatste stappen naar zijn auto houdt Tom de vuilniszak voor zijn kruis.

Zonder iets te zeggen loopt de vrouw langs, alsof ze niets ziet. Tom legt de plastic zak op de chauffeursstoel en kleedt zich, beschermd door het openstaande portier, weer aan. Als hij wegrijdt, ziet hij in zijn zijspiegel hoe de vrouw voor de deur staat te wachten. Bij de volgende bocht verdwijnt het huis uit zicht, maar zit Vi plotseling naast hem. Hij probeert haar te negeren, neemt zijn voet van het gaspedaal en gooit er nog een pilletje in.

Viola zit breeduit naast hem en speelt met een sleutel die aan een koordje om haar nek hangt. De duisternis valt in, hij doet het licht aan, maar ziet desondanks niet beter.

Wat is er dan met die verdwenen meisjes gebeurd? vraagt Vi.

Ik wil het er niet over hebben.

Denk je dat het iets met mij te maken heeft?

Tom haat Vi's onbeschaamde manier van vragen stellen. Hij weet waar die vragen vandaan komen, hij denkt heus niet dat ze echt naast hem zit, maar haar vragen klinken zo echt als maar kan. Wat helpt het dan om tegen jezelf te zeggen dat ze niet naast je zit?

Het beste is gewoon niet reageren.

Hij slaat af richting Sacrow. Aan de hemel verschijnen roze en blauwe strepen.

Tommi?

Hij krimpt ineen. Zo heeft ze hem al heel lang niet meer genoemd.

Denk je dat die verdwenen meisjes iets met mij te maken hebben?

Ik weet het niet meer, geeft hij toe, ik weet het echt even niet meer.

Misschien moet je je telefoon afluisteren of die Sita bellen.

Slimmerik, wat dacht je dat ik van plan was?

Dat is flauw. Dat zeg je altijd als ik een goed idee heb.

Misschien zeg ik dat wel zodat je even je mond houdt.

Tom ziet uit zijn ooghoeken hoe ze haar benen onder zich optrekt, zich klein maakt en pruilt.

Bij Nikolassee verlaat hij de snelweg, en op de Wannseebadweg zet hij zijn auto aan de kant.

Hij pakt zijn telefoon van de bijrijdersstoel, pulkt de prepaidkaart eruit en stopt zijn eigen simkaart er weer in. De telefoon piept en bromt achterelkaar door. Vijftien oproepen, zeven berichten, zes mails en drie sms'jes. Hij kreunt, vliegt eerst door de korte sms'jes. Zijn adem stokt: de eerste is van Josh' telefoon, het nummer dat hij gisteren pas heeft opgeslagen.

Ik moet je zien. Dringend. Er is iets gebeurd. Beelitz, op het terrein, 19.00 uur

In het volgende sms'je deelt hij zijn locatie. Een speld met een rode knop, midden op het terrein van de sanatoria in Beelitz.

Tom wikt en weegt. Tien voor zeven, Beelitz is nog minstens een halfuur rijden. Hij start zijn auto, draait om en probeert Josh te bereiken, maar krijgt alleen zijn voicemail.

Op de snelweg is het avondspits, hij neemt de linkerrijbaan, de strepen aan de horizon zijn verdwenen, maar de horizon gloeit nog.

Ondertussen luistert hij zijn voicemail af. *Hai, Tom, met Nadja. Het gaat goed, beetje vreemd hier, maar Bene past goed op me.* En na een korte pauze: *Dank je voor gisteren. Zonder jou had ik het niet gered. Bel je me?* Het volgende bericht is van zijn vader: *Hallo, Tom. Zeg, kom je eigenlijk nog naar het tuinfeest? Ik vraag het omdat Gertrud graag* – Tom drukt het bericht weg en gaat naar het volgende. *Hoi, Tom, Sita hier, als je dit hoort, bel me dan.* Ook het volgende bericht is van Sita, maar deze keer klinkt ze verontrust en fluistert ze alsof ze niet vrijuit kan spreken: *Hoi, Tom, hier is de hel losgebroken. Bel me!*

Hij negeert de andere berichten en belt haar. Na vijf keer overgaan krijgt hij haar voicemail. Tom vloekt. Als het zo dringend is, waarom neemt ze dan niet op, of laat ze geen bericht achter over wat er aan de hand is?

Vlak voor Beelitz probeert hij het nog een keer, maar weer zonder succes.

In het westen licht nog een klein streepje hemel op boven de bossen rond de sanatoria. De weg is hier rustig. Tom rijdt langs het Poortgebouw en slaat na een paar honderd meter links af, en parkeert op de plek waar de speld stond, voor een Russisch oorlogsmonument. Een soldaat met een machinegeweer kijkt heroïsch uit over een groot, ovaal, overwoekerd grasveld dat wordt geflankeerd door twee grote, negentiende-eeuwse gebouwen. Een paar sparren staan er verloren omheen.

Tom doet de Makarov in zijn schouderholster en pakt de handlamp die hij gisteren even van de technische dienst had geleend.

Het is bijna halfacht. Josh zei zeven uur, maar als hij iets wilde, zou hij wel wachten. Dat hij zijn telefoon niet opnam baart Tom alleen wel zorgen. De speld op de kaart staat in het linker van de twee gebouwen. Het lijkt in een redelijke staat te verkeren. Twee vleugels en een centraal deel, vakwerkstijl, rode en gele baksteen, grote betraliede ramen die op de begane grond allemaal zijn dichtgetimmerd. Op het dak prijkt een torentje met een klok die al jaren stilstaat, de voordeur staat op een kier, om de deurgrepen hangt een zware ketting, los. Tom duwt de deur open, doet de handlamp aan en loopt naar binnen.

De verf bladdert van de muren en de gestucte plafonds, alsof het pand zijn verleden uitzweet. Het ruikt er muffig, vochtig. Puingruis knerpt onder zijn zolen. Een trap met acht treden, openslaande deuren met daarachter een gang en aan het eind daarvan weer deuren. Het plafond lekt. De grote schimmelplekken zien eruit als opengesperde muilen.

Een tochtvlaag strijkt langs zijn nek, alsof het huis hem probeert op te zuigen, in te ademen.

Voor de volgende deur, de vierde, blijft Tom staan. Hij is hoger, statiger, bijna als een kerkportaal, de tocht is er sterker. Hij kijkt naar zijn telefoon en probeert Josh nog een keer te bereiken. Het blijft stil, zijn telefoon gaat niet over, er volgt een pingeltje en dan meteen de voicemail. Hij zou naar Josh kunnen roepen, maar iets weerhoudt hem, net zoals iets hem ervan weerhoudt die vierde deur open te doen.

Maar hij zou geen rechercheur zijn als hij het uiteindelijk niet toch deed.

De galm die het gruis onder de deur veroorzaakt als hij hem zachtjes openduwt, verraadt hoe groot de ruimte erachter moet zijn. Het lijkt wel alsof iemand de Berliner Dom heeft nagebouwd, de koepel tot op twintig meter heeft laten zakken, er alles uit heeft gesleept en vervolgens de muren met gele tegels heeft bekleed, als in een enorm badhuis. Op zes of zeven meter hoogte valt een ijzig schemerlicht door een rij boogvensters. Water druppelt uit de koepel en vormt plassen op de gebarsten tegels. In het midden van de achthoekige ruimte is een bassin uitgespaard, dat midden in die onafzienbare ruimte, irritant klein lijkt.

'Josh?' vraagt Tom zachtjes.

Zijn stem sterft weg, zijn voetstappen worden door de koepel opgevangen en weerkaatst. Het bassin trekt hem op geheimzinnige wijze naar zich toe, de gele lichtkegel van zijn lamp stuit op water. Rond het bassin, dat nauwelijks groot genoeg is om er een Morris Mini in te zetten, een trapje van een paar treden. De lichtstraal van zijn lamp reflecteert op het wateroppervlak, de rimpelingen weerspiegelen op de muur erachter. Op de vloer van het bekken ligt een lang, zilverig iets als een uit zijn krachten gegroeide vis.

Toms hart begint te bonken. Hij loopt naar de rand van het bassin en schijnt recht omlaag op de gele vloertegels. Er ligt een mens, naakt, omwikkeld met ijzerdraad, zo strak dat het in zijn huid snijdt. Ook het hoofd is ingesnoerd, tussen het draad door staren Josh' ogen hem aan, leeg, en langs hem heen door het water naar de koepel. Zijn mond staat open, als in een laatste poging om adem te halen.

Tom steunt en deinst een stap achteruit. Nu pas ziet hij de sleutel die om Joshua's nek hangt. Hij wordt misselijk, wil zitten, bijkomen. Zijn pillen werken plotseling niet meer, hij voelt een krachteloosheid die hij niet kent, die hem overvalt en de grond onder zijn voeten lijkt weg te trekken.

Rechts naast hem rinkelt plotseling iets. Hij krimpt ineen

en schijnt met zijn zaklamp in de richting waar het geluid vandaan komt. Het lamplicht vangt een klein glimmend voorwerp op de stoffige tegelvloer. 'Dat is de jouwe, Tom, pak hem maar,' zegt een mannenstem achter hem.

Op hetzelfde moment begint zijn telefoon te rinkelen.

14

Hoofdbureau, Berlijn-Tempelhof
Dinsdag 5 september 2017
18.39 uur

Sita Johanns laat haar telefoon nog een tijdje overgaan en hangt dan geërgerd op. Godverdomme. Ze weet niet op wie ze bozer is, op Tom die niet bereikbaar is of op Lutz Frohloff die haar gewoon heeft laten slapen hoewel hij haar telefoon hoorde overgaan. Twee keer, zei hij. Twee keer Tom.

Ze was naar het hoofdbureau op de Tempelhofer Damm gegaan en had nog grappen gemaakt over zijn ligstoel toen ze zijn kantoor binnenstapte, dat nog baadde in het licht. Frohloff reageerde gekwetst en zei dat hij zijn werk niet kon doen als hij niet af en toe even zijn ogen dichtdeed, en bovendien liet zijn vrouw hem na tienen niet meer binnen. Ze baalde van zijn werktijden en probeerde hem op te voeden.

Wat haar beroep was, had Sita gevraagd.

Coach, had Frohloff gemompeld, zonder een spoor van zijn gebruikelijke grijns.

Sita wilde alleen maar even languit op de ligstoel liggen om na te denken en had naar het plafond gestaard en geluisterd naar het klikken van Frohloffs muis terwijl hij allerlei databanken afspeurde. Af en toe overlegde hij even met collega's die met hem meezochten. Verder leek Frohloff niets te horen en te zien, hij ging volledig op in zijn computer – alsof hij door een tunnel reed.

Een klein halfuur later schrok ze wakker, maar zelfs toen zei hij niets over haar telefoon die had gerinkeld. 'Kom eens kijken,' zei hij zonder zich om te draaien. Sita ging naast hem zitten, Frohloff staarde door zijn bril naar zijn scherm.

'Wat dan?'

'Hier.' Frohloff wees naar een rijtje namen op zijn monitor, maar Sita zag niet wat hij bedoelde.

'Je pruik is trouwens een beetje verschoven,' zei hij zonder op te kijken.

Sita was sprakeloos. 'Hoe lang weet jij dat al?'

'Afdeling Informatie. Personenrecherche,' antwoordde hij schouderophalend. 'Ik zie zulke dingen.'

'En de anderen?'

'Geen idee. Maar hij is heel goed gemaakt. Valt niet op. Hoezo? Maak je je zorgen?'

'Zie ik er zo uit?'

'Eerlijk gezegd wel, ja.'

'O.' Sita greep naar haar hoofd, trok zonder iets te zeggen haar pruik van haar hoofd en gooide die op de ligstoel. Frohloff keek heel even naar haar korte haar. 'Cool,' zei hij zonder een spier te vertrekken, en draaide zich weer om naar zijn scherm. 'Morten weet ervan overigens.'

'Waarover?' vroeg Sita gealarmeerd.

'De huismeester had je naam onthouden. Hij vond je geil.'

Sita kreunde.

'Maak je niet druk. Een berisping, hooguit. Morten heeft wel andere dingen aan zijn hoofd.'

'Jij zit me gewoon te fokken, klojo, met je personenrecherche. Jij wist het, van mijn pruik.'

'Laten we zeggen dat ik één en één bij elkaar heb opgeteld,' zei Frohloff met een grijns. 'Maar terug hierheen.' Hij wees naar zijn scherm. 'Ik ben alle zaken uit 1998 nagegaan die ook maar enigszins in aanmerking kwamen. Ik kon geen meisje vinden en geen vrouw met geheugenproblemen die is opgepakt. Al helemaal geen Klara. En er is ook niets te vinden over een meisje of een jonge vrouw die bij de psychiatrische kliniek Höbecke is afgeleverd.'

'En als Wittenberg zich in het jaartal heeft vergist?'

'Ik heb met een marge van vijf jaar gezocht, dus plus en min vijf. Niets te vinden. Dus óf Wittenberg liegt, óf iemand heeft de archieven geplunderd.'

'Wat denk jij?'

'Dat je dokter liegt. Kijk maar wat ik nog meer heb gevonden.'

Met een sneltoets wisselde hij van scherm en opende een pdf-document met kolommen getallen. 'Dit is de administratie van de privékliniek Höbecke.'

'En die heb je zonder rechterlijk bevel gekregen?' vroeg Sita verbluft.

Frohloff grijnsde trots. 'Het zijn oude cijfers. Er is zes jaar geleden al eens een onderzoek tegen Wittenberg ingesteld. Op verdenking van vrijheidsberoving en corruptie. Wittenberg zou giften hebben ontvangen en in ruil daarvoor papieren hebben vervalst om een patiënte opgeborgen te houden.'

'Dat meen je niet.'

'Maar het proces eindigde met vrijspraak voor Wittenberg.'

'Bij gebrek aan bewijs, neem ik aan?'

'Hallo?' zei Frohloff met een grijns. 'Hoor ik daar een spoor van vooringenomenheid?'

'Jij hebt niet met hem te maken gehad.'

'Nee, ik heb hem alleen maar gescreend. Maar kijk eens,' hij tikte met zijn wijsvinger op het scherm, 'wie regelmatig giften overmaakt naar de kliniek?'

'Deutsche Reha N.V.,' las Sita, 'wat is dat?'

'Een klein maar fijn clubje dat wordt gefinancierd met giften afkomstig van een Oekraïense onderneming genaamd Python Security, die vroeger ook in Berlijn gevestigd was. Het staat op naam van ene Yuri Sarkov.'

'Aha. En wat zegt dat?'

'Dat zegt je meer als je weet dat Python ook forse bedragen schenkt aan de HSGV.'

'Is dat niet die belangenvereniging voor, kom, hoe heet het ook weer, iets met sociale gerechtigheid voor oud-ambtenaren uit de DDR, van de douane, grensbewaking, het ministerie van Staatsveiligheid en de...'

'Stasi, juist,' knikte Frohloff. 'Een vereniging met inmiddels meer dan twaalfduizend leden.'

'Is dat echt een vereniging van oud-Stasi-medewerkers?'

'Nou ja, zo kun je dat niet stellen. Officieel heeft de vereniging geen laakbare doelstellingen. Al kun je natuurlijk op je vingers natellen dat hun inspanningen ook ten goede komen aan mensen die destijds in de DDR in troebel water hebben gevist. In zo'n vereniging ontstaan vanzelfsprekend netwerkjes met dubieuze ideeën. Maar feit is: de HSGV maakt ook regelmatig geld over naar de kliniek.'

'Maar wat is de link met Klara Winter?'

'Nou ja, concreet nog niets, maar...'

'... het stinkt,' zei Sita zachtjes. 'Vooral als Wittenberg ook nog liegt over Klara's overdracht aan de kliniek.'

'Yep,' zei Frohloff opgetogen. 'Er wordt vlijtig gepoetst, daar. En dan is er nog iets.' Hij klikte weer terug naar het eerste screenshot op zijn computer. 'Wittenberg is van 1963 en een ossi.'

'Nou en? Ik ben ook een ossi.'

'Ik wil er alleen maar mee zeggen: hij heeft in de DDR medicijnen gestudeerd, en later na de hereniging, psychologie. Hij zal dus ongetwijfeld in een of ander DDR-ziekenhuis hebben gewerkt...'

'... en zou Klara toen al tegengekomen kunnen zijn.'

'Yep.'

'Het enige wat nog ontbreekt is een directe link naar onze zaak.'

‘Daar heb ik ook nog iets voor.’ Frohloff klikte weer naar de administratie, scrolde verder en tikte vervolgens op zijn beeldscherm. ‘Is wat vaag, maar toch.’

Sita boog zich naar voren. ‘Een gift van de Evangelische Kerkgemeenschap Stahnsdorf van meer dan zevenduizend mark?’

‘En later nog meer incidentele giften. Interessant is het rekeningnummer vanwaaraf het geld werd overgemaakt. Dat is het nummer van Brigitte Riss’ privérekening.’

‘Dat kán toch niet!’

‘Het kan wel, maar bewijst nog niets. Ook omdat het geen regelmatige giften waren. De dominee stond bekend als iemand die aan de meest uiteenlopende goede doelen schonk.’

‘Ook aan psychiatrische privéklinieken?’

‘Voor mishandelde en getraumatiseerde vrouwen… weeskinderen…’

‘Van haar privérekening? Lijkt me sterk. Vermogend was ze niet.’

Frohloff keek haar geamuseerd van opzij aan. ‘Je gloeit helemaal. Zie je er tijdens de seks ook zo uit?’

Sita gaf hem een pets midden in zijn gezicht. ‘Ge-trouwd!’

‘Au! Was maar een geintje,’ zei Frohloff grijnzend.

‘En hoe zit het met die zeventien en Klara’s echte naam?’

‘Kan ik heksen?’ protesteerde Frohloff.

‘Tot nu toe wel. Dit heb je allemaal uitgevonden terwijl ik lag te slapen.’

‘Nou ja, ook toen je op weg hierheen was. O, trouwens, terwijl je sliep is je telefoon overgegaan, twee keer geloof ik.’

Sita keek hem perplex aan. ‘En dat zeg je nu pas?’

‘Leek me minder belangrijk dan dit hier allemaal,’ zei hij, wijzend naar zijn beeldscherm. ‘En je lag er zo lief bij. Als een baby, heel zoet.’

15

Beelitz-Heilstätten
Dinsdag 5 september 2017
19.58 uur

Tom draait zich razendsnel om, laat de zaklantaarn vallen en grijpt naar de Makarov in zijn schouderholster.

'Handen weg!' zegt een snijdende stem.

De zaklantaarn stuitert over de vloer. Er staat iemand met een pistool in de aanslag.

Tom laat zijn handen zakken.

Zijn telefoon rinkelt nog steeds, het geluid stijgt op uit de zak van zijn jack en echoot door de koepel.

'Nu heel langzaam je wapen pakken. Met twee vingers.'

Tom gehoorzaamt, hij trekt de Makarov tussen duim en wijsvinger uit zijn holster.

'Op de grond leggen en hierheen schoppen.'

Het pistool schraapt met een metalig geluid over de hobbelige tegelvloer. De man doet een stap naar voren, tast met zijn voet naar het wapen en schopt dat in de richting van het raam.

Toms telefoon zwijgt.

'Pak de sleutel. Het is de jouwe.'

Tom kijkt zoekend om zich heen. Het wordt steeds donkerder in de ruimte, de kleuren vervagen. De lichtstraal van de zaklantaarn schijnt bij hem vandaan en zo vlak over de vloer dat hij de koepelzaal maar nauwelijks belicht. Dan ziet Tom de sleutel liggen, in een scheur tussen twee gebroken tegels.

Hij pakt hem. De sleutel bungelt aan een dun snoer, om de greep van de sleutel zit een donker kapje. De zeventien kan hij in de schemering niet goed zien, maar met zijn duim voelt hij de krassen in het plastic.

'Een van zeven,' zegt de man zacht. 'Hang hem om.'

Tom doet hem om. Het roept beelden op, Viola blij huppelend met de sleutel in haar hand en de veer achter haar oor, Brigitte Riss, gruwelijk toegetakeld onder de koepel van de Dom, de sleutel op haar borst.

De gestalte voor hem laat zijn wapen zakken. Tom probeert de afstand tot hem te schatten, maar hij is te ver weg om een poging te wagen de man te ontwapenen. Hij is slank, rijzig, zijn leeftijd is moeilijk te schatten, maar het weinige wat hij van zijn gezicht krijgt te zien, komt hem vaag bekend voor.

'Wie ben je?' vraagt Tom.

'Jezus.' De man wacht af, kijkt hoe Tom reageert.

Vergist Tom zich, of klinkt er een zweem van spot door in zijn stem?

'Denk je dat ik gek ben?'

'Als je gelooft dat je Jezus bent, zul je daar wel je redenen voor hebben,' zegt Tom.

'Ah, een atheïst.'

'Hoezo?'

'Als die kermis je wat kon schelen, zou je nu woedend zijn.'

'Was Brigitte Riss woedend?'

'Ze was bang. Omdat ze niet begreep wie ik was. Doden kom je niet graag tegen. En ik ben herrezen.' De man doet een paar stappen opzij, bukt zich en pakt de lantaarn. In zijn andere hand houdt hij nog steeds het wapen, schietklaar. Hij lijkt geen geoefend schutter te zijn, maar hij is alert. De man richt de lamp op Tom en schijnt hem recht in zijn gezicht, hij knijpt zijn ogen dicht tegen het licht.

'Wat wil je van mij? Waarom heb je Josh vermoord, Brigitte Riss en mijn collega?'

'Welke collega?'

'Die agente, Vanessa Reichert.'

'Ik heb geen agente vermoord. Waarom zou ik.'

'Waarom Brigitte Riss? Waarom Joshua?'

'Om dezelfde reden dat ik jou ga vermoorden.'

Tom knippert tegen het felle licht. 'Waarom?'

'Omdat jullie, stelletje lafbekken, die sleutel toen niet naar de politie hebben gebracht.'

'Ik begrijp niet waarom dat zo...'

Op hetzelfde moment davert een schot, dan nog een, en nog een derde. De lamp valt op de grond, het licht strijkt langs benen die het volgende moment al niet meer te zien zijn. Plastic versplintert, het licht van de zaklantaarn dooft. Tom werpt zich op de grond. Snelle voetstappen galmen door de zaal, de galm maakt het onmogelijk om vast te stellen waar het geluid vandaan komt. Opnieuw klinken er schoten, nu uit een ander wapen, ze klinken luider, feller – misschien een groter kaliber. Tom tuurt ingespannen in de duisternis, maar het enige wat hij ziet is de vlek die de zaklantaarn op zijn netvlies achterliet, dan weer vuur, een dunne in het donker uitgestanste straal, twee keer kort na elkaar. Van de andere kant van de zaal antwoordt het tweede pistool, de kogels vliegen over Toms hoofd heen en weer. Hij probeert zich te oriënteren, ziet de boogvensters en kruipt erheen, om zich heen tastend naar de Makarov. Links van hem licht plotseling een rechthoek op, een deur waar iemand doorheen glipt. Er vallen nog een paar schoten, dan is het plotseling stil.

Zijn dat voetstappen, achter hem?

Blijf laag! Niet opstaan! Zo zacht als hij kan kruipt hij verder, zijn vingers zo ver mogelijk gespreid. Verdomme, hier moet toch ergens... daar! Zijn vingers omklemmen de greep van het pistool. Hij draait zich om op zijn rug, zijn benen gespreid en richt op de plek waar hij net nog die voetstappen meende te horen.

Voetstappen in de verte.

Hij springt overeind en sprint naar de grijze rechthoek in de zwarte muur en doet wat hij op de politieschool heeft geleerd te doen als je je door een geopende deur in een gevaarlijke situatie begeeft. Er gebeurt niets. Geen schot. Geen geluid. Bomen dicht op elkaar, struikgewas, een smal pad van betonnen platen aan de achterkant van het gebouw. Hij rent om het gebouw heen in de richting van de weg. Een auto schiet uit het niets tevoorschijn uit het donker, raakt van de weg, slingert door het hoge gras, vindt het asfalt terug. De achterlichten vlammen op, de koplampen snijden witte kegels uit de duisternis. Een fractie van een seconde overweegt Tom te schieten, maar op wie? Op de moordenaar of op degene die op de moordenaar schoot?

Plotseling jankt achter hem nog een motor. Tom draait zich om, koplampen houden hem gevangen. De auto moet tussen de struiken hebben gestaan, hij heeft hem niet gezien. De bestuurder rijdt recht op hem af, Tom kan nog net opzijspringen. De auto rijdt de weg op in de richting waarin ook de eerste auto wegscheurde. Tom probeert nog het kenteken te onderscheiden, maar de plaat is bemodderd en de auto zo snel dat hij alleen de B van Berlijn meent te zien.

De motor van de achtervolger brult nog een keer als hij op de weg vol gas geeft. Dan treedt de stilte weer in. Tom steekt net zijn pistool terug in zijn schouderholster als hij plotseling heel in de verte politiesirenes meent te horen. Hij pakt zijn telefoon en kijkt op zijn meldingen en ziet bovenaan Sita's nummer staan. Kennelijk was zij degene die hem probeerde te bereiken. Snel kiest hij haar nummer. Het duurt lang voordat ze opneemt.

'Tom?' Ze klinkt opgewonden, bezorgd. Er klopt iets niet. 'Grauwein heeft net gebeld. Ze hebben je telefoon gepeild en zijn naar je op weg in Beelitz. Maak dat je daar wegkomt.'

'Waarom? Wat is er loos?'

'Drexler is dood. De collega die werd neergeslagen.'
'O, jezus! Ook dat nog.'
'Hij heeft een hartinfarct gekregen. De lijkschouwer zegt dat iemand hem een injectie heeft gegeven. En jij bent de laatste die in zijn kamer is geweest.'
'Kut.'
'Ja, zeg dat wel. Vooral omdat iedereen nu ook begint te twijfelen aan die schietpartij achter Karins huis. Ze verdenken jou. Als jij Drexler hebt vermoord, zeggen ze, was dat natuurlijk om te voorkomen dat hij zou getuigen.'
Het is alsof Toms keel wordt dichtgeknepen. De sirenes komen langzaam dichterbij. 'Sita – luister heel goed! Zeg tegen de collega's dat ik je heb gebeld en dat ze het hele sanatoriumterrein moeten uitkammen. Ik heb de moordenaar gezien. Hier is net ook flink geschoten.'
'Wat?'
'Luister gewoon even,' zegt Tom terwijl hij naar zijn auto loopt. 'Ik was hier in het badhuis. Hij had me al te pakken, wilde mij vermoorden, maar er was nog iemand anders. Plotseling vielen er schoten, uit het niets.'
'O, god, heb je iets?'
'Nee. Die schutter heeft mijn leven gered.'
'En die onbekende schutter, schoot die op jóú of op...'
'Dat weet ik niet. Ze zijn allebei gevlucht, een in een donkere auto, een sedan, iets groots, duurs, aan de achterlichten te zien een BMW of een Audi. De tweede was een stationwagen, ook donker, geen idee welk merk. Misschien vinden ze ze nog.'
'Mijn god, gaat het echt goed met je?'
Tom trekt zijn portier open en stoot zijn hoofd als hij instapt. 'Met mij wel, maar Josh is dood.'
'Wat? Is Böhm dood?'
'Ja, en hij is nog niet klaar. Hij heeft zeven mensen op zijn lijst.' Tom laat Sita niet aan het woord komen. 'Nog iets! Toen

ik bij Drexler was, was hij wakker. Hij vertelde me dat degene die hem neersloeg, een litteken op de buitenkant van zijn rechteronderbeen had, vlak boven zijn enkel. Misschien kunnen jullie daar iets mee. Ik moet ophangen. Let op je telefoon, ik meld me vanaf een ander nummer.'

Zonder Sita's reactie af te wachten, zet hij zijn telefoon uit en rijdt hij achteruit. In de verte knipperen blauwe zwaailichten. De weg is uitgesloten. Hij remt, kijkt even om zich heen en kiest een klein weggetje dat dieper het terrein van de sanatoria op voert. Het weggetje is smal en hij rijdt te hard. Takken slaan tegen zijn auto. Tom voelt zich net zoals toen hij met Bene het fotolab uit vluchtte. Dezelfde hoge hartslag, hetzelfde totaal verloren gevoel, dezelfde uitzichtloosheid. Maar nu is hij helemaal alleen.

16

Psychiatrische priveklinlek Höbecke, Berlijn-Kladow
Dinsdag 5 september 2017
20.36 uur

Friderike Meisen zit op haar bed te surfen op haar telefoon. Als er plotseling wordt gebeld, krimpt ze ineen. Het nummer op de display komt haar bekend voor. Is dat niet die agente? Diep vanbinnen weet ze dat ze er goed aan heeft gedaan om de politie in te schakelen, maar of het alle problemen waard was? Bij Wittenberg staat ze inmiddels op het lijstje 'Afvoeren' en zuster Meret kijkt haar aan alsof ze nog niet eens deugt om koffie te zetten.

Maar ze heeft aan die agente wel haar beste moment sinds tijden te danken. Zoals ze die terriër van Wittenbergs vrouw los had gelaten, hoe de eerwaarde dokter vervolgens met een rood hoofd door de tuin heen en weer rende, daar lacht de halve kliniek zich rot om. De andere helft moest helpen met zoeken.

De ringtone van haar telefoon werkt haar op de zenuwen. Uiteindelijk houdt ze het niet langer vol, neemt op en mompelt: 'Hallo?'

'Friderike?'

'Ja,' fluistert ze, 'bent u het mevrouw Johanns?'

'Ja, zeg maar gewoon Sita. Kun je vrijuit spreken?'

'Ik ben op mijn kamer, maar ik moet voorzichtig zijn. Op de gang kunnen ze me horen.'

'Heb je weer problemen gekregen?'

Problemen dekt de lading niet, denkt Friderike. 'Ja.'

'Het spijt me. Als het allemaal achter de rug is, zal ik nog een keer met dokter Wittenberg praten om hem te vertellen dat je ons heel goed hebt geholpen.'

'Ik weet niet of dat zo'n goed idee is,' fluistert Friderike terwijl ze uit bed opstaat. Met een paar snelle stappen is ze in haar beige douchecabine, ze doet de deur achter zich op slot. De ventilatie springt automatisch aan. Om zichzelf niet de hele tijd te hoeven zien, gaat ze op de wc zitten.

'Friderike, hoe moeilijk het ook is, ik heb nog een keer je hulp nodig.'

Friderike slikt en knikt automatisch, zonder zich te realiseren dat Sita haar niet kan zien.

'Ik moet nog een keer naar Klara.'

'Dat zal niet gaan. Dokter Wittenberg heeft haar verplaatst.'

'Verplaatst?' Even blijft het stil aan de andere kant van de lijn. 'Naar een andere kliniek?'

'Nee, ergens op de begane grond, voorbij zijn kantoor, maar ik weet niet precies waar.'

'Hoe heet die afdeling dan?'

'Ik weet niet eens of het wel een afdeling is.'

Friderike hoort Sita zuchten. 'Kun je misschien bij iemand informeren waar het zou kunnen zijn?'

'Kunt u niet met een of ander bevelschrift op de proppen komen, met iets officieels? Dan moeten ze u toch binnenlaten?'

'We zouden je en jij zeggen,' brengt Sita haar in herinnering.

'Sorry. Maar dat is toch zo? Ze moeten jullie toch binnenlaten?'

'Voor een verhoor van psychiatrische patiënten gelden bijzondere bepalingen. Er moet in elk geval een psycholoog of psychiater bij aanwezig zijn die Klara kent, en dat zou dan natuurlijk dokter Wittenberg worden.'

‘O,’ zegt Friderike.

‘Denk je dat Klara onbevangen met mij zou praten als hij erbij was?’

‘Absoluut niet,’ valt Friderike haar bij. ‘Als hij in de buurt was, zou ik ook niets zeggen.’

‘Luister,’ zegt Sita. ‘Ik kan over ongeveer een uur bij de kliniek zijn. Is de receptie dan nog bemand?’

‘Nee, Schaeben zit er tot zes uur, maar sluit dan de voordeur af.’

‘Dan hoef je die alleen maar voor me open te maken en op een kier te laten staan, alsof je bent vergeten hem af te sluiten. Zou dat lukken?’

‘En Klara, hoe vindt u Klara dan?’

‘Ik weet waar het kantoor van dokter Wittenberg is. Als je nog een tip voor me hebt, zou dat fijn zijn, maar anders probeer ik haar gewoon zelf te vinden.’

Friderike haalt diep adem. ‘Oké,’ fluistert ze.

‘Je bent fantastisch!’ zegt Sita. ‘Dank je wel. En maak je geen zorgen. Je doet er goed aan.’

‘Oké,’ herhaalt Friderike nog een keer. ‘Doei.’

Ze leunt achterover en staart naar het plafonnetje van de kleine douchecabine. Zo moet het voelen als je in de gevangenis zit. Psychiatrie – wat heb ik mezelf aangedaan? Ze draait de deur van het slot en stapt het gangetje op. Het is zo donker dat ze zichzelf in het raam weerspiegeld ziet. Hoe stelt Sita het zich eigenlijk voor, Klara op eigen houtje vinden? Wil ze soms beneden rondlopen en overal aankloppen? Dan wordt ze onmiddellijk ontdekt en heb je de poppen aan het dansen, willen ze weten wie haar binnen heeft gelaten en zo. En bij wie komen ze dan weer uit?

Friderike zuigt haar longen vol lucht, zet haar telefoon op stil en trekt haar rode sneakers aan. Die piepen tenminste niet zo als haar Birkenstocks. Deur open, naar links kijken, naar rechts, ze staat al op de gang.

De stoel van mevrouw Schaeben staat verweesd achter de receptie. Van de bovenverdieping klinkt nog zacht gedruis langs de trappen naar beneden.

Friderike doet de lamp van haar telefoon aan, schermt het felle ledlicht een beetje af met haar hand en loopt de donkere gang binnen waar Wittenbergs kantoor zich bevindt. Aan beide zijden van de gang zitten deuren, ze schijnt even langs de bordjes ernaast. Dokter Silke Weintrud, verpleegafdeling, Sophia Jablonski, huismeester, de opslag, kantoorruimten – meer niet. De laatste deur rechts heeft geen bordje. Voorzichtig drukt Friderike de klink omlaag. Tot haar verbazing is de deur open. Erachter ligt een raamloze gang die eindigt voor een volgende deur. Ook die is open. Erachter leidt een smalle, stenen trap tussen bakstenen muren naar de kelder. De trapleuning is van metaal, waar de grijze lak is afgebladderd, zitten roestplekken.

Mijn god! Het lijkt wel een horrorfilm. Een psychiatrische kliniek met een verborgen trap naar een geheime kelder.

Onzin, denkt ze. Je hebt te veel enge films gekeken. Bovendien waren de deuren niet op slot. Als hier echt iets te verbergen viel, waren ze wel dicht geweest.

Ze vat moed, zet haar ene voet voor de andere en loopt de trap af. Het licht durft ze niet aan te doen. Na een bocht in de trap houdt die ineens op. Een paar tl-buizen gaan flikkerend aan. *Tik, tik.* Het zachte geluid en de kille lichtflitsen bezorgen Friderike een doodsschrik. Ze verwacht al bijna zuster Meret en dokter Wittenberg tegen te komen, maar er is niet meer te zien dan een kale grijze gang in neonlicht, met vier deuren aan de rechterkant. Als ze de grendels op de zware metalen deuren ziet, beginnen haar knieën te knikken. Zou het toch?

Maar vreemd genoeg zijn de grendels niet dichtgeschoven. Ze bergt haar telefoon op, loopt naar de eerste deur, legt haar oor tegen het koude metaal en luistert.

Niets.

Is het uiteindelijk toch gewoon een oude kelder waar niemand meer gebruik van maakt? Voorzichtig drukt ze de klink omlaag en trekt de deur open. De binnenkant is zwaar geïsoleerd, zonder greep of deurklink. De verlichte ruimte erachter is ongeveer vier bij vier meter, met een bed en een commode. Op de commode staat Klara op blote voeten in haar witte nachthemd getallen op de muur te schrijven. De cijfers zijn bibberig, haar vingers klemmen zich verkrampt om haar pen.

'Sorry,' zegt Friderike. 'Ik, eh... gaat het eh... goed?'

Klara verstijft op de commode, kijkt niet om naar de deur, alleen naar de muur, zonder een vin te verroeren. 'Brigitte?' fluistert ze.

'Ik... eh, ik ben het, Friderike.'

'Kom je me hieruit halen?' Klara draait zich om. Haar gezicht is nog grauwer dan anders, maar er straalt iets wat lijkt op hoop uit haar doffe ogen. 'Mag ik weg?'

'Ik, eh. Nee. Sorry,' stamelt Friderike. Haar blik dwaalt door de raamloze ruimte, die eerder op een schuilkelder lijkt dan op een patiëntenkamer. De deur zonder klink doet het echt op een gevangeniscel lijken. 'Dan krijg ik ruzie. Maar dan ook écht ruzie.'

'Alsjeblieft,' fluistert Klara. 'Ik moet hier weg, maar dat snap jij niet.'

Friderike heeft een brok in haar keel, ze probeert hem weg te slikken, maar het lukt niet. 'Dokter Wittenberg heeft gezegd dat het zo beter voor je is.'

'Alsjeblieft,' smeekt Klara. 'Er zijn hier geen ramen. Als er geen ramen zijn, is het net als vroeger, dan komt de duivel en kan Jezus me niet meer vinden.'

'Maak je niet ongerust,' antwoordt Friderike. Ze probeert zoveel vertrouwen in haar stem te leggen als ze kan. 'De duivel vindt je hier niet en er komt iemand van de politie aan die je kan beschermen tegen de duivel.'

Klara spert haar ogen wijd open. 'Nee,' fluistert ze, 'nee, de politie kan me niet helpen. Niet tegen hem. Maar dat snap jij niet.'

'Wil je niet – sorry, ik zeg steeds je, is dat goed? Maar wil je misschien van die commode af komen? Je trilt helemaal.'

Klara drukt zich met haar rug tegen de muur, slaat haar armen over elkaar. Ze spant haar benen en lijkt haar tenen als klauwen in de commode te willen slaan. 'Kun je Brigitte niet halen?'

'Wie is Brigitte?' vraagt Friderike.

Tranen stromen over Klara's wangen. 'Brigitte heeft me hier al een keer uit gehaald. Alsjeblieft!'

'Vertel me nou wie Brigitte is, anders kan ik haar niet halen.'

'Brigitte de dominee.'

O god! De rillingen lopen over Friderikes rug. De dominee uit het nieuws. De dode uit de Dom? Ze slikt, haar hart krimpt van medelijden. 'En wat denk je ervan,' stelt ze voor, 'als ik Jezus haal?'

'Ik ben bang voor Jezus,' fluistert Klara.

'Hoe dat zo ineens?'

'Ik wil niet dat hij hoort wat ik met Maria heb gedaan.'

'Wat heb je dan met Maria gedaan?'

'Ik was jaloers,' verzucht Klara, 'omdat ze zijn moeder en zijn geliefde was. Alleen daarom. Daarom ben ik bang.'

'Maar je zei toch dat Jezus je had gered?'

'Hierbeneden heeft Jezus niet veel macht,' fluistert Klara. 'Hij zegt van wel, maar ik geloof hem niet. Niet tegen de duivel. Brigitte is de enige die de duivel weleens te grazen heeft genomen.'

Friderike haalt diep adem en vermant zich. 'Dan ben ik nu jouw Brigitte.'

Stilte.

'Maar jij bent Brigitte niet.'

'Iemand moet Brigitte zijn. En nu ben ik dat.'

Friderike reikt Klara haar hand.

'Weet je wie mijn duivel is?' fluistert Friderike.

Klara schudt opnieuw haar hoofd.

Friderikes mond is kurkdroog. Ze heeft het nog nooit hardop gezegd, maar eens moet het de eerste keer zijn – al is wat ze thuis meemaakt bij lange na niet zo erg als wat Klara heeft moeten doorstaan.

'Mijn vader,' zegt ze.

Roerloos staan ze daar, Klara op de commode, Friderike met uitgestrekte armen ervoor.

'Wat heeft de duivel met jou gedaan?' vraagt Klara met trillende stem.

'Dat wil je niet weten,' antwoordt Friderike ontwijkend. Ze voelt tranen opwellen. Hoe zou ze Klara ook duidelijk kunnen maken dat ze zich altijd weer een dom gansje voelt, tweederangs, en volkomen waardeloos tegenover de man die ze als kind adoreerde. 'Maar weet je wat je moet doen als je wil ontsnappen aan de duivel?'

Klara schudt haar hoofd.

'Weglopen.'

Stilte. Stilte. Stilte.

'Kom. Ik ben Brigitte. Ik haal je hier weg.'

Klara kijkt haar besluiteloos aan.

'Kom eerst naar beneden, oké?'

Langzaam reikt Klara haar de hand. Haar vingers zijn koud, haar wangen asgrauw. Haar nachthemd golft om haar heupen als ze van de commode klimt. Friderike veegt haar tranen weg. Ze staan voor elkaar en houden elkaars handen vast. Dan zinkt Klara zonder iets te zeggen op haar knieën en legt ze haar hoofd tegen Friderikes buik. 'Kun je me ergens heen brengen?' fluistert ze. 'Ik moet om vergiffenis bidden, maar niemand mag het weten.'

17

Beelitz bij Potsdam
Dinsdag 5 september 2017
20.42 uur

Tom kijkt in zijn achteruitkijkspiegel. Geen koplampen, geen blauwe zwaailichten. Alleen donkere bossen. Hij wordt niet gevolgd. Rechts van hem flankeert een hek met harmonicagaas de kaarsrechte asfaltweg, de bovenkant is beveiligd met scheermesprikkeldraad, om de haverklap doemen waarschuwingsborden op uit het duister. MILITAIR OEFENTERREIN. VERBODEN TOEGANG. SCHIETOEFENINGEN. LEVENSGEVAAR! Het gebied ligt ten noordoosten van de sanatoria, op ruime afstand van de weg.

De nacht lijkt een zwarte tunnel die alles verzwelgt, ook hem. Hij probeert op een rijtje te krijgen wat er gebeurd is en grijpt naar de sleutel om zijn nek, omdat het allemaal zo onwerkelijk is, en plotseling beseft hij hoeveel geluk hij heeft gehad. Josh is dood – en hij zou de volgende zijn geweest. De volgende op een lijst met zeven namen. Brigitte Riss, Josh, Karin, Bene, Nadja en hij. Maar wie is de zevende?

En wie schoot daar in godsnaam plotseling vanuit een hinderlaag? Al hebben die schoten hem het leven gered, de hele situatie was zo verwarrend dat hij eigenlijk geen idee had voor wie die kogels eigenlijk waren bedoeld.

Hij krijgt het beeld van die man in het donkere badhuis niet uit zijn hoofd, hoe hij daar stond, zijn pistool op hem gericht.

Jezus. Plotseling schiet Tom de audiofile te binnen die Sita hem stuurde van haar gesprek met een patiënte uit een psychiatrische kliniek. Die vrouw vroeg Sita waarom ze was gekomen – en Sita had geantwoord: 'Vanwege Jezus.' Betekent dat dat Sita weet wie de moordenaar is? Weet zij dat hij zich Jezus noemt?

En er was nog iets wat de man zei. Brigitte Riss was bang voor hem omdat hij 'herrezen' was. Hoe langer hij erover nadenkt, des te belangrijker schijnen die woorden hem toe.

Links vliegen bomen aan hem voorbij, rechts het gaas. Na vier kilometer rijdt hij Beelitz binnen. De eerste huizen en straatlantaarns brengen hem terug in de werkelijkheid, een deel van hem althans. In een rustig zijstraatje parkeert hij tussen twee andere auto's en zet de motor af. De stilte voelt niet goed, binnen in hem is het een heksenketel.

Hij pakt de sleutel en bestudeert hem. Het snoer knelt in zijn nek, het metaal glanst in het binnenvallende licht van een straatlantaarn.

De sleutel van de doos van Pandora, zegt Vi.

Van de doos van Pandora?

Dat dacht je toch net? zegt Vi. *Wat zit er eigenlijk in die doos? En wie is Pandora?*

Tom kijkt naar de lege bijrijdersstoel en weet precies hoe ze nu naar hem zou kijken. Grote ogen, altijd maar diezelfde pyjama en die sleutel om haar nek.

'Waar ben je, Vi?' fluistert hij. 'Ik weet dat je leeft.' En dan welt er plotseling een zó ijzingwekkende gedachte in hem op, dat hij het er ijskoud van krijgt. Wat als de moordenaar weet waar Viola is – en zij ook op zijn lijst staat?

18

Berlijn-Tempelhof
Dinsdag 5 september 2017
21.02 uur

Sita rijdt de parkeergarage aan Tempelhofer Damm uit. Op de bijrijdersstoel ligt haar pruik. Het voelt vreemd zonder dat ding, maar hem opzetten zou nog vreemder zijn. Naast de pruik ligt haar telefoon, die alweer afgaat. Eerst Grauwein, dan twee keer Morten, die vragen heeft, maar met geen woord rept over Böhm en Drexlers pistool, en dan ook nog eens Bruckmann. Sinds de moord op Brigitte Riss volgen de gebeurtenissen elkaar op in een tempo dat ze nog nooit eerder in een zaak heeft meegemaakt. Ze had Bruckmann eerst niet eens opgenomen. Waarschijnlijk stuurde de leider van het onderzoek haar naar Beelitz om te voorkomen dat Tom zich tegen zijn aanhouding zou verzetten.

Onbekend nummer, staat nu op haar scherm. Ze hoopt dat het Tom is en neemt op. 'Johanns.'

'Met mij.'

'Tom! Waar ben je?'

'Onderweg in de stad.'

Ze voelt een golf van opluchting, iets te hoog voor een collega, en roept zichzelf tot de orde. 'Wat ben je van plan?'

'Ik weet het niet,' zegt Tom.

Waarom klinkt hij zo afstandelijk? 'Vertrouw je me niet?'

'Ik ben gewoon voorzichtig.'

'Ik heb je gebeld om je te waarschuwen. Was je dat alweer vergeten?'

'Dat is alweer even geleden. Wie weet wie er naast je zit en druk op je uitoefent. Zijn de straten afgezet? Wordt er gezocht naar die twee auto's?'

'De straten zijn afgezet. Vanwege jou. De rest moet je aan Morten vragen. Ik heb hem verteld wat je mij hebt verteld, maar ik durf niet te zeggen welke conclusies hij daaraan verbindt. Op dit moment is iedereen bezig om jou te vinden.'

'Wat een flauwekul. Ik heb niets met Drexlers dood te maken, en ook niet met al die anderen. Ik heb hem gezien. Hij was er, snap je? Hij had me bijna vermoord, zoals hij Josh heeft vermoord en die anderen.'

'Wat heeft hij met Josh gedaan?'

'Hetzelfde als met dat lijk dat we toen in het kanaal vonden. In ijzerdraad gewikkeld en in het badhuis verdronken.'

'Joshua's lijk ligt in het badhuis?' kreunt Sita. 'Waar jij net was? Je weet toch wel wat dat betekent?'

'Hm,' bromt Tom. 'Op zijn laatst morgenochtend mijn foto in alle kranten, tenzij iemand het om politieke redenen nog een tijdje tegenhoudt, zodat de hoofdcommissaris nog wat meer tijd krijgt om zich voor te bereiden op de shitstorm.'

'Oké. Luister. We hebben geen tijd te verliezen,' zegt Sita. 'Ik heb iets interessants. Ik was bij Frohloff en er zijn nieuwe feiten over Klara Winter opgedoken. Heb je de audiofile beluisterd die ik je heb gemaild?'

Heel even is het stil, alsof Tom eerst in gedachten een wissel moet omzetten. Sita denkt aan zijn pillen. Waarschijnlijk slikt hij nu de ene na de andere om hierdoorheen te komen. 'Ik heb alleen het begin gehoord, toen werd ik onderbroken,' zegt Tom. 'Ik wist niet goed wat ik ermee aan moest, je hebt me er nauwelijks iets over verteld, behalve dat die Klara kennelijk een fobie had voor het getal zeventien.'

'Zegt de naam dokter Wittenberg je iets?'

'Nee, hoezo?'

'Ik ben op weg naar zijn kliniek. Een psychiatrische privékliniek waarin Klara Winter al bijna twintig jaar zit. De omstandigheden waaronder ze daar is afgeleverd, zijn nogal duister, er is niets over te vinden in onze archieven, niets over familie, niets. Niemand weet waar ze vandaan komt, zijzelf ook niet.'

'Je bedoelt een soort van wolfskind?'

'Eerder een soort Kaspar Hauser. Maar ook dat klopt niet helemaal. Ze praat, zij het meestal in raadsels, en onsamenhangend. Misschien gedeeltelijk geheugenverlies, een jeugdtrauma of iets anders ingrijpends.'

'Hm,' zegt Tom. 'Dat zou kunnen passen bij wat ik vandaag van een oude Stasi-arts heb gehoord.'

'Wat voor Stasi-arts?'

'Dat doet er even niet toe,' zegt Tom ontwijkend. 'Belangrijk is dat hij in Hohenschönhausen kinderen op hun gezondheid testte. Kinderen van dissidenten, die gedwongen werden hun kinderen voor adoptie af te staan. Hij koesterde de verdenking dat sommige van die kinderen zomaar verdwenen. Vooral meisjes.'

'Verdwenen? Dus niet werden geadopteerd?' vraagt Sita.

'Er zijn geen papieren van, geen sporen, niets.'

'Mijn god, dat zou weleens kunnen,' zegt Sita opgewonden. 'Klara had het over een ziekenhuis, en in Hohenschönhausen was voor zover ik weet ten minste één ziekenboeg.'

'Maar dat moet wel vóór de val van de Muur zijn geweest. Klopt dat met de leeftijd van die Klara?' wil Tom weten.

'Het zou kunnen. Maar niemand weet precies hoe oud ze is. Het enige wat ik zeker weet is dat ze in 1998 in de kliniek belandde.'

Even is het stil. Sita vraagt zich af of de verbinding is verbroken. 'Tom?'

'Zei je net 1998?' vraagt hij. Zijn stem klinkt plotseling hees.

'Ja, waarom?'

'In dat jaar is Viola verdwenen, mijn zus.'

Sita zwijgt geschokt.

'Ze zou nu negenentwintig zijn,' zegt Tom. 'Blond haar, groen-blauwgrijze ogen.'

Blond? Sita ziet Klara's strak naar achteren gebonden haar voor zich. 'Klara Winter lijkt eerder eind dertig, haar haar is min of meer grijs, maar dat kan komen door wat ze heeft meegemaakt. 1998 kan toeval zijn, het zou niet passen bij het verhaal van dat ziekenhuis en die verdwenen kinderen, dat was vóór de val van de Muur. Toen was Viola...' Sita rekent het uit haar hoofd uit, 'net een jaar. Zulke vroege belevenissen herinner je je niet.'

'En wat als die psychiatrische kliniek het ziekenhuis is, en alles zich veel later heeft afgespeeld?'

'Hoe kom je daarbij?' vraagt Sita.

'Die Stasi-arts zei nog iets, vlak voordat ik vertrok. Hij zei: "Wat als degene die die meisjes liet verdwijnen, er gewoon mee is doorgegaan?"'

De haartjes op Sita's armen gaan recht overeind staan. 'Dat... dat zou kunnen. Eerlijk gezegd klinkt dat zelfs erg waarschijnlijk. Iemand die kleine meisjes laat verdwijnen en er god mag weten wat mee uitspookt, die zal er niet plotseling mee stoppen omdat toevallig de Muur valt.'

'Vertel eens wat meer over Klara,' zegt Tom.

'Ze lijkt religieus te zijn, op een heel vreemde manier. Waren jullie gelovig thuis?'

'Niet speciaal, hoezo?'

'Ten eerste: op haar nachtkastje ligt een bijbel, waar ze voortdurend in schijnt te lezen. Als boekenlegger gebruikt ze een oude veer, die voor haar bijzonder...'

'Een veer zeg je?' onderbreekt Tom haar. 'Hoe ziet die eruit?'

'Lang en wit. Een heel gewone veer.'

'Als een zwanenveer?' vraagt Tom ademloos.

'Ja, waarom?'

'De laatste keer dat ik Vi zag, droeg ze er een achter haar oor.'

Ook Sita's nekharen beginnen te trillen. 'Je bedoelt dat Klara echt... Viola zou kunnen zijn?'

Het blijft stil aan de andere kant van de lijn.

'Tom?'

Door de telefoon klinkt langgerekt getoeter, eerst hard, dan langzaam wegstervend, dan alleen nog het ademhalen van Tom.

'Tom! Zeg iets. Gaat het?'

'Sorry,' mompelt Tom. 'Ik moest er rechts langs. Ik...' Hij zwijgt.

'Je bent bang,' zegt Sita.

'Dat ze het toch niet is. Ja.'

'Of dat ze het wel is.'

'Dat ook,' geeft hij toe.

'Negentien jaar. Dat is krankzinnig lang.'

Tom zwijgt. Gaat rechtop zitten. 'En ten tweede?'

'Ten tweede,' zegt Sita, 'is Klara bang voor de duivel. Naar haar beschrijving te oordelen moet dat de man zijn die haar mishandeld heeft. En ze heeft het steeds over Jezus. Ze beweert dat hij haar heeft gered, ze is volkomen bezeten van...'

'Wacht even,' onderbreekt Tom haar. 'Jezus? Weet je dat zeker?'

'Zegt je dat iets?'

'De man in het badhuis die me wilde vermoorden – die noemde zichzelf Jezus.'

'Godskolere,' floept Sita eruit.

19

Hoofdbureau, Berlijn-Tiergarten
Dinsdag 5 september 2017
21.20 uur

Jo Morten heeft zich in zijn kantoor teruggetrokken en kijkt naar waar hij nu graag had gestaan. Op de donkere binnenplaats. Paffen, dat wil hij.

Zijn overhemd kleeft aan zijn rug, zijn hartslag is te hoog. Hij haat die rotzooi, maar hij heeft het nodig. Zo gaan die dingen, toch? Je hebt lief wat je liefhebt – en haat wat ervan komt. Zoals met sigaretten en keelkanker. Met zijn baan en de dood van Drexler. De liefde van zijn vader en diens vuile streken. En nu moet hij een man gaan omleggen.

Hij doet zijn deur op slot.

Trekt de bovenste bureaulade open. Pakt uit een kartonnen doosje zeven 9x19mm-patronen om zijn magazijn mee te laden. Niet zijn P6, maar die andere, die hij in zijn auto heeft laten liggen. Zijn dienstwapen is van hetzelfde kaliber als de Glock 34, maar op afstand schiet hij liever met de Glock, die een langere loop heeft en bovendien niet naar hem te herleiden valt. Hij heeft al zo het een en ander uitgespookt wat niet helemaal zuiver op de graat was, en hoopt dat hij er ook deze keer weer mee wegkomt. Dat moet lukken, want die Yuri laat hem geen andere keus.

Wiens brood men eet...

Tom zal hem wel een passende gelegenheid bieden.

Zijn telefoon gaat over, een onbekend nummer.
'Morten,' blaft hij bars.
'Ook Morten,' antwoordt een krakende stem.
Jo Morten wordt duizelig. Vroeger was hij stabieler, goddomme. 'Wat wil je? We zijn klaar met elkaar.'
'Je collega die hier was,' zegt zijn vader. 'Er is nog iets.'
Morten steunt. Die ouwe heeft het weer voor elkaar. Hij heeft het altijd voor elkaar gehad. 'Je weet wel hoe je moet voorkomen dat ik ophang, hè?'
'Wat moet ik anders?'
'Wat is er met hem?'
'Hij zoekt zijn zus.'
'Wist ik al.'
'Ik ben vergeten hem iets te zeggen,' verklaart Heribert Morten.
'Vergeten? Eerder nagelaten, toch?' stelt Jo Morten vast. *Omdat je een reden zocht om mij te kunnen bellen.*
'Ik heb het in elk geval niet tegen hem gezegd.'
'Mooi. En nu?'
'Hoe gaat het met de meisjes?'
'Laat dat,' zegt Jo Morten.
'Joseph, alsjeblieft. Ik ben hun grootvader.'
'Ben je niet. Zeg gewoon wat je te zeggen hebt.'
'Je bent ondankbaar.'
'Ondankbaar? Onverzoenlijk misschien, voor mijn part. Maar dit leidt tot niets. Ik zit tot aan mijn nek in een onderzoek en heb echt geen tijd om met jou te bekvechten. Maar wat ben je vergeten tegen Tom Babylon te zeggen?'
'Ik heb hem van de kinderen verteld.'
'De kinderen? Waarom?'
'Vanwege zijn zus.'
'Maar die is toch niet in die gedwongen adoptiemolen verzeild geraakt. Ze is verdwenen en dood teruggevonden. Bovendien was dat pas in 1998.'

'Wat haar dood betreft, schijnt hij een andere mening toegedaan,' zegt Heribert Morten. 'En dat met die verdwijningen gebeurde toen ook om de haverklap.'

'Hoe bedoel je dat?' vraagt Jo Morten nu toch nieuwsgierig.

'Er was een medewerker, een agent. Een van degenen die die adopties organiseerde. Ze brachten die kinderen naar Hohenschönhausen, naar een gesloten afdeling. Ik was er soms om hun gezondheid te testen. Er waren drie kamers, vijftien, zestien en zeventien. In zeventien zaten altijd alleen maar meisjes.'

Jo Morten voelt een golf van misselijkheid opkomen. Hij moet aan zijn eigen meisjes denken. Zijn hartslag stijgt nog verder. Zeventien. 'En hoe merkte je eigenlijk dat er kinderen verdwenen?'

'Door vragen achteraf.'

'Wat voor vragen?'

'Over die geadopteerde kinderen kreeg ik altijd vragen. Ik had ze tenslotte medisch onderzocht. De nieuwe ouders waren maar zelden zomaar mensen, meestal waren het prominente partijleden. Daar gingen natuurlijk alleen de beste kinderen heen.'

Jo Morten slikt. Zijn mond is kurkdroog.

'Dus wilden die nieuwe ouders van alles weten,' vervolgt Heribert Morten. 'Of de kinderen echt gezond waren, of ze allergieën hadden, ooit iets gebroken, littekens, er waren er zelfs bij die dachten dat ik intelligentietesten had afgenomen, en wilden weten wat daar dan de uitkomst van was. Maar over de kinderen uit kamer 17 kreeg ik nooit vragen. Niet één keer. Daar leek niemand zich voor te interesseren.'

'Mijn god! En je hebt nooit iets gezegd?'

'Ik zou wel gek zijn.'

Jo Morten klemt zijn kaken op elkaar tot het pijn doet. Het is allemaal zo schizofreen. Hoe kun je iemand zo haten en hem uiteindelijk toch niet helemaal laten vallen? 'En de naam van die agent,' vraagt hij, 'over wie je het net had. Weet je zijn naam nog?'

Stilte.

Alsof zijn vader nadacht of het na al die jaren nog kwaad kon om die naam prijs te geven. Of probeert hij gewoon tijd te winnen om het gesprek te rekken?

Hij schraapt zijn keel.

Het klinkt alsof hij iets drinkt.

Dan hoest hij.

Zo hoestte hij altijd als hij een slok van zijn goedkope whisky nam.

'Natuurlijk weet ik dat nog,' zegt Heribert Morten.

'Hij heette Riss. Berthold Riss.'

20

Psychiatrische privékliniek Höbecke, Berlijn-Kladow
Dinsdag 5 september 2017
21.48 uur

Tom parkeert zijn auto buiten het zicht van de kliniek. Zijn hart gaat tekeer; de hele rit heeft hij geprobeerd zich voor te stellen hoe ze er nu uitziet, op haar negenentwintigste en met grijze haren. Wat heeft Viola in hemelsnaam allemaal meegemaakt?

Hij stapt uit en loopt het laatste stukje. Voor de gietijzeren poort ziet hij Sita's slanke gestalte. Ze draagt geen pruik, haar gezicht lijkt versteend, haar ogen schieten nerveus heen en weer. Onderweg hebben ze nog een tijdje gebeld en elkaar bijgepraat.

'Hé!'

'Goed dat je er bent,' steunt ze.

'Wat is er dan?'

'Wittenberg.' Ze wijst naar de kliniek. 'Ik heb net een berichtje op mijn telefoon afgeluisterd. Friderike belde, waarschijnlijk net toen wij zaten te bellen.'

Sita houdt haar telefoon bij zijn oor en laat het spraakbericht horen. Eerst klinkt er alleen geruis, dan een mannenstem, zacht, bijna onhoorbaar: 'Wat heb je daar achter je rug?'

'Dat is de directeur van de kliniek,' zegt Sita.

Dan klinkt de stem van een jonge vrouw, dichterbij, Friderike kennelijk. 'Waarom sluit u haar hier in de kelder op? Ziet u niet wat...'

'Laat zien wat je achter je rug hebt.'
Weer geritsel.
'Geef hier...'
'Nee, néé.'
Gehijg, gedruis. 'Klara, ren!' kucht Friderike. Luid klapperen, gesteun. Het klinkt als een worsteling. Iets slaat tegen de microfoon, dan wordt de verbinding verbroken.
'Jezus. Van wanneer is dat?'
Sita kijkt op haar scherm. 'Twintig over negen. Een halfuur geleden. Denk je dat Wittenberg onze man is?'
'Je bedoelt Jezus? Waarom zou hij in het geheim met haar afspreken als hij haar kan zien wanneer hij wil? Ik denk eerder dat hij iets met de ontvoering van die meisjes te maken kan hebben.'
'Qua leeftijd zou het kunnen, hij zou destijds in Hohenschönhausen gewerkt kunnen hebben,' zegt Sita. 'En als directeur van een psychiatrische kliniek moet hij later, na de val van de Muur ook in de gelegenheid zijn geweest.'
'Maar wie is dan die Jezus?'
'Iemand die zich wil wreken? Een broer of een vader van een van die meisjes? Maar dan had Wittenberg bovenaan zijn lijstje gestaan en niet Brigitte Riss.'
'O nee,' kreunt Sita, 'ik bedoel ja. Het past wel. Er bestaat een verband tussen Brigitte Riss en Wittenberg. Ze heeft geld naar hem overgemaakt, zogenaamd als giften, onregelmatig.'
'Maar waarom heeft die zogenaamde Jezus Josh, mij en Nadja op zijn lijst? Dat klopt dan toch niet?'
Sita kijkt hem radeloos aan. 'Geen idee, maar we moeten snel Friderike en Klara zien te vinden. Dat bericht klonk niet goed. Wat zullen we doen? Collega's erbij roepen?'
'Dat duurt te lang.' Tom werpt een blik door het hek en belt dan aan. Een ledlampje licht op, een zwart glanzend oog kijkt hen zwijgend aan. Ze wachten, kijken naar de kliniek.

'Die doen niet open,' mompelt Sita zonder haar lippen te bewegen.

Tom belt opnieuw aan en schat de hoogte van de muur. Iets meer dan drie meter. 'Kom mee.'

Hij begint te rennen, Sita holt achter hem aan. Tom rent de zijweg in waarin hij zijn auto heeft geparkeerd, start de auto en zet hem dichter tegen de muur. 'Kom!' Hij klimt op zijn auto en trekt zich op aan de rand van de muur. Sita volgt hem. Aan de andere kant springen ze naar beneden en landen in het zachte gras. Het ruikt er naar hondenstront.

'Oké, en nu? We kunnen moeilijk gaan inbreken.'

'Aan de huisdeur kunnen ze ons niet zo makkelijk negeren als aan de poort,' zegt Tom.

In marstempo lopen ze naar de voordeur.

Tom belt aan. Als niemand reageert, slaat hij met zijn vuisten op de deur.

Na een eeuwigheid wordt die vanbinnen ontgrendeld. Een resolute vrouw van midden veertig verspert hun de weg. Een vlezige wipneus, kille blauwe ogen, vouwen in haar voorhoofd die weinig enthousiasme verraden. 'U weer?' blaft ze tegen Sita.

'Dag, zuster Meret.'

'Tom Babylon, Moordzaken Berlijn,' zegt Tom, en hij zwaait met zijn penning. 'Mijn collega Sita kent u al.'

Zuster Meret zet haar handen op haar heupen.

'Waar is dokter Wittenberg?'

'Op weg naar het ziekenhuis.'

'Waarom?'

'Hij werd in zijn arm gebeten,' verklaart de zuster met een zuur gezicht.

'Door wie?'

'Wat denkt u? U weet toch waar u bent? Denkt u dat dit voor het eerst gebeurt?'

'En waar zijn Klara Winter en Friderike Meisen?'

Zuster Meret kijkt sprakeloos van de een naar de ander.

'Ik zal het kort houden,' legt Tom uit. 'Ik ga ervan uit dat uw baas Klara Winter in de kelder heeft opgesloten en dat het tot een daadwerkelijke confrontatie tussen hem en Friderike Meisen is gekomen. Ik wil onmiddellijk weten waar die twee zijn. Ik kan ook mijn collega's oproepen, en dan halen we de hele kliniek ondersteboven. Als blijkt dat die vrouwen iets is overkomen, hebt u een groot probleem.'

De kaken van zuster Meret malen.

'Een heel groot probleem,' zegt Tom grimmig.

Met een zucht stapt ze opzij.

'Waar is de kelder?'

'Volgt u mij maar,' zegt de zuster met een giftige blik naar Sita. Ze loopt door de hal en slaat links af de gang in. Licht flakkert op, haar stappen weergalmen tegen het plafond.

'Komt het vaker voor dat patiënten in de kelder worden opgesloten?' vraagt Sita.

'Dat moet u aan dokter Wittenberg vragen,' bijt zuster Meret haar toe. Ze lopen een gang zonder ramen in, een deur, daarachter een kale gang met bakstenen muren. Alles is er grijs. Tom moet er buigen. Met elke trede krijgt Tom het benauwder en neemt zijn angst toe om wat hem te wachten staat als hij Viola terug zal zien. *Tik, tik.* De tl-buizen springen aan en verlichten de brede gang met de vier deuren aan de rechterkant.

'Waar zijn we?' vraagt Sita.

'Een oude vleugel uit vroeger tijden. De behandelmethoden waren toen anders dan nu,' zegt zuster Meret.

'Toen?' zegt Tom. De grendels op de deuren laten duidelijk het verschil zien. 'Waar?' vraagt hij.

Zuster Meret wijst op een van de deuren, maar maakt geen aanstalten om die open te maken. Haar gezicht lijkt verstard. Met drie stappen is Tom bij de deur. Zijn hart bonkt. Het voelt onwerkelijk aan. Is dit het moment? In een psychiatrische kliniek, achter een gepantserde deur?

De klink ligt ijskoud in zijn hand.

Hij doet de deur open.

Ziet niets van de inrichting. Ziet de commode niet, niet de krabbels op de muur of de gecapitonneerde deur. Hij ziet ook de bijbel op het nachtkastje niet, waar een lange, witte veer uit steekt. Tom ziet alleen de vrouw, die op haar rug op de grond ligt. Haar lippen zijn bebloed, haar gezicht is opgezwollen. Ze is begin twintig, haar haren zijn blond, niet grijs.

Friderike Meisen waarschijnlijk.

Viola is er niet.

21

Psychiatrische privékliniek Höbecke, Berlijn-Kladow
Dinsdag 5 september 2017
22.01 uur

Sita loopt om Tom heen, knielt naast Friderike en voelt haar pols. De oogleden van de stagiaire knipperen kort.

'Friderike? Kun je me horen?'

Niets. Alleen die polsslag.

Sita schuift voorzichtig haar hand onder Friderikes achterhoofd en voelt een zwelling. Opnieuw knippert ze met haar ogen.

'Zuster Meret,' zegt Sita. 'We hebben een ambulance nodig.'

Zuster Meret staat in de deuropening en probeert nieuwsgierig over Sita's schouder te kijken.

'Ik, eh, ben niet...'

'Nu,' zegt Tom kortaf. De zuster zwijgt, haalt haar telefoon uit de zak van haar uniform en trekt zich op de gang terug om te bellen.

'Friderike, hoor je me?' vraagt Sita opnieuw. Tom gebaart dat ze het meisje voorzichtig op haar wang moet tikken, maar vanwege de zwelling wil ze Friderike niet laten bewegen. Tom is zijn opwinding aan te zien. Hij zoekt antwoorden, maar vindt ze niet. Zijn blik dwaalt af naar het nachtkastje waar de bijbel met die veer op ligt.

'Friderike, hallo...' probeert Sita het nog een keer.

'Ja,' kreunt de jonge vrouw zachtjes. Voorzichtig doet ze

haar ogen een klein stukje open, ze fronst.

'Blijf liggen, beweeg je niet, oké?' zegt Sita. 'De ambulance is onderweg.'

'Oké,' mompelt Friderike vaag.

Tom wil haar iets vragen, maar Sita is hem voor. 'Was het Wittenberg?'

'Ja.'

'En Klara?'

'Die is weg.'

'Met Wittenberg? Heeft Wittenberg haar meegenomen?'

'Ze is weggerend. Ik heb Wittenberg tegengehouden, maar hij was zo sterk,' mompelt Friderike. 'Ik heb hem gebeten.'

'Is hij nog achter haar aan gegaan?'

'Weet niet...'

'Waar denk je dat Klara heen is?'

'Naar de kerk.'

'De kapel?'

'St.-Servatius,' zegt zuster Meret. Ze is klaar met bellen en staat beschaamd in de deuropening. 'Hier op het terrein. Verder zal ze niet komen.'

Friderike probeert haar hoofd te schudden, maar krimpt ineen van de pijn. 'Niet de kapel.'

'Waar dan heen?'

'Naar de Berliner Dom.'

'Waarom daarheen?'

'Vanwege Jezus. En omdat Brigitte daar zou zijn.'

'Dat is toch onzin,' protesteert zuster Meret. 'Hoe moet Klaartje daar komen? Ze is in al die jaren dat ik hier ben niet één keer van het terrein geweest en...'

'Sst,' zegt Sita, en ze draait zich weer om naar Friderike. 'Weet Klara hoe ze van het terrein komt?'

'Geen idee, maar daar wilde ze heen. Ik heb tegen haar gezegd dat we een taxi konden nemen.'

'Ben je helemaal gek geworden?' onderbreekt zuster Meret

haar. 'Je kunt toch niet zomaar met haar de stad in gaan? Weet je wat dat voor Klara betekent? Ze zou kunnen instorten onder de stress.'

'En de stress van hier te worden opgesloten? Hoe zit het daarmee?' stuift Sita op. 'Houdt u even uw mond. Over uw rol komen we nog te spreken.'

'Ik moest het haar beloven,' zei Friderike. 'Ze zei dat ze vergiffenis zocht, maar niemand mocht het weten. Misschien heeft ze echt een taxi genomen.'

'De poort is dicht en de muren zijn meer dan drie meter hoog. Hoe zou ze dat voor elkaar moeten krijgen? Bovendien heeft ze geen geld voor een taxi,' zei zuster Meret.

'Maar dat zou de taxichauffeur pas merken als ze er zijn,' zegt Sita. 'Is ze in theorie stabiel genoeg om zo ver te komen. Gebruikt ze medicijnen?'

'Dat redt ze nooit. En ja, ze krijgt medicijnen...'

'Die slikt ze niet,' fluistert Friderike mat, 'ik heb het zelf gezien.'

'Tom?' vraagt Sita, 'wat denk jij? Denk je ook dat Wittenberg achter haar aan is gegaan?'

Geen antwoord.

'Tom?' Ze kijkt om zich heen, maar Tom staat er niet meer.

'Die liep net weg,' zegt zuster Meret.

Sita kijkt verbluft naar de deur en dan naar Friderike. 'Heel even.'

Ze loopt de gang op. 'Tom?' Dan de trap op tot aan de gang. 'TOM! Verdomme!'

22

Berlijn-Tiergarten
Dinsdag 5 september 2017
22.35 uur

Jo Morten heeft zijn auto expres niet op zijn eigen parkeerplaats in de Keithstraße geparkeerd. Dat doet hij nooit, hij kan er niet tegen in de gaten gehouden te worden. Zijn hele leven al niet. Zijn moeder wilde altijd weten wat hij uitvoerde, zijn vader maakte het zijn moeder graag naar de zin.

Hij gooit het portier achter zich dicht en kijkt nog een keer op de gps-tracker op zijn telefoon. Waar rijdt die Babylon nu weer heen? De kleine, pulserende stip die het zendertje op zijn auto uitstraalt, beweegt met hoge snelheid richting centrum. Goed dat Babylon zo gestoord is om in zijn eigen auto te rijden. Of hij weet niet dat hij wordt gezocht, of hij heeft een punt bereikt dat het hem niets meer kan schelen. Wel vervelend dat collega's nu ook naar hem op zoek zijn. Als zij hem eerder vinden dan hij, is hij erbij.

Wat dat betreft had hij hem beter niet op de opsporingslijst kunnen zetten. Maar hoe had hij moeten weten dat in Beelitz alles mis zou lopen?

Hij pakt zijn Glock uit het handschoenenvak, haalt het magazijn eruit en vult de patronen aan. Zijn telefoon legt hij in de console tussen de stoelen, zodat hij het stipje kan volgen, dan rijdt hij weg. Zijn handen trillen. Een sigaret zou fijn zijn, maar in zijn auto roken, dat gaat niet. Lydia zou het op drie kilometer tegen de wind in ruiken. Hij zal zijn wapen ergens op moeten leggen, of dichtbij genoeg komen om in elk geval raak te schieten. Als het maar goed gaat. Het is de enige manier om te voorkomen dat alles misloopt. Dat het pensioen van zijn vader wordt ingetrokken, het onderzoek tegen hem wordt heropend, en daarmee ook een onderzoek tegen hemzelf.

Zijn mobiel gaat over.

Net nu. Hij mindert vaart, neemt het gesprek aan en zet zijn telefoon op de speaker. 'Morten,' bromt hij.

'Met Frohloff.'

Hij ziet zijn grijns voor zich, alleen al door die stem. Snel drukt hij het scherm weer tevoorschijn, zodat hij het stipje kan blijven volgen.

'Heeft Johanns je gebeld?' vraagt Frohloff.

'Johanns? Nee, waarom?'

'Echt niet?' zegt Frohloff verbaasd. 'Verdomme.'

'Hoor eens, ik ben bezig. Hou het kort.'

'Het is belangrijk. Ik heb het een en ander gevonden.'

'Is er een korte versie?'

'Het is toch jouw onderzoek?' Frohloff klinkt op zijn teentjes getrapt.

'Is er direct gevaar?'

'Nee,' zegt Frohloff gepikeerd. 'Of misschien wel. Geen idee. Maar dat is jullie zaak. Ik lever alleen feiten. Wat jullie daarmee doen, is jullie zaak.'

En die van de hoofdofficier. En van de staatssecretaris, denkt Morten. Anders had ik je wel weggedrukt. 'Goed. Wat is er?'

'Sita en ik,' Frohloff schraapt zijn keel, 'Johanns dus, hebben een theorie betreffende een voormalig DDR-ziekenhuis. Het heeft te maken met die psychiatrische patiënte over wie we werden gebeld.'

'Ja, en?'

‘Er is een connectie met Brigitte Riss. Ze heeft geld overgemaakt aan die psychiatrische kliniek waar die patiënte zit.’

‘Luister eens, duurt dit nog langer? Ik zie Johanns zo nog,’ liegt Morten. ‘Kan zij me niet bijpraten?’

‘Vast wel,’ zegt Frohloff beledigd. ‘Op één ding na. Ik kan me wel voor mijn kop slaan dat ik er niet meteen naar ben gaan zoeken, maar die affaire van Johanns en die patiënte hield me op. Maar: na wat Tom vertelde, lijken de moorden allemaal op de een of andere manier gerelateerd aan het verdwijnen van zijn zus met die sleutel die ze toen bij dat lijk vonden.’

‘En verder?’

‘Nou ja, zijn zus is op 10 juli 1998 verdwenen. Er schoot me ineens een toevallige samenloop van omstandigheden te binnen. In die nacht brak er in Stahnsdorf, waar de familie Riss en ook Babylon toen woonde, brand uit. Een huis brandde tot de grond toe af. En weet je van wie dat huis was?’

‘Zeg het nou maar gewoon.’

‘De familie Riss.’

‘O,’ zegt Morten verrast.

‘En weet je,’ vraagt Frohloff, ‘op welk nummer dat was? Op nummer zeventien.’

Morten zit er als door de bliksem getroffen bij.

‘En let op, nu komt het: in dat huis werd destijds een lijk gevonden. Verkoold, niet meer te identificeren.’

‘Godsamme. Waarom heb je dat niet eerder gevonden?’

‘Ja, luister eens, we hadden genoeg te doen. Ik ben erop gekomen door de datum waarop Toms zusje verdween, maar ik ben tenminste zo slim geweest om de huiseigenaar op te zoeken. Het ging om een kleine vastgoedmakelaardij. De eigenaar was Berthold Riss, de man van Brigitte Riss.’

Berthold Riss. De verdwenen, ontrouwe echtgenoot. In Morten valt alle informatie nu als vanzelf op zijn plek. De gedwongen adopties waar Riss in de DDR verantwoordelijk voor was. De verdwenen meisjes uit het ziekenhuis. Het afgebrande huis. 'Was dat lijk van een man?' vraagt hij.

'Nee, van een vrouw, schijnt het.'

Morten kijkt naar zijn gps-tracker. Babylon rijdt nog steeds op de B2 richting Tiergarten. 'Een vrouw of een meisje?'

'Dat weet ik niet.'

'Is er geen analyse van de botten gedaan?'

'Ik neem aan van wel,' zegt Frohloff, 'maar het rapport is verdwenen. Wat ik heb, heb ik uit verschillende archieven bij elkaar gesprokkeld.'

Morten vloekt. Babylon rijdt langs de Brandenburger Tor. 'Goed gedaan, Lutz! Dank je. Luister. Ik meld me weer. Bereid jij je verhaal voor voor de teamvergadering morgen?'

'Halfnegen toch?' vraagt Frohloff.

'Stipt,' zegt Morten. Hij beëindigt het gesprek en zet zijn telefoon uit. Nu telt alleen nog Tom Babylon. Babylon is de lokvogel. Als Babylon dit overleeft en ook nog wordt gearresteerd, zullen Yuri en die types van de HSGV hem levend roosteren.

De tracker verdwijnt weer van zijn scherm. In plaats daarvan staat er: *Oproep Sita Johanns.*

23

Berliner Dom
Dinsdag 5 september 2017
22.44 uur

Al van ver ziet Tom dat er iets niet klopt. Boven het grasveld voor de Dom zweeft een oranje gloed, alsof er brand is. Alleen de rook ontbreekt. Langs de straat staan lange rijen politieauto's.

Wat is hier in hemelsnaam aan de hand?

Vlak voor hij de slotbrug naar het Museumsinsel oversteekt, ziet hij de verlichte Dom met zijn groen uitgeslagen koepels majestueus oprijzen tegen de donkerblauwe lucht. Het grasveld is vol mensen met fakkels, borden en spandoeken.

'Licht tegen rechts' – natuurlijk, de demonstratie. Hij was ze helemaal vergeten.

Net voor de brug slaat hij een zijstraat in. Het is hier rustiger, en bovendien is er geen politie. Hij denkt niet dat de agenten die toezicht houden op de demonstratie, weten dat hij gezocht wordt, maar hij moet oppassen. Hij wringt zijn Mercedes in een veel te krappe parkeerplek en wurmt zich uit zijn auto.

Nog drie minuten naar de Dom.

In de Lustgarten duikt hij onder in de menigte en loopt hij beschut door het gewoel in de richting van het Domportaal. Er zijn minstens een paar duizend mensen, bijna iedereen heeft een theelichtje met een flakkerend kaarsje bij zich.

Hoe moet hij in deze chaos in godsnaam Vi vinden? Als ze

hier al is, als ze niet bang geworden is, niet is teruggeschrokken voor de menigte. Zijn telefoon gaat voor de derde keer over. Hij hoeft niet te kijken om te weten wie hem belt. Er is maar één persoon die zijn nieuwe prepaidnummer heeft. 'Hoi, Sita.'

'Tom, wat ben je in godsnaam aan het doen?'

'Dat vraag je nog?'

'Ben je al bij de Dom?'

'Ja, midden in een demonstratie.'

'Licht tegen rechts, ik weet het. Tom?'

'Wat?'

'Ik heb Morten gebeld.'

Tom blijft staan. 'Dat meen je niet! Laat je me ineens in de kou staan?'

'Rustig nou. Ik kon niet anders. Jij was er ineens vandoor, ik was alleen in de kliniek. We hebben geen idee waar Wittenberg is en Klara is ook verdwenen. Wat als ze allebei nog op het terrein van de kliniek zijn en hij doet haar iets aan?'

'Ze is niet in de kliniek,' zegt Tom woedend.

'Hoe is ze er dan uit gekomen? De poort is op slot, de muren zijn veel te hoog. Ze is toch geen atlete. Als ze van het terrein is gekomen, dan met Wittenberg en dan moet er een aanhoudingsbevel komen.'

'Als het Viola is, zweer ik je dat ze eruit gekomen is,' zegt Tom.

'Jij wíl dat het Viola is,' zegt Sita.

Tom klemt zijn kaken op elkaar.

'Wat als ze het niet is?'

'Ze is het.'

'Tom, je bent door haar geobsedeerd.'

'Ik wil haar gewoon vinden. Dat is alles.'

'Precies,' zegt Sita. 'Dat is je obsessie.'

'Onzin, dat is volstrekt normaal,' zegt Tom driftig. 'Het is mijn zus.'

'Ja, en op de een of andere manier is ze altijd bij je, sleep je haar overal mee naartoe. Het zou me niets verbazen als je ook nog soms haar stem hoort.'

Tom verstijft. Zijn hart gaat tekeer. Hoe weet ze dat? Dat kan ze niet weten. *Heb ik misschien hardop met Vi gepraat waar Sita bij was? Ben ik de controle over mezelf kwijt?*

'Heb ik gelijk?' vraagt Sita.

Hij kijkt over de menigte naar de Dom. Mensen met kaarsen in glaasjes. Een zee van vlammetjes en oranje gezichten. 'Soms,' zegt hij zacht. Hij zou zweren dat Sita hem niet kon verstaan met al dat lawaai.

'Is ze soms bij je?'

'Ja, soms.'

'En doet dat je goed?'

'Nee,' zegt hij, 'ik haat het. Het is verschrikkelijk. Het moet een keer ophouden.'

'Het houdt niet op.'

'Waarom zeg je dat, verdomme?'

'Omdat je het niet haat. Je vindt het heerlijk.'

Tom slikt. Die zee van vlammetjes, al die mensen, plotseling wordt hij duizelig. Zijn vingers omklemmen zijn telefoon.

'Het is de enige manier waarop je haar nog om je heen kunt hebben. Zelfs als het pijn doet zou je er nooit afstand van doen.'

'Behalve,' zegt hij, 'als ik haar vind.'

Heel even aarzelt Sita. 'Ik weet niet of het dan beter wordt, Tom.'

Hij zwijgt. Van hem mag ze naar de duivel lopen. Ze rammelt aan deuren die hij lang geleden heeft dichtgetimmerd.

'Stel je voor dat zij het is,' zegt Sita, 'en je hebt haar gevonden. Wat dan? Denk je dat ze nog steeds de kleine Vi is die je bent kwijtgeraakt? Denk je dat je nog iets be...'

'Krijg de zenuwen! Je hebt geen idee.' Hij drukt haar weg en zet zijn telefoon op stil, stopt hem terug in zijn zak en wringt zich door de menigte. Ergens rechts van hem steekt iemand vuurwerk af, een vuurpijl met een rode staart. De politie doet een oproep per megafoon om het rustig te houden. Een tweede vuurpijl schiet sissend de lucht in. Tom duikt tussen de laatste demonstranten door. Het is alsof hij als door een golf het strand op wordt gespoeld. Hij staat recht voor de even uitnodigende als dreigende Dom, achter de rood-witte versperring. De hekken van het portaal zijn dicht, agenten bewaken de ingang en kijken waakzaam in het rond.

En als Sita gelijk heeft? Wat als Viola niet uit de kliniek heeft kunnen ontsnappen?

En zelfs als ze hier is, hoe moet hij haar dan in godsnaam vinden?

Tom loopt langs de versperring naar rechts. Om de Dom heen, op zoek naar Vi. Zijn slapen bonken, hij weet niet of het door de wond komt of door de stress. Hij kan nog een pil nemen, maar wil zichzelf niet opblazen.

Hij slaat de hoek om en loopt richting de Liebknechtbrücke, de Dom aan zijn linkerhand. Ook het kleine zuidelijke portaal is afgesloten met een hek op heuphoogte. Vlak voor de brug krijgt hij een kans. Twee agenten staan verveeld naar het grasveld te kijken. Tom glipt achter ze langs over het hek en is met een paar stappen tussen de bomen naast de Dom verdwenen. Hij weet dat het nergens op slaat wat hij doet, maar hij kan niet anders. Hij worstelt zich door de bosjes, in de schaduw van de bomen. Bij de zuidoostelijke hoek aanbeland wil hij over de lage toegangspoort, die tot zijn borst reikt, klimmen, maar het hek geeft mee als hij het vastgrijpt. Verbaasd loopt hij erdoor en doet de poort weer achter zich dicht en staat nu aan de kant van de Dom die direct aan de Spree grenst. Hij schiet een trap af, de rivier murmelt, in het water wordt de kade aan de overkant weerspiegeld.

Hier, aan de oostkant van de Dom zijn er twee zijingangen. Hij drukt de klink van de dichtstbijzijnde deur naar beneden, knarsend zwaait die open. Heel even vraagt hij zich af of hij in een val loopt. Zijn hart bonkt. Hij glipt door de deur, doet hem achter zich dicht en staat in het donker. Pakt zijn telefoon, schakelt de zaklamp in.

Met zijn telefoon in zijn linkerhand, de Makarov in zijn rechter loopt hij naar de volgende deur. Ook die staat open, evenals de volgende. Tom staat nu in het zuidoostelijke trappenhuis. Het is alsof zijn keel wordt dichtgeknepen. Dit gaat te makkelijk, te veel deuren zijn open. Hij had nu graag Becher bij zich gehad, die dikke koster, om hem te vragen of dit normaal is. Hij moet aan Brigitte Riss denken, aan hoe ze daar onder de koepel hing, aan Josh, met ijzerdraad omwikkeld op de bodem van dat bassin. Wat is de moordenaar met hem van plan? En wat met Viola als die zevende sleutel echt voor haar is?

Ik bescherm je, denkt hij. Wat er ook gebeurt.

Ik heb geen oppasser nodig, fluistert Vi.

Ik heb je toen niet beschermd, nu doe ik het wel.

Zachtjes sluipt hij de trappen op. Komt in de kerk. Ook hier zijn de deuren niet op slot. Becher, zeg op, klopt dat? Hij loopt door het voorportaal, de deur naar het schip staat open. Hij laat zijn hand met de telefoon zakken en loopt de reusachtige hal binnen. Geen kaarslicht, geen lampen. Alleen de buitenverlichting van de Dom, die zwak door de vensters schijnt en alles in een schemerlicht hult. Tom heeft alleen maar oog voor de koepel. De vensters vormen een vage ring van licht, verguldsel flakkert. In tegenstelling tot zondagochtend is de koepel leeg. Geen touwen, geen zwarte engel.

Maar op een eerbiedige afstand van het altaar staat een vrouw met grijs haar in een wit nachthemd. Tom kan haar gezicht niet zien, want ze kijkt naar het venster recht achter het altaar, waarop Jezus aan het kruis is afgebeeld.

Tom blijft staan, durft geen vin te verroeren.

Hoe lang heeft hij niet op dit moment gewacht.

Hij probeert zich zijn kleine Vi voor te stellen als ze naast die vrouw zou gaan staan. Iets groter, iets ouder, iets... beschadigder?

Hij slikt. Stopt zijn pistool weg en kijkt naar die twee gestalten, de kleine en de grote Viola, stil naast elkaar, de ene in het wit, de andere in pyjama. Zijn kleine zusje draait zich om.

Moet ik dat voorstellen?

24

Berliner Dom
Dinsdag 5 september 2017
23.11 uur

Stap voor stap, denkt Tom. Steeds dichterbij. Ze is mager. Dunner dan hij had gedacht, of beter, had gehoopt. Hij heeft zoveel gehoopt. Dat het goed met haar ging, dat ze een leven had, dat ze zich haar jeugd niet meer kon herinneren en zich daarom nooit had gemeld. En nu staat ze daar. Hij moet aan haar rug onder de dunne, witte stof denken, aan de littekens die Sita hem heeft beschreven.

Zes stappen nog, voor hij bij haar is.

Het snijdt hem door de ziel.

Vijf stappen.

Wat is er over van de Viola die hij kent? Die naast hem in de auto zit?

Drie stappen.

Die zo nieuwsgierig is, brutaal vaak, en eigenwijs?

Twee.

Die het flesje jodium voor zijn voeten op de grond smeet?

Een.

Die hij terug wil.

Hij staat bij haar. 'Hallo, Vi,' zegt hij zacht. Haar naam galmt door de koepel. 'Ik ben het. Tom.'

Ze draait zich om, haar ogen wijd opengesperd, bang. Ze ruikt naar zweet. 'Wie is Vi?'

Een tergend lang moment kijkt hij haar aan, maar hij vindt er niets van Vi in terug, hij vraagt zich af of hij zich vergist. Of ze niet veel meer veranderd kan zijn dan hij dacht.

Maar hij vindt niets.

Geen herkenning, ook niet bij haar.

'Klara Winter?' vraagt Tom voorzichtig.

'Ja.'

'Wat doe je hier?'

'Om vergiffenis bidden.'

'Waarvoor?' vraagt Tom.

Bezwerend legt ze haar vinger op haar lippen. Haar blik valt op Toms borst, ze verstart. Nu pas beseft hij dat hij de sleutel nog steeds om heeft. Snel stopt hij hem onder zijn hemd. 'Wie vraag je om vergiffenis?' vraagt hij.

'Jezus.'

'En wie is Jezus?'

'Maria's zoon,' fluistert ze.

'En... is Jezus hier?'

Tranen springen in haar ogen. Ze knikt.

'Is hij hier, zoals jij en ik?' vraagt Tom. Zijn hand beweegt langzaam in de richting van zijn schouderholster.

Ze knikt weer. Nerveus frunnikt ze aan de zoom van haar nachthemd, grijpt eronder, krabt langs haar dij. Dan komt de hand weer van onder het nachthemd tevoorschijn.

Verbijsterd staart Tom naar het mes in haar hand. Klara's vingers zijn wit van het knijpen, haar mond is een dunne streep, dan stoot ze toe. Hij probeert uit te wijken, maar toch treft het mes hem in de zijkant van zijn buik. Een seconde lijkt het alsof iemand hem knijpt, onwezenlijk; het gevoel past niet bij wat hij ziet.

Met een haastige beweging trekt Klara het lemmet terug en laat het mes vallen. Het mes klettert op de vloer.

'Sorry, sorry, sorry,' stamelt ze.

Tom deinst terug, houdt zich vast aan een kerkbank. Klara

is lijkbleek, haar ogen zijn wijd opengesperd. Het mes ligt op de vloer, het staal glanst, en er zijn maar een paar kleine vegen bloed op te zien. Tom trekt het hemd uit zijn broek en kijkt naar de wond. Een smalle, gladde streep. Het bloedt, maar niet veel. Zijn politietraining schiet hem te binnen. *Bij een aanval met een mes meteen schieten*, werd hem ingeprent. *Messen zijn gevaarlijker dan projectielen*. Zijn handen trillen, hij kan alleen maar hopen dat er geen organen beschadigd zijn.

'Hallo, Tom,' zegt een mannenstem achter hem. Dezelfde stem als in het badhuis. De man die zich Jezus noemt. 'Hoe voelt het om door je zus te worden neergestoken?'

Tom draait zich om.

'Ze is mijn zus niet.'

Jezus staat er rustig bij, hij houdt een pistool op hem gericht. 'Maar je hoopte het wel, hè?' Hij is verbazingwekkend jong – veel jonger dan zijn stem doet vermoeden, misschien midden of eind twintig – heeft regelmatige gelaatstrekken, donkerblond haar. Hij zou aantrekkelijk zijn als hij niet die wrede trek om zijn mond had en ogen vervuld van haat. Al in het donker van het badhuis had Tom het vage gevoel dat hij hem kende en nu weet hij plotseling weer waarvan: van de foto op Karins bureau, naast haar computer. De man lijkt op Karins vader – Berthold Riss. Dat blonde haar, die ogen, de gelijkenis is verbluffend, alsof hij zó uit dat fotolijstje is gestapt.

Een andere herinnering schiet Tom te binnen, uit de tijd in Stahnsdorf, een avond bij Brigitte Riss thuis. Hij was tien, hooguit elf. Karin was jarig. Een van de weinige keren dat hij bij haar thuis is geweest. Ze waren er allemaal: Bene, Nadja, Josh, hijzelf en nog een paar andere kinderen. Zijn vader kwam hem ophalen, hij had Vi bij zich. Een paar ouders proostten wat stijfjes met een glas witte wijn, Karins vader stond erbij.

Het was de eerste en de enige keer dat hij hem zag, maar omdat je altijd benieuwd bent naar de ouders van vriendjes, had hij lang naar hem gekeken.

Het is twintig jaar geleden, maar de man die nu voor hem staat, ziet eruit alsof hij de Berthold Riss van toen is, misschien zelfs nog iets jonger.

'Geef me je pistool,' zegt hij. 'Met twee vingers.'

Tom legt zijn wapen op een bank. 'Wie ben je?'

'Klaartje heeft me Jezus gedoopt.' Hij glimlacht spottend. 'De verlosser – dat beviel me wel. Jezus. Maria's zoon. Hoe ironisch.'

'Maar wie ben je echt?'

'De nonnen hebben me Sebastian Färber genoemd toen ik bij ze kwam. Ik was toen vijf. Mijn echte naam heb ik ze nooit verteld. De eerste twee jaar heb ik geen woord gezegd. In de tijd ervoor heette ik Christian, zo noemden mijn moeder en Klara mij. Christian dit, Christian dat, hou je mond, Christian, hij komt.' Opeens klinkt zijn stem kil en agressief. 'Christian, niet kijken! Christian, hou op, ik verdraag het niet... je bent net je vader.' Hij haalt diep adem, alsof hij die kwijt was. Als hij verder praat, klinkt hij weer rustiger. 'Eigenlijk had ik dus Christian Riss moeten heten, naar mijn vader. Jij hebt hem toen in het kanaal gevonden. Hem met zijn sleutel.'

Tom kijkt de man vol ongeloof aan. Plotseling vallen de beelden samen. Hij ziet het lijk op de bodem van het Teltowkanaal voor zich, dat witte overhemd, dat ijzerdraad om het lichaam, het onherkenbare gezicht. 'De man in het kanaal, was dat Berthold Riss? De man van Brigitte Riss?'

'Mijn vader, ja.'

'Er werd toen gezegd dat hij er met een vrouw vandoor was gegaan.'

'Dat moest iedereen geloven. Maar ik weet inmiddels beter. Hij werd vermoord.'

'En jouw moeder was... Maria?'

'Jezus en Maria,' zegt Färber. 'Daar hoef je geen rechercheur voor te zijn om dat te bedenken, toch?'

Tom zwijgt. Drukt zijn vingers op de wond. De pijn wordt heviger, het bloed sijpelt tussen zijn vingers door.

'En nu je weet wie ik ben,' zegt Färber, 'weet je ook waarom je hier bent?'

'Nee,' antwoordt Tom.

'Leg jij het hem uit?' Färber kijkt naar Klara. Haar lippen vormen een dunne streep. Ze schudt haar hoofd en kijkt naar de vloer.

'Vanwege mijn moeder ben je hier,' zegt Färber zacht. In zijn ogen fonkelt onderdrukte woede. 'Door jou is ze dood.' Dat laatste woord sterft weg in de reusachtige koepel. 'Door jou en die anderen, en door die vervloekte dominee, die hoer.'

Tom staart Färber aan, probeert te begrijpen wat hij daarmee bedoelt. In de stilte wordt een deur dichtgeslagen, ver weg. Färber, alias Jezus recht zijn rug.

25

Berliner Dom
Dinsdag 5 september 2017
23.35 uur

'Ik ben er,' zegt Jo Morten zachtjes in zijn telefoon. Hij staat aan de achterkant van de Dom, bij de steiger aan de kade. Op nog geen twee meter stroomt de Spree voorbij, murmelend en zwart. De lichtjes van de andere oever dansen op de golfjes. Over de Liebknechtbrücke trekken groepen mensen in beide richtingen, het is nog zo druk dat niemand op hem let. 'Ik ga nu naar binnen. Jij blijft buiten en wacht op collega's – nee, dat is een bevel!'

Zonder te wachten op antwoord beëindigt hij het gesprek. Hij controleert of zijn telefoon op stil staat en steekt hem in zijn binnenzak. De tijd glipt hem tussen de vingers door. Sita Johanns hoort niet bij degenen die bevelen opvolgen. Het kan nooit lang duren voor ze het niet meer uithoudt. Zeker als ze vergeefs op haar collega's wacht. Natuurlijk zal hij om ondersteuning vragen, maar nu nog even niet. Wat hij ook aantreft in de Dom, hij heeft een voorsprongetje nodig – en vooral geen getuigen. Hij vraagt zich af of Johanns gelijk heeft met die Wittenberg. Als Berthold Riss destijds kinderen liet verdwijnen, was Wittenberg dan zijn handlanger? En wie is dan in godsnaam die Jezus waar Sita het over had?

Zachtjes duwt hij de deur open. Hij betreedt de keldergewelven van de Dom. Het is er donker en koud. Een smalle, korte gang, meer kan hij niet zien. Hij pakt een klein ledzaklampje uit zijn jaszak, niet groter dan een vinger. Zijn collega's gebruiken allemaal de zaklamp op hun telefoon, maar hij haat al die knoppen op zijn mobiel. Een telefoon is een telefoon, een zaklamp is een zaklamp.

De lichtkegel is helder en scherp. Onder zijn zolen knerpen steentjes. Hij houdt niet van sportschoenen, de halve wereld loopt erop, maar nu zou hij wel een paar van zulke sloffen kunnen gebruiken.

In het trappenhuis op het zuidoosten sluipt hij omhoog alsof elke trede een landmijn is. Het bord met KERKZAAL wijst naar rechts, maar daar is de deur op slot. Hij loopt naar een andere deur, het trappenhuis uit en tot zijn opluchting is die wel open. Als hij erdoorheen glipt, valt hij galmend achter hem in het slot. Morten krimpt ineen en blijft staan tot het geluid is weggestorven. Aan de deur zit een hydraulische dranger, geen wonder dat hij vanzelf dichtvalt. Hij sluipt verder. Bij de volgende deur is hij voorzichtiger. In het voorportaal van de kerkzaal is het stil. Op de drempel blijft hij staan.

Niets te zien.

Geen ziel te bekennen.

Waar is Tom Babylon, verdomme?

Hij moet aan Yuri denken, van wie hij niet eens de achternaam weet en die hem nog een keer belde om hem eraan te herinneren wat hij van hem verwachtte. In geval van twijfel, zei hij, moest hij het op een ongeluk laten lijken.

Morten schuift de kerkzaal in en kijkt eerbiedig om zich heen. Boven zijn hoofd ziet hij de koepel, met in het midden het venster van de Heilige Geest, waar overdag, omkranst door zonnestralen, een witte duif is te zien. Nu is het een zwart gat tussen de reliëfs met de verhalen van de Apostelen. Hij is niet snel onder de indruk, maar de grootsheid van God te voelen in elk detail, elke zuil, elk beeld en tot in elke penseelstreek, voelt zelfs even groter dan zijn verlangen naar nicotine of naar Veruca, en dat wil wat zeggen. Het enige wat meer voor hem betekent, zijn zijn dochters, en dat zijn vader hem eindelijk eens met rust laat.

Hij zou zich prettiger voelen met zijn Glock in zijn hand, maar hij wil hier, midden in de kerk niet met een getrokken pistool rondlopen. Niet als het niet per se hoeft.

Voor het altaar kijkt hij omlaag en houdt zijn adem in. Is dat bloed? Hij zakt door zijn knieën en voelt met een vingertop. Donkerrood en vers. Geen spatten. Een schot van dichtbij of een steekwond. Misschien een andere verwonding.

Heeft het roofdier de lokvogel te grazen genomen? Of de lokvogel het roofdier?

Hij trekt zijn Glock en kijkt met ingehouden adem om zich heen.

Niets. Stilte.

Snel loopt hij weer terug, neemt intuïtief het keizerlijke trappenhuis aan de zuidwestkant van de Dom. De grootste trap, en de dichtstbijzijnde. Hij kijkt naar boven en luistert. Richt zijn lamp op de treden, en dan op de brede trapleuning. Op het poreuze marmer tekent zich de donkere afdruk van een hand af.

Sita Johanns zet haar auto midden op de rijstrook van de Liebknechtbrücke, stapt uit en kijkt naar de koepel van de Dom. 'Jij blijft buiten. Dat is een bevel.' Juist nu. Had ze Morten maar niet eerst gebeld.

Als Klara hier is, moet ze in een volstrekt onberekenbare toestand zijn. Bang, onder zware druk en op de vlucht voor Wittenberg. Het zou haar niet verbazen als ze totaal instortte. Helemaal als ze echt Toms zus was en plotseling tegenover hem stond.

En Tom? Hoe stabiel zou hij eigenlijk zijn? Dat hij soms met Viola praatte, vermoedde ze alleen maar, het was een gok. En een toevalstreffer. De vraag is: hoe echt is Viola in zijn hoofd?

Een soort van schaduw, een geheime begeleidster, een verre echo van zijn zus. Of hebben zijn herinneringen en zijn schuldgevoelens een levend persoon gevormd, met een eigen stem, die hem misschien zelfs aanspoort, hem tegenspreekt, op een dwaalspoor brengt, als een soort tweede über-ich, een soort controlerende instantie met betrekking tot zijn gedrag, dat hem zelfs gevaarlijk irrationeel kan maken?

Sita loopt naar de brugleuning. De Spree stroomt zwart en glimmend onder haar door. Morten is via de achterkant naar binnen gegaan. Ze overlegt of ze achter hem aan moet gaan.

Haar telefoon gaat over, ze krimpt in elkaar.

Op het scherm verschijnt een nummer van het hoofdbureau.

'Met Lutz,' meldt Frohloff zich. 'Ik probeer Morten nog een keer te bereiken. Weet jij waar hij uithangt?'

'In de Dom. Hij zal zijn telefoon hebben uitgezet.'

'Waarom? Wat doet hij daar?'

'Heeft niemand je iets verteld?'

'Nee.' Frohloff klinkt gekwetst. 'Wat is er dan?'

'Ik heb nu geen tijd voor lange verhalen, kunnen we later...'

'Niet later,' zegt Frohloff. 'Ik heb nieuws.'

'Wat voor nieuws?'

'Ik heb Klara gevonden.'

'Heb je Klara gevonden?' roept Sita. 'In godsnaam, waar is ze?'

'Nee, niet zo,' remt Frohloff haar af. 'Ik bedoel dat ik weet wie ze is.'

'Jezus, zeg dat dan meteen,' kreunt Sita.

'Maar wat is er nou aan de hand?'

'Lutz, echt, niet nu. Vertel me alsjeblieft hoe het met Klara zit.'

'Lekker dan,' bromt hij. 'Goed, let op. Jij noemde toch ene Maria?'

'Ja.'

'Ik heb beide namen samen ingevoerd. Klara en Maria. Het duurde even, maar toen: bingo!'

'Hoezo bingo?'

'Klara en Maria Brohler. De dochters van Ludwig en Irene Brohler.'

O, mijn god. Zusjes. Sita verbleekt. 'Wat is er met hun ouders gebeurd?'

'Een tragisch verhaal,' verzucht Frohloff. 'Ludwig Brohler was een belangrijke chemicus op het gebied van voedingsmiddelen in de DDR. Vanwege de stagnerende economie werden er van staatswege de meest absurde experimenten uitgevoerd om kunstmatige voedingsmiddelen te maken. Hij heeft de staat miljoenen bespaard, bijvoorbeeld met een nieuwe vulling voor bonbons: erwtenbrij in plaats van marsepein. Aan het eind van de jaren zeventig dreigden er ernstige tekorten op de koffiemarkt, dus liet de regering gemalen koffie aanlengen met mout, spelt en cichorei. Het leidde bijna tot een volksopstand en...'

'Lutz,' steunt Sita, 'kun je me gewoon zeggen wat er met die ouders is gebeurd...'

'O ja,' herstelt Frohloff zich. 'De Republiek ontvlucht.'

'Wat? Zijn de ouders zonder hun kinderen...?'

'Nee, nee, ze wilden samen de grens over. Maar alleen de vader is het gelukt. Irene Brohler werd met haar dochters gepakt en naar Hohenschönhausen gebracht. De Stasi kwam erbij en probeerde Ludwig Brohler te chanteren met zijn vrouw en zijn dochters, maar Brohler was bang of gewoon te blij dat hij over de Muur was. Die vent heeft niet eens overwogen om voor zijn gezin terug te gaan. Na een halfjaar bood de Stasi Klara en Maria ter adoptie aan. Irene Brohler overleed drie jaar later in de gevangenis aan een longontsteking.'

'En de meisjes?'

'Spoorloos verdwenen. Geen rapporten, niets meer. Die

adoptie ging niet door, kennelijk had iemand andere plannen met ze. Ik vermoed dat ze zijn ontvoerd en...'

'Misbruikt,' vult Sita zachtjes aan.

'Yep,' zegt Frohloff. Zijn manier om zijn afschuw te laten blijken, kort en droog.

Heel even zwijgen ze. Achter haar raast een politieauto met zwaailicht over de brug. Groepjes mensen met opgerolde spandoeken trekken richting Alexanderplatz.

'Verder nog iets?' vraagt Sita zacht.

'Nee,' antwoordt Frohloff.

'Oké, ik moet hier verder. Ik bel je nog.'

Ze stopt haar telefoon weg en staart naar de Dom. Ze denkt aan Brigitte Riss, hoe ze als een zwarte engel onder die koepel hing. Ze denkt aan die sleutel. En nu is Josh dood, ook met een sleutel om zijn nek. Karin is verdwenen en ook Nadja heeft een sleutel gekregen. Wanneer zal het volgende lijk opduiken? Wie zal het volgende slachtoffer zijn?

Er jankt een politiesirene, maar de auto rijdt voorbij. Waar blijven de collega's? En waarom heeft Morten Frohloff niet verteld dat hij naar de Dom ging?

26

Berliner Dom
Dinsdag 5 september 2017
23.32 uur

Elke stap op de trap is de hel. Toms wond brandt, hij is duizelig van uitputting, maar de pijn is niet het ergste. Färber alias Jezus is een wraakzuchtige psychopaat, en wat hij ook met hem van plan is, het zal erger zijn dan de steekwond die Klara hem heeft toegebracht.

'Stop,' zegt Färber. 'Daarheen.' Hij zwaait met zijn wapen. Tom stapt opzij, Färber opent een smalle deur. Een windvlaag blaast ze tegemoet. Klara's nachthemd fladdert om haar dunne benen.

'Naar buiten,' snauwt Färber.

Ze staan op het dak van de Dom. Achter hen verrijst de machtige koepel. De ondergrond is oneffen en loopt licht af. Zinken dakpanelen, verweerd koper, god mag weten wat – Tom heeft geen verstand van dakconstructies – maken het lastig je evenwicht te bewaren. Hij hijgt. Zijn hand zit vol bloed, hij hoopt dat iemand de sporen op de trap vindt.

'Wat ben je met me van plan?'

'Je zult sterven. Net als die andere zes. Net als mijn moeder.'

'Ik heb je moeder niet vermoord,' spreekt Tom hem tegen.

'Jullie hebben haar allemaal gedood.'

'Ik weet wanneer ik iemand heb gedood of niet,' zegt Tom. De lucht hierboven voelt ijskoud aan. Hij blijft staan, wankelt, maar Färber duwt hem voor zich uit, in de richting van de rand, naar de plek waar een meer dan levensgroot Christusbeeld staat, geflankeerd door twee zuilen en zijmuren met een reusachtig kruis erboven. Daarachter, in de afgrond, flakkeren de lichtjes van de vertrekkende demonstranten. 'Geloof me. Je vergist je. Ik heb je moeder niet vermoord.'

'Ik weet wel beter,' zegt Färber. 'Weet je hoe ik erachter kwam?'

'Wie het ook gezegd heeft, heeft gelogen.'

Färbers ogen vernauwen zich. 'Niet zo lang geleden heb ik een practicum gedaan in een psychiatrische kliniek in Kladow. Wat een grandioos toeval, vind je niet? Ik was weliswaar vijf toen ik bij mijn moeder en Klara werd weggerukt, maar ik herkende Klara meteen. Haar gezicht was in mijn geheugen gegrift, zoals het mijne in het hare.'

'Wat heeft dat met de dood van je moeder te maken?'

'Klara,' zegt Färber. 'Vertel hem van Maria.'

Klara schudt haar hoofd.

'Vertel het hem!' schreeuwt hij tegen haar.

Ze krimpt ineen en trekt haar schouders op, alsof ze er dekking achter wil zoeken. 'Maria en ik... wij waren altijd in dat huis.'

'Wat voor huis, Klara?'

'Het huis zonder ramen.'

'Hoe lang zaten jullie daar gevangen?'

'Altijd al. Sinds ik klein was.'

'Ja, en wat is daar gebeurd?'

Klara schudt weer met haar hoofd, perst haar lippen op elkaar. Tom denkt aan Heribert Morten – aan wat hij suggereerde, over die kinderen. Hij voelt een onvoorstelbare woede in zich opwellen en tegelijkertijd groeit zijn angst. Vi, hoe ben je hier in godsnaam in verzeild geraakt?

'Ach, Klaartje,' zegt Färber. Plotseling klinkt zijn stem weer vriendelijk. 'Je hoeft me niet te vertellen wat ze je allemaal hebben aangedaan. Ik wil je niet kwellen. Ik zou het zelf vertellen, maar ik was er toen niet meer bij. Hij heeft me weggebracht toen ik vijf was. Vertel alleen hoe je er weggekomen bent. Weet je nog wanneer dat was?'

'Ik heb toch een kalender bijgehouden. 1998, op 10 juli,' fluistert Klara.

De dag waarop Vi is verdwenen, denkt Tom.

'Ik hoorde de sleutel in het slot,' zegt Klara. Haar kin trilt, ze recht haar schouders, gaat rechtop staan. 'Er was al zo lang niemand meer geweest. Ik had vreselijke honger, maar Jezus kwam en kwam niet. Alsof hij ons was vergeten. Ik was bang dat de duivel weer terug zou komen. En toen hoorde ik de sleutel in de deur. Ik heb niet gekeken, want ik mocht niet kijken als hij de kamer binnenkwam. Maar het was niet Jezus, en ook niet de duivel. Jezus waarschuwde me altijd dat de duivel terug kon komen, ook na zoveel jaren. Alleen hij kon mij tegen hem beschermen. Doe wat ik zeg, wees gehoorzaam, dan bescherm ik je, zei hij. En dat heeft hij gedaan.'

'Maar wie maakte die nacht de deur open?'

'De dominee,' fluistert Klara. 'Ze zei dat ze Brigitte heette. Zij heeft me eruit gehaald.'

Even zwijgt ze, alsof ze het moment nog een keer beleeft. 'En ze vertelde dat Jezus dood was.'

'Dat zei ze? Jezus is dood?'

'Nee.' Klara schudt haar hoofd. 'Ze noemde hem anders: Berthold, noemde ze hem.'

'En hoe wist je dat die Berthold Jezus was?'

'Ze zei dat haar dochter met vrienden een lijk in het kanaal had gevonden. En toen liet ze mij de sleutel zien die ze bij hem hadden gevonden. Toen wist ik dat het Jezus was. Ze zei dat ze de sleutel meteen had herkend. Omdat ze er een keer een in zijn broekzak had gevonden. Ze wilde die broek wassen en had de zakken geleegd. En haar man, zei ze, was... *in alle staten*, zo zei ze het, omdat hij die sleutel overal had gezocht.'

‘Ze had hem toen al in haar hand,’ snauwt Färber, Tom aankijkend. ‘Begrijp je? Ze had wantrouwig moeten worden. Ze had er een eind aan kunnen maken.’

Klara kijkt zwijgend naar de grond.

‘En dan vindt ze de sleutel nog een keer,’ vervolgt Färber. ‘Ze vindt het huis, ze vindt Klara. En wat, Klara, deed de dominee toen?’

‘Ze heeft het huis in brand gestoken,’ fluistert Klara.

‘Aangestoken. En heb je tegen haar gezegd dat Maria nog in het huis zat? Hm?’

‘Ja, maar ze luisterde niet.’

‘Precies. Ze luis-ter-de niet.’ Färber spuugt de lettergrepen uit.

Tom kijkt Klara verbijsterd aan. ‘Brigitte Riss heeft het huis in brand gestoken hoewel ze wist dat er nog iemand binnen was?’

Klara knikt zwijgend en ontwijkt zijn blik. De herinnering kwelt haar, maar Tom zou zweren dat er nog iets is.

‘En wat is er met Maria gebeurd?’ vraagt Färber. Zijn lippen zijn krijtwit, zo hard perst hij ze op elkaar.

‘Ze is verbrand.’

‘En wiens schuld is dat?’

Klara aarzelt, steekt haar hand uit en wijst naar Tom. ‘Precies,’ zegt Färber zachtjes. ‘Omdat jullie die verdomde sleutel vonden en er niet mee naar de politie zijn gegaan. Jullie hadden allemaal haar leven in jullie handen.’ Plotseling verheft hij zijn stem weer. ‘Haar godvergeten, verpeste, gruwelijke leven. Ze had niets meer, alleen dat. Ze werd gemarteld en mishandeld. En ik moest toekijken, tot hij me weggaf. Jullie hadden alleen maar naar de politie hoeven gaan. Het was zo makkelijk geweest. Iedereen was naar de politie gegaan. Maar jullie? Jullie hebben gewacht. Omdat jullie het wel een mooi avontuur vonden. Hé, een sleutel. Wow. Een lijk. Hoe geheimzinnig. En dan pakt die kutzus van je die sleutel en weet niks beters dan hem uitgerekend naar Brigitte Riss te brengen.'

Tom voelt zijn knieën slap worden en moet zich aan het Christusbeeld vasthouden.

Dus dat heb je met de sleutel gedaan, denkt hij.

Vi staat op het dak, in haar pyjama. De wind speelt met haar haren, ze kijkt omlaag. Maar waarom?

Ik had mijn redenen.

Maar welke dan, verdomme?

Weet je niet meer hoe het was toen je mij die sleutel liet zien?

Hij viel uit mijn broekzak.

Weet je nog hoe ik toen keek?

Toms adem stokt. Betekent dat...?

Dat had je eerder moeten opvallen.

Jij kende die sleutel!

Ja.

Je kende hem, omdat je hem bij Berthold Riss had gezien.

Wat doen mannen die de aandacht van kleine meisjes willen trekken?

O, god, nee, denkt Tom. Hij heeft hem aan je laten zien! Heeft hij je iets moois beloofd? Een verrassing? Was je daarom zo nieuwsgierig? Wilde je daarom per se die sleutel hebben?

'En wat heeft de dominee toen met de sleutel gedaan,' snauwt Färber. 'De grote bisschop? Die zedenpreekster, die zich inzette voor weeskinderen, slachtoffers van misbruik en voor vluchtelingen? Ze gaat het huis binnen dat van haar man is en vindt een jonge vrouw die daar is opgesloten – en snapt ineens wat haar man daar uitspookte. Ze wordt bang. Ze had naar de politie moeten gaan, maar in plaats daarvan steekt ze het huis in de fik. En Klara brengt ze naar haar vriend Wittenberg, die haar opsluit, zodat niemand erachter komt.'

'Wat is er met mijn zus gebeurd?' vraagt Tom.

'Weet ik veel?!' schreeuwt Färber. De wind steekt op, het begint te regenen.

'Ik heb haar gezien,' fluistert Klara.

'Waar?' vraagt Tom. 'Waar?'

'Er was een meisje, toen het huis in de fik stond.'

'Was ze in het huis?' vraagt Tom ontzet.

Klara schudt haar hoofd. 'Ze had een rode fiets, met spiegels aan twee kanten. En blond haar. En een gestreepte broek.'

'Ja, dat is ze, dat is Vi!' Tom ziet haar voor zich, in haar pyjama, haar brandweerrode fiets met zijspiegels als een jongensfiets, waarop ze altijd rondracete alsof ze wedstrijdjes reed.

'Waar was ze precies?'

'Ze keek toe vanuit de bosjes, toen is ze snel weggereden.'

'Weg? Waarheen, welke kant op? Waar is dat huis?' vraagt Tom vertwijfeld.

'Dat weet ik toch niet? Hoe zou ik dat moeten weten? Maar zij had ook naar de politie kunnen gaan, toch? Maar zij heeft het ook niet gedaan. Niemand heeft het gedaan, niemand, niemand, nie...'

'Hou je kop,' grauwt Färber tegen Klara.

'Maar het is toch zo,' jammert Klara.

'Ze was nog maar een kind, verdomme,' zegt Tom. 'Net tien. Ze kon er niets aan doen.'

'Jullie konden er allemaal wat aan doen,' zegt Färber vervuld van haat.

'Laat mijn zus erbuiten. Als je vindt dat je er iemand voor moet straffen, straf dan mij.'

Een natte windvlaag strijkt over het dak. Färber drukt het pistool tegen Toms wang. 'Ik weet dat je alles voor haar zou doen. Dat je haar zoekt. Josh heeft het me verteld. Maar geloof me – zo ben ik niet. Ik dood geen kleine meisjes. Er zijn maar zeven sleutels. Ze zijn allemaal hetzelfde, precies als die sleutel die je zus meebracht naar de dominee. En weet je wat? Nadat Klara mij stukje bij beetje alles had verteld, heb ik de dominee ter verantwoording geroepen. En wat blijkt: Riss heeft die sleutel bewaard. Ze heeft hem opgeborgen. Snap je dat? Als een doorn in haar vlees, alsof ze niet kon ophouden met denken aan wat ze had gedaan. Ze trilde toen ze hem aan mij gaf. Ik moest haar man vergeven, hij was zwak. Ik heb tegen haar gezegd: nee, jíj bent zwak.'

Färber wijst naar Toms nek. 'Heb je hem nog om, de sleutel? Laat hem zien.'

Tom haalt hem tevoorschijn. Färber kijkt er gebiologeerd naar. 'Ik heb hem nagemaakt, de originele sleutel. Zes keer. Ik heb ze geslepen, het getal erin gekrast, ze geschuurd en vuil in de krassen gesmeerd. Ik wilde dat ze er allemaal precies hetzelfde uitzagen. Zodat jullie het je zouden herinneren. Brigitte Riss als eerste, zodat jullie zouden weten wat jullie te wachten stond. Jullie vijven – Joshua, Nadja, Bene, Karin en jij. En de laatste sleutel, de zevende, die is voor de duivel. Voor degene die mijn moeder heeft vernietigd en mijn vader heeft vermoord.' Hij tikt met de wijsvinger van zijn linkerhand tegen zijn slaap. 'Ik weet wie schuldig zijn en wie niet.'

'En Drexler en Vanessa Reichert dan?'

'Wat is daarmee?'

'De beide agenten die je hebt vermoord, bij Karin in huis.'

'Die ken ik niet,' zegt Färber ijzig. 'Ik vermoord alleen wie ik wil. Met die agenten heb ik niets te maken.'

Tom kijkt hem aan en weet niet wat hij moet denken. Liegt Färber? Maar waarom zou hij? 'En de organist in de Dom?' vraagt Tom.

'Die stond ineens voor mijn neus. Eigen schuld.'

'Wat heb je met Karin gedaan? Waar is ze?'

'Geen idee. Vertel jij het maar.'

'Ik? Hoezo?' zegt Tom verbluft.

'Josh heeft me alleen maar geholpen om jou te pakken te krijgen. Ik weet niet waar Karin uithangt. Hij zei dat als iemand het wist, jij het was. En dat jij zeker wist waar Bene was, en waar Nadja heen is gevlucht toen ze haar sleutel kreeg.'

Färber pakt het mes waarmee Klara Tom heeft verwond en houdt de punt vlak voor zijn oog.

Toms gedachten razen. Zijn kracht neemt af, maar hij is nog helder. Als Färber Karin niet heeft ontvoerd, wie dan, in godsnaam?

'Zeg op,' spuwt Färber hem toe. 'Waar – zijn – die – anderen?'

'Je hebt het mis,' zegt Tom in de hoop wat tijd te winnen. Hij zou nog liever zijn tong afbijten dan Nadja aan hem uit te leveren. Aan de andere kant: hoe lang zou ze veilig voor hem zijn? En wat als hij hem vertelt waar hij Bene kan vinden? Bene zou wel met hem afrekenen – en dan is Nadja veilig. Maar mag hij Bene in gevaar brengen?

'Echt,' zegt hij. 'Je hebt het mis.'

'Wat zeg je?'

'Brigitte Riss heeft Maria niet vermoord. Dat zou ze nooit doen.'

'Dat heeft ze wel!' schreeuwt Färber.

'Vraag maar aan Klara,' werpt Tom tegen. Zijn lippen trillen. Zijn wond voelt warm aan, de rest van zijn lichaam is ijskoud. Zijn blik dwaalt langs het lemmet van het mes af naar Klara. Het is maar een vermoeden, een ingeving, maar het is misschien zijn laatste kans. Hij haalt adem, zijn stem klinkt mat en hees. 'Ze heeft gelogen.'

Even is het stil. Färber hijgt gejaagd.

'Toch, Klara?' zegt Tom. Iets in haar blik heeft hem verraden dat ze niet de hele waarheid sprak, dat er nog iets is. Misschien zelfs iets wat alles verandert. 'Waarom wilde je in de Dom om vergiffenis bidden? Wie moest je vergeven? Brigitte Riss? Of Maria?'

'Klara?' sist Färber.

Klara schudt haar hoofd, de tranen stromen over haar wangen.

'Weet je wat ik denk, Klara?' zegt Tom. 'Jij hebt Brigitte Riss nooit verteld dat er nog iemand in het huis zat, toch?'

'Je liegt,' zegt Färber.

'Heeft ze je gevraagd of je alleen was? Je moet het zeggen, Klara. Als je vergiffenis wil, móét je het zeggen.'

Klara staat er als versteend bij. Op haar gezicht glanzen regendruppels en tranen.

'Heeft ze het je gevraagd?'

'Ja,' fluistert Klara.

'En wat heb je gezegd?'

'Ik heb het alleen maar gezegd omdat ik van hem hou,' verdedigt ze zich snikkend. 'Hij is toch alles wat ik heb?'

'Wát heb je gezegd,' dringt Tom aan.

'Dat ik alleen was,' fluistert Klara. 'Ik heb tegen haar gezegd dat ik alleen in huis was.'

Stilte.

Tom houdt zijn adem in.

'Je liegt – je liegt, liegt!' schreeuwt Färber.

'Nee, Färber, tóén heeft ze gelogen. Een verschrikkelijke, kleine, vertwijfelde leugen. Een leugen met gevolgen die ze niet kon overzien. Eén klein leugentje, zoveel doden.'

Het begint te hozen. Waar haalt de hemel zoveel water vandaan? Tom rilt over zijn hele lijf, hij heeft het zo koud dat hij nauwelijks nog iets voelt. Hij ziet de druppels op het lemmet voor zijn oog. Färbers gezicht is een van haat vertrokken masker. Hij wil niet geloven wat hij net heeft gehoord. Want dan is alles voor niets geweest, dan was het allemaal zinloos. Maar voor dat tot hem doordringt, Tom ziet het in zijn ogen, zal hij meer moorden plegen. Zoals hij weigert Vi ooit op te geven, zal Färber het haten en het doden nooit opgeven, omdat zijn pijn alles is wat hij nog heeft.

27

Berliner Dom
Dinsdag 5 september 2017
23.43 uur

Jo Morten veegt met een haastig gebaar de waterdruppels uit zijn gezicht. Nu geen geluid maken. Hij staat op het natte dak met zijn rug naar de koepel in de schaduw van een engel. Hoe verzin je het! Maar de drie gestalten op de rand van het dak staan te dicht bij elkaar: Tom, die Jezus en die patiënte, dicht bij elkaar, voor het Christusbeeld in het schijnsel van de buitenverlichting van de Dom. De regen valt in zilveren strepen.

De Glock heeft hij weggelegd, verstopt in een nis bij de deur, nog voor hij het dak betrad. Te riskant, om nu met een ongeregistreerd wapen te schieten; hier komt hij niet meer ongezien vandaan, zoals in het badhuis van Beelitz. Dit is officieel, hier is hij in functie, dus houdt hij zijn dienstwapen in de aanslag, de SIG Sauer, met twee handen, zijn borst en armen vormen een driehoek. Hij zou graag met zijn handen ergens op steunen om beter te kunnen mikken, maar er is geen steunpunt te vinden. Hij weet dat hij moet roepen, zijn aanwezigheid kenbaar moet maken, een waarschuwingsschot moet afvuren. De gebruikelijke procedure. Natuurlijk zal het vragen regenen bij Interne Zaken.

Hoe lang was u al op het dak?

Seconden. Ik kwam door de deur en daar stonden ze.

Waarom hebt u zonder waarschuwing vooraf geschoten?
Ik moest optreden! Er heerste levensgevaar.
Waaruit leidde u dat af?
Een seriemoordenaar houdt een collega een pistool onder zijn kin en een mes voor zijn oog. Is dat niet genoeg?
Hebt u eraan gedacht dat u de verkeerde kon raken?
Er was geen tijd om na te denken.

Tom dreigt bewusteloos te raken, maar verzet zich uit alle macht. Het is alsof de regen de laatste krachten uit zijn lichaam spoelt. Plotseling staat Viola naast hem op het dak, haar haren blond, zijdezacht en droog, alsof iemand een onzichtbare paraplu boven haar hoofd houdt. De tijd lijkt stil te staan. Vi knikt naar Klara.
Dacht je echt dat ik haar was?
Ik wilde het zo graag.
Nu zie je wat ervan komt.
Huilt ze nou? denkt Tom.
Doe iets, ik wil niet dat je sterft.
En als ik me dit allemaal alleen maar verbeeld? Als je toch dood bent? Als ik naar de overkant moet om je terug te zien?
De overkant? In godsnaam niet. Je bent gewond, je hebt pijn, je hebt het koud, je hoofd speelt spelletjes met je.
Ik kan hem meenemen, Vi. We staan voor de afgrond. Tussen de zuilen en het Christusbeeld is er niets wat ons tegenhoudt. We kunnen gewoon vallen...
Doe het niet – blijf hier. Blijf bij mij.
Ik kan Nadja redden, en Bene.
En ik? En ik dan?
Ben je echt? Besta je?
'Over wie heb je het?' grauwt Färber vervuld van haat. De klok loopt weer. De regen is als ijs, alleen zijn buikwond gloeit. 'Wie?' schreeuwt Färber. 'Wie bestaat er echt?'
Toms linkerhand schiet omhoog en grijpt het mes. Hij voelt

de snee niet, hij voelt alleen de kracht waarmee Färber probeert te steken, hoe het heft van het mes tegen zijn vuist drukt. Hij laat zich naar rechts vallen, trekt zijn hand die het mes vasthoudt weg van zijn gezicht. Färber verliest heel even zijn evenwicht op de natte, gladde ondergrond, de loop van het pistool wijst niet meer naar Toms kin, hij denkt: nu komt het schot, een projectiel dat mijn ingewanden verscheurt – maar er gebeurt niets. Alleen de worsteling met Färber, die nu hij zich herstelt, veel te sterk is.

Tom voelt de zuil achter zich, weet dat daar de opening is, tussen het Christusbeeld en de zuil, de poort naar de afgrond, naar redding, naar verlossing. Hij hoort Vi *Nee!* roepen – of is het Klara? Hij slaat zijn arm om Färbers nek en laat zich in de diepte vallen.

Morten heeft geen kans om te schieten. Ziet verbijsterd hoe Tom van het dak stort en zijn belager met zich mee probeert te trekken, maar die spartelt tegen en klampt zich vertwijfeld vast aan het Christusbeeld. Hij moet ongelooflijk sterk zijn, of Tom is te zwak om hem mee te sleuren. Ze vallen allebei niet. Jezus pakt Tom bij zijn jack en trekt Tom terug op het dak. Eén moment zijn ze één, dan wordt Tom een vormeloze pop, die door Jezus naar de muur naast de zuil wordt gesleept.

Toms achterhoofd stoot hard tegen de stenen als Färber hem tegen de muur duwt.

‘Dacht je dat ik het je zo makkelijk zou maken?’ schreeuwt Färber. Hij houdt het mes weer vlak voor Toms gezicht, de punt trilt voor zijn ogen. ‘Zal ik met rechts beginnen? Of eerst links?’

Alles is als verdoofd, maar toch komt nu de angst opzetten. Voelt hij regen, of is dat angstzweet? Hij probeert langs het mes te kijken, zich op de verte te richten, moed te vatten. Heb ik nog kracht voor een laatste poging? In het donker ziet hij iets flitsen. Metaal. Is dat een wapen? Er staat daar iemand, verderop op het dak, de loop van zijn wapen wijst naar hem.

Morten spant zijn schouders. Heel even leek het alsof Tom hem zag.

De dood zal een verlossing voor hem zijn, probeert hij zichzelf te overtuigen. Als je moet sterven, dan liever snel. *Het is maar één dode. Een van miljarden.* Hij wordt misselijk. Zijn dat niet de woorden die zijn vader moet hebben uitgesproken? Waarmee hij zich rechtvaardigde, als hij weer voor een slachtoffer stond, of weer een dode, ondanks zijn witte folter?

Als ik het mijn vader niet kan vergeven, hoe moet ik het mijzelf dan vergeven?

Hij bijt op zijn lippen, tot bloedens toe. De pijn brengt hem op het spoor. Verdomme! *Er is nog iets heel anders, vader, en dat vergeef ik je nooit!* De doden rusten. Het gaat om de levenden. En verdomme, ja, misschien heb je gelijk. Het is maar één dode meer. Een die te veel geheimen kent, misschien maar eentje te veel, god mag het weten. Eén ding staat vast. Hij moet dood, en omdat die persoon die weerzinwekkende gladjanus Yuri op hem afgestuurd heeft, een vent als een vergiftigde zetpil, die ze in je reet stoppen en die daar oplost alsof hij er nooit is geweest. Iemand die genadeloos is en weet dat iemand als ik de ideale handlanger is.

De pest voor iedereen.

Morten kijkt in de afgrond. Tom staat ernaast, met Jezus vlak naast hem. Op twee stappen afstand de patiënte.

Godverdomme, de afstand is te groot.

Zijn handen trillen. Zijn hart bonkt wild. Hij probeert diep in te ademen, hij weet dat een te hoge hartslag je schot verpest. Nog een stap dichterbij dan maar.

En nog een.

En weer een.

Hij stapt uit de schaduw van de engel.

Sita Johanns is buiten adem. Bevelen opvolgen is nooit haar sterkste punt geweest. Het bloed op de trappen voorspelt niet veel goeds, het lijkt alsof iemand bewust een spoor heeft achtergelaten, om de tien, twaalf meter, met zijn hand.

Ze is naar boven gerend. Honderd treden, honderdtwintig – geen idee, erlangs gevlogen.

Een paar regendruppels op de vloer voor de smalle deur en ze weet genoeg: hier naar buiten. Ze wil de deur opentrekken, maar wie weet wat ze daar aantreft, dus voorzichtig. Klink omlaagdrukken, openduwen. Regen en wind slaan in haar gezicht. Daar staat Morten, het wapen in de aanslag. Daarachter Tom, Klara en wie nog meer? Wittenberg? Jezus?

Achter haar voetstappen op de trap.

De collega's die ze heeft opgeroepen.

Waarom zegt Morten niets?

Waarom brult hij niet: 'Politie! Wapen weg!'

Morten hoort de deur achter zich. De regen ratelt op het dak. De grond trilt. Zijn dat voetstappen? Hij kijkt niet om. Omkijken kan niet meer. Hij weet wat er komt. Hij weet wie er komt. En dat ze de cavalerie meebrengt.

Nu dus.

De blik op oneindig.

Klara draait zich naar hem om, ziet hem. Zet grote ogen op, ziet op wie hij mikt. Beseft op wie hij zo zal schieten: haar Jezus! Al weet ze zelf niet waarom – in die fractie van een seconde besluit ze het te doen.

In haar wanhoop stort ze zich op Jezus.

Tom staart naar Morten, naar de loop van zijn pistool. Nee, die wijst niet naar hem, maar naar Färber! Hij wil zich op zijn zij werpen, om de baan voor het schot vrij te maken, maar Färber drukt hem tegen de muur en de punt van het mes is als een spijker waar hij aan hangt. Het voelt als een déjà vu, een deel van zijn hersenen snelt een milliseconde vooruit en plotseling lijkt het leven een kringloop. Alles is er al eens geweest. De druppels op de punt van het mes, Färbers vuist om het heft, de haat in zijn ogen, Mortens wapen, Klara in het wit.

Een schot weerklinkt, dan nog een.

Klara valt op de grond.

Färber draait om zijn as. Schiet in de duisternis. Eén keer, twee keer. Iemand schreeuwt. Drie keer.

Nu, fluistert Vi. Haar kleine vingers houden de sleutel omhoog die om haar nek hangt.

Tom tast naar de sleutel die om zijn eigen nek hangt en trekt eraan. Het koord snijdt in zijn nek, maar breekt niet. Hij probeert hem los te rukken, naar links, naar rechts, naar voren, de huid in zijn nek brandt, maar dat verdomde ding geeft niet mee. Dan schiet hij plotseling toch los. Hij houdt de sleutel vast, balt zijn vuist om de greep. Kracht heeft hij bijna niet meer. Färber tegen de grond werken, hem uitschakelen gaat hem niet meer lukken. Hij heeft nog maar kracht voor één laatste poging. Met zijn laatste wilskracht stort hij zich naar voren op Färber die nu met zijn rug naar hem toe staat. Slaat zijn arm om hem heen, steekt de sleutel in zijn hals en trekt hem door zijn vlees. Het bloed spuit uit Färbers halsslagader, hij struikelt naar voren, Tom valt naar achteren, tegen de muur aan. Färber laat het mes vallen, draait zich om, staart Tom met wijd opengesperde ogen aan en drukt zijn hand tegen de wond, maar het bloed blijft stromen. Een schok gaat door zijn lichaam, hij heft zijn wapen, wankelt, schiet en valt op de grond.

Tom weet niet of de kogel hem heeft geraakt. Hij voelt niets meer, zelfs de regen niet. Hij staat nog, leunt tegen de muur naast de zuil. In de Lustgarten zijn nog maar een paar verdwaalde lichtjes te zien. Vi is er, haar pyjama is nog helemaal droog, haar veer achter haar oor, voorzichtig pakt ze de bebloede sleutel uit zijn hand. Een golf van geluk overspoelt hem.

Je leeft.

Dat weet je toch.

Nu weet ik het zeker.

Haar gezicht verandert in dat van Sita, ontzet, bezorgd.

'Tom! Mijn god! Wat is er gebeurd?'

'Vi,' zegt hij. 'Ze leeft. Klara heeft haar gezien.'

Dan wordt alles donker.

28

Charité, Berlijn-Mitte
Donderdag 7 september 2017
10.07 uur

Tom haat ziekenhuizen. Hoe groter hoe erger, en het Charité is groter dan alle andere. Het enige verschil tussen een ziekenhuis en de gevangenis zijn de tralies.

'Blijf toch liggen, man,' zegt Sita als ze zijn kamer binnenkomt. Tom zinkt terug in zijn kussens.

'Een eigen kamer, kijk eens aan.' Ze heeft wallen onder haar ogen, draagt een zwartleren jack en rijglaarzen. Haar pruik heeft ze thuisgelaten.

'Jammer dat Färber geen eigen kamer heeft,' bromt Tom. 'Ik had hem liever in de gevangenis gezien dan dood.'

'Je hebt met die sleutel zijn halsslagader doorgesneden. Hij was niet meer te redden,' zegt Sita. 'En waarschijnlijk heb je daar niet alleen je eigen leven mee gered.'

'Het was een onvoorstelbare chaos.'

'Inderdaad.' Ze legt haar hand heel kort en koel op zijn onderarm. 'Hoe gaat het?'

'Goed,' beweert hij.

'Leugenaar.'

Tom grijnst. Hij probeert te glimlachen, maar het lukt niet.

Sita's glimlach is ernstig, een beetje te hard, treurig, maar toch mooi. Hij heeft zoveel nuances, vooral als ze haar pruik niet draagt. Tom is blij dat ze er is; hij heeft iemand nodig om mee te praten en zou niet weten met wie hij anders zou kunnen praten over wat er op het dak van de Dom gebeurd is. Het scheelde maar heel weinig, eergisternacht. Als Morten en zij iets later waren gekomen, was hij er niet meer geweest.

'Je moet uitrusten.'

'Ik heb gisteren al gerust,' mompelt Tom. In de korte perioden dat hij wakker was, heeft hij zijn eerste getuigenverklaringen afgelegd, heeft hij Berti verteld wat er die nacht gebeurde, maar hij weet nu al niet meer precies wat hij heeft gezegd. Die narcose werkte nog wat langer na.

'Natuurlijk kreeg je rust,' zegt Sita. 'Je hebt ook nog even op de intensive care gelegen. Wees blij dat ze je weer hebben opgelapt. Steekwonden in de buik zijn vaker dodelijk dan...'

'... schotwonden,' vult Tom aan. 'Ik weet het.'

'Hoe kom je zo opgewonden? Ben je alweer aan je pillen?' grapt Sita.

'Als je een espresso voor me kunt regelen.'

'Dat meen je niet.' Uit haar bruine ogen is elk vonkje pret verdwenen.

'Ik moet nadenken,' bromt Tom.

'En dat lukt niet zonder cafeïne?'

'Als ik tegen die slaaptroep kan, lukt koffie ook wel.'

Sita trekt haar wenkbrauwen op en zucht. Zo'n zucht waarmee je toegeeft aan een dreinend kind. 'Goed, wacht even.'

'Ik ga nergens heen,' zegt Tom.

Vijf minuten later is Sita terug met een halfvolle kartonnen beker waarin dunne filterkoffie klotst.

'Is dat bocht service van het huis of heb ik hem te danken aan je moederhart?'

'Eerder welbegrepen eigenbelang,' reageert Sita. Tom wil zich oprichten, steunt op zijn linkerhand, maar krimpt ineen van de pijn. De messteken in zijn hand zijn nog te vers.

Sita loopt naar hem toe en zet het hoofdeinde iets hoger.

De koffie smaakt afschuwelijk, maar hij is heet – en geeft

hem ten minste de illusie dat hij er wakker van wordt. 'Hoe is het met Klara?'

'Ze is gisteren nog een keer geopereerd. Ze ligt in coma, de vooruitzichten zijn slecht.'

'En Morten?'

'Heb ik je dat gisteren niet al verteld?'

'Ik ben het vergeten. De narcose...'

'Een schot in zijn schouder, en een longperforatie. Zonder die thoraxpunctie ter plaatse had zijn hart het waarschijnlijk begeven. Hij ligt nog wel een paar dagen op de intensive care, maar redt het wel.'

'Weet jij waarom hij heeft geschoten?' vraagt Tom.

'Zonder waarschuwing, bedoel je? Dat heeft Interne Zaken ook al aan me gevraagd.' Ze haalt haar schouders op. 'Onmiddellijk gevaar. Onoverzichtelijke situatie...'

'Hij had mij kunnen raken.'

'Maar dat is niet gebeurd. Hij heeft op die Jezus geschoten – of Färber, zoals we inmiddels weten – en Klara heeft zich in de baan van het schot geworpen,' zegt Sita, 'ze moet krankzinnig veel van hem hebben gehouden.'

'Van Berthold Riss bedoel je? Of van zijn zoon?'

'Van allebei. Maar wat Berthold Riss betreft, kun je bij haar wel uitgaan van een soort stockholmsyndroom,' denkt Sita hardop. 'Daar komt nog bij dat de ontvoering van haar en haar zusje niet weken of maanden heeft geduurd, maar dat ze in feite in gevangenschap zijn opgegroeid. Misbruik is voor haar iets gewoons geworden.'

Tom probeert zich iets verder op te richten, maar een steek in zijn buik dwingt hem terug in de kussens. 'En dan de rolverdeling tussen beide ontvoerders. Aan de ene kant Jezus, de Verlosser, aan de andere kant de duivel, de belichaming van het Kwaad.'

'De duivel was overigens ook degene die haar rug zo heeft toegetakeld,' vult Sita aan.

'En Riss speelde dan weer de redder. Hij zei tegen haar dat als ze deed wat hij wilde, hij haar zou beschermen.'

'Dat is trouwens geen vreemde rolverdeling bij ontvoeringen met meerdere daders. De slachtoffers voelen vaak haarfijn aan wie nog een spoortje empathie heeft en wie alleen maar wreed is. Wat overigens weer niet wil zeggen dat de zogenaamd meevoelende geen misbruik maakt van de situatie, en dat ging hier zelfs jaren door. Berthold Riss was er kennelijk zo eentje die zijn slachtoffers met trucjes en cadeautjes wist te paaien. Zoals met die veer die hij Klara heeft gegeven.'

Die veer. Tom voelt een steek in zijn hart. 'Toen jij me van die veer vertelde, wist ik zeker dat ze Viola was.'

'Dat spijt me,' zegt Sita zachtjes.

'Geeft niet,' mompelt Tom. 'Ik vraag me nu de hele tijd af hoe Viola toen aan haar veer kwam. Of het is toeval en ze heeft hem gewoon ergens gevonden, of...'

'... Riss heeft hem aan haar gegeven.'

Tom knikt. Ze zwijgen, alsof ze stilzwijgend hebben afgesproken om niet hardop te zeggen waarom Riss haar eventueel die veer gaf.

'Trouwens, dat huis,' zegt Sita en ze schraapt haar keel, 'dat met dat nummer zeventien... is inderdaad precies op dezelfde dag afgebrand dat je zusje verdween. Het was van Berthold Riss. Ook dat van die verbrande vrouw klopt. Nu pas is duidelijk dat dat Maria moet zijn geweest, de moeder van Sebastian Färber.'

'Zodra ik hier weg mag wil ik zien waar dat huis heeft gestaan.'

'In Stahnsdorf, tussen het Waldfriedhof en Albrechts Teerofen, heel afgelegen,' zegt Sita. 'Dat huisnummer is ook iets vreemds. Langs de weg staat – of stond – maar één huis. Waarom dat dan op nummer zeventien was, is nog steeds niet duidelijk.'

'Meestal wordt er een bepaald systeem gebruikt bij het toewijzen van huisnummers,' zegt Tom. 'Misschien hadden Riss en zijn medeplichtigen er zelf de hand in. Nogal macaber, als je bedenkt dat zeventien "ik ben dood" betekent.'

'Vooral omdat ze in Hohenschönhausen ook kamer 17 gebruikten om hun slachtoffers in onder te brengen.'

'Twee mannen dus, die onder één hoedje spelen. De ene is Berthold Riss, een agent, de tweede kennen we niet. We weten alleen dat hij door de ontvoerde meisjes "de duivel" werd genoemd. De beide mannen laten kinderen van gevangen of gestorven dissidenten of vluchtelingen verdwijnen. Kinderen die toch al voor gedwongen adoptie zijn bestemd en geen familie meer hebben, om wie niemand zich bekommert. Ze sluiten ze op om er god mag weten wat mee uit te spoken. En dan?'

'Krijgen ze ruzie, wat zo uit de hand loopt dat de duivel zijn kompaan vermoordt en in het Teltowkanaal gooit,' zegt Sita. 'Althans, dat is wat Färber beweert. Denk je dat we hem mogen geloven?'

'Ik denk van wel. Wij hebben het lijk gevonden, inclusief de sleutel.'

'Maar waarom moest juist Berthold Riss dood?'

'Misschien kregen ze ruzie over het kind van Maria en Riss,' overweegt Tom.

'Je bedoelt dat Riss misschien wilde dat zijn zoon zou overleven – en de duivel dat de jongen zou worden omgebracht?'

'Ja. Het zou overigens ook heel anders kunnen zijn gegaan. Klara zei in die nacht op het dak van de Dom dat de duivel jaren is weggebleven. Misschien is hij ermee gestopt. Ze begingen hun gruweldaden nu eenmaal onder de dekmantel van de DDR. Wat als het hem te riskant werd na de val van de Muur?'

'En Riss is op eigen houtje doorgegaan,' vervolgt Sita de theorie. 'De duivel komt erachter, ze krijgen er ruzie over. Om definitief met het verleden te breken, vermoordt hij zijn partner en laat het lijk verdwijnen.'

'En een groepje tieners vindt het lijk. De vraag is alleen, hoe kwam de duivel daarachter? Hij moet het op de een of andere manier hebben gehoord, anders was dat lijk niet verdwenen.' Tom moet aan de man denken die Bene en hij in het fotolab hebben vermoord. Nog een lijk waarover ze nooit meer iets hebben gehoord of vernomen. Misschien was die duivel niet alleen en was die sadist een van zijn helpers, een of andere ex-Stasi die door de duivel op pad werd gestuurd om de laatste sporen uit te wissen.

'En trouwens,' zegt Sita. 'Frohloff heeft inmiddels achterhaald wie de ontvoerde meisjes waren: Klara en Maria Brohler. De vader, Ludwig Brohler leeft zelfs nog, in München. Er komt een DNA-test. Het gezin wilde naar het Westen vluchten, hij kwam de grens over, zijn vrouw en dochters werden gepakt. Klara was toen zeven, Maria elf. Ze zijn alle drie naar Hohenschönhausen gebracht. De moeder is in de gevangenis gestorven, het spoor van de kinderen loopt daar dood.'

'Ze hebben dat hele gezin verwoest.'

'Ja,' zegt Sita zachtjes. 'Maria moet haar zoon in de gevangenis hebben gekregen. In mei 1997 is hij voor de deur van het clarissenklooster in Pankow achtergelaten, er zat toen een evangelische gemeenschap. Hij was toen vier of vijf en moet nu dus een jaar of vierentwintig zijn. Hij is daar drie jaar gebleven, toen kwam hij in een weeshuis terecht. Zowel de leidster van het klooster als de leiding van het weeshuis heeft hem omschreven als hoogbegaafd, maar emotioneel ernstig beschadigd.'

'Hij maakte op mij een schizofrene indruk,' zegt Tom, 'alsof hij twee persoonlijkheden had.'

'Als hij de eerste vier, vijf jaar nog bij zijn moeder was, is een persoonlijkheidsstoornis bijna onvermijdelijk. Hij is de vrucht van een verkrachting. Maria zal van hem hebben gehouden, en hem tegelijkertijd hebben gehaat, en hij kon er nooit van op aan hoe ze op hem zou reageren. Bovendien zal hij vermoedelijk keer op keer hebben moeten toezien wat zijn moeder werd aangedaan. Een betere voedingsbodem voor een persoonlijkheidsstoornis en wraakfantasieën is niet denkbaar.'

'Onvoorstelbaar,' mompelt Tom.

'Ja, wat een nachtmerrie. Een monster dat een nieuw monster voortbrengt.' Sita kijkt naar het raam. Tom ziet dat zij met dezelfde gevoelens worstelt als hij: medelijden met de slachtoffers – en medelijden met dat deel van de dader dat ook slachtoffer was. 'Het ergste is,' zegt Tom, 'dat het allemaal niet zover had hoeven komen als Klara niet had gelogen.'

'Als ik aan Friderike Meisens beschrijving denk en de indruk die Klara op mij maakte, dan denk ik dat ze verschrikkelijk jaloers was op haar zus. Waarschijnlijk trok Riss Maria vóór. En dan nog dat kind...' peinst Sita. 'En ze had geen enkele mogelijkheid om te ontsnappen. Berthold Riss was de enige man in haar omgeving, ze was volledig op hem gefixeerd. Toen Brigitte Riss haar bevrijdde, zal ze niet eens blij zijn geweest dat ze eindelijk vrij was, eerder totaal in verwarring. Ze heeft intuïtief gelogen, deed gewoon alsof Maria niet bestond. Dat Brigitte Riss het huis in de fik zou steken kon zij natuurlijk niet weten.'

'Maar hoe is Klara dan eigenlijk bij Wittenberg in de kliniek beland?' vraagt Tom.

'Wittenberg,' snuift Sita. 'Die onvoorstelbare kwal. Dat is een verhaal op zich. Hij is gisteren aangehouden, op verdenking van vrijheidsberoving en het toebrengen van lichamelijk letsel. De zaak met Friderike zal nog een staartje krijgen. Waarschijnlijk raakt hij zijn titel kwijt. Tijdens zijn verhoor is hij leeggelopen als een ballon. Maar met de verdwenen meisjes uit Hohenschönhausen heeft hij waarschijnlijk niets te maken. Hij verklaarde dat hij bevriend was met Brigitte Riss. Na de brand zou ze met Klara bij hem zijn gekomen, met het verzoek om haar in zijn kliniek op te nemen. Ze had hem aangeboden regelmatig geld over te maken en zou op haar knieën hebben gesmeekt om niemand te vertellen dat Klara bestond. Daarom schermde hij haar zo af. Het bizarre is trouwens dat Wittenberg niet alleen geld kreeg van Brigitte Riss, maar ook van de HSGV, een vereniging van voormalige DDR-ambtenaren en Stasi-medewerkers – via een firma in Oekraïne, Python Security, dat op naam staat van een zekere Sarkov.'

'Betekent dat dat een paar oud-Stasi-leden óók betrokken waren bij het opsluiten van Klara, om de hele zaak te verdoezelen?'

'Nee, dat is juist zo krankzinnig. Hun giften schijnen voor andere patiënten bedoeld te zijn. Wittenberg wist niets van Klara's voorgeschiedenis.'

'Onvoorstelbaar,' mompelt Tom. Hij denkt aan zijn ontmoeting met Mortens vader. Mensen als hij waren zo bezeten van geheimhouding, dat bijna niemand elkaar kende.

'O, en ook nog...' zegt Sita. 'Wittenberg heeft bevestigd dat Färber bij hem stage heeft gelopen. Hij was de voorganger van Friderike Meisen. Wittenberg wilde hem eigenlijk een opleidingsplek geven, hoewel hij daar al te oud voor was. Maar uiteindelijk weigerde hij orders van de verpleegsters op te volgen en hield hij zich te intensief met Klara Winter bezig, en toen heeft Wittenberg hem alsnog de deur gewezen.'

'Färber zei dat Klara en hij elkaar meteen herkenden. Geen wonder. Hij leek als twee druppels water op zijn vader.'

'Van Klara zal Färber hebben gehoord wat er destijds allemaal gebeurd is. Ik neem overigens aan dat ze door hun ontmoeting een deel van haar geheugen weer terugkreeg,' zegt Sita.

'Maar over Maria heeft Klara tegen Färber gelogen.'

'Ze probeerde hem voor zich te winnen, en ze probeerde haar schuld te verbergen. Dus vertelt ze hem dat Maria dood is, gestorven tijdens een brand die door Brigitte Riss is aangestoken.'

'Misschien,' overweegt Tom, 'loog ze zelfs niet, maar verzweeg ze gewoon dat ze Brigitte zelfs nooit heeft verteld van Maria's bestaan, en zag Färber in zijn haat alleen maar wat hij wilde zien, een dominee die schuldig is aan de dood van zijn moeder.'

'En op wie hij zijn haat kon botvieren,' vult Sita aan. 'Maar hoe is hij op jullie gekomen?'

'Viola,' zegt Tom met hese stem. 'Zij is toen met die sleutel naar Brigitte Riss gegaan.'

'Waarom zou ze dat hebben gedaan?'

Tom zwijgt even. 'Ik geloof,' zegt hij uiteindelijk, 'dat zij de sleutel al kende. Ik werd destijds al wantrouwig, toen ze zo enthousiast reageerde toen ze die sleutel bij mij zag, ik heb het nooit kunnen plaatsen. Nu denk ik dat Berthold Riss haar misschien die sleutel heeft laten zien, misschien heeft hij haar een verrassing beloofd, een geheim dat hij haar zou vertellen. Ik denk ook dat Riss haar die veer heeft gegeven. Ze is er met die sleutel vandoor gegaan en heeft bij de familie Riss aangebeld in de veronderstelling dat er iets leuks zou gebeuren.'

'Hoe ben je daarop gekomen?'

Tom haalt zijn schouders op. 'Gewoon, een vermoeden,' zegt hij ontwijkend. Hoe zou hij tegen Sita kunnen zeggen dat hij er met Vi over heeft gesproken, op het dak van de Dom? Hij vindt het zelf al krankzinnig, hoe levend Vi in zijn hoofd is.

Sita kijkt hem doordringend aan, alsof ze vermoedt wat er in hem omgaat. 'Dat Riss je zus heeft benaderd, past in elk geval in het patroon van een dader die niet meer kan stoppen.'

'En toen Viola de sleutel naar Brigitte Riss bracht, moet die hem hebben herkend. Ze heeft Klara verteld dat ze de sleutel al een keer bij haar man had gezien. Toen op het laatst moet ze hebben geweten dat de dode in het kanaal haar man was. Dus is ze toen naar het huis gegaan. Met die zeventien op de sleutel moet ze met één blik in zijn papieren hebben achterhaald waar het huis was. En wat daar is gebeurd, heeft Klara ons verteld.'

'Ja,' zegt Sita, 'dat lijkt te kloppen. En voor Färber Brigitte Riss vermoordde, zal zij hem de ontbrekende puzzelstukjes wel hebben aangereikt. Van de vondst van het lijk, van de sleutel, van jullie. Zo zijn zijn wraakfantasieën op jou en je jeugdvrienden overgeslagen.'

Ze zwijgen. Op de gang wordt een bed langsgereden. Een van de wielen piept.

'En de duivel? Heb je ook maar iets over hem kunnen vinden?'

Sita schudt haar hoofd. 'Die man is een geestverschijning.'

'En Karin?'

'Ook niets. Als door de aardbodem verzwolgen. De collega's hebben het huis van Färber helemaal ondersteboven gekeerd, ook zijn kelder. Nergens in zijn bankafschriften en administratie is ook maar een spoor te vinden naar een schuilplaats of een andere woning. Als hij bij Brigitte Riss en bij Josh zoveel moeite heeft gedaan om er een spektakel van te maken, waarom dan niet bij Karin?'

'Waarschijnlijk,' zegt Tom peinzend, 'omdat hij helemaal niet verantwoordelijk was voor die overval op haar. Hij zei tegen mij dat hij de agenten niet heeft gedood, en waar Karin was wist hij ook niet. Integendeel: hij wilde van mij weten waar ze was. Trouwens: heeft de lijkschouwer gekeken of hij een litteken op zijn rechterenkel had?'

'Geen idee,' zegt Sita, 'maar ik kan het Grauwein wel even vragen.'

'Alsjeblieft,' zegt Tom.

Sita belt. Het duurt even voor Grauwein opneemt en het rapport heeft doorgelezen.

Sita knikt, bedankt hem en hangt op. 'Niets. Geen litteken.'

'Dan heeft hij niet gelogen. Dan heeft hij Karin niet ontvoerd en is hij niet verantwoordelijk voor de dood van Drexler en Vanessa.'

'Je bedoelt dat er een tweede dader is?' vraagt Sita.

'Dat is de enige logische verklaring.'

'Berti ziet dat anders.'

'Berti? Sinds wanneer maakt het iets uit wat Berti ervan denkt?'

Sita trekt een gezicht alsof ze op iets zuurs heeft gebeten. 'Nou ja, Morten was er niet, jij lag eruit... toen heeft Bruckmann Berti tot leider van het onderzoek gebombardeerd.'

'Pardon?' Tom wrijft over zijn gezicht. 'Berti? Waarom in godsnaam?'

'Uit nood,' zegt Sita defensief. 'De dader stond inmiddels vast. Zo op het eerste oog.'

'En iedereen heeft wat hij wil. Een verhaal dat alles verklaart, een klinkend succes...'

'... dat al in een persconferentie naar buiten is gebracht,' vult Sita aan.

'Maar ik geloof het niet. Waarom zou Färber liegen? Hij wilde aandacht, wraak. Maar die ander over wie we het hier hebben, doet alles heimelijk, hij probeert alles te verdoezelen. Denk aan de verdwenen sleutel op de plaats delict, denk aan Karin die uit haar huis is verdwenen, of die dozen uit Brigitte Riss' huis die we later leeg hebben teruggevonden. Ook de dood van Drexler in het ziekenhuis is ongezien uitgevoerd. Het is allemaal gerelateerd aan onze zaak, en natuurlijk had Färber het in theorie ook kunnen doen, maar ik geloof dat het iemand anders moet zijn geweest. En hoe langer ik erover nadenk, des te meer ik ervan ben overtuigd dat er maar één persoon in aanmerking komt.'

'De duivel,' zegt Sita zacht.

'Precies. Probeer je maar voor te stellen dat je de duivel bent en er tot nu toe in bent geslaagd om niet ontmaskerd te worden. Dan duikt er plotseling een dode op met precies zo'n sleutel om die je vroeger gebruikte voor je schuilplaats...'

'... dan zou ik me ernstig ongerust maken,' vervolgt Sita de gedachte. 'Maar waarom ontvoert hij Karin dan?'

'Misschien wist ze iets? Of ze heeft toen al iets meegekregen van wat er aan de hand was, toen Viola de sleutel bij haar moeder langsbracht.'

'Dat zou betekenen dat Karin Vi nog een keer heeft gezien zonder het jou te vertellen.'

Tom knikt. Karins leugen bij de politie destijds schiet hem weer te binnen. Hoe vertwijfeld ze was, en hoe ze zich daar later voor verontschuldigde. Het zou in het verhaal passen.

'Vertel eens, bij wie heb je Nadja eigenlijk in veiligheid gebracht?' wil Sita weten.

Tom glimlacht. Het lukt nog steeds maar half. 'Bij Bene.'

'Wie is dat? Die Bene uit jouw groepje?'

'Dat wil je niet weten.'

'Ze is nog steeds niet opgedoken.'

'Die komt wel weer tevoorschijn, maak je geen zorgen.'

Sita kijkt hem sceptisch aan.

'Ik bel hem, Nadja meldt zich bij jou, voor je gemoedsrust, oké?'

'Ik help het je hopen dat alles in orde is.'

Er valt een ongemakkelijke stilte. Ondanks hun plotselinge vertrouwdheid gaapt er nog zo'n kloof tussen hen beiden.

'Hoe zit dat met je haar?' vraagt Tom.

Sita rolt met haar ogen. 'Mijn haar en ik,' zegt ze, 'zitten in een kleine identiteitscrisis.'

'Je korte kapsel of het lange?'

Ze zucht. 'Laten we zeggen dat het lange het het zwaarst heeft.'

'Aha,' zegt Tom.

'En jij?' vraagt Sita. 'Hoe ga je om met het feit dat je Vi niet hebt gevonden?'

'Het gaat,' liegt Tom.

‘Is ze je al komen opzoeken?’

Tom slikt. ‘Al een paar keer na de operatie.’

‘Hoe ziet ze eruit?’

Tom wijst naar zijn kast. ‘In mijn jack zit een portemonnee.’

Sita staat op en vist hem uit Toms jack.

‘Het vakje achter de creditcards.’

Sita trekt de foto van Viola er voorzichtig uit en bestudeert haar gezicht aandachtig.

‘Ze draagt meestal een pyjama,’ zegt Tom. ‘Iets te groot, met strepen. Een soort herenpyjama. En achter haar oor heeft ze die veer.’

Sita knikt, Tom is blij dat ze niets zegt.

Dat heb je nog nooit aan iemand verteld, fluistert Vi.

Dan wordt het eens tijd.

Er wordt aangeklopt, Anne komt binnen. ‘Hé!’ zegt ze. Haar blik glijdt over Sita, maar te kort om er iets aan af te kunnen lezen.

‘Hé,’ reageert Tom. Anne kust hem, kort, maar niet vluchtig. Tot zijn verbazing voelt dat goed, alsof er geen twijfels bestaan.

Sita legt de portemonnee op het verrijdbare nachtkastje naast zijn bed. ‘Ik moet gaan. Doe haar mijn groeten als je haar ziet.’

‘Doe ik.’

Het volgende moment staat Sita buiten.

‘Wie moest je de groeten doen?’ vraagt Anne.

‘Niet zo belangrijk,’ mompelt Tom.

‘Wij moeten praten, hm?’

Hij knikt.

‘Maar niet nu.’ Ze pakt zijn hand. ‘Ik ben zo blij dat het goed met je gaat.’ De tranen staan in haar ogen. Net op dat moment schiet Tom het kleine envelopje te binnen. Hart en pijl. Ik moet Grauwein bellen, over dat poeder, denkt hij.

‘Wat is dat?’ vraagt Anne. Ze wijst naar de rode striem om

zijn nek, die alleen op zijn adamsappel wordt onderbroken. 'Het lijkt wel een brandwond.'

Tom fronst zijn wenkbrauwen en voelt aan zijn hals. 'Dat is van het koord met de sleutel. Ik heb hem van mijn hals getrokken. Dat ding heeft mijn leven gered.'

'O, ik snap het,' zegt Anne, wat natuurlijk niet waar is. Hoe zou dat ook kunnen?

Toms telefoon rinkelt. 'Eén seconde,' zegt hij en hij neemt op.

'Tom, met mij, met Nadja,' schalt het door de microfoon. 'Gaat het goed?'

'Ja,' verzucht hij, 'alles is goed. En met jou?'

'Maak je om mij geen zorgen. Ik moest alleen Bene een beetje afremmen. Hij kwam me iets te vaak bezoeken.'

'Beschermen, prinses, niet bezoeken,' hoort hij Bene op de achtergrond zeggen.

'Duizendmaal dank, Tom. Ik weet niet wat ik zonder jou had gemoeten,' zegt Nadja.

Anne staat op en loopt naar het raam. Tom strekt zijn hand naar haar uit, zijn lippen vormen geluidloos het woord *wacht!*

'Nadja, ik moet ophangen. Anne is hier. Wil je mij een plezier doen?'

'Wat je maar wil.'

'Zeg tegen Bene dat hij een lul is.'

'Doe ik.' Hij hoort haar grijnzen. 'Ahoi. Ik kom je bezoeken.'

Als Tom zijn telefoon weglegt, trekt Anne haar wenkbrauwen op. 'Je móét ophangen? Omdat Anne hier is?'

'Ik wíl.'

Ze glimlacht. Pakt zijn hand. 'Wil je mij ook een plezier doen?'

'Wat je maar wil.'

'Pas de volgende keer wat beter op jezelf, ja?'

Haar ogen glanzen vochtig. Ze zijn nog blauwer dan die van Vi.

'Beloofd.'

Haar kus duurt iets langer en voelt nog beter aan. Moet je altijd eerst in levensgevaar raken om te weten wat je wil? 'Zeg eens, bij wie ben je eigenlijk ondergedoken toen ik je vroeg om even de stad uit te gaan?'

'Ach, Sabine heeft zich over mij ontfermd.'

'Sabine?'

Anne rolt met haar ogen. 'Ik heb je over haar verteld, maar het is kennelijk niet blijven hangen. Ze is de redacteur met wie ik die uitzending over hypnose heb gemonteerd. We konden het goed met elkaar vinden. Haar ouders hebben een vakantiehuisje in Brandenburg.'

'Ah, op die manier.'

Anne fronst haar voorhoofd. '*Alles klar, Herr Kommissar?*'

'Yep,' zegt Tom, maar het is niet genoeg om haar gevoelige radar te omzeilen.

'Wat is er dan?'

Hij aarzelt, maar besluit er dan niet langer omheen te draaien. 'Die avond dat ik je twee keer belde... je was een beetje aangeschoten, ik had de indruk dat je niet alleen was, maar me niet wilde vertellen met wie...'

'Sabine was bij me,' zegt Anne. 'We hadden het een en ander te bespreken.' Haar wangen worden langzaam rood.

'Dat klinkt als iets belangrijks.'

'Ik... ik moet je iets vertellen,' geeft ze toe.

Tom voelt een steek in zijn hart. Dus toch. Er is iets. Een andere man? Een andere vrouw? Sabine? Dat witte poeder...

Anne doet haar portemonnee open, haalt er een dun velletje kopieerpapier uit en geeft het aan Tom. 'Ik beloof je – vanaf nu geen alcohol meer.'

Hij kijkt naar de grijze, vage echografie en naar de klein gedrukte naam van de patiënte. 'Nee,' steunt hij.

'Ja.' De tranen lopen over Annes wangen.

'Van ons?'

‘Van wie anders, dombo.’

Tom grijnst scheef en wil onder geen beding meer aan het envelopje denken. Als hij Anne in zijn armen sluit en over haar schouders kijkt, zit Vi op het tafeltje naast de kast, haar benen bungelend over de rand.

Word ik tante? Maar je gaat me niet vergeten, toch, Tommy?

Epiloog

Beelitz-Heilstätten
Vrijdag 8 september 2017
3.07 uur

Yuri Sarkovs smalle handen steken in strakke handschoenen. Het soepele leer kraakt onder de vaste greep om zijn stuur. Er doemt een opening op tussen de bomen, hij stuurt zijn auto recht het struikgewas in. Takken krassen over de donkergrijze lak. De gestolen Audi hobbelt over de oneffen bosgrond. Vijftien meter van de weg blijven de wielen steken in de omgewoelde aarde.

Motor uit.

Lichten uit.

Stilte.

Hij houdt van die stilte. Het gevoel van geborgenheid dat hij ervaart in het donker. In het geheim dingen afhandelen in de schaduw, dat was altijd zijn ding. Wat dat betreft functioneerde hij altijd als een Zwitsers uurwerk. Met zijn vingertoppen zet hij zijn bril, die door dat hobbelen is verschoven, weer recht. Na drie dagen stijgt er een onaangename geur op uit de kofferbak. Geen wonder. Daar is geen plastic tegen bestand.

Een uur te voet naar Bahnhof Beelitz, dat moet te doen zijn. De RB 33 naar Wannsee vertrekt om 4.19 uur. Het zal een paar dagen duren voor iemand de auto van Sebastian Färber alias Christian Riss vindt. Tegen die tijd zal niemand zich nog herinneren dat een bleke, wat oudere, onaanzienlijke man om halfvijf 's ochtends in Beelitz in de lokale trein stapte. Een man die nooit met die trein reist.

Hij stapt uit, laat het portier openstaan, en loopt een stuk in het licht van zijn zaklamp. Dan trekt hij zijn overall uit en doet hij zijn muts af en stopt die in een vuilniszak die hij in een leren aktetas propt. Vervolgens zet hij een hoed op, een Trilby van Stetson met een visgraatpatroon, grijs op grijs. Beter dan die stomme muts! Die had hij alleen maar op om geen haren in die auto achter te laten.

Niemand zal vermoeden dat hij die Audi gestolen heeft, niet eens dat die auto überhaupt gestolen is. De vezelsporen op de zitting zullen nergens toe leiden. Vingerafdrukken zullen ze niet vinden, en die vieze rubberen laarzen zal hij omruilen zodra hij weer asfalt onder zijn voeten heeft, vlak voor het station.

Geen sporen.

Geen fouten.

Zwitsers uurwerk met een Russisch keurstempel.

Färber is uit de weg geruimd, al is het niet helemaal gelopen als voorzien. Hij had erop gewed dat Morten ervandoor was gegaan. En zo niet hij, dan wel Joshua Böhm. Een klein verrassingspakketje met het wapen van die agent, vergezeld van een klein berichtje op een briefje: *Je weet wel waarvoor. Een vriend.*

Böhm had gewoon een beetje beter moeten opletten. Het juiste doen op het juiste moment. Noodweer, heet dat. Zelfbescherming. Maar wie dat zonder pistool denkt af te kunnen, heeft ook niet beter verdiend. Dat uiteindelijk niet Morten Färber heeft omgelegd, maar uitgerekend Babylon, en dan nog wel zó... dat had Sarkov niet voorzien.

Op mensen met een geweten zou hij nooit een cent inzetten.

Maar dood is dood.

Met tegenzin neemt hij zijn hoed af voor zijn opdrachtgever. Wie het ook is, hij weet in het niets op te gaan. *Bez Imeni*. Naamloos. Zelfs die dubieuze types van die ex-Stasi-vereniging hebben geen flauw idee wie het zou kunnen zijn.

Omdat hij zelf graag weet met wie hij te maken heeft, heeft hij discreet geprobeerd om meer te weten te komen over zijn opdrachtgever. Maar die lui van de HSGV keken allemaal weg. Alsof ze het liever niet wilden weten. Niet zo vreemd, eigenlijk. De meeste van die ex-functionarissen zijn eigenlijk ook allemaal alleen maar lafbekken, constant bezig luidkeels hun onschuld te verkondigen, terwijl ze in gedachten allemaal nog achter de Muur leven. Geen van die leden heeft kloten. Informatie konden ze leveren: daar waren ze goed voor. Maar zodra het maar een beetje spannend werd, lieten ze het afweten. Ook dat wist Mister Bez Imeni kennelijk heel goed – en precies daarom had hij hem ingeschakeld.

Yuri Sarkov blijft stilstaan en kijkt nog één keer om naar de auto.

Klus geklaard.

Opdracht uitgevoerd.

Hij zou de auto in de fik kunnen steken. Maar het alternatief is beter. Als ze het lijk in de kofferbak vinden, zal dat precies in het verhaal passen... De auto van een seriemoordenaar. Een slachtoffer dat al vermist werd. Een sleutel erbij met zeventien erop, die Mister Bez Imeni hem in handen heeft gespeeld, die laat zien waarom en door wie Karin Riss werd vermoord.

Niemand zal vragen stellen.

Op Tom Babylon na, misschien. Maar antwoorden zal hij niet vinden. De zaak zit erop.

Dankwoord

Een boek schrijven is op de beste momenten hemels. Je mag doen wat je wil. Ben je er eenmaal mee begonnen, dan moet je afmaken wat je oorspronkelijk wilde. Dat gaat niet zonder hulp, en die kreeg ik.

Meike, Rasmus en Janosch, jullie hebben het met me volgehouden, al die tijd dat ik in mijn creatieve labyrint zat. Zonder jullie gaat het niet.

En zonder jullie ook niet, mijn dierbare proeflezers. Jullie zijn mijn laboratorium en mijn slijpsteen. Claudia, je weet wat die dankbaarheid betekent. Clara, hoeveel onvoltooide versies heb jij gelezen? – en nooit is je enthousiasme verflauwd. Norik, mijn motivator en voorzichtige vragensteller. Wilfried, ouwe speurder! Volker, Susann, Verena, Peter, Judith en alle anderen: jullie zijn mijn feedback en de advocaten van mijn lezers.

Julia, zonder een karaktervolle agent geen overtuigend optreden. Als een voltooid boek een kind is dat het nest verlaat, dan was jij de vroedvrouw tot ver na de pubertijd. Katrin, wat moet ik zeggen? De term 'redacteur' doet je geen recht; jij bent de peettante en hoedster van dit boek.

Heel veel dank aan jullie allemaal! En ten slotte ook mijn dank aan iedereen bij Ullstein Verlag en aan al mijn lezers. Zonder jullie zou ik mijn boek in mijn eentje moeten lezen – en dat zou zonde zijn, want ik ken het al.